愛經典

閱讀經典，成為更好的自己。

雙城記

A TALE OF TWO CITIES

by Charles John Huffam Dickens

查爾斯·狄更斯 著
馬鳴謙 譯

緣起

卡爾維諾說：「『經典』即是具影響力的作品，在我們的想像中留下痕跡，並藏在潛意識中。正因『經典』有這種影響力，我們更要撥時間閱讀，接受『經典』為我們帶來的改變。」因為經典作品具有這樣無窮的魅力，時報出版公司特別引進大星文化公司的「作家榜經典文庫」，期能為臺灣的經典閱讀提供另一選擇。

作家榜經典文庫從二〇一七年起至今，已出版超過六十本，迅速累積良好口碑，不斷榮登豆瓣讀書暢銷榜。本書系的作者都經過時代淬鍊，其作品雋永，意義深遠；所選擇的譯者，多為優秀的詩人、作家，因此譯文流暢，讀來如同原創作品般通順，沒有隔閡；而且時報在臺推出時，每部作品皆以精裝裝幀，質感更佳，是讀者想要閱讀與收藏經典時的首選。

現在開始讀經典，成為更好的自己。

作者簡介

查爾斯・狄更斯
Charles John Huffam Dickens, 1812-1870

征服世界的文學大師，極受歡迎的英國文豪。

全名查爾斯・約翰・赫法姆・狄更斯，出生於英國南部樸茲茅斯，其父是海軍職員。童年時家道中落，一度被迫輟學，但天賦出眾，聰明好學。

十歲前，讀盡父親藏在閣樓裡的全部古典小說。十二歲時，為補貼家用，去皮鞋作坊當童工，在磨難中成長。

二十一歲時，心驚膽戰將沒有署名的處女作投稿給雜誌，發表後受到巨大鼓舞。二十四歲時，長篇處女作《匹克威克外傳》出版，頗受好評；同年結婚、劇作上演。狄更斯總共創作了十四部長篇小說、數百篇短篇小說和散文。

為了紀念狄更斯，很多地方每年都會舉辦狄更斯節。

經典代表作：《匹克威克外傳》、《孤雛淚》、《小氣財神》、《塊肉餘生記》、《雙城記》、《遠大前程》。

目錄 Contents

序 你的雙城，我的雙城記 11

導讀 15

第一卷 死而復活

第一章 啟幕的時代 24

第二章 郵車 27

第三章 夜之暗影 34

第四章 準備事項 39

第五章 酒館 52

第六章 鞋匠 64

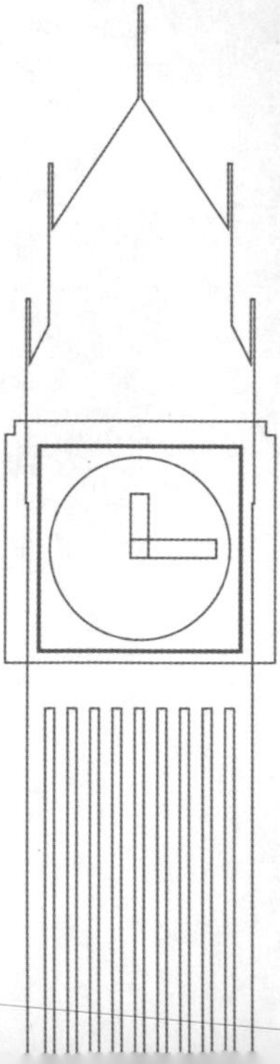

第二卷　金線

第一章　五年之後　78

第二章　一幕好戲　85

第三章　沮喪時刻　93

第四章　祝賀　109

第五章　豺狗　118

第六章　數以百計的人　126

第七章　城裡的大人　141

第八章　鄉下的大人　151

第九章　蛇妖的頭顱　158

第十章　兩個許諾　172

第十一章　同伴畫像　182

第十二章　穩重的人　187

第十三章　不穩重的人　196

第十四章　誠實的商人　202
第十五章　編織　214
第十六章　繼續編織　228
第十七章　某天晚上　242
第十八章　九天時間　248
第十九章　一個觀點　255
第二十章　懇求　264
第二十一章　迴響的跫音　269
第二十二章　海濤席捲　282
第二十三章　熊熊烈火　289
第二十四章　在劫難逃　297

第三卷　暴風雨般的歷程

第一章　祕密處置　312
第二章　磨刀霍霍　325

第三章　暗影　333
第四章　處變不驚　339
第五章　鋸木工　346
第六章　勝利　354
第七章　敲門聲　362
第八章　牌手　369
第九章　定局　385
第十章　陰影的實質　400
第十一章　黃昏時分　418
第十二章　夜幕　424
第十三章　五十二個　435
第十四章　編織完成　450
第十五章　永遠消失的腳步　464
譯後記　473

〈序〉

你的雙城，我的雙城記

十五歲那年的暑假，我翻開了一本隨便從書架上拿出來的書。我知道誰是狄更斯，但我沒想到，那本標題看起來很平常的小說，從此改變了我。《雙城記》，一個發生在兩個城市的故事——一個是倫敦、一個是巴黎，對當時的我來說，都是遙不可及的存在。坦白講，童年和少年時代，不是沒有被老師或者大人鼓勵著或者強迫著看「世界名著」，但是總覺得——那些「世界名著」裡的故事，無論愛還是恨還是別的什麼，都發生在遙遠的天邊。直到我遇到了《雙城記》，開始神奇地覺得，這個幾百年前，跨越倫敦與巴黎，在大時代的滾滾激流中掙扎出來的故事，是與我有關的。至少它讓我相信了一件事：做一個願意為別人犧牲自己的人，未必划算，但是可以成全一種非常美的東西。

「法國大革命」是一個歷史書上會提到的概念，占據好幾個章節，需要記住的事件還滿多的——感覺是一段磅礴蕪雜的歷史時期——這是很多十幾歲的中國孩子對「法國大革命」的基本認知，而我，直到今天，看到這五個字，首先條件反射一般浮出腦海的，還是那個「卡爾頓先生」，是載著安然自若的他奔赴刑場的囚車，是囚車裡那個與他碰巧同路的小女孩，他一路上勸慰這個萍水相逢的小姑娘，不要害怕。所有這些由狄更斯虛構出來的細節構築成了我對於「歷史」真實的感知與觸碰，我不知道應不應該這樣，只是，從那時起我便有了一個無法動搖的認知，每一行歷史課本裡的數字，後面都有一個又一個鮮活的生死，當一個人，記得這件事，面對世界的感受，大抵會不同一些。

如果你從沒看過這本書，我也不打算劇透，我想說的是，在我眼裡，狄更斯是一個非常會編傳統意義上「結構完整」的故事的作家，起承轉合都在規定時間內發生；很多讓你眼前一亮印象不錯的配角都不會草草離場，經常在整個故事裡發揮了你讀到末尾才能看清的作用；故事中總有意外，但是每個意外都在情理之中；你可以為了結局草草翻到最後一頁，你也可以安心將一長段時間交給他，因為劇終時分的盪氣迴腸終會讓你相信不虛此行。「文學」當然不能簡單地等同於「好的故事」，可是我作為一個從事文字創作的人，始終對「會講好故事」的人存在永遠的敬意。至少，在他的故事裡，我看得到複雜、看得到殘酷、看得到命運、看得到卑微個體在歷史洪流面前的茫然無力——也正因為如此，故事裡的那個「犧牲者」才會讓我震撼與動容，或許這不過是作家的一廂情願，可是這樣看似美好的願望，千百年來被世人反覆講述，因為我們永遠需要這個。

多年過去，我一直都想替當年那個十五歲的小女孩對狄更斯先生說一句「謝謝」，因為他的《雙城記》讓我第一次忘記了在閱讀的過程中，急於將角色劃分為「好人」和「壞人」，因為我在困惑地想，為何明明是弱者的人卻突然變得如此嗜血和殘忍？為何明明是讓人恨之入骨的壞人在某個瞬間又令人同情？為何我開始覺得無論怎樣，任何人都沒有權利以殘酷的手段未經正常的程序報仇雪恨？那個唯利是圖的人為什麼突然高尚了？那個原本是貴族家庭的叛逆孩子又為何不顧生命危險也要回巴黎去看一眼早已斷交的親人？誰是對的？誰是錯的？什麼才是正義？誰負責審判什麼人該死而什麼人不該？……所以，我感謝狄更斯先生，他以一種極為溫和的方式讓那個幾百年後的中國小女孩開始碰觸到帶有「文學性」的思考。

若要公正客觀地評價，狄更斯的文學成就究竟能不能稱得上是偉大的作家，我不知道，這麼多年過去了，「審美」的品味提升了幾個層級也是理所當然的事情，但恐怕我此生無法做到公正客觀地評價狄更斯，不管聽到過多少說得有理我其實內心也不是不認同的說法，不管我對於了不起的文學又有了什麼樣的認知與判斷，心裡始終都會有一個弱小的聲音說：可是，可是，在那個夏天，我遇到了《雙城記》啊。

是《雙城記》啟發了我開始像個大人一樣想事情，是《雙城記》讓我知道了無論有過多少同類傾軋相殘的野蠻，人性中總還是會有些莫名想要靠近光明與神聖的火種。我是多麼幸運，是《雙城記》帶著我完成了這樣如此基礎的啟蒙。我知道，如今的世界，有耐心閱讀長篇小說的人越來越少，我不想簡單地評價這種現象是對是錯，時代在變，世人對於時間的感知也在改變——能快速給予感官滿足的文化產品越來越多，惰性原本就是根植於人性深處的東西。但我只是想說，其實閱讀經典，有時候只需要你拿出一點點的耐心，它們已經經歷過漫長歲月的大浪淘沙，讓你遇到驚喜的機率其實很大。對每一個像我一樣的普通人而言，文學最直接的意義，就是帶著你領略人性深處的複雜和無以言說，以及，在你見過了所有的複雜甚至無意義的時候，告訴你，「高貴」這樣東西的確存在過，並且，應該一直存在著。

被文明引領過的人，不應該害怕承認屬於文明的驕傲。這種驕傲與盛氣凌人高人一等有本質區別，因為你見過了廣袤的世界了，你擁有甄別、鑑定，不被表面繁華嚇到，不隨意妄自菲薄的尊嚴。即使每本書或許不是與所有人都有緣分，而我，在那個十五歲的夏天，開始明白我應該以什麼為榮。即使我永遠無法成為真正高貴的人，懷抱著文明帶來的尊嚴與驕傲，我至少不會允許自己滿足於沉墮。

我懷著非常榮幸的心情，為你們推薦作家榜經典文庫出品、馬鳴謙先生翻譯的《雙城記》，我確定，某處一定存在一個如我當年那樣混沌好奇的孩子，會翻開它，會漸漸聚精會神，會倒抽一口冷氣，會心情複雜地跟隨著書裡的每一個人，直到最後一行，直到那句「我現在所做的事，遠比我做過的一切都更加美好」。

這樣的相遇，美好得如同一輪明月靜靜地照耀著寧靜的江水。江上何人初見月，江月何年初照人，都是無關緊要的事情。

笛安[1]

二〇一九年八月二十八日

於北京

1 笛安，原名李笛安，小說家。中國二〇一八年度人民文學獎長篇小說獎得主。

導讀

很可能，狄更斯從未寫過一本比他的《雙城記》更流行的小說了（除非你要說《匹克威克外傳》是例外）。按讀者的天性來說，他們沒法去欣賞匹克威克先生和甘普先生，但我們身邊的親朋好友都很喜歡《雙城記》。與此同時，那些喜歡狄更斯早期作品裡老套而不負責任的幽默和亢奮情緒的讀者一定會承認，《雙城記》是一部有著無與倫比的生動力量的歷史情節劇。因為重複出現的雜遝的腳步聲，還有西德尼·卡爾頓這個憂鬱性格的人物，這是一部不會允許自己被遺忘的小說。

對小說家來說，法國大革命是一個豐富卻不太幸運的題材領域。史考特爵士就曾注意到，某些歷史事件就其本身來說過於刺激，以至於不適合改寫成小說。你沒法給科爾特斯征服阿納瓦克的土著傳奇再增添什麼東西。想像力滯後於事實。革命的創痛和恐懼超過了意欲處理它們的所有想像的努力：在這裡，因憐憫和恐懼而展開的大清洗乃是人的天性，它轉移了我們的同情心，最終將我們拋棄在一種無力的憤怒中來對抗怠惰與墮落的一方，而殘忍的另一方在那個秋天獲勝了，然後就將獠牙對準了自己。因為單純的藝術興趣的存在，我們太靠近巫女美狄亞的大鍋了，太靠近它的邊緣了。因此，即便偉大的大仲馬也沒有在這個題材上成功，如同之前他處理過的災難程度小一些、年代更為久遠的題材一樣。和那位著名的法國大師比起來，狄更斯很可能具備了某種優勢；他的英國背景幫助了他，提供了緩衝。毫無疑問的，這是關於法國大革命最好的小說，也是狄更斯冒險涉足歷史的小說中最好的一部。

就這一點來說，歷史的準確性就不是很需要了。狄更斯在給布林沃．利頓的信中表明，他很熟悉有關這個主題的專業歷史觀點。大體上，關於農民階級的確切社會條件的「調查和數字」也許可以證實這個或那個，但關於壓迫的案例近來也足夠多、足夠常見（他認為），足可為他在虛構小說中使用的案例提供依據。用迂腐的限制條件來檢驗小說家的想像力，我們對這種事必須要小心——迂腐是因為很不恰當。歷史小說家不是歷史學家。弗里曼先生因為小說與事實不符而對《撒克遜英雄傳》很是苛刻。《肯納爾沃斯堡》和《貝芙麗爾．皮克》中，故事開始時出場的人物其實已經死去很多年——或者那時還是孩子，然而他們扮演的角色卻是成人。在薩克萊精彩描繪了國王的歷史小說《亨利．艾斯芒德》[1]中，也沒有一行字或任何筆觸色彩與歷史真實性有關。這對人物的要求很嚴格，而狄更斯筆下的邪惡侯爵對自己所下的命令也很嚴格。「假設一個貴族與古老的殘酷觀念結合並非不可理喻或是不能允許的。」狄更斯對布林沃．利頓說，在小說中，毫無疑問這是完全可以容許的。他也可以再添上一句說，薩德侯爵、一個真正的同代人，實際上是一四四〇年吉爾．德．萊斯[2]的轉世化身，他沒有被燒死，也沒有被送上斷頭臺，雖然有那麼多無辜者的頭顱落地。在巴士底獄被摧毀的時候，就其古老的功用來說差不多已被廢棄，幾乎是空無一人，就像是《天路歷程》裡那個異教徒巨人的洞穴一樣。

可是，在一本古怪而散漫的書中，閱讀奧利弗．麥卡利斯特的「書信」卻讓我們讀到了比狄更斯的創作更為嚴重的恐怖——在加爾班農的黑地牢裡、在那個臭氣熏天的所在，生存就意味著必須飽受折磨；那裡的囚犯永遠會消失不見，沒有人知道原因和過程，也沒人敢問。麥卡利斯特，一個盲從者或監獄探子，儘管說話囉唆又離題，卻難以忘懷自己的瑟瑟發抖。他的經歷發生在一七五五年至一七六〇年，與為了虛構目的而寫出這部小說的年代非常接近。徵稅帶來的壓迫，不平等的壓迫是無可否認的，雖然其後果就像我們熟知的那樣完全被遺忘了。狄更斯為了描繪他的「壞侯爵」，把梅西耶的《巴黎圖景》當作權威來引用，雖然他並沒有告訴我們梅西耶的來源是什麼。確實，我們也沒有必要去問。問題不在於故事是否真實，如同路易十五的大屠殺，問題在於你願意相信哪個故事。在印度，就充斥了很多有關我們的荒誕故事，如同中世紀時歐洲也充斥了很多關於猶太人的荒誕故事。歷史學者會審視事實，而小說家被允許擁有更大的自由。對此，有一位老批評家說得十分貼切，小說家是「歷史風景裡的園丁」。狄更斯還引用了盧梭的一句話：「農民只要有一塊肉吃，就會關上他的大門。」當然，我們可以說，大革命對農民或者任何人來說，都沒有帶來多大的利益。這是相當偏激的觀點。農民當然已經從暴君的喜怒無常的環境中解脫了。革命從來不會締造出一個太平盛世，但革命滿足了復

1《亨利・艾斯芒德》是薩克萊的歷史小說，以十八世紀初安妮女王統治時期英國對外戰爭和保王黨的復辟活動為背景。書中所講的艾斯芒德和凱斯特伍德的愛情故事，有一部分是他自己對布魯克菲爾德夫人的情感寫照。

2吉爾是英法百年戰爭時期的法國元帥，參加貞德的隊伍比較早的將領之一。從一四二七到一四三五年，擔任陸軍高級指揮官指揮對英軍的作戰。巴黎受圍攻時，他與貞德並肩作戰。貞德被俘以後，他隱退於馬什庫勒和蒂福日的領地埋頭研究煉金術，希望藉人血來發現煉金術的祕密，把三百名以上的兒童折磨致死，後亦因此被施以火刑。他是西方童話傳說中的反派角色「藍鬍子」的現實原型之一。

仇的激情，也改換了人間的冤屈。這個患病的世界由此得到了某種解脫，就像發高燒的病人在床上改變睡姿一樣。

《雙城記》在狄更斯的創作序列中是在《小杜麗》之後，雖然在生動性、強度和結構上比後者要勝出很多，卻是在一個不太愉快的環境中寫出的。作家已和妻子分居，狄更斯就此事發表的聲明引發了爭論，導致了狄更斯主編的《家常話》雜誌停刊。狄更斯和他的出版人布拉德伯利及伊文思先生分道揚鑣，重新和老搭檔查普曼與霍爾締結了盟約，此後再也沒有離開他們。他創辦了《全年》雜誌，事實上是把之前的老刊物換了新名字。在這個新刊物裡，雖然不是很貼切，你會發現「家常話」只是一個尋常詞語或諺語片語，回復了它在莎士比亞之前的本貌。伊莉莎白女王在蘇格蘭的大使（一五六五年）蘭道夫，曾在他的一份公文裡說過：「家常閒語是窮人在談話中使用的。」

這個新故事就在《全年》雜誌刊出了。一八五七年的夏天，當狄更斯和朋友、孩子正在排演威爾基·柯林斯的《冰淵》[3]時，他突然就有了故事的萌芽，「一個模糊的幻想」。一八五八年一月底，他重新加以構思，僅僅因為投入一個故事可以緩解他的「精神憂慮」。他曾經考慮了好多個標題：《活埋》、《金線》、《博韋的醫生》；然後到了一八五九年三月，他才決定用《雙城記》。他想讓故事在雜誌刊載，同時也考慮了另一批受眾：雜誌的每月訂戶。他的目的是讓這個傳奇故事的人物表達出比他們的對話更多的內容——「這個故事所描繪的事件要透過連續的打擊來塑造人物，同時撇除他們的個人趣味。」的確，很少有虛構人物經歷了如此嚴酷的「打擊」。如福斯特所說，狄更斯的確更依賴事件的鋪陳而非著重在塑造人物；但這麼說也許也是事實，狄更斯的確拋棄了對人物的多餘描述，將卡萊爾的那種重複技巧運用到某些人物身上，如同潘克斯的哼唧聲或卡克的牙齒[4]。最合乎其常規手法塑造的人物是斯特萊佛和掘屍人（傑瑞對於關押罪犯的暴行有過一句幽默評語，因為它損害了一個「主題」，這種幽默和《巴納比．拉奇》中的劊子手鄧尼斯如出一轍）。福斯特先生，通常是很寬厚的批評家，他認為狄更斯的實驗因為缺乏幽默感和值得記住的人物，因此很難稱之為「成功」。但在壓迫性的場景中（不論鎮壓的是大眾還是貴族），幽默感並不太適合；而毫無疑問，曼內特醫生、西德尼．卡爾頓、斯特萊佛先生和德伐日太太都是讓人難忘的人物。卡爾頓很受非議，因為他不是可信的人物，就其所處的情況而言，他不是平常人。但在他的內心，沒有什麼不可能的事，沒有那種絕對的不可能。他不曾向他傷害過的人做出任何金錢的補償，也缺乏改進的能力。但他有強大的激情；「沒人有這麼偉大的愛，這個人為了他的朋友願意獻出生命。」因為摯愛著達尼夫人，處在壓力之下的他有理由這麼做，他捐棄生命求得了高尚的結局，在狄更斯小說所塑造的人物角色中，也許西德尼．卡爾頓承受了最多的眼淚。誰都不願意做斯特萊佛的校友，他在最後一幕中讓人覺得極其可厭，但還算不上過度誇張。當民眾肆意妄為的時候，有很多人告別了人世。

根據歷史小說的正確原則，小說人物可以不符合歷史。「本來安於家庭生活、有那麼一點隱私的一群人，被一場可怕的公共事件如此緊密地連結、糾纏在一起。」狄更斯沒有為我們書寫真實歷史的篇章。他本應該介紹那些真實的人物——國王、丹敦、羅伯斯比爾、聖朱斯特；大仲馬或者史考特爵

3《冰淵》上演於一八五六年，最初由業餘愛好者排演，威爾基．柯林斯編劇，由狄更斯負責內容指導。
4 潘克斯是狄更斯小說《小杜麗》裡的人物，卡克是狄更斯小說《鄧貝父子》中的人物。

士很可能就會這麼做，效果也會不錯。但是，計畫越適度，也就越安全，如同這個事例所證明的，吸引人的程度並未減少。可以說，大革命作為故事而言已經成立。因為情節的需要，甚至還詳盡描述了攻占那個只有很少守兵的堡壘的壯舉；藏在北塔第一零五四室的醫生的手稿，也被德伐日找到了。小說的確暗示了巴士底獄被攻占主要就是因為這個原因，而大革命主要也是由酒商的妻子所引發，「為了達成她個人的目的。」還描述了革命產生的原因，其中一些播下了反抗的種子，雖然在前面的章節裡，常常出現狄更斯所說的「卡萊爾那部傑作裡的哲學思想」。九月底的大屠殺也採用了同樣的技巧，沒有整段的插入，而僅僅為了敘述的緣故，引入了它的片段來推進故事。抗議其中出現的巧合也屬於吹毛求疵，比如裡面提到的早先在英國出現的密探，在千鈞一髮之際又遇到了卡爾頓，並且為其效命。如此種種設計，都是小說家的正當權利。確實，當狄更斯寫信給法蘭西喜劇院的雷尼耶先生時，曾把這本書稱為「我寫過最好的故事」，我們聽到的這個自我評判是恰如其分的。這是到那時為止他最好的故事構思；故事進程最緊湊，也最明晰。此前，他的故事結構並不出色，部分由於他的故事總有太多關注點，因此情節常常變得模糊不清，充斥了一大堆各色各異的細節。而在這部作品中，正因為人物是被環境強力塑造，所有的一切都清晰展現在作者和讀者的面前。

整部小說所描繪的場景，無論是在倫敦還是巴黎，都非常具有水準。福斯特先生在他的《狄更斯評傳》裡，對路易斯先生批評狄更斯的想像力很是氣惱。這樣的批評充斥了很多心理學的術語，表達得如此迂腐，對福斯特先生來說，他簡直難以理解。概念生動到幾乎形成了幻象，這很明顯是天才的方式。以歌德為例，他的概念就結合了科學思想和個人思想，從而具象化成了幻覺。他告訴艾克曼說，他會一整個小時一直想著姑娘，直到「她真的來與我相會」。擁有幻想的活力，進而又將它傳達給讀者（如狄更斯在這部小說中用二十個出色章節所做的那樣），這就證明了作家所擁有的最高的浪漫天賦。路易斯一方面褒獎了狄更斯，然而另一方面又指稱人物「僵硬」，這等於否絕了自己的肯定。

通常來說，在《雙城記》中，可以用任何詞彙來描繪這些人物，但他們絕不「僵硬」，雖然有些地方，賣弄幽默會被指責為流於低俗或呆板。「幻覺永遠不必為此負責。」福斯特先生叫道，很明顯將「幻覺」視作精神異常的同義詞，由此就將科技語言引入了文學批評。狄更斯說：「我沒有杜撰編造，的確沒有，我只是觀看。」這證明了路易斯的診斷十分正確。而「天才的機制」是個模糊的話題：我們這些平凡人的思想應該對這一進程的結果心存感激，因為我們對此沒有個人經驗。狄更斯在寫給利頓的信中說，他從未盲目放縱自己的創作，反而會加以控制；當然，他偶爾也會控制不了。他的創作也並不總是會顯示出新生原初的趣味，而《雙城記》的女主人公和男性小說家筆下的大多數女主人公都很相似。普羅絲小姐意外成了復仇天使，這個情節轉折也受到了責備，好像狄更斯沒有控制好他的創作想像。但他恰當地回應說，他是希望將德伐日太太在奇怪混戰中的卑劣的死亡與卡爾頓莊嚴而可敬的死亡加以對照。有一個糟糕的橋段設計是，傑瑞得知了克萊並沒有死，這導致了這個不論在當時或是之後都足夠普通的人物被解釋為一個掘屍人。必須承認的是，處在這個地位的人不太可能擔任掘屍人這類輔助工作。

狄更斯將故事的校稿寄給了雷尼耶，希望它被改編成戲劇。但是，就像雷尼耶察覺到的那樣，責備的聲音會如此回應——

「叛逆的灰燼之下暗火在燃燒，你已站在了火口。」[5]

安德魯・朗格[6]
於一八九八年

5 這段引文是拉丁文箴言，出自賀拉斯。
6 安德魯・朗格（一八四四—一九一二），英國著名詩人、作家及文學評論家。編有《安德魯・朗格彩色童話集》。

第一卷

死而復活

第一章
啟幕的時代

那是最好的時代，那是最壞的時代，那是智慧的時期，那是愚昧的時期，那是信仰的世紀，那是懷疑的世紀，那是光明的時段，那是黑暗的時段，那是希望的春天，那是絕望的冬天，我們擁有了一切，我們的面前又一無所有，我們全都直奔天堂而去，卻走向了相反的方向——總之，那個時代和現在非常相像，最喧囂的掌權者堅持要用形容詞的最高級來形容它，要麼說它美好至極，要麼說它無比邪惡。

在英格蘭，寶座上有一個大下巴的國王和一個相貌平平的王后；在法蘭西，寶座上有一個大下巴的國王和一個面容姣好的王后。對這兩個國家裡那些支配著麵包和魚[1]的貴族大人來說，天下永遠都是太平的，這是比水晶還清楚的事。

那是耶穌紀元一七七五年。和現今這個年代一樣，心靈啟示在那時的英格蘭也被認可追捧。紹斯柯特太太[2]近來剛過了她幸福的二十五歲生日，皇家近衛騎兵團的一個士兵從這位太太那裡得了通報，預告了極端一幕的顯現，天命已定，倫敦城和西敏寺即將淹沒於海水中。而沉寂了整整十二年之後，甚至雄雞巷的幽靈也在去年再次發出了預言（只是少了幾分超自然的新奇感）。近來也有幾條人世間的消息傳到了英國王室和平民百姓的耳朵裡，消息來自居留美洲的英國臣民的代表會議。說來奇怪，這些幽靈對於人類竟然比雄雞巷那一窩小雞的預言要重要得多。

總體而言，法蘭西不如她那以盾牌和三叉戟為標誌的姊妹國那樣熱衷於靈異事件。她忙著印鈔票、花鈔票，正異常順溜地一路往山下滾去。此外，她也在教士的指引下以如此人道的成就自我取樂：譬如判決了一個青年，斬去兩手，用鉗子拔掉舌頭，然後活活燒死，因為他在五六十碼以外的地方看到一群邋遢僧侶的巡行隊伍經過時，竟然沒有冒雨跪倒在地向他們致敬。在遭難的人被處死時，長在法蘭西和挪威森林裡的某些樹木很可能已被「命運」這個樵夫看中，砍倒了鋸成木板，外加一個大麻袋和一把鍘刀，做成了一種在歷史上以恐怖聞名的可移動的木架。而在同一天，巴黎近郊硬結的土地上某些農戶的簡陋偏屋裡停了幾輛馬車在那兒躲避風雨，那些車做工粗糙，濺滿了鄉野的汙泥，豬群在車身旁嗅著，家禽棲停在上面，這些車輛很可能也已經被「死神」這個農夫選中，要在革命時用作死囚的囚車。儘管那「樵夫」和「農夫」四處走動忙個不停，卻總是躡手躡腳保持了靜默，不讓任何人聽見：確切地說，倘或有人懷疑到他們的行動，反而會被說成是不信神和大逆不道。

而英格蘭也幾乎沒有秩序和保障，能為民族自豪感提供辯護。都城裡每天晚上都有大膽歹徒手執

1「麵包和魚」的典故出自〈福音書〉裡記載的耶穌奇蹟，據說耶穌用七條麵包和魚拯救了數千的饑民。這裡用「麵包和魚」譬喻了維持百姓生計的生活物質。

2 指瓊安娜·紹斯柯特（一七五〇—一八一四），英國的宗教狂熱者，自稱是〈啟示錄〉第十二章中的那個懷孕婦人，會通靈術，並出版了預言書，有不少追隨的信徒。

武器入室盜竊和攔路劫掠。警示公告貼到了各家各戶：但凡要離城外出，務必把家具什物轉移到家具商的倉庫，以保安全無虞。大白天是城裡的商人，到夜裡就成了強盜頭領。倘若被他攔停的商會夥伴認出了他，使他受到了挑戰，他便會勇猛地一槍射穿對方的腦袋，然後揚長而去。七個強盜在通往白金漢宮的幹道上攔路打劫，被衛兵擊斃了三個，結果衛兵自己「因為彈盡援絕」也被剩下的四個強盜殺死。此後，這條路上就只有「和平打劫」了；倫敦的市長大人，一個地位顯赫的人物，在特恩漢姆林地被一個強盜攔停後就乖乖地站住不動，那強盜當著一眾隨員的面竟然把他搶了個精光。

倫敦的監獄裡，囚犯和看守幹架，法律的最高權威朝囚犯開槍，火銃槍膛裡裝填了好多回子彈和鉛丸。在法庭休息間裡，小偷剪下了貴族大人脖子上掛著的鑽石十字架。火槍手闖進聖吉爾斯教堂去檢查走私貨，暴民朝火槍手開槍，火槍手也朝暴民開槍，大家對此類事件早已見怪不怪。置身此種情形下，劊子手可就閒不下來了，他們總是應接不暇；現在，各式各樣的罪犯全都用繩子綁著，串成了一個個長隊；星期二抓住的入室竊賊，星期六就會被絞死；還把新門監獄的囚犯每十二個編成一組，用火刑燒死；有時又會在西敏寺議會大廳門前焚燒小冊子。今天處決了一個凶殘的謀殺犯，到第二天又處決了一個可憐的小偷，只因他搶了農家孩子的六便士。

凡此種種，外加上一千樁類似的事件，就這樣在可愛又古老的一七七五年接二連三地發生了。處在這些事件的包圍中，「樵夫」和「農夫」仍然不為人知地忙忙碌碌著，至於大下巴的兩位國王、相貌平平與面容姣好的兩位王后，仍然頤指氣使地高調行使著他們神授的君權。就這樣，一七七五年引領了大人物們和無數的芸芸眾生一起走上了他們面前的道路——我們這部微觀編年史中的幾位自然也身在其中。

第二章

郵車

這是十一月下旬一個星期五的晚上，多佛大道，與這段歷史故事有關的第一個人物出場了。道路就鋪展在多佛郵車的前方，此時郵車正慢吞吞地爬上射手山。跟其他乘客一樣，此人也腳踩著泥濘隨同郵車徒步上山。倒不是因為乘客都對步行鍛鍊有絲毫興趣，只因那山坡、馬具、泥濘和郵件已讓馬匹感到分外吃力，牠們停了三次，有一回還拉著郵車橫過大路，意欲中途叛變，把車拖回黑荒原去。好在韁繩、鞭子、車夫和衛兵的聯合行動有如宣讀了一份宣戰檄文，那文件嚴厲禁止任何反向的爭論，尤其打壓那種認為野蠻動物也有理性的說法。於是這幾匹馬俯首認輸了，重又擔負起了自己的職責。

幾匹馬垂著頭、擺著尾，踩著厚厚的泥淖前進著，時而掙扎，時而趔趄，大骨節彷彿快要散了架。每當車夫讓幾匹馬停下休息，嘴裡小心地喚著「喔呵！喲呵，慢！」時，他身邊帶頭的馬就會使勁搖晃自己的頭和頭上的一切——彷彿這是個特別強調的姿勢，牠根本就不相信郵車能夠爬上坡去。每當帶頭的馬這麼咔嗒咔嗒地亂搖頭，那位旅客總會嚇一跳，如同所有神經緊張的旅人那樣，心裡頗有些惴惴不安。

從山坳升起的霧氣，如邪惡淒涼的幽靈向山頂湧去，欲尋一個休憩之地，卻沒有找到。那霧溼答答黏乎乎，又冰冷刺骨，猶如壞天氣裡大海的濁浪般緩緩地在空中翻滾，彼此相隨而蔓延。霧是那麼濃，以致車燈只能照見翻捲的霧和幾碼之內的路面，此外什麼也看不到。費力前行的馬匹的臭氣飄入了霧中，彷彿所有的霧都是從牠們身上散發出來的。

除了剛才那人外，另有兩個人也在郵車旁艱難行進。三個人都用圍巾裹到臉頰和耳朵邊，都穿著長統靴，彼此間無法依據眼前所見來看清對方的長相。他們盡可能包裹住自己，以免讓同路人心靈的眼睛和肉體的眼睛看出自己的形跡。那時候的旅客對短暫的結交都很有顧慮，因為路上遇到的任何人都有可能是強盜或是與強盜有勾結。後者的可能性是非常大的，因為當時每個郵車驛站、每家酒館都可能有人「拿了強盜頭領的錢」，也許是店老闆，也許是最不起眼的馬廄裡的普通人。一七七五年十一月底的那個星期五晚上，郵車正往射手山上行進，站在郵車後面專用踏板上的押車衛兵心裡就是這麼想的，他不停跺著腳，眼睛時刻盯著面前的武器箱，手就搭在箱面上，箱子裡有一把子彈上膛的大口徑短槍，下面是六或八支同樣上了膛的短馬槍，底層還放了一把短劍。

多佛郵車就像平時那樣「友好和睦」：押車衛兵懷疑旅客，旅客之間相互懷疑，對押車的那位也不放心，他們對任何人都很猜疑，而讓車夫放不下心的就只有馬了。他可以問心無愧地把手放在兩部聖約上面來發誓，這幾匹馬並不適合趕這趟路。

「喔呵！」車夫說道，「加把勁！再拉一段就到山頂了，你們他媽的就可以下地獄了！為了把你們趕上山，我可真是受夠了！喬！」

「啊！」衛兵應答。

「你想現在幾點鐘了，喬？」

「正好十一點過十分。」

「要命了！」車夫惱怒地脫口喊道，「還沒爬上射手山！呸！呀！你們繼續拉呀！」

那匹倔強的帶頭馬剛做出個表示堅決反對的動作，就被一鞭子抽了回去，只好鐵定了心往上走，另外三匹馬也就跟著學樣。多佛郵車再一次努力爬升，郵車旁，旅客的長統靴也一路踩著爛泥。剛才馬車停下時，他們也停下了，他們始終靠近車身走著。倘或三人中間有人膽敢建議另一個人往前趕幾步走進夜霧和黑暗中去，他很有可能立即就會被人當作強盜，一槍擊殺。

最後一番發力終於把郵車拉上了坡頂。馬匹全都停下腳來喘氣，押車衛兵下來給車輪塞上了防滑墊木，然後打開車門讓旅客坐上去。

「喂，喬！」車夫從座位上往下望著，用警惕的口氣叫道。

「你說什麼，湯姆？」

兩人都在聽。

「喬，我說有一匹馬跑上來了。」

「湯姆，依我說，那匹馬跑得相當快啊。」衛兵回答。他放掉門把手，敏捷地跳上了車後踏板。「各位先生，以國王的名義，請大家注意！」他倉促地喝令了一聲，扳起了大口徑短槍的扳機，作好了攻擊準備。

本故事記述的那位旅客已踩在車廂踏板上，正要上車，另兩位乘客緊隨在後，準備跟著進去。那人卻踩在踏板上不動了，半個身子進了車廂，半個身子留在了外面，後面兩人停在他身後的路上。三個人看看車夫又看看衛兵，又從衛兵望向車夫，也都在側耳細聽。車夫回頭望著，衛兵回頭望著，連那匹倔強的帶頭馬也豎起兩耳回頭張望著，並沒有表示異議。

郵車艱難行進時的隆隆聲停止後，此時夜晚變得分外安靜，四下裡寂無聲息。馬匹喘著氣，將一陣輕微的震顫傳導給了郵車，郵車也彷彿激動了起來，似乎連旅客的心跳都可以聽見。不管如何，在寂靜的暫停時刻，還能聽得出在場人的呼氣聲、屏息聲，還有等待時加速的心跳聲。

隨著驟急的馬蹄聲，一匹馬快步來到了坡上。

「喲呵！」衛兵盡量扯開嗓門大叫，「嗨，那邊的人，站住！否則我開槍了！」

踩濺泥漿的雜亂馬蹄聲戛然而止，霧裡頭傳來一個男子的聲音，「前面是多佛郵車麼？」

「你別管它是什麼！」衛兵反駁道，「你是什麼人？」

「是多佛郵車麼？」

「你為什麼要打聽這個？」

「倘若是多佛郵車，我要找一個旅客。」

「什麼旅客？」

「賈維斯．洛里先生。」

我們提到過的那位旅客立刻表示那就是他的名字。衛兵、車夫和另兩位旅客都不信任地看著他。

「站那兒別動，」衛兵對霧裡的聲音說，「倘若我一失手，你這輩子就無法復原了。名叫洛里的那位先生，請馬上應答。」

「什麼事？」那位旅客問，聲音略微有些發顫，「是誰在找我？是傑瑞麼？」

（「我不喜歡傑瑞的聲音，如果那人就是傑瑞的話，」衛兵自顧自低聲嘀咕道，「這個傑瑞的嗓子粗啞到這種程度。我可不喜歡。」）

「是的，洛里先生。」

「怎麼回事？」

「那邊給你送來了一封急件。苔××公司的。」

「這個送信的我認識，衛兵。」洛里先生下到了路上——身後的另兩個旅客馬上從後面出手幫助，卻未必出於禮貌。隨後他倆立即鑽進車廂，關上了車門，拉上了車窗。「你可以讓他走近些，不會有什麼問題。」

「我也希望沒有問題，但我不能這麼放手不管，」衛兵自言自語，口氣很生硬，「喂，對面那位！」

「聽到了，哈囉！」傑瑞說，嗓子聽起來比剛才更粗啞。

「按正常步速騎過來！聽到沒有？你那馬鞍上倘若有槍套，別讓我看見你的手靠近它。我這個人很容易失手，一失手飛出來的就是子彈。現在讓我們看清你的模樣。」

馬和騎手的身影從盤繞的霧氣中慢慢顯露，來到了郵車旁，那位旅客就站在那兒呢。騎馬人一邊抬眼瞄著衛兵，一邊彎下身子，遞給旅客一張折好的小紙條。他的馬呼呼地喘著氣，馬和人全都濺滿了泥巴，從馬蹄到騎手頭上的帽子。

「衛兵！」旅客用一種平靜的公事公辦的口氣說。

保持警惕的衛兵右手抓住抬起的短槍槍把，左手扶住槍管，眼睛盯著騎馬人，簡短地回覆道：

「先生。」

「沒什麼好擔心的。我是苔爾森銀行的，你一定知道倫敦的苔爾森銀行吧。我要去巴黎出一趟差。這個克朗就請你喝酒了。我可以讀這封信麼？」

「可以，不過請快一點，先生。」

他拆開信，就著馬車這側的燈光讀了起來——看完後又高聲念了出來：「『在多佛等候小姐。』你看，衛兵，信並不長。傑瑞，把我的回覆告訴他們：死人復活了。」

馬鞍上的傑瑞愣了一下。「這個回覆也太古怪了。」他說，嗓子粗啞到了極點。

「你把這話帶回去，他們就知道我已經收到信，跟寫了回信一樣。路上盡可能小心，晚安。」

說完這些話，那位旅客便打開車廂門鑽了進去。這回兩個同行旅伴誰也沒有幫助他。他們早就把手錶和錢包迅速藏進了靴子，現在已經假裝睡著了。他們不再有什麼明確的打算，不想冒險去招惹任何是非。

郵車又隆隆地前進，當它開始下坡時，被花環似的一團團濃霧給圍住了。衛兵立即把大口徑短槍放回了武器箱，看了看箱裡的其他東西，看了看皮帶上掛的備用手槍，再看了看座位下一個更小的箱子，那箱子裡有幾把鐵匠工具、兩三支火把和一個火絨盒。因為他攜帶的裝備很齊全，萬一車燈被大風刮滅（有時的確會發生這類事），他只須鑽進車廂，不讓燧石敲出的火星子落到草墊上，五分鐘內就能輕輕鬆鬆把車燈重新點亮，而且相當安全。

「湯姆！」馬車頂上傳來了溫和的招呼聲。

「嘿，喬。」

「你聽見那消息了？」

「聽見了，喬。」

「你怎麼看，湯姆？」

「沒什麼看法，喬。」

「巧了啊，」衛兵沉思著說，「因為我也同樣沒什麼看法。」

傑瑞一個人留在了晦暗的霧中。他下了馬，讓那匹疲憊不堪的坐騎放鬆一會兒，抬手擦去了自己臉上的泥巴，又把帽簷上的水甩掉——那裡可能裝了有半加侖水。他把韁繩搭在自己濺滿泥漿的手臂上，又站了一會兒，直到郵車的車輪聲再也聽不見，夜晚又恢復了寂靜，這才轉身往山下走去。

「從聖殿柵門[1]一路不歇地跑來這裡，我的老姑娘，我對你那雙前腿就不太放心了。我得先把你帶到平地上，」這個喉嚨沙啞的信使看了他的母馬一眼，自顧自地說，「『死人復活了』！這個回覆也太古怪了，它對你可大大地不利啊，傑瑞！我說傑瑞，傑瑞，你恐怕要倒大楣了，倘若死人復活的事流行起來的話！」

1 指舊時倫敦城的入口。中世紀的倫敦市政當局為控制進城的商人，在入城幹道上設置了柵欄，聖殿柵門是最有名的一個，扼守了倫敦與西敏寺，它得名於附近的聖殿教堂。

第三章
夜之暗影

每個人對所有其他人來說，都構成了無窮的祕密和奇蹟──細想起來這真是很奇妙的事。當進入夜間的大都市，我總會嚴肅地沉思，黑暗中連成一片的房屋，每一幢都蘊藏了各自的祕密，每幢房屋的每個房間也有它自己的祕密；而在數十萬人胸膛中跳動著的每一顆心，他們各自心裡的想像，即便對最靠近它的心來說也都是祕密！某些可怕的東西，甚至死亡本身，也與這個心靈的祕密有關。我再也不能翻開我喜愛的這本寶貴的書了，只希望能有時間把它讀完。我再也無法探究這深不可測的水流了，當光線短瞬間照入水中時，我曾瞥見埋藏水底的珍寶和其他東西。這本書註定要永遠永遠地閉合上了，但我才只讀了一頁。那水流註定要在嚴寒中被永恆地冰凍起來，陽光會照著冰面，我也只能愚昧無知地站在岸上。我的朋友死了，我的鄰居死了，我愛的人，我靈魂的伴侶已經死了；那個人的心中總是有一種無法阻遏的執念，要永久地保存這個祕密，而我會帶著這個祕密直至生命的終點。對我來說，在我經過的這座城市的墓地中，有哪個長眠者的內心世界會比城裡忙碌的芸芸眾生更難以捉摸，或者，對他們來說，我才是更難以捉摸的那個？

這是一種天生而並非特例的遺傳特質，在這點上，馬背上的信使與國王、首相或倫敦城最富有的商人別無二致。此刻關在那輛顛簸前行的老郵車的狹小空間裡的三個乘客也是如此；他們相互之間完全難以理解，如同獨自坐在一個六人車廂裡，或是六十人的車廂裡，彼此隔了非常遙遠的距離。

信使回程時輕鬆地緩轡而行，時常在路邊的酒館下馬順便喝上一口，不怎麼說話，刻意保持低調，帽簷翹起，隨時觀察著周邊狀況。他那雙眼睛跟帽子非常般配，瞳孔是黑色的，但色彩和形狀都缺乏深度，而且彼此之間也靠得太近，彷彿很害怕分得太開便會洩露什麼祕密。在那翹起如三角痰盂模樣的帽簷下，他的眼睛裡有一種陰險的神情。眼睛下面，一條大圍巾裹住了下巴和喉嚨，圍巾下襬差不多一直垂到了膝蓋。喝酒的時候，他只用左手拉開圍巾，然後用右手把酒灌進嘴裡，喝完馬上又把圍巾圍了起來。

「不，傑瑞，不！」信使騎馬走著時不停地自言自語。他在思考一個問題：「這對你很不利，傑瑞。傑瑞，你是誠實的生意人，這對你的生意很不利！死人復活了！——他要是沒喝醉，那你就揍扁我！」

帶回的消息讓他困惑不已，他好幾次脫下帽子搔著頭皮。他幾乎已全禿，除了頭頂剩下的一叢亂髮：那頭髮長得又黑又硬，又順著前額往下長，幾乎垂到了那個寬闊的大肉鼻前面。與其說那是頭髮，倒不如說像是某個鐵匠的作品，或是插滿鐵蒺藜的牆頭。最擅長玩跳背遊戲的高手也會拒絕從他的頭頂跨過去，會把它看作世界上最危險的一道障礙。

他騎著馬往回走。他要把消息帶給聖殿柵門旁苔爾森銀行門口崗亭裡的守夜人，守夜人會把消息轉告給銀行裡更高的權威。此刻，黑夜的暗影如同從那個消息裡生出的無數幻象出現在面前，同時也讓這匹母馬變得心神不安，因為她見了路上每個黑影都會嚇得趕緊避退。

此時，郵車正載著三個難以捉摸的神祕乘客轟隆隆、咔嗒嗒地在漫長沉悶的路途中顛簸行進。在他們睡意朦朧的眼睛和游移的思緒中，夜晚的黑影也暗示了同樣的幻象。

郵車裡，苔爾森銀行的業務照常進行。那位在銀行做事的旅客在座位裡打著瞌睡：一條手臂勾著皮帶圈，借助它來讓自己不撞著鄰座的乘客，馬車顛簸得太厲害時也不至於被甩到車角落裡去。車燈的朦朧光影透過小小的車窗映入了他半閉的眼簾，對面旅客的大件行李變成了生意興隆的銀行。馬具的咔嗒聲變成了錢幣的叮噹聲，五分鐘之內兌現的支票數目竟然比苔爾森銀行國際國內業務中用三倍時間完成的還多。然後苔爾森銀行的地下保險庫在他眼前打開了，裡面是他所熟知的貴重貯藏品和各種祕密（他對這類東西的瞭解可不是一點點）。他走到裡面去巡視，一隻手拿著一串大鑰匙，一隻手舉著燈火微弱的蠟燭，發現那裡安全、堅實、可靠、平靜，正如他上次見到時一樣。

可是，此外還有一連串印象整夜不停地縈繞——他正要去把一個死人從墳墓裡挖出來。一會兒在銀行，一會兒又在郵車裡（讓人覺得恍惚迷亂，像是服了鴉片製劑後的那種疼痛感），

然而，夜晚的黑影並不曾指明，閃現在他面前的那麼多張面孔中哪一個才是那個被埋葬的人的臉。不過它們都是一個四十五歲男人的可怕面孔，極度疲倦和憔悴，它們之間的差別主要在於表現的情感。驕傲的、輕蔑的、反抗的、頑強的、屈服的、哀傷的表情交替而來；深陷的雙頰，慘白的臉色，瘦骨嶙峋的雙手和體形。基本上就是同一張臉，但每一個的頭髮都過早變白了。睡意朦朧的旅客曾問過這個幽靈一百次：「埋了多少年了？」

回答總是一樣：「差不多十八年了。」

「你已經完全不指望自己能被挖出來了麼？」

「早就不指望了。」

「你知道你復活了麼？」

「他們就是這樣告訴我的。」

「我希望，你會想要活下去？」

「很難說。」

「我應該把她帶來讓你看看麼？你願意來看她麼？」

對這個問題的回答前後不同且自相矛盾。有時是很頹喪的回答：「等等！如果我太早看見她，我會死掉的。」有時會淚如雨下，充滿溫情地說：「帶我去看她。」有時卻瞪大了雙眼，滿臉惶惑地說：「我不認識她，我不懂你的意思。」

如此這般的想像中的對話之後，乘客又在幻想中挖呀挖地挖個不停——有時用一把鐵鍬，有時用一把大鑰匙，有時就用兩手——要把那個可憐的人給挖出來。那個「他」終於被挖出來了，臉上、頭髮上沾滿了泥巴，他會突然消失，然後化為塵土。之後，那個乘客猛然醒來，他拉下車窗，聽任雨霧落到自己的面頰上，重又回到了現實中。

可是，即便他的眼睛在霧和雨、在晃動的燈光、在路旁疾速後退的樹籬前睜了開來，車窗外黑夜的魅影也會與車廂內的黑影連成一片。聖殿柵門旁真實的銀行大廈，銀行過往時日真實的業務、真實的保險庫、派來追趕他的真實的信使，以及他作出的真實回覆，也全部沉入了那片黑影裡。那幽靈般的面孔仍會從這些魅影中冒出來，而他也會再次與它對話。

「埋了多少年了？」

「差不多十八年了。」

「我希望，你會想要活下去？」

「很難說。」

挖呀挖地挖不停呀，直到同行的兩個乘客中的一個不耐煩了，他拉上窗簾，把手臂牢牢地穿進了皮帶，然後打量著那兩個昏睡的人影，直到兩人又從他的意識中溜走，跟銀行、墳墓融滙到一起。

「埋了多少年了？」

「差不多十八年了。」

「你已經完全不指望自己能被挖出來了麼？」

「早就不指望了。」

這些話還在他的耳畔迴響，如剛剛說出時一樣，他聽得清清楚楚——與他平生裡聽過的任何話語一樣——這時，這位疲勞的乘客突然意識到天光已放亮，夜晚的暗影也已經消失。

他拉低車窗，望著外邊初升的朝陽。窗外有一條翻耕過的田壟，上面停了一架昨晚除去馬軛後留下的耕犁。遠處是一片寂靜的灌木林，那裡仍然餘留了很多火紅和金黃的樹葉。地面雖然又冷又溼，天空卻很明淨。太陽升了起來，明亮、平靜而美麗。

「十八年！」乘客望著太陽說，「仁慈的造物主呀！活埋了十八年！」

第四章

準備事項

上午時分，郵車順利抵達了多佛。喬治王旅館的侍者領班依照慣例打開了郵車車門，動作略帶些許禮節性的誇張，因為在大冬天從倫敦乘郵車來到這裡可是了不起的成就，值得向富有冒險精神的旅客道賀。

此時，接受道賀的富有冒險精神的旅客只剩了一個，另兩位已在途中日的地下了車。郵車那發霉的車廂，外加潮溼骯髒的草墊、難聞的氣味、黯淡的光線，感覺真像個大狗窩；而旅客洛里先生，看他鑽出車來抖落乾草、拍打帽子的樣子，那身皺巴巴的衣服，沾滿泥點的兩腿，感覺也頗像一條大狗。

「明天有去加萊的郵船麼，領班？」

「有的，先生，如果天氣不變並且風向容許的話。等下午兩點左右海潮一起，就可以開船了，先生。要訂個鋪位麼，先生？」

「我要到晚上才睡，不過還是要個房間吧，再給我叫個理髮師來。」

「之後要安排早飯麼，先生？是，先生，就照您的吩咐辦。領這位先生到協和客房去！把先生的旅行箱還有熱水送過去。進屋後先給先生脫掉靴子——房間裡有舒服的燃煤火爐，先生。再把理髮師叫來。現在，都到協和客房辦事去！」

協和客房總是安排給郵車旅客，而郵車旅客總是從頭到腳裹得嚴嚴實實。因此，在喬治王旅館的協和客房便出現了一種特別有趣的景象：進屋時都一個模樣，出門時卻各色各異。過後，另一個侍者、兩個搬運夫、幾個女僕和女店主就像偶然出現似的在協和客房和咖啡室之間的通道上晃來晃去，不一會兒，一位六十歲左右的紳士便走出門來去用早餐。他穿了一件褐色的正裝禮服，那禮服有方形的寬袖口，有大翻蓋的口袋，頗有些舊，卻洗燙得很考究。

那天上午，咖啡室裡除了這位穿褐色禮服的先生之外就沒有別的客人了。他的餐桌已拉到壁爐前，他坐下等待早餐，爐火映照在他身上，他卻一動不動，彷彿是在讓人給他畫像。

他兩手放在膝蓋上，看起來十分整飭有條理，翻蓋的背心口袋裡，一隻懷錶正大聲滴答作響，彷彿要拿它的莊重持久與搖曳火焰的瞬息多變作對比。他的腿形保持得不錯，本人也多少有點為此自豪，因為那雙褐色長襪在腿上裹得緊緊的，而且質料很不錯；鞋和鞋扣很樸素，卻很整潔；他在頭上戴了個很合貼的亞麻色小假髮，式樣別致，捲曲優美。據說是用頭髮做成的，但看起來更像是用真絲或玻璃絲紡出來的。他的襯衫雖然不像長襪那樣用了上好質料，但也白得耀眼，就像拍打著附近海灘的浪尖，或是遙遠海面上在日光中閃爍的點點白帆。他的臉顯出了習慣性的平和肅然，但在那頂古雅的假髮下，一雙溼潤明亮的眼睛讓整張臉仍然顯得很有活力，那種鎮靜沉著、不動聲色的表情，看來的確是在菩爾森銀行歷經多年的磨礪才訓練出來的。他的雙頰泛著健康的紅暈，臉上雖有皺紋，但並不顯得焦慮。這大約是因為這個菩爾森銀行處理祕密業務的單身職員主要是為其他人的憂慮而奔忙，而那些「二手的憂慮」就像二手的舊衣服，來得容易去得也容易吧！

洛里先生保持著讓人畫像的坐姿睡著了，是送來的早餐喚醒了他。他把椅子移近了餐桌，對侍者說：「請你們準備好一位小姐的食宿。她可能會在今天任何時候到達。她可能來找賈維斯・洛里先生，也可能只說找苔爾森銀行的人。屆時請通知我。」

「是的，先生。倫敦的苔爾森銀行麼，先生？」

「是的。」

「好的，先生。我們常常有幸接待在倫敦和巴黎之間往返旅行的貴行人員，先生。苔爾森銀行的職員出差很多的呢。」

「不錯。我們是英國銀行，在法國有很大的分支。」

「是的，先生。我看您自己倒是不大出差，先生？」

「近幾年不大出差了。從我們——我——最後一次去法國回來，到現在已經十五個年頭了。」

「真的，先生？那時候我還沒來這兒呢，先生。那是在我們這批人之前，先生。那時候喬治王旅館還在別人手上，先生。」

「我相信是的。」

「但我很願意打個賭，先生，像苔爾森銀行這樣的商號——不用說十五年了——恐怕在五十年前就已經業務興隆了吧？」

「你可以翻三倍，說是一百五十年前，這樣才和真實情況差不多。」

「真的啊，先生！」

侍者張大了嘴，瞪圓了眼，從餐桌邊退後了幾步，把餐巾從右臂換到了左臂上，然後便依照身為侍者的職責延續了無數年代的習慣做法，站著觀看客人吃飯飲酒，彷彿正站在天文臺或是瞭望塔上。

洛里先生吃完早飯便去海灘上散步了。多佛城很小，狹窄又彎曲，像是一隻海上的鴕鳥從海灘逃離，然後把牠的頭藏進了白堊懸崖裡。海灘是大海與石頭瘋狂搏鬥的一個荒涼所在。大海喜歡為所欲為，而它想幹的事就是破壞。它曾瘋狂席捲了城鎮、衝擊了懸崖，也曾摧毀海岸。屋宅中間的空氣飄著一股濃烈的魚腥味，讓人覺得是生病的魚爬上岸泡在這兒的水裡，就像人生病了跑到海裡去洗海水浴一樣。港口裡有幾艘漁船，到了晚上就有不少人出來散步，眺望海景，在海水漲潮、水位很高的時候，遊人就特別多。這裡有一些小商小販，並不做什麼生意的樣子，有時不知怎麼的就發了大財。值得注意的是，這附近一帶沒有人樂意雇用點燈夫。

時間已到了下午，天空有時晴朗得都可以看見法國海岸了，然後很快又彌漫了薄霧與水汽。洛里先生的思緒似乎也變得陰沉了起來。天色暗下來後，他就坐到了咖啡室的壁爐前，像早上等待早餐一樣等著晚餐，他盯著燒得通紅的煤塊，心裡又在忙著挖呀挖呀挖了。

對一個盯著通紅煤塊苦苦思索的人來說，飯後來一瓶上好的紅葡萄酒除了有可能讓他無法繼續思考之外，可以說毫無妨礙。洛里先生就這麼打發了很長一段時間，如上了年紀的紳士快喝完整瓶酒時那樣容光煥發，帶著心滿意足的神情正要給自己斟上最後一杯。這時，外面的狹窄街道上響起了車輪的咔嗒聲，然後，一輛馬車便駛進了旅館的院子。

他放下了尚未沾唇的酒杯。「小姐到了！」他對自己說。

不一會兒，侍者進來通報了，曼內特小姐已從倫敦趕來，她很樂意見一見苔爾森銀行的先生。

「這麼快？」

曼內特小姐路上已用過點心，不想再吃什麼，她非常急切地想見到苔爾森銀行的先生，倘若他有此意願而且也方便的話。

苔爾森銀行的先生沒說什麼多餘的話，面無表情地端起酒杯，將最後一杯酒飲盡，整了整耳邊那頂古怪的亞麻色小假髮，便跟著侍者來到了曼內特小姐所在的房間。那是一間光線昏暗的大屋，家具鑲著葬禮風格的黑色馬毛呢面，屋裡還擺著幾張沉重的黑色桌子。這些桌子之前上過多次油漆，因此，大屋正中那張桌子上的兩支高高的蠟燭在每張活動桌板上都映出了陰鬱的反光；燈影彷彿被埋葬在黑色桃花心木墳墓的深處，倘若不把它們挖掘出來，就別指望會見到什麼光亮了。

光線朦朧很難看透，當洛里先生踩著破舊的土耳其地毯小心翼翼向前走去時，還以為曼內特小姐此刻是在隔壁房間裡，直到他走過那兩支高蠟燭後，才看到一位小姐正站在他和壁爐之間的桌邊迎接他。打量來看，小姐的年紀應該不到十七歲，披了件騎馬斗篷，手裡還抓著旅行草帽的緞帶。如此嬌小輕盈的美麗身軀，一頭金色的秀髮，一雙用探詢的眼神注視著他的藍眼睛，還有一個那麼年輕光潔、時而舒展時而蹙起的極具魅力的前額：它顯露的表情不完全是困惑、驚訝或是恐懼，也不僅僅是一種愉快的專注，不過它也包括了所有這四種表情。當他看到這一切，眼前突然閃過一種強烈的似曾相識之感。是那個孩子，他之前橫渡海峽的時候曾抱在臂彎裡的孩子，記得那天很冷，天空落下了大冰雹，而大海波濤洶湧。如同在她身後那面狹長穿衣鏡上哈出的一口氣一樣，那種似曾相識感漸漸消失了（穿衣鏡的鏡框上有一群殷勤服務的黑皮膚小愛神，個個缺胳臂少腿，有的還沒了腦袋，都在向黑皮膚的女神奉獻盛滿「死海之果」的黑色花籃）——於是，他向曼內特小姐行了一個正式的鞠躬禮。

「請坐，先生。」年輕人的聲音十分清晰悅耳，帶了點外國口音，不過不算重。

「請允許我吻您的手，小姐。」洛里先生說道，他按老輩人的禮數又鞠了一躬，這才落了座。

「昨天我收到了銀行寄來的一封信，先生。告知我有個情況——或是發現……」

「用詞無關緊要，小姐；兩種說法都是可以的。」

「……與我那可憐父親的一小筆財產有關，我從來沒見過他——他去世已經很久了……」

洛里先生在椅子裡動了動，不安地望了望那隊奉獻儀式中的黑皮膚小愛神，彷彿他們那可笑的籃子裡會有什麼對人有用的東西！

「信裡提出我必須去一趟巴黎，讓我跟銀行的一位先生接洽，以便安排好去巴黎的行程。」

「那個人就是我。」

「如我所料，先生。」

她向他行了個屈膝禮（**那時的年輕女士還行屈膝禮**），同時很明確地表示，洛里先生要比自己年長和睿智許多。洛里先生再次向她鞠了一躬。

「先生，我回答銀行說，鑒於瞭解此事並且好心向我提出建議的人認為我必須去一趟法國，而我是孤兒，沒有親友能與我同行，因此，倘若我能夠獲得允許，在旅途中得到那位可敬的先生保護的話，我將十分感激。那位先生已經離開了倫敦，我想信使定然已經告知他，請他在這兒等我。」

「我很高興接受委託，」洛里先生說，「也很高興能陪同您起程。」

「先生，我的確要感謝您，非常誠摯地感謝您。銀行告訴我說，那位先生會向我解釋細節原委，還讓我作好心理準備，因為那件事很叫人吃驚。我已作好了充分準備，我當然產生了一種強烈而急切的興趣，想要知道它的真相。」

「當然，」洛里先生說，「是的——我——」

他略作停頓，整了整耳邊捲曲的亞麻色假髮，補了一句：「一時還真不知該從哪裡說起。」

他並沒有立即開始說，正猶豫不決的時候遇上了她的目光。年輕人的額頭抬了起來，流露出那種獨特的表情——獨特、美麗，也很有性格——她舉起手來，好像在以一個無意識的動作試圖抓住或制止某個閃過的影子。

「您從來沒見過我麼，先生？」

「難道我見過您？」洛里向前攤開了雙手，帶著爭辯的微笑。

在她的眉間和女性的小巧鼻子的上方出現了一道微妙的纖細皺紋，她就帶著這樣若有所思的表情在椅子裡坐了下來，此前她一直是站著的。她在思索的時候，洛里先生一直看著她，當她又抬起眼睛，他就往下說了下去：「在收養了你的這個國家，我想，最好還是把你當作一位年輕的英國女士來稱呼，曼內特小姐。」

「隨您的意，先生。」

「曼內特小姐，我是業務代理人，我在執行一項我必須盡責的業務。在我們的往來對答中，您無須介意，就把我當作是一臺會說話的機器好了——真的，除此之外我也沒有其他的功用。您若是同意，小姐，我就把我們一個客戶的故事講給你聽。」

「故事！」

他似乎故意要誤解她所重複的那個詞，急忙補充道：「是的，客戶；在銀行業務中我們通常會把與我們有往來的人叫作客戶。他是個法國紳士；從事科學工作，也很有成就——他是醫生。」

「不是博韋人[1]吧？」

「啊，是的，是博韋人。跟令尊大人曼內特先生一樣，這位紳士是博韋人。而且和令尊曼內特先生一樣，他在巴黎也很有名望。我有幸在那兒結識了他。我們之間是業務關係，但彼此很信任。那時我還在法國分行工作，那已經是——噢，二十年前的事了。」

「那時——我可以問一下是什麼時候麼，先生？」

「我說的是二十年前，小姐。他娶了一位英國小姐，而我就是他婚禮的經辦人之一。和許多法國人與法國家庭一樣，他把他的事務完全交予了苔爾森銀行來打理。以此方式，我也是，或者說曾經是數十位客戶的受託人。這些都只是業務關係，小姐；其中沒有友誼，也談不上有特別的興趣和感情。在我的業務生涯中，我前後經手了許多客戶，就像我現在的業務工作，也是這樣不斷地換客戶。長話短說，我沒有感情；我只是一臺機器。請繼續……」

「但這是我父親的故事，先生；而且我開始想到，」她皺緊眉頭好奇地看定了他，「母親在父親去世兩年後也去世了，我成了孤兒。把我帶到英國來的就是您。我幾乎可以肯定。」她信任地向他伸出了手，洛里先生帶了幾分猶豫，抓住那隻小巧的手，禮貌地放到唇上，隨後把年輕姑娘送回了座位。他左手扶住椅背，右手一會兒輕擦面頰，一會兒撥弄耳邊的假髮，一會兒打著手勢，他站著俯看她的臉，她也坐在椅子裡望著他。

「曼內特小姐，的確是我把你帶回來的。而你會明白我剛才所說句句為實：我沒有感情，我和他人的關係都只是業務關係。你剛才暗示說自那以後我從來沒有看望過你，不，之後你就一直由苔爾森銀行負責監護，而我也忙於銀行的其他業務。感情！我沒有時間來處理感情，也沒有機會。小姐，我這輩子只是在讓一個巨大的金錢機器保持運轉。」

將他的日常工作做了這番奇怪的描述之後，洛里先生用兩手壓平了頭上的亞麻色假髮（其實毫無必要，因為那頂閃亮的假髮之前就很平順了），又恢復了先前的姿勢。

「到目前為止，小姐，這只是你那不幸的父親的故事（如你已經覺察到的那樣），現在我要講的是一個不同的版本。如果令尊大人並沒有在他本該死去的時候死去——別害怕，你嚇了一跳呢！」

她的確嚇了一跳，雙手抓住了洛里先生的手腕。

她求援般緊抓住他的手指劇烈顫抖著，洛里先生把搭在椅背的左手放到她的手上，安慰道：「請你控制自己，不要激動——這只是業務工作。如我剛才所說。」

姑娘的神情令他十分不安，他停下話頭，踱了幾步，才重新說下去：「如我剛才所說：假如曼內特先生沒有死，而是突然悄無聲息地消失了；假如他是被綁走的，猜出他被弄到什麼可怕的地方並不困難，難的是沒有辦法查探他的下落；假如他的敵人就是他的某個同胞，那人能夠使用據我所知在對岸國家常人都不敢談及的特權，比如簽署一張空白拘捕證就可以把任何人送進監獄無期限關押，聽任他被世人忘記。假如他的妻子曾乞求國王、王后、法院和教士調查他的下落，卻杳無音訊——那麼，你父親的過去也就成了這個不幸紳士的過去、這個博韋醫生的過去。」

「先生，我懇求您，請告訴我更多的情況。」

1 博韋是法國北部舊省的一個城市，以博韋大教堂而聞名。

「我會的。我正準備告訴你。但你受得了麼？」

「我什麼都受得了，就是不能忍受現在這樣的不確定狀態。」

「你這話說得很鎮定，而你確實很鎮定。很好！」（不過他的態度並不如他的言語那麼滿意。）「一樁業務，就把它看作一項非辦不可的業務吧。哦，那位醫生的妻子很勇敢，也有志氣，倘若她在孩子生下來之前曾遭受了嚴重的傷害……」

「她生下的孩子是女兒吧，先生？」

「是女兒。那是業、業務工作。你別難過，小姐，倘若那位可憐的女士在孩子生下來之前曾遭受了嚴重的傷害，而她下定決心不讓孩子承受她所承受的任何痛苦，只願讓孩子相信她的父親已經死去，就這樣撫養她長大——不，別跪下！天啊！你為什麼會對我跪下？」

「我要知道真相。啊，可敬的善良慈悲的先生，我要知道真相！」

「那，那是業務。你把我的心攪亂了。心亂了怎麼能處理業務呢？咱們可得頭腦清醒啊。現在，譬如你能告訴我九個九便士是多少錢，或者二十個幾尼合多少個先令，就很令人鼓舞了。我對你的精神狀態也就更加安心了。」

他輕柔地將她攙扶了起來。她靜靜地坐著，雖然沒有直接應答，但抓住他手腕的手比剛才安穩了許多，這讓賈維斯．洛里先生略微放寬了心。

「對啊，對啊。鼓起勇氣！這是業務！你面前有你的業務，你能發揮作用的業務，曼內特小姐，你母親帶著你辦過這事。而在她去世之前——我相信她是死於心碎——從未停止尋找你的父親，儘管徒勞無果。她在你兩歲的時候離開了你，她希望你像花朵般盛開，希望你美麗而幸福，希望你的頭頂沒有烏雲，能過著安穩的生活——無論你的父親很快就心力交瘁死去，還是會在牢裡虛耗很多年的光陰。」

他一邊說著這些話，一邊懷著讚賞和憐惜的心情俯看著她那飄逸的金色秀髮，似乎自己在想像著它染上霜雪的模樣。

「你知道你的父母並沒有很多家產，他們的財產是由你母親繼承了然後留給你的。此後在金錢或別的財富方面沒有新的發現。可是……」

他感到自己的手腕被她抓得更緊了，便停了下來。剛才特別引起他注意的額頭上的表情，現在已經變成了強烈持續的痛苦與恐懼。

「可是我們已經——已經找到了他。他還活著。變化非常大，很可能是這樣。差不多變成了一個廢人，有這個可能性，雖然我們會往最好的方面去想。你的父親還活著，他已經被接到巴黎，住在一個老僕人的家裡，我們就要到那兒去：我要去確認一下他，如果還認得出來的話；你呢，你要去恢復他的生命、愛與責任，讓他好好休息，給他安慰。」

她渾身都在顫抖，那顫抖已傳遞到他那裡。彷彿夢囈一般，她聲音裡帶著畏懼，低聲卻清晰地說道：「我要去看他的鬼魂！那一定是他的鬼魂！——而不是他本人。」

洛里先生默默地摩挲著抓住他手臂的那雙手：「嘿，嘿，嘿。看吶，看吶，現在，最好和最壞的消息你都已經知道了。你馬上就要去看這個蒙受冤屈的可憐人了。只要海上和陸上的旅行一路順利，你很快就會陪伴在他的身邊了。」

她還是之前說話的那種聲調，只是聲音低得已近似耳語：「我一直自由自在、快樂無憂，而他的鬼魂從來沒有糾纏過我。」

「還有一件事，」為引起她的注意，洛里先生用了特別強調的語氣，「我們找到他時他用的是另外一個名字，他自己的本名早就被忘掉了，或是被掩蓋了。現在，去追究他用的是哪個名字只會有害無益；去追究他這麼多年來是遭到了忽視還是有意被監禁，同樣也有害無益；現在再去追究任何問題都是有害無益的，因為這樣做很危險。最好不要提及這個話題，無論在什麼地方，無論用什麼方式。不管怎樣，只要把他弄出法國就行了。我是英國人，我是安全的，苔爾森銀行在法國的聲望也很高，可是，就連我和銀行也都要避免提及此事。我身上沒有攜帶任何公開談及此事的文件。這完全是祕密任務。我的委任狀、入境許可和備忘錄都已包含在這一行字裡面：『死人復活了。』這句話可以作任何解釋。可是，怎麼回事？她一個字也沒有聽到！曼內特小姐！」

她一動不動地坐著，沉默不語，甚至沒有靠到椅背上，已完全失去了知覺。她瞪著雙眼看定了他，還帶著那種彷彿已雕刻或烙印在她額頭的表情。她的手緊緊抓著他的手臂，他怕傷著了她，都不敢把手抽離，因此，他只好保持姿勢不變，大聲喊人來幫忙。

一個長相粗野的婦女搶在旅館僕役前頭跑進屋裡。洛里先生儘管很激動，卻也注意到她全身一片通紅：一頭紅髮，穿著那種特別緊身款式的紅衣服，還戴著一頂非常奇怪的女式軟帽，像是近衛步兵團用的原木量杯，或是一大塊斯提爾頓乳酪。那女人立刻就把他和可憐的年輕姑娘分開了——她把一隻結實的手抵到他胸前那麼一推，就讓他退後幾步靠在了牆上。

（「我真以為她是個男人咧！」背靠牆壁喘著氣的時候，洛里先生心裡這麼想道。）

「喂，看看你們這些人！」這個女人對一眾旅館僕役大叫，「你們站在這兒瞪著我幹什麼？我有什麼好看的？你們為什麼不去拿東西？去把嗅鹽、冷水和醋拿來，不然我會叫你們好看的，快去！」

大夥兒立刻走散，去取這些清醒劑了。她輕柔地把病人放到沙發上，很內行、很親切地照料她，喚她「我的寶貝」、「我的鳥兒」，而且很驕傲、很小心地把她的一頭金髮捋開披到肩上。

「你這個穿褐色衣服的，」她怒氣沖沖地轉向洛里先生，「你該要告訴她的事就好好告訴她，非得把她嚇個半死？你瞧瞧她，漂亮的小臉蛋一片煞白，手也冰涼涼的。你覺得這是銀行界人士該做的事？」

這問題很難回答，弄得洛里先生窘迫不堪，只好遠遠地站著，同情心和謙卑感反倒沒那麼強烈了。這個健壯的女人用「倘若你們在這裡乾瞪眼瞧著，我會叫你們好看的」這種沒有明說的神祕懲罰趕走了旅館僕役之後，已經有條不紊地恢復了她的工作。她哄著姑娘把無力垂下的頭靠在了她的肩膀上。

「我希望她現在覺得好些了。」洛里先生說。

「就是好了也不會感謝你這個穿褐色衣服的，我可愛的美人兒！」

「我希望，」洛里先生帶著微弱的同情與謙卑停頓了一會兒，詢問道，「不知你能不能陪曼內特小姐到法國去？」

「很有可能！」那強壯婦人回答說，「如果上帝有意讓我渡海到那裡，你覺得祂還會讓我留在這個島上麼？」

又一個很難回答的問題。賈維斯．洛里先生退到一旁思考了起來。

第五章 酒館

街上落下一個大酒桶，還磕破了，意外事件是在從馬車上卸下酒桶時出現的。那木桶骨碌碌滾將下來，落在酒館門外的石頭路面上，桶箍裂開了，它像核桃殼一樣散了架。

正在附近做事或遊蕩的人都跑來現場搶酒喝了。粗糙的不規則形狀的鋪路石，其尖利稜角本來讓人以為是有意設計來弄瘸靠近它的生物的，此時已變成了一個個小酒池；每個池塘的周圍都擠滿了人，人數多少隨池子的大小而定。有些人跪了下來，合攏手掌捧起便喝；有的人讓女人壓著他的肩膀彎腰喝酒，趁酒液還沒從她們的指縫裡流走前自己也喝點；還有的人，有男也有女，直接用缺口的小陶杯往酒池裡去舀；有的甚至用女人的包頭巾蘸滿了酒液，再擰乾滴到嬰兒的嘴裡；有的人用泥巴築起了小堤壩來阻止酒液流失；有的人聽從樓上高窗的旁觀者的指示跑過來又跑過去，正在堵截往別的方向流走的酒；有的人則盯住了浸透酒液、被酒渣染紅的酒桶木板，正津津有味地舔著溼答答的碎片，甚至還咬吸了起來。那裡並沒有回收酒液的設備，可是，不但所有的酒都被回收了，連泥土也連帶著被刮掉了很多。倘若是很熟悉這條街的人，他肯定會認為這是出現了某種奇蹟，彷彿這條街上曾有清道夫來過。

搶酒遊戲持續進行的時候，街上迴響著男人、女人和孩子的歡笑聲和玩鬧聲，十分喧嘩刺耳。在這場遊戲中，粗魯的成分少而玩笑的成分多。其中倒有一種獨特的夥伴情誼，一種明顯的讓大家彼此交融的成分：幸運和快活的群眾彼此嬉鬧，一會兒擁抱，一會兒為健康乾杯，一會兒又握手，有十多個人甚至還手拉著手跳起了舞。酒喝完了，酒液最多的窪坑裡留下了很多格子圖案似的指爪印，這次集會也跟它突然發生時那樣突然就結束了。剛才把鋸子插在木柴裡跑開的人，現在又掄起了鋸子；剛才把盛熱灰的小罐放在門口的婦女又回去拿起了小罐（那罐子是用來緩解她或是孩子們因飢餓而作痛的手指或腳趾的）；光著膀子、頭髮蓬亂、面色慘白的男人剛才走出地窖，來到了冬日的陽光下，現在又回地窖去了；此地重又籠罩在了比陽光更為自然的陰雲中。

這回潑灑出的是紅酒；它染紅了巴黎近郊聖安東尼的一條窄街，也染紅了很多雙手、很多張臉、很多雙赤裸的腳足和很多雙木鞋。鋸木頭的手在木塊上留下了紅色的印記；看護嬰兒的婦人額頭染上了她重新裹上的破布頭的紅色汙跡；而貪婪吮吸過酒桶板條的人，他們的嘴角染上了老虎的紅鬍鬚。有個大高個子，頭上戴了頂髒兮兮的長口袋似的小睡帽，也變成了這樣的一隻老虎；調皮的他，此時竟用手指蘸了汙泥中的酒渣，在牆上亂塗了一個字：血。

那像紅酒一樣的東西，也將潑灑在街面的石頭上，它那紅色的汙跡，也將濺在那兒很多人的身上。那個日子很快就要來了。

適才被短暫的陽光驅走的烏雲，此時又懸停在聖安東尼的上空了。沉沉陰霾下，寒冷、汙垢、疾病、愚昧和貧困是服侍這位聖徒的幾位貴族大人——他們一個個大權在握，尤其是最後一位。生活在此地的人，因衣不蔽體而在寒風中瑟瑟發抖，在每道門裡進進出出，在每扇窗戶前張望，他們都是在煉獄磨盤裡飽受折磨的人的標本——但折磨他們的肯定不是神話傳說中能把老頭變成少年的神磨。這是摧殘人類的磨盤，能把少年折磨成老頭，能讓兒童染上過早衰老的容顏，能讓他們的聲音變得粗嘎肅然；它也在成年人的臉上磨出了一道道歲月的犁溝般的皺紋。而飢餓歎息著，又再度登場。它無所不在。飢餓就是高高樓房裡拿出來晾在竹竿上和繩子上的破爛衣服；飢餓用稻草、破布、木片和紙片在他們身上打滿了補丁；飢餓就停留在鋸木頭者鋸開的每塊木柴的小碎片上；飢餓從不冒煙的煙囪往下瞪視著；飢餓也出現在骯髒的街道上，那兒的垃圾殘屑裡找不到一丁點可以吃的東西；飢餓題寫在麵包師的層架上，題寫在他存貨不多的每一小片劣質麵包上，也題寫在臘腸店裡用死狗肉做成的每根臘腸上；飢餓的枯乾骨頭在烤板栗的轉筒裡咔嗒作響。飢餓就是被切得極小極薄的馬鈴薯片，只能勉強用幾滴油炸出來。

飢餓停留在一切適合它停留的東西上。一條彎彎曲曲的窄街分出了其他彎彎曲曲的窄街，街上滿是犯罪和惡臭，所有人都衣衫襤褸、戴著睡帽，所有人都散發出襤褸衣衫和睡帽的氣味。眼中所見的一切，全是一副病懨懨的樣子。人人都覺得走投無路，但還存了些困獸猶鬥的想法。雖然他們是如此沮喪萎靡，但他們之中也不乏眼裡直冒火星的人，因備受壓迫而將嘴唇抿得發白的人，以及緊鎖了眉頭看似正在考慮絞索的人（無論是他自己要承受，還是讓別人來承受）。

所有店鋪的招牌（幾乎每家店鋪都掛著招牌）都無情描繪了匱乏的現狀：屠戶和肉鋪的號牌上塗繪了最為瘦瘠的骨頭；麵包師描繪的是最粗劣的細條麵包；酒館招牌上則拙劣地畫著喝酒的客人，杯中的淡酒和啤酒所剩無幾，一邊發牢騷一邊滿懷了隱祕的憤恨。除了工具和武器之外，沒有一樣東西是時興稱手的：刀剪匠的刀子和斧頭鋒利又鋥亮，鐵匠的錘子沉甸甸，槍械匠造的槍托殺氣騰騰。

走上去會讓腿腳殘廢的石頭路面遍布了泥漿水窪，一直延伸到住戶門前，中間並沒有人行步道；作為補償，陰溝一直通到了街道正中——倘若它還算通暢的話。要它保持通暢的話就非得下一場大雨，可是，如果真的下起了大雨，很多時候水又會反常地倒灌進屋裡。

沿街道一路前行，隔很長一段距離，才會看到一盞用繩索和滑輪吊起來的蹩腳路燈。入晚，燈夫搖動滑輪放下了這些燈，點亮後，再將它們升到空中，一片微弱黯淡的燈焰之林就這麼病懨懨地懸浮在頭頂上，彷彿是海上的鬼魅磷火。它們也的確是在海上，這艘船和它的船員的確已經面臨了暴風雨來襲的危險。

不久之後，那個地區衣衫襤褸的貧民，因為長時間窮極無聊、餓著肚子，在觀察燈夫的日常工作後想出了一個改進的方法：用繩索和滑輪把人吊起來燒死，火光將照亮他們周圍的黑暗。不過，眼下這些還沒有發生。向法蘭西刮來的每一陣風都吹亂了窮苦人的破衣爛衫，卻徒勞無用，因為歌聲婉轉、羽色美麗的鳥雀沒有理會任何警告。

街角的這家酒館，外觀和等級都要超出它大多數的同行。剛才，穿黃背心和綠褲子的店老闆就站在門外看著大家爭搶潑灑在地上的酒。「這不關我的事，」他最後聳了聳肩說，「是市場的人打翻的。讓他們再送一桶來好了。」

這時，他恰好看見大高個子在牆上塗寫，便隔著街喊道：「嗨，加斯帕爾，你在那裡幹什麼？」

那人意味深長地指了指他寫的塗鴉，在這幫人之中這是常有的事。但這一招並不管用，對方完全不搭理——在這幫人之中這也是常有的事。

「怎麼了？你是打算進瘋人院麼？」酒館老闆走過街去，抓起一把爛泥塗在牆上，把那句玩笑話給抹掉了。他說道：「你幹嘛在大街上亂塗亂畫？告訴我，你就沒有其他地方來寫這種東西？」

說話間，他將一隻乾淨的手有意無意地按在大高個子的心口上。那人一巴掌打掉他的手，敏捷地往上一跳，落地後就勢擺了個古怪的舞蹈姿勢。他把一隻髒鞋從腳上踢飛，一把接住舉了起來。在當時情況下，他這樣的惡作劇雖然相當特別，但也不能說很野蠻。

「把鞋穿上，把鞋穿上，」店老闆說，「來杯酒吧，就在那兒喝！」他一邊這麼勸解著，一邊在大高個的衣服上擦了擦手——他是故意這麼做的，因為他的手正是由於加斯帕爾才弄髒的。之後他橫穿街道回了酒館裡。

這位酒館老闆三十歲左右，脖子粗壯如公牛，看起來很是剽悍。他一定是燥熱體質，因為雖說眼下已是嚴寒天氣，他卻並不把外衣穿上而只是搭在肩頭，還捲起了襯衫袖子，兩隻棕黃的手臂一直露到了肘部。他沒戴帽子，有一頭鬈曲的粗短黑髮。膚色黝黑，目光銳利，兩眼分得很開。整體而言，他看起來脾氣不錯，但也透著股狠勁。他顯然是心志果決之人，不達目的誓不甘休。這種人，你不會想和他在絕壁狹路相逢，因為他絕不會掉頭讓路。

店老闆進來時，他的妻子德伐日太太就坐在櫃檯後面。她與他年齡相近，是個壯實女人，目光機警，但似乎很少看定什麼東西。一隻大手上戴滿了戒指，面容稜角分明，神情沉著鎮定。她具備一種特質，會讓看到她的人斷定，她經手的任何一筆帳目都不會出錯。德伐日太太很怕冷，所以用毛皮大衣將自己裹得密不透風，頭上纏了條色彩鮮豔的披巾，只露出了兩個大耳環。她的面前放著毛線活，但這會兒她放下了，左手托著右手臂，右手正拿著牙籤剔牙。她丈夫走進酒館時她沒說什麼話，只稍微咳了一下。這咳嗽聲再加上她那兩道在牙籤之上微微抬起的眉毛，便是在提示她的丈夫，最好在店裡轉上一圈，留神一下在他跑出去的時候新到店裡的顧客。

因此，酒館老闆的眼珠轉了一圈，目光落到了坐在屋角裡的一位老先生和一個年輕姑娘身上。其他顧客仍是老樣子：兩個在玩紙牌，兩個在玩骨牌，三個站在櫃檯邊呷著所剩不多的杯中酒。他在櫃檯後面走過時，注意到那位老先生看了一眼年輕姑娘，口中說道：「這就是我們要找的人。」

「你在那邊搞什麼鬼呀？」德伐日先生暗中嘀咕，「我又不認識你。」

可是，他裝作沒有注意到那兩位陌生客人的樣子，只跟在櫃檯邊喝酒的三個顧客搭話。

「外邊怎麼樣了，雅克[1]？」三人裡有一個人問德伐日先生，「打翻的酒，都被人喝光了？」

「一滴不剩，雅克。」德伐日先生答道。

兩人這麼雅克來雅克去時，正剔著牙的德伐日太太又輕咳了一聲，將眉頭抬高了一些。

「這些可憐的傢伙啊，他們很多人不是經常能喝到酒的，」三人中的第二個對德伐日先生說，「除了黑麵包和死亡的滋味，他們也很難嘗到別的東西。是不是，雅克？」

「的確如此，雅克。」德伐日先生答道。

第二次雅克來雅克去時，德伐日太太又輕輕地咳嗽了一聲，仍然十分鎮定地剔著牙，眉頭抬得更高了一些。

1 十四世紀時，法國農民曾發起暴動，貴族稱其領袖為雅克．博諾姆，此後「雅克」成為對農民的蔑稱。在法國大革命期間，它又成了革命者之間相互聯絡的暗號。

現在是第三個人在說話了，他放下空酒杯咂了咂嘴唇。

「啊！糟透了！這些窮鬼嘴裡嘗到的永遠都是苦味，日子過得可真是艱難。雅克，我說得對不對，雅克？」

「說得對，雅克。」德伐日先生答道。

這第三次雅克來雅克去結束後，德伐日太太把牙籤放到了一邊，眉毛一直這麼高抬著，在座位裡略微挪了挪身子。

「住口吧！真的！」她的丈夫咕噥道，「各位先生——這是內人！」

三位客人向德伐日太太脫帽致禮，做了三個不同的花稍姿勢。她掃了他們一眼，點了點頭，表示領受，然後隨意地看了一圈酒館，平心靜氣地又拿起毛線專心織了起來。

「各位先生，」她的丈夫說道，那雙明亮的眼睛一直留意地看著她，「日安。你們想要看的房間——我剛才出去時你們還問起的——就在五樓，是配備了家具的單間。門口的樓梯朝向緊靠酒館左邊的小院子，」他用手指著，「就是窗戶邊的那個小院子。不過，現在我想起來了，你們之中有人已去過那裡，他可以帶路。再會了，各位先生！」

那三個客人付掉酒錢走了。德伐日先生目不轉睛地看著他老婆織毛線，這時，那位老先生從屋角走了過來，請求能否說上一句話。

「很樂意，先生。」德伐日先生說，默默地跟隨老人走到了門邊。

兩人的談話很簡短，卻很明確。差不多剛聽見第一個字，德伐日先生就吃了一驚，然後就變得非常專注。不到一分鐘，他便點了點頭走了出去。老先生向年輕姑娘招了招手，他們也跟了出去。德伐日太太的兩隻手靈巧地織著毛線，眉頭紋絲不動，好似什麼也沒看見。

就這樣，賈維斯．洛里先生和曼內特小姐走出了酒館，在德伐日先生剛才和幾個客人提到的門道那邊與他會合了。推開門是一個臭氣難聞、烏漆墨黑的小院子，外面另有一個公共入口，通往一大片人口稠密的住宅區。從烏漆墨黑的鋪著磚的入口走進烏漆墨黑的鋪著磚的樓梯間時，德伐日先生對著老主人的孩子單膝跪地，將她的手放到了自己的唇邊。這本該是個輕柔的動作，但在他做來卻並不輕柔。幾秒鐘內他就起了驚人的變化，臉上隨和、開朗的神情消失不見了，變成了一個神祕而滿懷憤恨的危險人物。

「樓很高，有點難走。起腳時最好慢一點。」三個人開始登上樓梯，德伐日先生聲音粗嘎地對洛里先生說。

「他是一個人麼？」後面的洛里先生低聲問。

「一個人！上帝保佑他，誰能跟他待在一起？」前面帶路的人同樣低聲地回答。

「那麼，他總是一個人？」

「是的。」

「是他自己的意思？」

「他非如此不可。他們找到我，問我是否願意收留他時——那很危險，我必須小心——他就是那樣，現在還是那樣。」

「他變化很大麼？」

「變了！」

酒館老闆停下腳，一拳擂在了牆上，狠狠地咒罵了一聲，這個動作比任何的當面回答都更加直接有力。洛里先生越往樓梯高處爬，心情也變得越來越沉重了。

這樣的樓梯和附屬設施，在如今巴黎擁擠的老城區中就已經夠糟糕了，在那時，對於還不習慣、未經磨練的人來說，就更加惡劣了。一幢高樓便是一個又髒又臭的窠巢。大樓裡每個小單位（也就是說，通向公用樓梯的每道門裡的一間或幾間住房）裡的住戶，不是把垃圾從窗戶倒出去，就是把它堆在自家門前的樓梯平臺上。這樣，即便貧窮與匱乏不曾讓它們難以捉摸的雜質充塞了大樓，垃圾分解所產生的無法控制、令人絕望的變質物也已汙染了這裡的空氣。而當這兩種汙染源同時存在，就更讓人無法忍受了。沿樓梯上行，所經過的通道就是這樣一個黑暗陡峻、充滿汙垢與毒素的所在。

賈維斯．洛里先生因為心緒煩亂，也因為他年輕的同伴越來越激動，曾兩次停下來休息，每次都停在一道光線暗沉的窗格柵前。少量存留的新鮮空氣似乎正從窗口逃逸，而一股股令人噁心的腐敗溼氣湧了進來。透過生鏽的格柵可以看到亂七八糟的鄰近地區，但它的氣味讓人感覺更強烈。視線之內，低於聖母院兩座高塔塔尖的毗鄰建築，沒有一處會讓人對健康生活抱有希望。

他們終於來到了樓梯頂上，第三次停下了腳步。還要爬一道更陡、更窄的樓梯才能到達閣樓。酒館老闆一直走在前面幾步，靠著洛里先生的一側，好像很害怕那位年輕小姐會提出什麼問題。此刻他側轉過身子，在搭在肩上的外衣口袋裡仔細摸索了一番，掏出了鑰匙。

「那麼，門是從外面鎖上的麼，朋友？」洛里先生很驚訝地問道。

「哦，是的。」德伐日先生冷冷地回答。

「你認為有必要把那個不幸的人這樣隔離起來麼？」

「我認為必須把他鎖起來。」德伐日先生皺緊眉頭，在他耳朵邊低聲說。

「為什麼？」

「為什麼！因為他被關押了很久，倘若讓門開著他會害怕的，會胡言亂語，會把自己撕成碎片，會死掉，不知道會受到什麼傷害。」

「這怎麼可能？」洛里先生驚叫道。

「怎麼可能！」德伐日憤恨地重複道，「是的。我們生活在一個美好的世界裡，這樣的事就是可能的，很多類似的事也是可能的，不但可能，而且還幹得出來——幹得出來，你看清了！就在那邊，在光天化日下，每天都有人這麼幹。魔鬼萬歲！咱們繼續往上走。」

這番對話聲音壓得很低，那位年輕小姐一個字也沒聽見。然而此刻，情緒的極度激動已使她渾身發抖，她臉上露出了焦慮的表情，變得如此害怕和恐懼。洛里先生覺得自己有責任說一兩句安慰她的話。

「勇氣，親愛的小姐！勇氣！務實！最糟糕的事很快就會過去。一走進門，最糟糕的事就過去了，然後你就可以把美好的東西帶給他，把安慰和快樂帶給他了。請讓我們這位朋友在那邊引領著你。好了，德伐日朋友，現在走吧。務實，務實！」

他們放輕腳步慢慢地往上爬。樓梯很短，很快便來到了頂層。轉過一道彎，他們馬上看到有三個人彎著身子擠在一道門旁邊，正透過門縫或牆洞專心地往屋裡觀瞧。聽見走近的腳步聲，那三人連忙回過頭來，站直了身子。原來就是在酒館喝酒的那三個客人。

「你們一來，著實讓我吃了一驚，竟把他們給忘了。」德伐日先生解釋道。然後他又對那三人說：「你們都走開吧，幾位好朋友，我們在這兒有點事要辦。」

那三個人從他們身側走過，默默地下了樓。

這個樓層似乎沒有別的門。三人離開後，酒館老闆這才直接走到這扇門前。洛里先生有些生氣，小聲地問他：「你把曼內特先生展覽給人看？」

「我只會讓挑選過的少數人看。這你已經知道了。」

「這麼做好麼？」

「我認為很好。」

「這少數人都是些什麼人？你依據什麼來挑選？」

「我選中他們，因為他們是真正的男子漢，而且用了我的名字做暗號——雅克就是我的名字——讓他們看看會有好處的。夠了，你是英國人，是另外一回事。請你們在這兒稍等片刻。」

他做了一個勸告的手勢，讓他們退後，然後彎下腰，從牆上縫隙往裡面張望了一會兒，隨即抬起頭，在門上敲了兩三下——顯然只是想發出聲音，並沒有其他目的。抱著同樣的目的，他把鑰匙在門上鎖孔裡搗鼓了三、四下，這才笨拙地插了進去，用力轉動起來。

他將那扇門朝裡面慢慢推開，往屋裡望了望，說了句什麼。一個微弱的聲音作了某種回應，雙方都只說了一兩個音節。

他回過頭招呼後面兩人進去。洛里先生伸出手臂，小心地攬住姑娘的腰，扶穩了她，因為他覺得她馬上要倒下了。

「啊，啊，啊，務實，務實！」他說著鼓勵的話，面頰上卻閃動著與務實精神無關的淚光，「進來吧，進來吧！」

「我害怕。」她渾身發抖地答道。

「害怕什麼?」

「害怕他,害怕我的父親。」

她的狀況和引導者的召喚讓洛里先生一時無可奈何,只得把年輕小姐搭在他肩上的發抖的手臂拉到自己脖子上,扶她稍微站直了,然後迅速將她帶進了屋裡,進門後他才放開手,讓她靠近自己站定。

德伐日掏出鑰匙,反鎖了門,然後再拔出鑰匙,拿在了手裡。他有條不紊地做著這些動作,故意弄出了很大很刺耳的聲響。最後,他才小心翼翼地走到窗戶邊,轉過了身。

這間閣樓原是堆放木柴之類的東西的,光線異常昏暗;那老虎窗模樣的窗戶其實是房頂的一道門,門上還有個小吊鉤,那是用來從街上吊起儲藏物品的。那門沒有油漆過,和其他法國式建築一樣,是一道雙扇合頁門。為了禦寒,半扇門緊緊關閉著,另一扇只隙開一條縫,透進了稀薄的日光,因此,起初進門時很難看清任何東西。在這樣幽暗的環境裡,沒有經過長期獨處的磨練是無法進行任何細緻的工作的。然而現在,這樣的工作就在這間閣樓裡進行著。因為一個白髮老人躬著背坐在一張矮凳上,手頭正忙著做鞋。他背對著門,面向著窗戶,對面,那酒館老闆就站在窗前看著他。

第六章

鞋匠

「日安！」德伐日先生說，低頭看著那個正低頭做鞋的白髮老人。

老人將頭抬起了片刻，一個非常微弱的聲音回應了問候，彷彿來自很遠的地方。

「日安！」

「我看你還是工作得很投入啊！」

許久的沉默過後，老人才抬起頭來，輕聲地答說：「是——我在工作。」這一回，一雙無神的眼睛望了望發問的人，很快又低下了頭去。

那虛弱的聲音讓人覺得可憐又可怕。這並非身體狀況上的衰弱，雖然長期監禁與粗劣的食物無疑也有部分影響。這是因孤獨與被遺棄而導致的衰弱，這一點尤其悲慘。它彷佛是久遠過去某個聲音的微弱迴響，已完全喪失了人類嗓音所應具有的生命力與共鳴，讓人感覺彷佛一片曾經美麗的顏色褪色成了一攤可憐黯淡的汙斑。那聲音又低沉又壓抑，像是從地下發出來的；又讓人想起在荒野裡踽踽獨行的旅人，因迷路而絕望，筋疲力竭，極度飢餓，在躺倒即將死去之前回想起家人親友時所發出的哀音。

老人繼續安靜地工作，過了幾分鐘，那雙無神的眼睛又抬起來望了望：眼神裡沒有表現出任何的興趣或好奇心，只是模糊地意識到之前那唯一的客人站立的地方到現在還沒有空出來。

「我想多放一點光線進來，」德伐日目不轉睛地看著鞋匠，「你可以忍受吧？」

鞋匠停下了手頭工作，露出茫然傾聽的神情，望了望左邊的地板，又望了望右邊的地板，然後抬起頭望著說話的人。

「你剛才在說什麼？」

「你可以忍受多一點光線麼？」

「你非要這麼做的話，我只得忍受。」（說到「只得」兩字，只用了很輕微的強調語氣。）

打開的半個門扇開大了一些，固定在那個角度。一大片光線射進了閣樓，映照出已停下工作的鞋匠；一隻沒做完的鞋就擱在他的膝頭上；幾件平常的工具和各種皮革碎料放在他的腳邊或矮凳上。他的鬍子已全白，不長，但修剪得很亂；面頰凹陷，然而目光異常明亮。黑濃的眉毛和亂糟糟的白髮之下，因為乾瘦和凹陷的面頰，那雙眼睛似乎異常的大，雖然實際上並非如此——那雙眼睛天生就很大，但現在看起來卻大得很不自然。那身破爛的黃襯衫的領口敞開著，露出了瘦骨嶙峋的身子。由於長期與直接的陽光和空氣隔絕，他和身上的帆布袍子、鬆鬆垮垮的長襪和破爛的衣衫全都淡成了羊皮紙似的灰黃，混成一片而難以分清了。

他伸出一隻手擋住了眼前的日光，那手似乎透明得連骨頭都能看得見。他就這樣坐著，停下手上的工作，直勾勾地茫然瞪視著。他在直視站在眼前的人之前，總會低頭看看自己的身前左右，彷彿已失去了把聲音和地點聯繫在一起的習慣。說話之前也是如此，總是會東張張西望望，恍惚半天後又忘掉了說話。

「你今天要做完這雙鞋麼?」德伐日一邊問,一邊示意洛里先生走上前來。

「你說什麼?」

「你今天是不是想做完這雙鞋?」

「我也說不清是否要把它做完,我想是的吧。我不知道。」

但是,這個問題卻讓他想起了自己的工作,於是又彎腰做起事來。

洛里先生讓姑娘留在門口,自己走上前去。他在德伐日身邊站了足有一兩分鐘,鞋匠才抬起了頭。他並沒有因為看見了另一個人而露出驚訝的神情,但在注視洛里先生時,一隻手的手指不由自主地按在了嘴唇上(他的嘴唇和指甲都像鉛一樣灰白)。他將那隻手落回鞋面上,重又彎下腰做起鞋來。目光和肢體動作都很匆促。

「你有一位訪客,你看。」德伐日先生說。

「你說什麼?」

「這兒有個訪客。」

鞋匠像之前那樣抬起了頭,兩隻手沒有停下來。

「來吧!」德伐日說,「這位先生很懂得鞋的做工。把你做的鞋給他看看。拿好了,先生。」

洛里先生接過了鞋。

「告訴這位先生這是什麼鞋,還有是誰做的。」

這一次停頓的時間比較長,過了好一會兒,鞋匠才回了話:「我忘了你剛才問我的話。你說了什麼？」

「我說，你能不能給這位先生講一講這雙鞋？」

「這是女鞋，年輕女士穿的休閒鞋。是流行的款式。我沒見過那款鞋。但我手上有一份圖樣。」

他看了一眼手中的鞋，帶著稍縱即逝的少許驕傲。

「鞋匠的名字是……？」德伐日問。

現在手頭沒在做事，他就把右手指關節放在左手掌心裡，又把左手指關節放到右手掌心裡，然後又用一隻手在鬍子拉碴的下巴上蹭了蹭。他就這樣一刻不停地重複著這些動作。他開口講話的時候，需要時時將他從猶移不定的思緒中喚醒過來，就像是在呼叫一個極度衰弱的病人，以免他昏迷，也像是竭力讓一個垂死者保持清醒，希望他臨終前能透露些什麼。

「你問我的名字嗎？」

「沒錯。」

「北塔一零五。」

「就這個？」

「北塔一零五。」

他發出了一種既非歎氣也非呻吟的極度疲倦的聲音，然後重新彎下身做起鞋來，直到那沉默被再度打破。

「您本來的職業不是鞋匠吧？」洛里先生盯著他看，問道。

他那雙無神的眼睛轉向了德伐日，似乎想把問題轉交他來回答，但德伐日沒反應，於是他往地上瞥看了一會兒，重又轉向了提問者。

「我的職業？不，我本來的職業不是鞋匠。我——我是在這兒才學著做鞋的。我是自學的。我申請了許可……」

他又走神了，這回長達幾分鐘，其間那兩隻手又像之前那樣來回摸索起來。末了，他的眼睛慢慢回到了剛才離開的地方。當注視著面前這張臉時，他先是吃了一驚，隨後恢復了正常，就像是一個直到那時才甦醒過來的人，重又回到了昨晚的話題上。

「我申請自學做鞋，花了很長的時間，好不容易才得到許可。從那以後我就開始做鞋了。」

他伸手想要回之前被拿走的鞋，洛里先生仍然注視著他的臉，問道：「曼內特先生，您真的一點都記不起我了麼？」

鞋子掉落在地，老人坐在那兒呆呆地看著提問者。

「曼內特先生，」洛里先生一隻手搭在德伐日的手臂上，「您一點也想不起這個人了麼？看看他，看看我。您心裡還是想不起來以前的銀行職員、以前的業務和以前的僕人麼，曼內特先生？」

這位被關押多年的囚徒坐在那兒，一會兒盯著洛里先生看，一會兒盯著德伐日看，此時在他前額的中間，久已被抹去的活躍專注的智力跡象正穿破籠罩他全身的黑色迷霧，漸漸浮現了出來，隨即再次被遮蔽、模糊，然後消失了；不過那種智力恢復的跡象確實已經出現。而他的這些表情都在年輕姑娘的漂亮面龐上準確地得到了反映。此前她貼著牆根走到了一個能夠看清他的地方，此時正凝望著他。起先她舉起了雙手，那僅僅是由於一種包含了同情的恐懼，假如不是想與他保持距離或者不想看到他的話。此刻，她顫抖著的雙手再次伸向了他，急切地要將那幽靈樣的面孔貼到她溫暖年輕的胸膛上去，想用愛來讓他復活，讓他產生希望——白髮老人的表情在她那張年輕漂亮的臉上重現得如此準確（在某些堅強的性格特質上），彷彿是一道移動的光，從他身上移向了她。

黑暗又籠罩了他，他注視面前兩人的目光變得越來越游移不定，而且跟之前一樣，帶著憂傷的表情看著腳下的地面，心不在焉地找著什麼，最後，他發出一聲低沉的長長的歎息，拿起鞋繼續工作。

「你認出他來了麼，先生？」德伐日先生低聲問。

「是的，有那麼一會兒認出來了。起先我都不抱什麼希望了，但就在一瞬間，我卻毫無疑問地看到了那張我曾十分熟悉的面孔。別作聲！大家退後一點，別作聲！」

姑娘已離開閣樓的牆壁，走近了他坐著的長凳。老人彎著腰在做鞋，她伸出手幾乎就能碰觸到他了，然而他本人卻毫無知覺，這場景讓人看著真難受。

沒說一句話，沒發出一點聲音。她像個精靈一樣站在他身邊，而他躬曲著腰仍在做鞋。

終於，他放下手中的工具，打算換一把修鞋小刀。那刀就在他身旁——並不在她站著的那邊。他拿起了刀，彎下腰又要開始工作，眼睛卻瞥見了她的裙子。他抬起頭，看到了她的臉。兩個旁觀者正要走上前來，她卻做了個手勢，讓他們停在原地。她並不害怕他會用刀攻擊她，雖然另兩人頗有些擔心。

他滿臉驚懼地望著她，過了一會兒，他的嘴唇開始囁嚅著想吐出幾個字眼，雖然並沒有發出聲音。漸漸地，伴隨著急促艱難的呼吸聲，只聽他一字一頓地說出了口：「這是怎麼回事？」

姑娘淚流滿面，將手按在唇上吻了吻，向他伸了出去；然後兩手緊扣抱在了胸前，彷佛已將他那顆衰邁的頭顱安放在自己的懷抱裡。

「你不是看守的女兒吧？」

她歎了口氣：「不是。」

「你是誰？」

她對自己的聲調仍不自信，於是在長凳上靠近他坐了下來。他畏縮了一下，但她把手放到了他的手臂上。他的全身明顯地震顫起來，讓人感覺非常奇怪。他坐在那兒瞪大眼睛看定她，輕輕放下了修鞋刀。

她匆忙間撥到耳際的打捲的金色長髮此時又垂到了脖子上。他一點點地向前探出手，捧起了頭髮看著。這個動作做到一半時他又失神了，發出一聲低沉的歎息，重又做起了鞋。

但沒過多久，她放開他的手臂，將自己的手搭在了他的肩上。他面帶疑惑地看了那手兩三次，如同是要確定它的真實存在，然後，他放下鞋件，伸手在自己脖子裡取下了一根汙黑的繩線，繩線的尾端繫著一塊捲疊好的破布。他將布頭放在膝蓋上，小心地打開，裡面包了少許頭髮：那兩三根金色的長髮，是他多年前捲纏在手指上扯下來的。

他又把她的頭髮捧在手上，湊近了仔細端看：「是一樣的頭髮。這怎麼可能！這是什麼時候的事？這到底是怎麼回事？」

當他的前額重又出現那種凝神苦思的表情時，他似乎意識到她的臉上也有同樣的表情，便讓她將身體轉向亮光處，仔細打量了起來。

「那天晚上我被叫走時，她將頭靠在我的肩上——她害怕我離開，雖然我自己並不怕——我被押送到北塔時，他們在我的袖子上發現了這幾根頭髮。『你們可以把它留給我麼？它不能幫助我的身體逃跑，雖然能讓我的靈魂飛走。』這就是我當時說的話。我記得很清楚。」

他嘴唇囁嚅了很多次才將這些話說了出來。而當他找到了正確的字眼，這些詞句便連貫而來，雖然來得很緩慢。

「這些頭髮——是你的麼？」

兩個旁觀者又嚇了一跳，因為他令人害怕地突然轉過身，抓住了她的手臂。而她一動不動地坐著，只是低聲說：「我求求你們了，兩位好先生，不要靠近來，不要說話，也不要動。」

「聽啊！」他驚叫起來，「那是誰的聲音？」

他一面這麼叫著，一面就放開了她，然後，他將兩手抬起放到頭上，發狂般地拉扯起自己的滿頭白髮。除了做鞋這件事，他的一切躁鬱舉動都會過去，因此這陣發作也就過去了。他將那個小布頭包捲起來，想要重新掛回自己的胸前；眼睛卻仍然看定了她，沮喪地搖著頭。

「不，不，不，你太年輕，太美麗，這是不可能的。看看囚犯的模樣吧！這不是她當年觸碰過的手，這不是她當年記得的那張臉，這聲音也不是她當年聽過的聲音。不，不。她——還有他——已是很多年的事了，那是在北塔苦熬日子以前。你叫什麼名字，我溫柔的天使？」

他的語調態度變得溫和起來，女兒為表達敬意不由跪倒在他的膝前，雙手懇求般按在了父親的胸口上。

「啊，先生，以後您會知道我的姓名，知道誰是我的母親、誰是我的父親，我又為什麼會對他們的苦難經歷一無所知。但眼下這時候我不能告訴您，我不能在這兒告訴您。此時此地，我能夠告訴您的就是懇求您撫摸我，為我祝福，吻我，吻我啊，親愛的，我親愛的！」

他那慘白的頭髮與她的閃光的金髮混到了一起，金髮溫暖了白髮，也照亮了它，如同自由的光芒照射在他身上。

「倘若您從我的聲音裡聽出了您似曾聽過的悅耳的音樂——我不知道會不會這樣，但我希望會——就為它哭泣，為它哭泣吧！倘若您在撫摸我的頭髮時，能回想起自由的青年時代曾靠在您胸前的那顆可愛的頭顱的話，就為它哭泣，為它哭泣吧！倘若我暗示您，我們不久就會有一個家，我會忠實於您，盡心盡責地服侍您，倘若這句話能讓您回想起那個已敗落多年、讓您可憐的心為之憔悴的家，那麼，就為它哭吧，哭吧！」

她更緊地摟住他的脖子，像寵愛一個孩子似的在胸前搖晃著他。

「倘若我告訴您，我最親愛的人，您的痛苦已經結束，我來這兒就是帶您脫離苦海的，我們要回英國，去享受和平與安寧，倘若因此讓您想到自己荒廢的大好年華，想到我們的出生地——如此惡劣地對待您的法蘭西，您就哭吧！哭吧！倘若我告訴您我的名字，談起我還活著的父親和已經死去的母親，告訴您我應當跪在我可敬的父親面前乞求他的寬恕，因為我不曾在白天營救過他，晚上也不曾為他徹夜失眠和流淚，只因我那可憐的母親愛護我，不讓我知道父親所受的折磨。若是這樣您就哭吧！哭吧！為她而哭！也為我哭！兩位好先生，感謝上帝！我感到他神聖的眼淚落在了我臉上，他的嗚咽聲讓我如此心痛！哦，看啊！為我們感謝上帝吧！感謝上帝！」

他已倒在了她的臂彎裡，臉垂落在她的胸前：這個場面如此動人，又如此可怕（因為此前不久那巨大的冤屈和苦難才告結束）。兩個旁觀者都不禁雙手掩面。

閣樓的靜默許久不曾受到干擾，他起伏的胸膛和顫抖的身軀也慢慢歸於了平靜——風暴正是人世的象徵，被稱作生命的那場風暴最後必然也會平定下來，進入某種休止和沉寂。在場的另兩人走上前去把父女倆從地上扶了起來：老人已漸漸歪倒在地上，疲憊不堪，看似昏睡了過去。姑娘依偎著他一同倒了下去，好讓他的頭枕在自己的手臂上；她的金髮垂披在他的臉龐上，擋住了光線。

洛里先生好幾次感動得抽起了鼻子，這時朝著他倆彎下身來。「如果不用叫醒他，就能把他從這裡帶走，」她向洛里先生伸出了手，說道，「如果我們能安頓好一切，立刻離開巴黎的話……」

「但你得考慮，他是否禁得起長途旅行？」洛里先生問。

「再合適不過了，我想，這個城市對他來說太可怕了，讓他長途旅行總比繼續待在這兒好。」

「確實如此，」德伐日說，此時他正跪在地上照看，聽到了對話，「更重要的是，因為上述原因，曼內特先生最好離開法國。那麼，我是不是該去雇一輛大車、找幾匹驛馬？」

「這是業務工作，」洛里先生說道，很快就恢復了他有條不紊的工作習慣，「既然是業務工作，最好還是交由我來做吧。」

「太感謝您了，」曼內特小姐催促道，「我跟他就留在這兒。您看，他已經平靜下來了。不用擔心，就把他交給我好了。您有什麼好擔心的呢？如果您鎖上門，確保我們不受打擾，他在您回來的時候會跟您離開時一樣平靜，這一點我毫不懷疑。不管怎樣，我一定會照顧好他的。等您一回來，我們馬上就帶他走。」

洛里先生和德伐日都不怎麼贊同這個安排，他們希望能有一個人留下來陪著老人。但是又要雇車又要雇馬，還要辦理旅行證件，加之天色已經很晚，時間已很緊迫，最後，他們把要辦的事匆匆分了個工，就趕著去辦事了。

黑暗已迫近，女兒把頭枕在硬邦邦的地板上，躺在父親身旁觀察著他。夜色越來越濃，兩人靜靜地躺著。一道微光從牆壁的縫隙裡透了進來。

洛里先生和德伐日先生已辦好了旅行所需的一應事項，除了旅行斗篷和圍巾，還帶來了麵包、肉、酒和熱咖啡。德伐日先生把帶來的食物和提燈放在鞋匠長凳上（除了一張鋪草墊的小床，閣樓裡沒有其他家具陳設），與洛里先生一起喚醒囚徒，扶他站起身。

任何人類的智力都無法解讀老人臉上那驚恐茫然的表情，也無法探知他心裡的祕密。他是否明白已發生的一切？他是否回憶起了他們告訴他的往事？他是否知道自己已重獲自由？任何睿智的頭腦都無法解答這些問題。他們試著與他交談，但他整個人迷迷糊糊的，答話也答得很慢。見他這副茫然失措的樣子，他們都感到害怕，都同意不再去打攪他。他間或會用雙手死死地抱住腦袋，陷入一種之前從未見過的狂亂迷惑的狀態。而只有聽見女兒的聲音時，他才會面露喜色，當她開口說話時，他也總會朝她轉過頭去。

他們給他東西吃，他就吃，給他東西喝，他就喝，給他斗篷叫他穿上，他就穿上，給他圍巾圍在脖子上，他就圍上了，一個人習慣於長期受到的壓迫，就會有這種逆來順受的樣子。他的女兒攬住他的手臂，他反應很快，兩手立刻抓住她的手握著不放。

他們開始下樓，德伐日先生提著燈走在前頭，洛里先生斷後。他們在長長的主樓梯上走了沒幾步，老人便停下了腳步，盯看著房頂，聽著那裡發出的漏風的尖嘯聲。

「您記得這地方麼，父親？您還記得從樓梯上來的時候麼？」

「你說什麼？」

可是，不等她重複她的提問，他已喃喃自語作出了回答，好像她已又問過了一遍似的。

「記不記得？不，不記得了，時間已過了那麼久。」

他已不記得被人從監獄帶到這間屋子裡的事了，對另外三人來說，這是再明顯不過的事。他們聽見他正低聲念叨著「北塔一零五」，而當他環顧四周時，顯然是在尋找長期圍困了他的堡壘高牆。下到院子裡後，他本能地改變了步態，因為他猜想前方會有一座吊橋。那裡當然不會有什麼吊橋，當他看到大街上那輛等著他的馬車時，他立刻放掉女兒的手，再次抱住了腦袋。

門口沒有擁擠的人群；對面有很多扇窗戶，窗前沒有一個人，甚至街面上也沒有碰巧走過的行人。這裡籠罩著一種不同尋常的寂靜和空曠。只能看到一個人，那是德伐日太太——她倚靠在門柱上織著毛線，對什麼都視而不見。

囚犯鑽進了馬車車廂，他女兒也跟著上去了，洛里先生的腳剛踩上踏板，就被他的提問給攔停了——囚犯可憐兮兮地在問，能否拿回他的製鞋工具和沒做完的鞋。德伐日太太立刻告訴丈夫她會去取來，然後一邊打著毛線，一邊走出提燈光影外進到了院子裡。她很快就下樓來了，把老鞋匠的東西遞進了馬車——過後馬上又倚靠在門柱上織著毛線，對什麼都視而不見。

德伐日坐上了馭手位，下令說：「去關卡！」左面的馭手「啪」地一聲抽響了鞭子，他們一行人所乘的這輛馬車在頭頂黯淡搖曳的路燈下，伴隨著轔轔的車聲，這就啟程上路了。

馬車在搖曳的路燈燈光下走著。燈火好的時候，街道就明亮起來，燈火不好的時候，街道就昏黑一片。他們經過了生爐起火的店鋪、衣著鮮豔的人群、燈火輝煌的咖啡廳和劇院大門，往一道城門駛去。提著防風燈的衛兵就站在崗哨小屋邊：「各位旅客，請出示證件！」「那就看這兒，軍官先生，」

德伐日說著走下車，把衛兵拉到一旁，「這是車裡那位白頭髮先生的證件。隨同他的另兩位也交給我負責，是在——」他放低了聲音，幾盞軍用風燈晃了一下，一位穿制服的士兵走近前來，手臂舉起一盞風燈探進了馬車，用頗不尋常的眼色看了看那位白頭髮的紳士。「可以了，走吧！」穿制服的士兵說。「再見！」德伐日回答。就這樣，他們在黯淡搖曳的路燈燈光下又走了一小段路，來到了城外浩瀚無垠的星空之下。

天穹中綴滿了冷漠而永恆的光點，有的光點距離這小小的地球如此遙遠，學者告訴我們說，這些星球發出的光線很可能都不足以顯示自己的存在。作為宇宙空間中的一粒微塵，一切都必須忍受，一切也皆有可能：而夜的陰影是如此廣闊而黑暗。在黎明前的那段寒冷而令人不安的旅程中，賈維斯・洛里先生的耳畔再次出現了這樣的低聲問答——他的對面就坐著那個已被埋葬然後又被挖掘出來的人，他很想知道對方已喪失了哪些精微的能力，而哪些能力尚還可以恢復——一個老問題。

「我希望，你會樂於重返人世吧？」

得到的還是老答案：

「我不知道。」

第二卷

金線

第一章

五年之後

聖殿柵門旁的苔爾森銀行即使在一七八〇年也已是個老派的地方。它狹小又陰暗，樣貌很醜陋也很局促。而它之所以是個老派的地方，是因為銀行的合夥人都認同它的道德屬性，為它的狹小、陰暗、醜陋和局促感到驕傲。他們甚至喜歡誇耀它的這些突出特點，並熱衷於這樣的信念：它的可厭程度等同於它的可敬程度。這並不是消極的信仰，而是一種可以在實際營業環境中大放異彩的有效武器。他們說苔爾森銀行不需要寬敞的活動空間、不需要光線、不需要花稍的裝飾，諾克斯公司可能需要、斯努克兄弟公司可能需要，可是苔爾森公司，感謝上帝！——

倘若哪位合夥人的第二代打算改建苔爾森銀行，他就會被自己的父親剝奪繼承權。在這方面，苔爾森銀行倒是跟我們的國家高度一致。倘若後代子孫提出要修改法律和習俗，那麼這個國家也經常會剝奪他們的繼承權。因為法律和習俗有多麼令人深惡痛絕，就有多麼可敬。

到頭來，苔爾森銀行的不方便反倒變成了一項完美的成就。猛推開它那扇白癡般頑固的大門時，它的鉸鏈喉嚨會發出無力的咔嗒聲，而往下的兩步臺階會讓你一跤跌進銀行，等回過神來，你已進入了它的氣氛陰冷的小店鋪。那兒擺了兩個小櫃檯，櫃檯後年邁的職員在光線昏暗的窗口核對簽字時會把你的支票弄出沙沙聲，彷彿被風吹著似的。那窗戶總是會濺上從艦隊街飛來的泥點，又因為它本身的鐵條和聖殿柵門的濃重陰影而顯得更加昏暗。倘若你因為業務需要必須見一見銀行的「管事人」，你就會被帶進一個像「定罪拘留所」一般的後間，等待的時間之長，足夠讓你在那兒思索自己虛度的人生，直到那「管事人」雙手插在口袋裡踱了進來，而在暗沉的暮色裡，你幾乎看不清來人的模樣。

你的錢被人從蟲蛀的木抽屜裡取出來或是放進去，在開關抽屜時，抽屜裡的粉塵顆粒會飛進你的鼻子，鑽進你的喉嚨。你的鈔票帶著一股霉味，彷彿很快就會分解成一團爛紙。你的金銀餐具被收藏在一個汙水池旁，一兩天之內，周圍的環境就會腐蝕掉它們的光澤。你的契約文件被放進了保險庫，而那保險庫其實是用廚房碗碟櫥櫃臨時改裝成的，羊皮紙裡的脂肪很快會蒸發揮散到銀行的空氣裡。你裝有家族文書的較輕的箱子則被送到樓上一間裝模做樣的屋子裡，那裡總會有一張碩大的餐桌，桌上卻從來沒正式擺過宴席。在那兒，即使到了一七八〇年，你早年的戀人給你寫的第一封情書，或者你的小孩給你寫的頭幾封信，最近也難逃被人窺看的厄運：掛在聖殿柵門示眾的被砍下的頭顱透過窗戶投入了目光，此種目光之麻木、野蠻與凶狠，完全可以跟阿比西尼亞和阿善提的部落相媲美。

不過，在那個年代，死刑在各行各業確實是一種非常流行的手法，苔爾森銀行自然不會甘居人後。死亡是大自然解決一切問題的辦法，為什麼不可以在立法上體現呢？因此，造假犯要處死；偽造票據者要處死；私拆信件者要處死；偷竊四十先令六便士者要處死；苔爾森銀行門前的馬夫偷了馬匹逃跑，要處死；偽造一先令假幣的人要處死。「犯罪」這個樂器的全部音階中，有四分之三的音符但凡有人碰響了都會被處死。此種預防犯罪的方式並非收效甚微——值得一提的是，事實恰恰相反——它消除了每一樁具體個案帶給這世界的麻煩，沒有留下任何拖泥帶水的尾巴。如此這般，與同時代更大規模的企業一樣，苔爾森銀行在它存續的年代裡也奪走了許多人的性命。在苔爾森銀行前面落地的人頭倘若沒有私下處理掉，而是並排掛在聖殿柵門上，這些人頭很可能會以一種相當顯眼的方式，擋去銀行一樓原本已經無多的一點光線。

苔爾森銀行的老職員擠在各色各樣的暗褐色櫥櫃和儲物箱中間，表情嚴肅地工作著。當他們將某個年輕人帶入苔爾森銀行，會把他塞到某個地方藏起來，一直藏到他變成小老頭。他們把他像乳酪一樣擱在暗處，直到他渾身布滿霉斑，散發出道地的苔爾森氣味，才會允許他拋頭露面。彼時的他將穿著馬褲和膠靴，引人注目地細讀著大開本帳簿，成為那個機構舉足輕重的一個部分。

苔爾森銀行外面有一個打雜的差役（他基本上不會到裡面來，除非有人把他叫進門），他的職分有時候是門房、有時候是信使，充當了銀行大樓的一塊活招牌。營業時間內他從沒有缺席，除非是外出跑腿去了。他走了之後就由他的兒子頂班：那是個樣貌可怕的十二歲頑童，長得跟他父親一模一樣。苔爾森銀行以這種得體的方式收容了這個差役，對此大家都能理解。銀行一向有能力收容某個人來做某種差事，而時運的潮水恰好把他送到了這個崗位上。此人姓克朗徹，早年在東部的洪茲迪奇教區的某個悔罪儀式[1]中，代理牧師替他取了傑瑞這個名字。

地點：克朗徹先生在白袍修士區懸劍巷的私人住處。時間：耶穌紀元一七八〇年三月的一個颳風的早晨，正好是七點半（克朗徹先生總會把我主紀元的拉丁讀音「安諾多米尼」說成「安娜多米諾」，顯然以為它起源於多米諾骨牌這個流行牌戲，一個叫安娜的女士發明了它，還用自己的名字命了名）。

克朗徹先生住所的周遭環境並不是很好，一共只有兩個門牌號，另一個號碼是一間裝著單扇玻璃窗的小屋。但這兩間屋子都收拾得很體面。在那個颮風的三月清晨，時間雖然還很早，他睡覺的那間屋子卻已經擦洗了一遍。一張非常乾淨的白臺布已鋪在木餐桌上，上面擺好了早餐用的杯碟。

克朗徹先生蓋著一條拼布被單，模樣就像是一個家裡的滑稽小丑。起先他睡得很沉，漸漸地就開始在床上翻來覆去，最後，他從被子裡探出了頭，那豎直如鐵蒺藜的頭髮，看起來好像會把被單劃成布條。他大叫了一聲，聲音聽起來非常惱怒：「真他媽要命，她又在那兒弄那個了！」

牆角處，一個衣著整齊的勤快婦人挺直膝蓋站了起來，動作匆忙，表情惶恐，挨克朗徹罵的就是她。

「怎麼，」床上的克朗徹先生在找靴子，「你又在弄那個了，是不是？」

用這種致敬方式第二次問候了婦人後，他便把靴子朝她擲了過去，作為第三次問候。那靴子滿是泥巴，這或許可以說明克朗徹先生家庭經濟狀況的奇特之處：他每天從銀行下班回家來時，靴子總是乾乾淨淨的，但第二天早上起床時那靴子卻沾滿了泥。

「他媽的，」因為沒有正中目標，克朗徹先生又變了招呼方式，「你這是在幹什麼？」

「我只是在作禱告。」

「作禱告！多麼慈愛的女人！撲通一聲跪下來咒我，你這是什麼意思？」

1 此處指克朗徹出生時的受洗儀式，傑瑞是他的受洗名。依據基督教教規，嬰兒受洗時，主洗牧師會誦讀〈洗禮文〉中的悔罪文句：「他要以天父及基督之名義和魔鬼及惡事交戰。」

「我沒有咒你，我是為你禱告。」

「沒有咒我。你要是真這麼做，我也不會太冒失的。嘿！你媽媽是個好女人，小傑瑞，她暗中詛咒你的爸爸失敗，不讓他發財。你有一個盡心盡職的母親，我的孩子。你有一個虔誠信教的母親，我的孩子。她撲通一聲跪下來祈禱，祈禱她唯一的兒子每天的黃油麵包讓別人搶了去。」

聽到這裡，克朗徹少爺（他正在穿襯衫）很是不滿，轉身朝向了母親，對她別有用心的祈禱表示了強烈抗議。

「你這個自以為是的女人，」克朗徹先生說，沒有意識到自己的態度前後不一，「你以為你那些祈禱會值幾個錢？你倒是說說，你那些祈禱能值幾個錢！」

「我只是發自內心祈禱，傑瑞。它們就值這麼多了。」

「就值這麼多了，」克朗徹先生重複道，「那麼，它就值不了很多錢。不管怎樣，我不允許任何人咒我倒楣，我告訴你。我承擔不起。我不能因為你鬼鬼祟祟的祈禱就此倒了大楣。你想跪下的話可以跪下，為你的丈夫和孩子祈禱點好事，千萬別咒得他們倒楣。要是我老婆、這可憐孩子的娘不那麼不近人情，我上個禮拜就可以賺到點錢了，就不至於被人詛咒，受人坑害，得不到上帝庇佑而倒了大楣。真他媽要命！」克朗徹先生這當下一直在穿衣服，「如果不是這樣，一個虔誠的可憐人上個禮拜怎麼會碰上一件又一件的倒楣事，一個規矩的生意人怎麼會這麼倒楣透頂！小傑瑞，自己穿衣服，孩子，我擦靴子的時候，你給我盯著點你娘，她倘若又要跪下來祈禱你就叫我一聲。因為，我告訴你，」說到這裡，他又轉頭對妻子說，「像現在這個樣子，我是不會出門的。我搖搖晃晃的，就像一部快四分五裂的出租馬車，就像吸了鴉片酊一樣。我全身緊繃，倘若不是因為肌肉發痛，我都分不清這副身子骨是我自己的還是別人的了。但即便這樣，口袋裡的錢也沒多出幾個。所以我懷疑，就是你從早到晚整天的祈禱妨礙了我賺錢，而我是不會忍受的。他媽的，你現在還有什麼可說的！」

此外，克朗徹先生嘟嘟囔囔地說個不停，譬如這樣的語句：「啊，是的，你是虔信上帝的人，你不會幹出對你男人和孩子不利的事，是不是？你不會的！」克朗徹先生擦乾淨靴子，作好上班前準備的時候，從他那個飛速旋轉的憤怒磨盤上不時飛濺出其他諷刺挖苦的火花。這會兒，他的兒子則聽從父親的要求一直留意著母親。這孩子頭上也長著鐵蒺藜一樣的亂髮，只是髮質要軟一些，一雙眼睛靠得很近，就像他爸爸一樣。他不時奔出睡覺的那間小屋（他正在那兒梳洗），壓低了嗓門叫道：「你又要跪下了，媽媽——喂，爸爸你看！」發出這樣的假警報之後，這個不孝子咧嘴笑著又奔進了屋裡。他就這樣不停折騰著可憐的母親。

吃早飯的時候，克朗徹先生的脾氣一點沒有好轉，他對克朗徹太太的餐前禱告懷有一種特別的憎惡。

「他媽的！你現在又在瞎忙什麼了？還打算來一次？」

他的妻子回答說，她只不過在「祈求上帝的保佑」。

「別祈求了！」克朗徹先生說道，他打眼看了看四周，彷彿情願看到他妻子的祈願發揮效力，讓桌上的長條麵包馬上消失，「我可不想給保佑得沒了房子沒了家，飯桌上也沒了吃的。給我閉嘴！」

他兩眼通紅，面色陰沉，彷彿昨晚熬夜參加了一場毫無樂趣的派對。傑瑞．克朗徹不是在吃早飯，而是在藉機發脾氣，他就像動物園裡的四腳野獸一樣對著它嚎叫。快到九點時，他才緩和了惱怒的情緒，在本我的外面擺出一副可敬又務實的模樣，出門去上工。

儘管他喜歡自稱為「一個誠實的生意人」，但他的工作幾乎不能叫作「生意」。他的全部資產就是一張木凳子，那還是用砍掉椅背的破椅子做成的。小傑瑞每天早上便帶著這張凳子跟著爸爸走去銀行大樓，在最靠近聖殿柵門的一扇窗戶下放下；再加上從路過車輛上扯下的一把乾草，讓他做雜役的爸爸的雙腳不受寒凍和溼氣的侵襲。這便完成了當天的「紮營」任務。擔任這個崗位的克朗徹先生就跟柵門一樣，在艦隊街和聖殿一帶很有名氣，看起來也跟柵門一個模樣。

在這個颳風的三月清晨，傑瑞上了崗，八點三刻「紮營」完畢，正好趕得及向走進苔爾森銀行的年資最老的那些職員碰觸他的三角帽致禮。小傑瑞就站在父親旁邊，倘若沒有竄入聖殿柵門向路過的孩子發動攻擊並造成嚴重的身體或心理傷害的話（被攻擊的孩子個子要足夠小，他才會做出這類友好舉動）。極為相像的父子兩人，安靜地看著清晨時艦隊街上來來往往的車輛行人，兩個腦袋就像他們靠得特別攏的眼珠子一樣緊挨在一起，很像兩隻猴子。有時那成年的傑瑞會口咬乾草再吐出來，小傑瑞那雙閃亮的眼睛就跟注視艦隊街上別的東西一樣，會不安地望著他，這時候，兩個人就更加相像了。

這時，苔爾森銀行的一個內務信差從大門裡探出了腦袋，說道：「門房快進來！」

「好吔，爸爸！一大清早就有任務了！」

小傑瑞這樣祝賀了老爸後，就在凳子上坐了下來，他對父親剛才嚼過的乾草產生了濃厚的興趣，兀自思考起來。

「一直有鐵鏽！他的指頭上一直有鐵鏽！」小傑瑞咕噥著，「爸爸手上的鐵鏽是從什麼地方弄來的呢？這兒並沒有鐵鏽呀！」

第二章
一幕好戲

「你對老貝利[1]很熟，是不是？」一個銀行老職員對跑腿的傑瑞說。

「是的，先生，」傑瑞回答說，語調中帶了幾分固執，「我對它的確很熟。」

「那好。你也認識洛里先生？」

「我對洛里先生比對老貝利要熟悉得多，先生，」傑瑞說，那口氣有點像迫不得已要到老貝利出庭作證的證人，「作為一個誠實的生意人，我寧可跟洛里先生熟，也不願和老貝利多打交道。」

「很好。你找到證人出入的那道門，把這張寫給洛里先生的紙條給門衛看，他就會讓你進去的。」

「要進法庭麼，先生？」

「要進法庭。」

克朗徹的兩隻眼睛靠得更近些了，彷彿在互相探問：「你對此有何見解？」

1 指倫敦老貝利街，那裡有中央刑事法庭。

「我要在法庭裡等候麼，先生？」他問道，這是兩隻眼睛骨碌碌轉動交談的結果。

「我正打算告訴你。門衛會把紙條遞給洛里先生，那時你一定要向洛里先生打個手勢引起他的注意，讓他看到你所站的地方。然後你就原地等待，聽候他的差遣。」

「就是這樣麼，先生？」

「就是這樣。他希望身邊有個人送信。這張紙條就是告知他你會在那兒。」

老職員不慌不忙地折好字條，寫上收件人姓名，用吸墨紙吸乾了墨跡。克朗徹先生在一旁默默地看著，這時問道：「我猜今天上午要審偽造案吧？」

「叛國案！」

「那可是要大卸八塊的呀，」傑瑞說，「殘忍啊！」

「這是法律，」戴眼鏡的老職員吃驚地轉頭看著他，說道，「這是法律！」

「我認為依照法律把人分屍太過分了。殺了就夠嚴厲的，分屍太過分了，先生。」

「一點都不過分，」老職員說，「對法律要多說好話。留神你的胸口和嗓子，我的好朋友，別去管法律的閒事了，我奉勸你一句。」

「我這胸口和嗓子都是讓溼氣害的，先生，」傑瑞說，「我賺錢謀生要受多少溼氣，讓您來判斷。」

「好了，好了，」老職員說，「我們大家誰都要賺錢謀生，方式各有不同。有人會忍受溼氣，有人就得忍受乾燥。信在這兒，去吧。」

傑瑞接過信，表面上必恭必敬，心裡卻不怎麼服氣，暗暗說道：「你也是個乾瘦老頭子呢。」他鞠了一躬，順便把去向告訴了兒子，這就出發了。

那時絞刑還在泰本執行，因此新門監獄大門外的那條街還不像後來那麼聲名狼藉。但監獄是邪惡之地，各種各樣的墮落與惡行都會在那裡出現。那裡也是可怕疾病的滋生之所，它隨著囚徒進入了法庭，有時甚至從被告席逕直傳染給了大法官閣下，把他從法官席上拉了下來。戴黑禮帽的法官宣判了囚犯死刑時，同時也宣判了自己的末日，有時甚至會死得比囚犯還早，這樣的事發生了不止一次。此外，老貝利街還因為「可怕的旅店庭院」而知名。不斷會有臉色蒼白的旅客坐在馬車車廂裡從那兒出發，踏上暴烈的路途進入另一個世界：在穿過約兩英里半的街區道路時，並沒有幾個良民會為此感到慚愧（假如還有良民的話）。習慣的確很有影響力，剛開始的時候這種影響力還頗合人意。這座監獄還以木枷刑具聞名，那是一種古老而聰明的制度，沒有人能夠預見到它施加的懲罰造成的傷害程度。它也以鞭刑柱聞名，那也是一種可敬而古老的制度，觀看行刑會讓人變得仁慈而溫和。它也以大量的「血腥錢」交易而知名，那是另一種祖傳智慧的遺留，它會有條不紊地引發天底下最駭人聽聞的雇用犯罪。總而言之，那個年代的老貝利是「存在的便是合理的」[2]這句格言的最佳例證。這個警句倘若沒有包含「過去存在的不可能不合理」這個令人煩惱的推論的話，倒可以偷懶一下作為最終的結論。

衣著髒汙的人群布滿了這個可怕的活動現場。送信人默聲不響，以慣常的技巧穿過了人群往前走，找到了他要找的那道門，然後往一扇小活頁門裡遞進了信件。那時民眾花錢看老貝利的表演正像花錢看瘋人院的表演一樣，只不過前面這項娛樂活動的收費可要貴得多。因此，老貝利的門全都有人

2 這句話出自英國詩人波普（一六八八—一七四四）的長詩《論人》。

嚴加把守——只有罪犯進出的通道門例外，它的確一直敞開。

門後的人發了通牢騷，耽誤了一會兒，很不情願地把門開了一條縫，讓傑瑞．克朗徹擠進了法庭。

「情況如何？」他悄聲問身邊的人。

「還沒開始呢。」

「要審什麼案？」

「叛國案。」

「那是要分屍的，對吧？」

「啊！」那人頗有興致地回答，「先要在欄架上絞個半死，再放下來讓他眼睜睜看著自己被一刀刀地割，然後會掏出他的內臟，當著他的面燒掉。最後才砍掉頭，把他卸作四塊。這種刑罰就是這樣。」

「你是說，倘若認定他有罪的話？」傑瑞說道，加上了「附帶條件」。

「啊！他們肯定會定他的罪的，」對方說，「這一點不用擔心。」

這時，克朗徹先生的注意力轉向了門衛。他看見門衛手裡拿著紙條朝洛里先生走去。洛里先生和戴假髮的先生們一起坐在桌前，距離囚犯的辯護律師並不遠。那辯護律師也戴著假髮，面前擺了一大疊文件。差不多在他們正對面還坐著另一個戴假髮的先生，雙手插在口袋裡，克朗徹先生看向他，發現此人的注意力似乎一直都集中在法庭的天花板上。傑瑞大聲乾咳了幾下，揉了揉下巴，又作了個手勢，吸引了洛里先生的注意——洛里先生已站起身在找他，看見他後默默地點點頭便又坐下了。

「他跟這案子有什麼關係？」剛才和他說話的人問道。

「我要是知道就好了。」傑瑞說。

「倘若有人查問起來，你跟這案子又有什麼關係？」

「我要是知道就好了。」傑瑞說。

法官進場時引發了一陣很大的騷動，然後法庭裡又安靜了下來，他倆的對話也就中斷了。眼下被告席成了眾人興趣的中心點。一直站在那兒的兩個獄吏走了出去，他們將囚犯帶進來，送入被告席。

除了那位戴假髮、望天花板的先生，在場每個人的眼睛都注視著被告。法庭內所有人的呼吸，如海濤、如一陣風、如火焰，都一起湧向了他。擠在柱子後和牆角裡的人急切探出身子，都想要看到他。後排的觀眾站起了身，連他的一根頭髮都不肯錯過；站著的人手搭著前面人的肩頭往前看，不管是否影響了別人，只想看他一眼——有的踮起了腳尖，有的爬上了窗臺，有的踩在旁邊根本踩不穩的東西上，都想把那個囚徒看個仔細。在後排站立的人群中，傑瑞很是顯眼，彷彿成了新門監獄鐵蒺藜圍牆的一個活動零件，他對著囚犯噴著有啤酒味的鼻息（來法庭的路上他順便喝了一杯開胃酒），他排出的氣味跟別人的氣味——啤酒味、杜松子酒味、茶味、咖啡味等等——混合成了氣味的浪潮，變作一團汙濁的雨霧向他湧來，湧向了他身後的那排大窗戶。

所有這些注視與喧嚷的目標是一個大約二十五歲的青年男子，他體格勻稱，容貌英俊，有一張被陽光曬成棕色的面孔和一雙黑色的眼睛，正是一個年輕紳士該有的身姿。他穿著樸素的黑色或深灰色的衣服，脖子後面的深色長髮用緞帶紮了個馬尾，主要是為了免去麻煩而不是為了裝飾。心裡的情緒總是會透過身體徵象表露出來，此刻他曬成棕色的面頰透出了目前處境所產生的蒼白，顯示出靈魂比陽光更為強有力的一面。他表現得非常鎮靜，向法官鞠躬行禮後，便默不作聲地站立著。

群眾觀看和評說這個年輕人時所表現出的興趣裡面，可沒包含什麼高尚的人性。倘若他面臨的判決沒有那麼恐怖、倘若那刑罰的殘酷的細節有可能免除一部分，他的吸引力相應也會減少很多。眾目睽睽之下，他註定要被不體面地一刀刀地劈砍；一個活生生的人被如此屠殺、被切成幾個肉塊，轟動效應就是從這裡產生的。各色不同的觀眾儘管可以使出巧言令色的自欺本領來為這種興趣作辯解，然而歸根結柢它就是醜惡殘暴的。

法庭裡已肅靜無聲！查爾斯．達尼昨天已對公訴作出了無罪申辯。那公訴狀裡充滿了數不盡的鏗鏘刺耳的言辭，譴責他是一個使奸作偽的叛徒，出賣了我們的沉靜的、卓越的、傑出的、如此等等的國王，因為他在不同的場合時機，採用了不同的方式方法，說明法國國王路易對抗了我們上述的沉靜的、卓越的、傑出的、如此等等的國王。也即是說，他在我們上述的沉靜的、卓越的、傑出的、如此等等的國王的國土和上述的法國國王路易的領土上穿梭往來，居心叵測地、使奸作偽地、大逆不道地、諸如此類地向上述的法國國王路易透露了我們上述的沉靜的、卓越的、傑出的、如此等等的國王準備派遣到加拿大和北美洲的兵力。這些法律術語讓傑瑞腦袋上鐵蒺藜般的頭髮一根根豎直了起來，也讓他經過種種迂迴曲折獲得了很大的滿足，終於認識到上述那個被反覆提及的查爾斯．達尼此時正站在他面前受審，陪審團正在宣誓，而檢察長先生已準備好了發言。

被告此時已被在場的每一個人在想像中絞了個半死、砍掉了腦袋、卸成了幾塊。這一點被告也明白，而處在這種境況下，他既沒有表現出畏懼，也沒有擺出任何戲劇性的姿態。他靜默而專注，帶著嚴肅的興趣觀看著訴訟進行，一雙手擱在了面前的木擋板上：那擋板上鋪了很多藥草，他的手安然自若，連一片葉子也不曾去翻動（為預防傳染監獄裡的斑疹傷寒，法庭裡已擺滿了草藥、灑滿了醋）。囚犯的頭頂上有一面鏡子，那是用來向他投射光線的。許許多多邪惡的人和不幸的人曾映現在這面鏡子裡，然後又從鏡面和地球表面徹底消失。倘若這面鏡子能像海洋某一天升浮起溺死者那樣讓過往的影像重現，這可惡的場所一定會鬼影幢幢，變得極其可怖。這面鏡子容納了如此多的惡行和恥辱，囚犯的心裡或許曾掠過這樣的念頭吧，於是他挪了一下位置，卻發覺一道光線正好投在了臉上，便抬頭去看；當看到了鏡子裡的自己漲紅了臉，他的右手動了一動，碰掉了擋板上的草藥。

這個動作使得他把頭轉向了他左手邊的法庭。在法官席的角落裡坐著兩個人，位置大致與他的目光齊平，他的目光立即落到了他倆身上。他的樣態的變化，使得原先投向他的目光全都轉向了那兩個人。

觀眾看到的這兩個人，一位是年紀剛過二十的小姐，另一位顯然是她的父親。這位父親因為滿頭的白髮顯得十分引人注目，他的臉上帶有一種難以描述的緊張表情：並非活躍激動造成的緊張，而是沉思的自我多慮的緊張。當他臉上出現這種表情時，他便顯得很蒼老，可是，當那表情發生變化、繼而消失後——現在它就暫時消失了，因為他正在跟女兒說話——他就變成了一個英俊的男子，還保留了壯年的精神氣。

他女兒坐在他身邊，一隻手挽著他的手臂，另一隻手也按在上面。她因為害怕這場面，也因為憐憫那囚犯，身子靠得他很近。只因專注於被告面臨的危險處境，她的額頭鮮明地表現出了恐懼與同情。這種表情如此明顯，如此強烈，流露得如此自然，以致那些對囚犯毫無憐憫心的觀眾也不禁受到了感染。眾人紛紛耳語起來：「這兩人是誰呀？」

送信人傑瑞以自己的方式作了一番觀察，一邊吮吸著手上的鐵鏽，一邊伸長了脖子打聽那兩人是誰。他身邊的人彼此靠近了耳語著，然後向距離最近的出庭人傳遞了詢問；答案又更加緩慢地傳遞了回來，最後傳到了傑瑞的耳朵裡。

「是證人。」

「哪一邊的？」

「反方的。」

「指證哪一方的？」

「指證被告一方的。」

法官收回了適才散漫隨意的目光，往椅背上一靠，眼睛盯視著被告——此刻那年輕人的性命就握在他的手心裡。而檢察長先生站起身來，絞緊了繩索，磨起了斧頭，已把釘子釘進了斷頭臺。

第三章
沮喪時刻

檢察長先生必須告訴陪審團的是，他們面前的這個囚犯雖然年紀尚輕，但他從事他將為之付出生命代價的賣國勾當卻是個老手。這個全民公敵裡通外國的行為並不是自今日始，也不是自昨日始，甚至不是自去年或前年始；可以確信的是，早在很久以前該犯已在法國和英國之間頻繁地穿梭往來，而他對其間所從事的祕密活動無法誠實交代。倘若叛國行為也能暢行無阻（所幸此事絕無可能），該犯十足邪惡的罪行或許仍然未被發現。所幸上帝昭示了某個人以信心，使其無所畏懼、不懼責難，洞察到了該犯的陰謀，他為此深感震驚，便向國王陛下的國務總監和最可敬的樞密院加以揭發。這位愛國志士即將出庭作證。此人的立場和態度的確可敬可佩。他曾是囚犯的朋友，卻在那最為幸運、也最為不幸的時刻當即察覺了罪犯的無恥惡行，於是下定決心將這個他難以繼續敬愛下去的叛賊送上祖國神聖的祭壇。

檢察長先生說，倘若英國像古希臘和古羅馬一樣，也有一個為功勳卓著者豎立雕像的法令制度，那麼確實該為這位傑出公民塑一座像了。鑒於目前並沒有頒布此類法令，他很可能就無法獲得這一榮譽。正如那些詩人所說，美德在某種程度上是會傳染的，尤其是被稱作「愛國主義」的對邦國之愛的光輝美德（他洋洋灑灑說了一大篇，原以為陪審團諸位對每個字都已爛熟於心，豈料陪審團那些人卻面露內疚之色，表明他們對此完全一無所知）。因此這位證人，為國王（提到國王雖然冒昧卻很榮幸）作證的這位完美無缺、無可指摘的崇高典範，就跟囚犯的僕人聯繫上了。促使僕人下定了神聖的決心去檢查他主人的桌子抽屜和衣服口袋，並藏起了他的文件。

檢察長說，他知道針對這位可敬的僕人可能會有某些非議，但大體說來，他卻看重那僕人甚於自己的兄弟姊妹，尊敬那僕人甚於自己的親生父母。檢察長滿懷信心地呼籲陪審團採取同樣的立場與行動。他說，這兩個證人的證據和他們已發現的文件馬上就要當庭出示，表明該犯持有了有關國王陛下的兵力狀況以及海陸軍部署和準備的清單，這些證據將毋庸置疑地證明，該犯經常將此類情報轉交給某個敵對政權。暫時無法證明這些清單文件的筆跡就是出自該犯之手，但指證效果是同效力的。這足以說明該犯之狡詐多謀，早已採取了預防措施，對檢控方來說，這其實是更有力的事證。他說證據的起始時間是在五年前，該項證據將表明，該犯早在英國部隊與北美叛軍第一次交火前數週就已經在從事此類罪惡活動。

基於上述理由，忠於王室且盡責可靠的陪審團（如他所知的那樣），必定會明確認定該犯的罪行，給他一個了結，無論大家對殺人保持了何種樣的態度。檢察長說，倘若不砍掉該犯的頭，陪審團諸位便無法落枕安睡，無法允許他們的夫人落枕安睡，也無法允許他們的孩子落枕安睡。簡而言之，無論是陪審團諸位還是他們的家人，任何人想要高枕無憂地安睡，就非得砍掉罪犯的頭。檢察長作為結論向他們提出的砍頭的處刑請求，用上了他繞了一大圈所能想到的所有人的名義，他鄭重發表的這個聲明，似乎認定該囚犯實際上已經等同於死亡。

檢察長停止發言後，法庭裡便響起了一片嗡嗡聲，彷彿有一大群綠頭蒼蠅正繞著囚犯亂飛，等著看他後面的好戲。當喧鬧聲再次平息下去時，那位無可指摘的愛國志士已登上了證人席。

副檢察長先生以他的上司為榜樣，開始詢問愛國志士：這位先生名喚約翰．巴薩。有關他那純潔靈魂的故事和檢察長先生之前描述的完全一樣——倘若非要挑出毛病的話，也許描述得有點太精確了。在卸下他那顆高貴心靈的重負之後，他本可以謙恭有禮地退場的，但坐在洛里先生身邊不遠、面前放了一大疊文件的那位戴假髮的先生卻要求向他提幾個問題。此時，坐在他對面的另一位戴假髮的先生，眼睛仍然望著法庭的天花板。

他自己做過密探麼？沒有，他對這種卑鄙的暗示表示不屑。他靠什麼過活？靠他的財產。他的財產在哪兒？他記不清楚了。是什麼財產？那不關任何人的事。是繼承來的麼？是的，繼承來的。從誰那裡繼承來的？一個遠親。很遠的親戚麼？有些遠。他坐過牢麼？肯定沒有。從沒有因債務坐過牢麼？不知道這與本次案件有何關係。從沒有因債務坐過牢麼？——來，再回答一次。從沒坐過牢麼？坐過。多少次？兩三次。不是五、六次麼？也許是。什麼職業？紳士。被人踢過麼？有可能。經常挨踢麼？不。被踹下過樓梯麼？肯定沒有。有一回在樓梯頂上挨過踢，是自己滾下樓梯的。是因為擲骰子時作弊麼？一個愛撒謊、喜歡惹是生非的醉漢說過類似的話，但他的話不可靠。能發誓這不是真的麼？肯定能。曾經靠賭博作弊為生麼？從來沒有。曾經靠賭博為生麼？不比別的紳士更多。向這位囚犯借過錢麼？借過。還過麼？沒有。跟囚犯的這個事實上並不親密的關係，難道不是在馬車上、旅館裡和郵輪上硬攀來的麼？不是。他確信見到囚犯攜帶了這些文件麼？肯定見過。對文件再也不知道別的什麼了麼？不知道。比如說，他自己不曾設法去弄到手麼？沒有。這次出庭做證是不是指望能獲得什麼好處？沒有這種想法。沒有受雇於政府、接受了常規津貼，然後設局來陷害麼？哦，天啊，不。或者是別的什麼？哦，天啊，不。能發誓麼？可以一再發誓。除了純粹的愛國心，沒有別的動機麼？絕對沒有其他動機。

很快，道德高尚的僕人羅傑·克萊也完成了宣誓儀式出場了。四年前，誠實又單純的他開始為該囚犯工作。在加萊郵船上他問囚犯是否需要一個貼身雜役，囚犯就雇用了他。他並沒有要求囚犯出於憐憫心而雇用他——從來沒有這麼想過。他對囚犯產生了懷疑，此後就開始留神注意了。不久以後，在旅行途中，他好多次在替囚犯整理衣物時曾在口袋裡見過類似的文件。也曾從囚犯的書桌抽屜裡取出過這些文件。不是他事先放進去的。在加萊，他看見囚犯拿出這幾份文件給法國人看過。在加萊和布洛涅又曾見他把同樣的文件給法國人看過。他熱愛祖國，無法容忍這樣的事，於是就告發了他。他從沒有涉嫌偷盜過一個銀茶壺。曾經被人誹謗偷盜了一個芥末壺，那壺其實只是鍍銀的。他認識剛才出場的那個證人已有七、八年，那只不過是巧合。他不會把這稱作特別離奇的巧合。大部分的巧合都有些離奇。真正的愛國心也是他唯一的動機，他也不會把這稱作離奇的巧合。他是真正的不列顛人，也希望有許多人都能像他一樣。

那群綠頭蒼蠅又發出了嗡嗡聲。檢察長先生傳喚了賈維斯·洛里先生。

「賈維斯·洛里先生，你是苔爾森銀行的職員麼？」

「是。」

「一七七五年十一月一個星期五的晚上，你是否曾坐郵車出差旅行，往返於倫敦和多佛之間？」

「是的。」

「車裡還有別的乘客麼？」

「有兩個。」

「當晚他們是中途下車的麼？」

「是的。」

「洛里先生，你看看囚犯，他是不是那兩個旅客之一？」

「我不能保證說他是。」

「他像不像兩個旅客之一？」

「兩個人都裹得嚴嚴實實，天又很黑，而我們彼此都很沉默，因此我也無法做出這樣的推斷。」

「洛里先生，你再看看囚犯。倘若他也像那兩個旅客一樣把自己裹起來，他的個頭和身高像不像那兩人？」

「不像。」

「你不能發誓說他不是那兩人之一麼，洛里先生？」

「不能。」

「所以你至少會說他有可能是那兩人之一麼？」

「是的。只是我記得那兩人都很害怕遇上攔路劫匪，跟我一樣。而眼前這位囚犯卻沒有那種膽怯的神氣。」

「你見過假裝膽怯的人麼，洛里先生？」

「當然見過。」

「洛里先生，你再看看囚犯。你以前見過他麼，有沒有印象？」

「見過。」

「什麼時候？」

「那以後幾天我從法國回來，在加萊，這個囚犯登上了我坐回來的那條郵船，曾經與我同船啟程。」

「他幾點鐘上船的？」

「午夜過後不久。」

「夜深人靜的時候。在那個不合時宜的時間，上船的乘客只有他一個人麼？」

「他碰巧是唯一的一個。」

「別管碰巧不碰巧，洛里先生，在夜深人靜的時候上船的乘客只有他一個，是麼？」

「是的。」

「你是一個人在旅行麼，洛里先生？還是有其他同伴？」

「有兩個人同行，一位先生和一位小姐。兩人現在都在這兒。」

「都在這兒。你跟囚犯說過話麼？」

「沒怎麼說話。那天有暴風雨，船很顛簸，航線又長，我幾乎全程都躺在沙發上。」

「曼內特小姐！」

之前被所有人打量過的那位年輕小姐，現在又受到了眾人的注目。她從座位上站了起來。她的父親也跟著站了起來，讓她的手繼續挽住他的手臂。

「曼內特小姐，看著這名囚犯。」

對被告來說，面對如此富有憐憫心、如此真誠的年輕貌美的女子，要比面對在場所有人更要難堪得多。他彷彿正站在自己墳墓的邊沿與她遙遙相對。此刻，所有好奇注視著他的目光也無法讓他繼續保持鎮靜了。他的右手匆忙撥弄著近前擋板上的藥草，將之想像成了花園裡的花圃；他努力控制著呼吸，顫抖的嘴唇漲得發紅，熱血正從那裡湧向了心臟。大蒼蠅的嗡嗡聲又喧響了起來。

「曼內特小姐，你之前見過這名囚犯麼？」

「見過，先生。」

「在哪兒？」

「在剛才說到的那艘郵船上，先生，在同一個時候。」

「你就是剛才洛里先生提到的那位小姐麼？」

「啊！很不幸，是的！」

她因同情而發出的哀傷語調與法官那並不悅耳的聲音混在了一起。法官有些嚴厲地說道：「問你什麼，就回答什麼，別談論其他。」

「曼內特小姐，在渡過海峽的時候你跟囚犯交談過麼？」

「是的，先生。」

「回憶一下。」

四下裡一片肅靜，她開始說話了，聲音很低弱：「在那位先生登上船來的時候——」

「你是指這名囚犯麼？」法官皺著眉頭問。

「是的，大人。」

「你就稱他為囚犯吧！」

「囚犯登上船來的時候，他注意到我的父親很疲勞、很虛弱，」她深情地轉過頭望著站在身邊的父親，「父親的身體狀況很不好，我擔心他會覺得悶，就在客艙階梯旁的甲板上給他鋪了個床，自己坐在他身邊的甲板上照料他。那天晚上，除了我們四個以外就沒有別的乘客了。囚犯好心地建議我應該如何重新布置一番，才能為我的父親擋住外面的風雨——我之前不知道該怎麼做，也不懂得我們駛出港口後風向會如何變化。他比我做得好多了。是他幫了我的忙。他對我父親的病況表現出了極大的關切與善意，我相信他是發自真心的。我倆就像這樣開始交談了起來。」

「讓我暫時打斷你一下。他是一個人上船的麼？」

「不是。」

「有幾個人跟他在一起？」

「兩個法國人。」

「他們在一起談話麼？」

「他們一直在談話，到最後一刻，兩個法國人才乘上了小船離開。」

「他們之間傳遞過像這些文件一樣的東西麼？」

「是傳遞過一些文件，但我不知道是什麼文件。」

「跟這些文件的大小形狀相同麼？」

「有可能，但我確實不知道，雖然他們就在我身邊很近的地方低聲說話：因為他們站在船艙樓梯的頂上，湊著那兒一盞燈的光亮；燈光很暗，他們說話的聲音很低，我聽不清楚他們在說什麼，只瞧見他們在看一些文件。」

「現在，說說你跟囚犯談了些什麼吧，曼內特小姐。」

「囚犯很信任我，對我說話很坦率——那是因為我正處在很無助的情況下。同樣，他對我父親也很關切、很善意、很有幫助。」她突然哭了出來，「我今天不可以用傷害來回報他。」

那些綠頭蒼蠅又發出了嗡嗡聲。

「曼內特小姐，出庭作證是你的責任，你必須作證，無可逃避。倘若囚犯不能完全理解、也非常不願意你作證，現場作如是想的也只有他一個。請繼續。」

「他告訴我他在為一件很微妙、很棘手、可能給別人帶來麻煩的事奔走，因此旅行時用了個假名。他說為這事他幾天前去了法國，而且未來很長一段時間內可能還要在法國和英國之間往返多次。」

「他談到美洲了麼，曼內特小姐？說詳細些。」

「他試著跟我解釋了引發那場爭議的緣由，而且說，照他的判斷，英國這方犯了個愚蠢的錯誤。他還開玩笑說喬治·華盛頓或許會名垂青史，幾乎跟喬治三世不相上下。不過他說這話時並無惡意，說時還在笑，只是為了打發時間。」

在一個眾人懷著極大興趣注目的場景中，主要演員任何顯著的面部表情都會在不知不覺中被觀眾所模仿。姑娘提供這些證詞時前額痛苦地蹙緊，顯得如此焦慮急切，她稍作停頓以便法官筆錄時，也在留意觀察律師是否贊成她的話。此時，法庭各個角落的觀眾也流露了同樣的表情。法官記錄到有關喬治·華盛頓的異端邪說時抬起了頭怒目而視，證人臉上的表情也立即反映到了在場絕大部分人的額頭上。

現在，檢察長向法官大人表示，作為預防措施與常規流程，他認為有必要傳喚這位小姐的父親曼內特醫生。

「曼內特醫生，你看看囚犯。你之前見過他麼？」

「見過一次。他曾到訪我在倫敦的寓所。大約三年或三年半以前。」

「你能認出他就是跟你一同乘過郵船的旅客麼？還有，你對他跟你女兒的談話有什麼要說的麼？」

「這兩個問題我都無法回答，大人。」

「你無法回答是否有什麼明確的特殊原因？」

他低聲答道：「有。」

「曼內特醫生，你在你出生的國家是否曾遭遇不幸，未經審判，甚至未經指控就遭到了長期監禁？」

他回答的語氣觸動了所有人的心：「遭到長期監禁。」

「剛才談到的那個時候你是剛剛被釋放麼？」

「他們告訴我是那樣的。」

「你對當時的情況沒有記憶了麼？」

「記不起來了。從某個時候起——我甚至說不清是什麼時候，從在牢中學著做鞋時起，到我發現自己已在倫敦城，與我親愛的女兒住在一起為止，這整段時間在我心裡是一片空白。仁慈的上帝讓我恢復記憶時，我女兒和我已很熟悉了；但我甚至連她是怎樣跟我熟悉起來的也說不清楚。我對整個過程都沒有記憶。」

檢察長先生坐下來，父女倆也一同落座了。

之後這件案子出現了一個異常情況。目前審理的目的，是要求證這個情況：五年前那個十一月的星期五，囚犯是否曾跟某個未露痕跡的同謀犯一同乘多佛郵車南下，作為一種掩飾手段，兩人晚間在途中某地下了車，未在原地停留，卻折返了十多英里，來到了某個要塞和造船廠搜集情報。一個證人出庭指認了囚犯，說他那時恰好在那個要塞和造船廠所在城鎮的某間旅店的咖啡館裡，而且在等待另一個人。囚犯的辯護律師反覆盤問了這位證人，只獲知他在其他時候並沒有見過囚犯，此外便一無所得。這時，那位戴著假髮、一直望著法庭天花板的先生在一張小紙條上寫了一兩個字，揉成一團，丟給了律師。律師稍停片刻讀完了紙條，之後很專注、很好奇地看著囚犯。

「你能否再次確認一下，那人就是這個囚犯麼？」

證人表示很有把握。

「你是否見過模樣長得很像這個囚犯的人？」

證人說，長得再像，他也不會看錯。

「我有一位博學的朋友就坐在那兒，你好好看一看，」律師指著之前扔紙條的那人說，「然後再仔細看看囚犯。你覺得怎麼樣？他倆是不是非常相像？」

除了這位「博學的朋友」不修邊幅的外貌（倘若不是有失體面的話）之外，一經比對，他和囚犯實在長得太相像了，這不但讓證人吃了一驚，也讓現場所有人大吃了一驚。眾人要求法官大人責令那位「博學的朋友」取下假髮，那人不太樂意地同意了。這一來，兩人之間的相像就變得更加明顯了。法官問斯特萊佛（囚犯的律師），接下來是否要審理卡爾頓（這位「博學的朋友」的名字）的叛國罪。斯特萊佛先生回覆法官大人說不必了，但他要求證人作出說明：發生過一次的事是否會發生第二次？倘若他早一些看到這個有關他的輕率判斷的例證，他是否會這麼確信不疑？看到這個例證後，他是否仍然這麼確信不疑？或是更加深信不疑？上述盤問的結果，是把證人像陶罐一樣砸了個粉碎，也瓦解了證人在本案中的指證作用。

聽到這兒時，克朗徹先生已從他的指頭上啃下了足可當一頓午飯吃的鐵鏽，現在他必須留神靜聽下文了。此時，斯特萊佛先生已把囚犯的案情裁作一件緊身衣套到了陪審團身上：他向陪審團指出，那位愛國志士巴薩是受人指使的密探和叛徒，是不會臉紅的做人血買賣的奸商，自可惡的猶大之後世間最無恥的惡棍——而他的長相的確也非常像猶大。而那位道德高尚的僕人克萊正是巴薩當之無愧的朋友和搭檔。這兩位作偽證、發偽誓的傢伙看中了囚犯，把他當作犧牲品：因為他是法國血統，在法國有一些家務事使他必須頻繁往返於海峽兩岸；雖然因為關係到他某些至親好友，他寧死也不肯透露是什麼事務。而他們從這位小姐那兒詐出來的、受到歪曲的證詞其實毫無意義（她提供證詞時所承受的痛苦，大家已有目共睹），那不過是單純有禮的獻殷勤的小插曲而已，任何萍水相逢的青年男女之間都有可能發生這樣的事——只有提到華盛頓的那段例外，那些話實在太誇大了，但即便從別的角度來衡量，充其量也只能看作是荒誕不經的玩笑。試圖借助最卑下的民族對立情緒和恐懼心理來加以全面壓制（檢察長先生充分利用了這一點），這只會暴露政府的弱點。然而，這一做法全無根據，而卑鄙無恥的證詞只會破壞此類案件的形象，導致我國的司法審判裡充斥了類似案件。可是，他說到這裡的時候就被打斷了（法官板起了裝模做樣的嚴肅面孔），法官大人說坐在法官席上的他不能容忍這種含沙射影的言論。

之後，斯特萊佛先生傳喚了幾個證人出席作證。再往後，克朗徹先生便聽見副檢察長先生又把斯特萊佛先生為陪審團定製的衣服裡外翻了個遍；他說證人巴薩和克萊甚至比他認為的還要好上一百倍，而囚犯則要壞一百倍。最後，法官大人發言了，他把這件衣服時而翻了過來，時而又翻了回去，但總而言之，很明確地整個又重新剪裁了一次，把它做成了一件為囚犯特製的壽衣。

現在，陪審團開始考慮案情，那些大蒼蠅又一次發出了嗡嗡聲。

即使在這樣激動人心的時刻，卡爾頓先生仍然一直望著法庭天花板，沒有挪一下身子，也沒有改變姿勢。此時，他的合作夥伴斯特萊佛先生收攏了面前的文件，跟坐在身邊的人低聲交談，還不時焦慮地看向了陪審團；在場所有觀眾多多少少都走動了起來，圍成了各種談話圈子；甚至我們的法官大人也離了座位，開始在審判臺上慢慢地踱來踱去，讓在場觀眾不得不懷疑他心裡也很緊張。即便這樣，這位卡爾頓先生仍然靠了椅背坐著，拉開的律師長袍一半敞著，零亂的假髮還是先前脫下後隨手扣上的樣子，他雙手插在口袋裡，眼睛仍像之前那樣盯著天花板看。他的舉止姿態裡有某種特別粗率馬虎的東西，不但讓他看起來顯得很是落拓不羈，而且大大降低了他跟囚犯之間毫無疑義的相像程度（剛才眾人把他倆做比對時，他暫時的認真態度曾加強了這一點），因此，許多觀眾現在都注意到了他，大家都覺得奇怪，剛才怎麼就覺得他們倆那麼相像呢。克朗徹先生就對他身邊的人發表了這樣的意見，他還說：「我可以用半個金幣來打賭，這人是接不到任何法律方面的工作的。他那副模樣就不像，是不是？」

然而，這位卡爾頓先生所注意到的現場細節卻比表面看起來的要更多一些，因為這時曼內特小姐的頭已垂落在她父親的胸前，他竟然第一個看到了，並且還明白地指了出來：「長官！留意一下那位小姐。請幫助那位先生扶她出去。您看不出她快要暈倒了麼！」

在那姑娘被扶出去的時候，許多人都對她表示了憐惜，也對她的父親深表同情。重新提起那段牢獄生涯顯然已使老人痛苦不堪。在接受詢問時，他顯得內心極其激動，自那以後他沉思默想的神情就像陰沉的烏雲籠罩了他，讓他顯得分外衰老。他離場後，陪審團重新落座原位，過了一會兒，陪審團主席開始發言了。

陪審團沒有達成一致，希望退庭。法官大人（也許心裡還在想著喬治．華盛頓）對他們竟然會產生意見分歧表示意外，並指出他們退席後要受到監視與保護，然後自己也退了庭。審判已持續了一整天，法庭裡現在已點上了燈。有人傳言說陪審團要退庭很久。觀眾紛紛離場去吃點心了，囚犯也退回被告席背後坐下了。

陪同那位小姐和她父親離開法庭的洛里先生這時又出現了。他向傑瑞招了招手。眾人的關注興趣已大大降低，傑瑞很容易就擠到了他的身邊。

「傑瑞，倘若你想要吃點東西，現在可以出去吃。可是別走得太遠。陪審團回來後，你可一定要在場聽著。不要比他們晚回來，因為我要你立刻把判決帶回銀行。你是我所認識腿腳最快的信使，你趕回聖殿柵門可比我快多了。」

傑瑞用指關節敲了敲頭髮下勉強露出的一點額頭，領了口信，也接受了一個先令。這時卡爾頓先生走了過來，碰了碰洛里先生的手臂。

「小姐怎麼樣？」

「她很難受；她父親在安慰她，出了法庭後她覺得好些了。」

「我會把這情況轉告囚犯。你知道，像你這樣體面的銀行人士被人看見當眾跟他說話可不好。」

洛里先生臉紅了起來，好像意識到自己心裡確曾這麼考慮過。卡爾頓先生走出了律師席。法庭出口也在那個方向。傑瑞緊跟在他身後，眼睛盯著，耳朵聽著，滿頭亂髮豎直著。

「達尼先生！」

囚犯立刻走上前來了。

「你自然急於聽到證人曼內特小姐的情況。她馬上就會好起來的。她最激動的時候你已經看到了。」

「為此我深感抱歉。你能替我轉達這句話麼？還有，我也衷心感謝她。」

「可以。如果你提出要求，我願意轉達。」

卡爾頓先生口氣淡漠、近乎無禮地回答。他朝著囚犯半轉過身子站著，手肘懶洋洋地搭在被告席的欄板上。

「那我就提出要求。請接受我由衷的謝意。」

「那麼，」卡爾頓說，仍然半個身子背對著囚犯，「你預料會發生什麼？」

「最糟糕的結果。」

「這是最明智的預期，也是很有可能的。不過，我認為陪審團退席對你是有利的。」

法庭的出入口不允許逗留，因此傑瑞再沒聽見別的什麼了。他離開了樣貌如此相像、態度卻截然不同的這兩人。站著的他們，都映現在了頭頂的反光鏡中。

在法庭下方擠滿了小偷、無賴的廊道裡，儘管有羊肉餡餅和麥芽酒的幫助，一個半小時也好不容易才挨過去。那位啞嗓子的信使吃完點心便在長凳上很不舒服地坐下，打起了盹。這時，一股疾走的人流伴隨著嘈雜的語聲已湧上了通往法庭的階梯，他趕緊一起跟了過去。

「傑瑞！傑瑞！」他趕到時，洛里先生已在門口喊他了。

「這兒，先生！擠回來簡直像在打仗。我在這兒，先生！」

洛里先生擠在人堆裡將一張紙條交給了他。「快！你拿好了麼？」

「拿好了，先生！」

紙條上匆匆地寫了「無罪釋放」幾個字。

「即便你送出的消息又是『死人復活了』，」傑瑞轉過身自言自語，「這回我也懂得你的意思的。」

在他離開老貝利之前，沒有機會再說什麼，也沒有機會再想其他什麼了，因為人群正如潮水般拚命往外擠湧，幾乎把他沖翻在地。喧嚷的嗡嗡聲進入了大街，那些困惑不已的綠頭蒼蠅彷彿又分散開來，尋找別的腐肉去了。

第四章
祝賀

透過燈光黯淡的廊道，那一鍋已翻騰了一整天的人頭攢動的湯羹，現在正濾出它最後的殘滓。此時，曼內特醫生、他的女兒露西．曼內特、洛里先生和被告的辯護律師斯特萊佛先生正圍在剛剛被釋放的查爾斯．達尼身邊，祝賀他死裡逃生。

即便燈光明亮了許多，也很難在這位面目聰敏、腰板挺直的曼內特醫生身上辨認出當年巴黎閣樓裡的那個老鞋匠的模樣了。可是，別人看過他兩眼之後，總忍不住再看上一眼，即便他們並沒有覺察到他低沉肅然的聲音裡的哀傷調子，也沒有留意到他沒有緣由的時不時的恍惚出神。某種外在的因素，比如重提他那段揮之不去的痛苦經歷（如在這次審判中），就會從靈魂深處觸發他的類似情狀，它會依照其慣性自行發生，將他籠罩在愁雲慘霧中，彷彿夏天的炎陽已將三百英里外真實的巴士底獄的陰影投射在他身上；那些不知道他過往經歷的人難免會感到費解。

只有他的女兒擁有某種魔力，能驅走他心裡這片沉思的陰霾。她是一根金色的絲線，將他與受難以前的過去連結在一起，也將他與受難以後的現在連結在一起：她說話的聲音、她的容光、她雙手的觸撫，幾乎總會對他產生一種有益的影響。也不能絕對地說總是，因為她會記起某些喪失魔力的時刻。不過這種時刻不多，影響也很輕微，她相信它們已成為過去。

達尼先生已經誠摯地、感激地吻過她的手，又轉身向斯特萊佛先生表達了熱烈的謝意。斯特萊佛先生三十歲出頭，看起來卻比實際年齡大上二十歲。他身材壯實，大嗓門，紅臉膛，完全不受世俗儀禮的拘束，有一種橫衝直撞擠入人堆裡講話的進取心（肢體行為如此，道德上也是如此），這也非常能表達他如何獲得人生的成功。

他仍然戴著假髮，穿著律師袍，在新近這個當事人面前仍然保持了一貫的做派，他將洛里先生擠到一邊，說道：「我很榮幸能把你解救出來，達尼先生。這是一場無恥的訴訟，極其無恥。但並不因為其無恥就降低了它勝訴的可能。」

「我對您救我一命終生感激不盡——在兩種意義上都是[1]。」委託人抓住他的手說。

「我已為你竭盡了全力，達尼先生；我這個人出手是不比任何人遜色的，我相信。」

這分明是要別人順著他的話往下說「您可比別人厲害多了」。洛里先生便這樣說了。這麼做也許並非毫無偏私，他是想重新擠回圈子裡來。

「你這麼認為麼？」斯特萊佛先生說，「是啊，你今天一整天都在現場，應該瞭解情況的。你也是個懂業務的人吶。」

「正因為如此，」洛里先生說（精通法律的律師又把他擠回了圈子，就跟之前把他擠出去一樣），「正因為如此，我請求曼內特醫生結束交談，命令大家各自回家。露西小姐氣色很不好，達尼先生度過了可怕的一天，我們全都疲憊不堪了。」

「你只能代表自己說話，洛里先生，」斯特萊佛先生說，「我還有一晚上的工作要做呢。代表你自己說話。」

「我代表我自己說話，」洛里先生回答，「也代表達尼先生和露西小姐說話——露西小姐，你認為我可以代表我們全體說話麼？」他向她發出了明確的詢問，也瞥了一眼她的父親。

老人的臉似乎僵木了，很奇怪地望著達尼。那是一種專注的神情，眉頭漸漸地皺緊，露出嫌惡與懷疑的神氣，甚至還混雜了恐懼。他露出這種奇怪的表情，又神思恍惚起來了。

「爸爸。」露西把一隻手溫柔地放在他的手上。

他慢慢地擺脫了陰影，朝她轉過身去。

「我們回家吧，爸爸？」

他長吁出一口氣，回答說：「好的。」

被無罪釋放的囚犯的這幾個朋友就此分手了，他們都有一種感覺：他當晚還不會被釋放——但這個感覺只是他自己造成的。廊道裡的燈光已幾乎全部熄滅，鐵門在刺耳的咔嗒聲中關閉了。在場的人離開了這個陰沉沉的地方，到第二天早上，對絞刑架、木枷刑具、鞭刑柱、烙鐵的興趣才會讓他們重新聚集到這裡。露西·曼內特走在她父親和達尼先生之間，來到了戶外。父女倆雇了輛出租馬車，坐上車離開了。

斯特萊佛先生在廊道裡與他們分了手，擠回了衣帽間。另外有一個人，沒有加入這群人裡，也沒

1　此處的「兩種意義」，一是指肉身的生命，一是指靈魂上的救贖。

有跟他們中任何一位交談過，他一直靠在一堵暗影幢幢的牆上，等大家離開後才默默地走了出來。他站在一邊觀望著，直到馬車駛離。現在，他向著洛里先生和達尼先生所站的步道走去。

「那麼，洛里先生！辦理業務的人現在可以和達尼先生說幾句話麼？」

還沒有人對卡爾頓先生在白天的訴訟中所扮演的角色表示感謝，此事也沒有多少人知道。他已脫去了律師長袍，但他那副模樣並無任何改觀。

「倘若你們知道辦業務的人會有什麼樣的內心衝突，你們會覺得很好笑的。我們身上總有兩種力量在撕扯，一種是善良天性的衝動，一種是業務工作的外表。」

洛里先生又臉紅了，熱情地說道：「您之前也說過這話，先生。我們辦業務的人是為公司服務的，做不了自己的主。我們不得不多想想公司，少想想自己。」

「我知道，我知道，」卡爾頓先生漫不經心地回覆說，「不要生氣，洛里先生。你跟別人一樣善良，對此我毫不懷疑，我還敢說，其實你比別人更加善良。」

「實際上，先生，」洛里先生沒有理他，繼續往下說，「我真的不知道您跟這件事有什麼關係。我的年紀要比您大很多，冒昧說一句，我真的不知道這件事會變成您的業務。」

「業務！上帝保佑，我沒有業務！」卡爾頓先生說。

「真遺憾您沒有業務，先生。」

「我也覺得遺憾。」

「倘若您有了業務，」洛里先生還在往下說，「您也許會處理好的。」

「上天眷顧你啊，不！——我處理不好的。」卡爾頓先生說。

「好吧，先生。」洛里先生叫了起來，卡爾頓的漠然態度讓他很生氣，「業務是很好的東西、很體面的東西。而且，先生，倘若業務給人帶來了約束和妨礙，迫使人沉默的話，達尼先生是個慷慨大方的紳士，他知道該怎麼酌情處理這種情況的。達尼先生，晚安。上帝保佑您，先生！我希望您今天仍能保有幸福如意的生活——轎子！」

洛里先生也許有些生自己的氣，也有些生那個律師的氣。他手忙腳亂地上了轎，回苔爾森銀行去了。卡爾頓身上散發著波特酒的酒氣，看來已有幾分醉態。他哈哈大笑，轉身對達尼說：「一種奇特的機緣讓你我碰到了一起。今兒晚上你單獨和一個樣貌酷似你的人一起站在街頭，一定感覺很特別吧？」

「我感覺自己好像還沒有回到人間呢。」查爾斯．達尼答道。

「對此我一點也不驚訝；之前你往地獄的方向走出了很遠。你現在說話有氣無力的。」

「我確實開始感到有氣無力了。」

「那你幹嘛不去吃飯？在那些笨瓜碰頭商議你應該屬於哪個世界時，我已經吃過了。讓我帶你到最近的一家酒館去好好地吃上一頓吧！」

他挽起達尼的手臂帶他走下盧德蓋特丘坡，來到了艦隊街，穿過一段搭有遮棚的上坡巷道，走入一家小酒館。他們被領進一個小包廂。查爾斯．達尼在這裡吃了一頓美味的簡餐，喝了上好的酒，很快就恢復了體力。卡爾頓就坐在同一張桌子的對面，自己單點了一瓶波特酒擺在前面，臉上露出了半是倨傲無禮的表情。

「你感覺自己已經回到了這個人世間了麼，達尼先生？」

「我的時間感和方位感都混亂得可怕。不過，我已經恢復得很好，能感覺到這種混亂了。」

「現在感到非常稱心滿意了吧！」

他尖刻地說，又斟滿了一杯酒。那杯子很大。

「最能讓我稱心滿意的，就是忘記我還屬於這個世界。對我來說，這個世界毫無益處——除了這瓶美酒。同樣，我對它也毫無益處。所以在這個問題上我們倆就不怎麼相像了。真的，我開始覺得我們在任何方面都不太相像。」

白天劇烈的情緒波動讓查爾斯·達尼有點精神恍惚了。此刻，與這位舉止粗魯、面貌酷肖自己的人坐在一起，感覺就像是在做夢，他不知道該怎麼回答，最後索性就不作聲了。

「現在飯已經吃好，」卡爾頓一會兒又說道，「你為什麼不為健康乾杯呢，達尼先生？為什麼不舉杯慶祝呢？」

「為誰的健康乾杯？為誰祝酒？」

「哎呀，那人不就在你嘴巴邊上了麼？應該是的，肯定是的，我發誓一定是這樣。」

「那就是曼內特小姐了！」

「那就是曼內特小姐了！」

卡爾頓一邊看著同伴喝下酒，一邊卻把自己的酒杯扔到了身後的牆上，杯子摔得粉碎，然後按了鈴，叫人拿另一個杯子來。

「你在黑咕隆咚的夜裡送進馬車的可是位漂亮小姐呢，達尼先生！」卡爾頓往新酒杯裡斟著酒，說道。

回答是微微的皺眉和一句簡短的「是的」。

「不但得了美麗小姐的同情，她還為你哭過了呢！感覺怎麼樣？能得到這樣的同情與憐憫，即便要面臨生死審判也是值得的吧，達尼先生？」

達尼依舊默然不語。

「我把你的口信帶給她時她非常高興。雖然並沒有口頭表示，但我猜想她肯定是這樣的。」

這一句暗示及時提醒了達尼：這位脾氣乖戾的同伴曾在白天的困境中自願出手幫助過自己。他立即轉了話頭，向同伴表達了謝意。

「我不需要感謝，也不值得任何感謝，」回答很冷淡，「首先，那不過是閒著沒事的舉手之勞；其次，我也不知道自己為什麼這樣做。達尼先生，讓我問你一個問題。」

「非常樂意，也讓我對您的從中斡旋聊表謝意。」

「你以為我特別喜歡你麼？」

「的確，卡爾頓先生，」達尼答道，感覺異常的尷尬，「我還沒有問過自己這個問題呢。」

「那你現在就問問自己吧。」

「從您做的事來看，您似乎喜歡我，但我覺得您並不喜歡我。」

「我也覺得我並不喜歡你，」卡爾頓說，「我對你的理解力開始有了相當正面的評價。」

「不過，」達尼接著說道，一面起身要按鈴，「我希望這不至於妨礙我結帳，也不會妨礙我們彼此毫無惡意地分手告別吧。」

卡爾頓答道：「我可不想走！」達尼按響了鈴。「你打算全部結帳麼？」卡爾頓問。對方給出了肯定的回答。「夥計，那就再給我來一品脫同樣的酒，然後，到十點鐘再來叫醒我。」

查爾斯．達尼結了帳，站起身向他道了晚安。卡爾頓沒有答話，帶著幾分挑戰的姿態也站了起來：「還有最後一句話，達尼先生：你以為我醉了麼？」

「我認為您一直在喝酒，卡爾頓先生。」

「認為？你知道我一直在喝酒。」

「既然我必須得回答，我的回答是：我知道。」

「那你也必須明白我為什麼要喝酒。我是個絕望的苦力，先生。我不關心世上任何人，也沒有任何人關心我。」

「非常遺憾。您本可以更加發揮您的才能。」

「也許可以，達尼先生，也許不行。不過，你不要自以為很清醒就那麼得意。你還不知道今後會發生什麼呢，晚安！」

這個奇怪的傢伙自個兒留了下來。他拿起一支蠟燭，走到掛在牆上的一面鏡子前，仔細端詳著鏡中的自己。

「你特別喜歡這個人麼？」他對著自己的影子喃喃自語，「你怎麼就特別喜歡一個長得很像你的人？你心裡可並不喜歡他啊，你明白的。該死！你讓自己發生了多大的變化！這麼個好理由就讓你喜歡上了一個人，只因為他讓你看到了你得不到的東西，看到了你可能變成的樣子！倘若跟他換個位置，你能像他一樣受到那雙藍眼睛的青睞麼？能像他一樣得到那張激動的臉蛋的同情麼？得了，坦白說穿了吧，你恨那個傢伙！」

他向那一品脫酒尋求安慰，幾分鐘裡就把它喝了個乾淨，便伏在雙臂上睡著了；他的頭髮披散了開來，而垂下的燭淚如一道長長的裹屍布，點點滴落在他身上。

第五章
豺狗

那是縱情豪飲的年代，大部分男子都有酗酒的傾向。不過時日的變遷已大大地改變了這類風習。如今，倘若適度講述某個人一晚上喝了多少量的葡萄酒和潘趣酒，並且還說那絲毫無損於一個正人君子的名聲，就會顯得很是可笑而誇張。在縱酒狂歡的癖好方面，法律這種依靠學識的職業必定不會輸給任何其他依靠學識的職業。在這一點上，正橫衝直撞地快速開拓更大規模、更加盈利的業務空間的斯特萊佛先生自然也不會比他的業界同行遜色。

斯特萊佛先生奔忙於各個法庭，在老貝利頗受歡迎，此時他已開始小心地登上了事業晉升的最低幾級階梯。特別值得一提的是，現在各法庭和老貝利必須張開他們渴望的雙臂，接納他們的這個寵兒了。大家每天都會看到紅臉膛的斯特萊佛先生從戴假髮的人堆裡衝出，直奔王座法院[1]的首席大法官而去，有如一朵大向日葵擠開了園圃裡姹紫嫣紅的花叢奔向那太陽。

律師界人士曾經注意到，斯特萊佛先生儘管能言善辯、不擇手段、積極大膽，卻缺少從一大堆陳述中提取實質的能力，而這可是律師行當最突出也最必需的技能。不過，他在這方面已有驚人的進步。他拿到手的業務越多，抓住核心精髓的能力也似乎越強。不管他晚上跟西德尼·卡爾頓痛飲狂歡到多晚，到了早上他總能把自己的觀點闡述得頭頭是道。

西德尼．卡爾頓是最懶散、最沒出息的人，卻是斯特萊佛最得力的盟友。他倆從春季到米迦勒節[2]期間一同灌下的酒簡直可以浮起一艘巨輪。斯特萊佛在任何地方打官司，身邊都少不了兩手插口袋裡、眼睛瞪著法庭天花板的卡爾頓。他們即便在參加巡迴審判時也照常會喝到深更半夜。據說有人曾看見卡爾頓在大白天東搖西擺地溜回自己的寓所，醉得就像一隻遊蕩返家的貓。最後，在有興趣探究這個話題的人群之間也流傳了一種說法：雖然西德尼．卡爾頓永遠成不了一頭獅子，他卻是一匹出奇能幹的豺狗，甘心做斯特萊佛的下手，處理訴訟和提供服務。

「十點鐘了，先生，」酒館夥計說，卡爾頓曾要求他在這個鐘點叫醒他——「十點鐘了，先生。」

「怎麼回事？」

「十點鐘了，先生。」

「你是什麼意思，是晚上十點鐘麼？」

「是的，先生。閣下曾吩咐我到時叫醒的。」

「啊，我想起來了。很好，很好。」

他頭腦昏沉，好幾次想要繼續睡下去，卻被酒館夥計很巧妙地打斷了——他不斷地撥火，撥了足

1 英國國王亨利統治時期，將身邊法官留在王室駐地，代表國王審判，這就是王座法院（即高等法院），後來其管轄範圍限於刑事案件和涉及王室人員的案件。

2 米迦勒節在九月二十九日，是基督教紀念聖米迦勒的節日。

足五分鐘。卡爾頓站起了身，把帽子一扣，走了出去。他轉進了聖殿柵門，在王座法院與報業大樓之間的步道上走了兩圈讓自己清醒過來，之後才轉進了斯特萊佛的事務所。

斯特萊佛的辦事員從不參加此類會晤，已經回了家，開門的是斯特萊佛本人。他腳上穿著拖鞋，身上裹了件寬鬆睡衣，為了舒服，領口大敞著，他的兩眼露出頗為粗野、疲憊、憔悴的神色，這種眼神在他那個階層裡每一個生活放縱的人身上都可以觀察到。自殘忍的裁判官傑佛里斯以下，在每一個縱酒時代的肖像畫裡，我們透過各種藝術上的掩飾手段都能覺察到這一點。

「你遲到了一會兒。」斯特萊佛說。

「跟平時差不多；也許晚到了一刻鐘。」

他們走進了一間光線昏暗的房間，屋裡有一排排書籍和雜亂堆放的文件，壁爐裡爐火已燃旺，爐架上的水壺冒著熱氣。廢舊文件堆裡擺了一張桌子，看去很是惹眼，因為上面擺滿了葡萄酒、白蘭地酒、蘭姆酒、糖和檸檬。

「我覺得你已經喝過了，西德尼。」

「今晚喝了兩瓶，我想。我跟白天那委託人吃了頓飯，或者說看著他吃了頓晚飯——總之是同一回事！」

「這可是稀罕的招數，西德尼，你竟然拿身分鑒定來做文章。你是怎麼冒出這個念頭的？什麼時候想出來的？」

「我覺得他長得很英俊，又想，倘若自己運氣好一點的話，也能跟他一個樣。」

斯特萊佛先生哈哈大笑，笑得他過早出現的大肚腩直顫動。

「你和你那運氣，西德尼！做事吧，做事吧。」

豺狗滿臉的不高興，鬆了鬆衣服，走進隔壁房間，拿來了一大罐冷水，一個臉盆和一兩塊毛巾。他把毛巾浸在水裡，絞得半乾，裹在頭上，樣子看起來有些嚇人，然後在桌旁坐下，說道：「現在我準備好了！」

「今天晚上沒有太多工作要幹。」斯特萊佛先生翻看著文件，語調很歡快。

「有多少？」

「只有兩份。」

「先給我最棘手的那個。」

「這兒，西德尼。開始做事吧！」

獅子靠坐在酒桌旁邊的一張沙發裡，豺狗在酒桌旁他自己那張堆滿文件的桌子前坐定了下來，酒瓶和酒杯放在手邊。兩人都不時走到酒桌邊，然而他們的舉止卻不盡相同：獅子大部分時候兩手斜插在腰帶裡，眼睛望著爐火，偶爾翻看幾頁文件；豺狗皺緊了眉頭，全神貫注地在工作，伸手去拿酒杯時他也不會抬眼看一看——常常摸來摸去花上個把分鐘才抓到酒杯送到唇邊。有兩三回，手頭的工作實在太棘手，豺狗這才覺得有必要站起身來，把頭上的毛巾扯下重新浸在水裡。他去水罐和臉盆那邊朝聖回來，頭上裹著那溼答答的玩意兒，形象之怪誕很難用語言來描述；那副焦慮又嚴肅的樣子實在是滑稽至極。

最後，豺狗終於湊足了一份完完整整的餐食，把它交給了獅子。獅子小心翼翼地接過手來，在其中挑出若干段落，發表了若干意見，然後豺狗又來幫忙。這份餐食充分消化後，獅子又把雙手插進腰帶，躺下來陷入了沉思。而豺狗灌下一杯酒，潤了潤喉嚨，精神便振作了起來，在頭上再做了個冷敷，他就開始專心致志地準備第二道飯了。這份餐食也以同樣方式交給了獅子，直到凌晨三點座鐘響起才消化完畢。

「現在事辦完了，西德尼，來一大杯潘趣酒吧。」斯特萊佛先生說。

豺狗的頭上之前曾冒著熱氣，此時拿下毛巾搖了搖頭，打了個哈欠，又打了個寒戰，然後就去倒了酒。

「你在那幾個王室指派的證人面前的狀態非常好啊，西德尼。每個質詢都說得很到位。」

「我的狀態一向很好，難道不是麼？」

「這話我不反對。什麼事讓你的脾氣變得這麼躁？喝點潘趣酒，消消氣吧。」

豺狗不情不願地咕噥了幾聲，照辦了。

「你還是什魯茲伯利學校的那個西德尼．卡爾頓啊，」斯特萊佛朝他點點頭，對他的現在和過去做了一番點評，「還是那個蹺蹺板西德尼。一會兒上，一會兒下；一時興致勃勃，一時又沮喪萬分！」

「啊，」對方歎了口氣，答道，「是的！還是同一個西德尼，還是同樣的運氣。即便在那時，我也是替別的同學做習題，自己的作業卻很少做。」

「為什麼不做？」

「天知道。我就是那德行，我猜想。」

他坐了下來，兩手插在口袋裡，兩腳伸在了面前，眼睛望著爐火。

「卡爾頓，」他的朋友說，說時挺起了胸膛，做出一副盛氣凌人的姿態，彷彿壁爐就是鍛造堅韌品性的熔爐，而能為老什魯茲伯利學校的老西德尼．卡爾頓分憂的唯一妙法，就是把他擠兌到那熔爐裡去，「你那副德行現在吃不開，以前也一直吃不開。你就是不肯振作起來，也沒有目標。你看看我。」

「啊，可惡！」西德尼笑了出來，表情比剛才更淡然也更愉快些了，「你也別裝什麼正經了！」

「我已經辦成的事是怎麼辦成的？」斯特萊佛發問，「我是怎麼做到的？」

「依我看，部分原因是因為你花錢雇了我幫忙。但你也犯不著對我說這個，要不然你也可以對著空氣大呼小叫。你想幹什麼就幹什麼去。你總是要擠到第一排，那我就在後面好了。」

「我必須衝到前排去；我並不是天生就在前排的，對不對？」

「你的降生儀式我無緣在場，不過，依我看這倒是你的天性。」說到這裡，卡爾頓大笑起來。兩人都笑了。

「在老什魯茲伯利學校之前、在老什魯茲伯利學校的時候、離開老什魯茲伯利學校到如今，」卡爾頓接下去說道，「你一直就是那副樣子，我也一直保持了本色。我們住在巴黎學生區做同學的時候，一起學法語和法國法律、研究對我們毫無益處的法國破爛，即便那時你也總是喜歡顯擺，我也總是喜歡沉默。」

「那能怪誰呀？」

「我以靈魂發誓，我不能肯定說那就與你無關。你總是推來擠去、橫衝直撞，一刻不停，所以我這輩子除了發呆和睡覺，不可能有什麼機會。不過，一大清早談論自己的過去總會讓人很沮喪。倘若還有別的事要談，請馬上開口，不然我就要告辭了。」

「那麼，跟我一起為漂亮的證人乾上一杯吧，」斯特萊佛說，舉起了酒杯，「你現在心情好轉些了麼？」

顯然並沒有好轉，因為他又沮喪起來。

「漂亮的證人，」他喃喃地說，低頭看著自己的酒杯，「我白天和晚上碰到的證人夠多了。你說的漂亮證人是哪位？」

「畫片美人一般的醫生的女兒，曼內特小姐。」

「她漂亮麼？」

「她不漂亮麼？」

「不漂亮。」

「我的老天吶，她可是滿法庭的人讚歎的對象啊！」

「讓滿法庭人的讚歎見鬼去！是誰讓老貝利的法官變成了選美評判員的？她就是個金頭髮的布娃娃！」

「你知道麼，西德尼，」斯特萊佛先生說道，目光銳利地看著他，一隻手在面色紅潤的臉上慢慢地比劃了一下，「你知道麼，我相當確信，你那時候很同情那個金髮布娃娃，也很想看到在這個金髮布娃娃身上會發生什麼吧？」

「趕快看看發生了什麼！不管布娃娃不布娃娃，一個姑娘在一位男子跟前一兩碼的地方暈了過去，他是不用望遠鏡就能看到的。我可以跟你乾杯，但我不會承認什麼漂亮。現在我不想再喝酒了，我要睡覺了。」

主人舉著蠟燭把他送到屋外的臺階上、照著他往下走時，白天的日光已從髒兮兮的窗戶裡冷冷地照了進來。卡爾頓走出了屋子，外面的空氣寒冷又淒涼，天色陰沉，河水幽黯，那景象猶如一片了無生機的荒漠。晨風颳來，塵土不停地打著旋兒，彷彿荒漠的黃沙已在遠方升騰而起，它的先頭部隊已抵近此地，即將淹沒整個城市。

內心蓄積了荒蕪的力量，周遭是一片荒漠，這個人穿過一處寂靜無聲的臺地時站定了。有那麼一瞬間，他在眼前這片荒野裡看到了一座由雄心壯志、克己自律和毅力恆心構成的海市蜃樓。在那幻象般的美麗都市裡，有數條空中長廊，愛神和美惠三女神正站在廊道裡俯身望著他；那裡有懸滿了成熟的生命果實的花園，有躍入眼簾的波光粼粼的希望之湖。轉瞬間，這幻覺就消失了。他在擠擠挨挨的樓宇間爬到了一間高處的居室，衣服也不脫便撲倒在一張無人收拾的床上，他流下的徒勞的眼淚，打溼了枕頭。

太陽淒慘地升了起來，投照在一個更為淒慘的人身上。此人才華橫溢，卻沒有用武之地，深情而溫良，卻得不到應有的幸福。他覺察到了自己的頹廢，卻無所作為，聽任它將自己慢慢吞噬。

第六章

數以百計的人

曼內特醫生的幽靜寓所就坐落在一個幽靜的街角，離蘇豪廣場不遠。四個月來，公眾對叛國罪判案的興趣和記憶，已隨著時光波濤的翻捲沖刷流入了遠方的大海。一個晴朗的星期天下午，賈維斯·洛里先生從他所住的克拉肯韋爾出發，沿著灑滿陽光的街道走著，正要去曼內特醫生家裡吃晚飯。經過若干次恢復業務往來的交談後，洛里先生已成了醫生的朋友，現在，那幽靜的街角已成了他生命中一個充滿陽光的部分。

這個晴朗的週日下午，洛里先生很早就出門往蘇豪走去，這有三個習慣上的原因。首先，但凡週日天氣晴好，晚飯前他常要陪同醫生和露西去散步；其次，倘若遇上不宜外出散步的天氣，他又習慣於以這家人的朋友身分跟他們一起聊天、讀書、眺望窗外的景色，通常就這樣把白天的時間給打發過去；第三，因為他碰巧也有一些小疑問要解決，心思明敏的他知道，按醫生家的生活方式，週日下午是最適合解決這些問題的時候。

在倫敦，恐怕找不到一處比醫生寓所的所在地更為獨特的街角了。附近沒有街巷穿過，從寓所的前窗望出去，可以看到一片小小的街景，因遠離了世俗塵囂而令人愉悅。那時候牛津街以北，房屋還很少，在如今已消失的野地裡，有繁茂的樹木，生長的野花，山楂樹開著爛漫的花。因此，鄉野的空氣可以自由有力地在蘇豪流通，不至於像居無定所的窮漢闖入教區裡一樣徘徊不前。不遠處還有好幾堵好看的朝南矮牆，高出牆頭的桃樹一到季節便結滿了果實。

晨間時分，夏日陽光亮晃晃地照入這個街角，然而等到街道升騰起熱氣的時候，這個街角卻已籠罩在樹蔭裡。樹蔭不深，透過葉叢仍可以看到耀眼的日光。那地方清涼、靜謐、令人陶醉，是一個可以傾聽回聲的絕佳地點，一個遠離了喧囂街市的避風港。

如此寧靜的港灣中理應會聽到一兩聲狗吠，的確也聽到了。醫生在這幢堅實矗立的建築裡占據了兩個樓層。據說有好幾種職業的人在裡面工作，白天能聽見他們少許的響動聲，而到了晚上他們會避免發出任何聲音。後面還有一棟大樓，中間有個院落連通，院子裡有一株綠葉紛披、簌簌作響的法國梧桐。那棟樓裡據說有一個神祕巨人在製作教堂管風琴，也雕鏤銀器、打製金器，這巨人將一條金手臂從門廳前面的牆裡伸了出來——彷彿他已經把自己打造得很貴重，也能讓所有的訪客變得貴重起來。這些都是很不起眼的小生意。據說樓上住了一個單身房客，還有個馬車飾物製造商，在樓下有一間帳房，但很少聽到他們說話，也沒見過他們。有時，一個迷路的工人一邊穿上外套，一邊穿過了門廳；有時，一個陌生人會在門口附近張望；有時，從院子那頭也會遠遠地傳來叮噹聲，有時，從金色巨人那裡也會傳來砰的一聲悶響。不過，這些只是偶然的例外，反而足以證明一個規律：從週日早上直到週六晚上，屋後梧桐樹上的麻雀和屋前街角的回聲都各不相擾地存在著。

曼內特醫生就在這兒接診，他的病家都是被他往日的聲譽和悄悄流傳的有關他的傳奇故事重新招引來的。他的科學知識和他施行創新手術實驗時的機警與技術也給他帶來了另一些病家，因此他的收入恰能應付生活所需。

這個晴朗的週日下午，當賈維斯．洛里先生拉響街角這個幽靜寓所的門鈴時，上述種種他都知道、想到，也留意到了。

「曼內特醫生在家麼？」

正等他回來。

「露西小姐在家麼？」

正等她回來。

「普羅絲小姐在家麼？」

也許在家。但女僕完全無法預判普羅絲小姐的意向，是允許客人進屋，還是說她不在家。

「就跟在自己家裡一樣，」洛里先生說，「我要上樓去！」

醫生的女兒雖然對自己的出生地一無所知，但似乎從那個國度遺傳來了以細節取勝的才能。這原是那個國家最有用處、也最討人喜歡的特色。家具陳設很簡單，綴滿了許許多多的小飾物。這些東西花費不多，可是，因為很有品位和想像力，效果很不錯。室內物品的布置，從最大件到最小件，色調的搭配，高雅的變化和對比（那是透過節約小筆的開支，再加上兩隻巧手、一雙慧眼和良好的鑒賞力獲得的）都讓人賞心悅目，也體現了設計者的個性。因此，當洛里先生站在屋裡環顧四周的時候，那些桌子椅子似乎帶著一種他現在已頗為熟悉的奇特表情在詢問他的意見：您是不是覺得滿意？

這層樓有三個房間。為了讓空氣自由流通，屋子之間的門全都敞開了。洛里先生面帶微笑從一個房間走到另一個房間，留意觀察著彼此奇妙的相似之處。第一間是最漂亮的，屋裡是露西的鳥兒、花兒、書籍、書桌和工作臺，還有一盒水彩顏料。第二間是醫生的診所，這裡也兼作餐廳。第三間是醫生的寢室，院子裡那棵簌簌搖曳的梧桐在房間裡投入了斑駁的樹影，牆角放著沒人使用的鞋匠長凳和工具箱，和巴黎聖安東尼郊區酒館旁那棟陰暗樓房五樓上的情形非常相像。

「我很驚訝，」洛里先生不再四下觀望，自言自語道，「他竟會把這些提醒他當年所受苦難的東西放在身邊！」

「有什麼好驚訝的？」突然的一聲反問讓他吃了一驚。

發問者是普羅絲小姐，那個紅臉膛、粗手臂的凶悍女人。他在多佛的喬治王旅館第一次認識了她，自那以後已變得很熟悉了。

「我應該想到的——」洛里開始解釋。

「呸！你應該想到的！」普羅絲小姐說；洛里先生閉了嘴。

「你近來好麼？」那位小姐這才跟他打了個招呼——口氣很尖銳，但聽起來對他並無敵意。

「很好，謝謝你，」洛里先生答道，語氣很溫和，「你好麼？」

「沒什麼可吹噓的。」普羅絲小姐說。

「確實麼？」

「啊！確實！」普羅絲小姐說，「我為我那小鳥兒心煩死了。」

「確實麼？」

「天啦！除了『確實』，拜託說點別的詞行不行？不然你真是叫人膩煩。」普羅絲小姐說。她的性格特徵就是簡短——個子除外。

「那改成『真的』怎麼樣？」洛里先生馬上改了口。

「改成『真的』也不怎麼樣，」普羅絲小姐回答，「不過要好一些。真的，我很心煩。」

「我能問問原因麼？」

「我不喜歡有好幾十個配不上我的小鳥兒的人來這兒找她。」普羅絲小姐說。

「真的有好幾十人因為那個目的來找她麼？」

「有好幾百。」普羅絲小姐說。

這位小姐有個特點，別人要是對她之前的話表示懷疑，她反倒要加以誇大（如同在她之前和之後的其他人那樣）。

「天吶！」洛里先生說，那是他想得出的最妥善的答話。

「從小鳥兒十歲時起，我就跟她一起過日子——或者說她花錢雇了我，跟我一起過日子。她確實大可不必花這個錢，我可以發誓，倘若我無需報酬就能養活自己或者養活她的話——可是我的確有困難。」普羅絲小姐說。

洛里先生不是很明白她那困難的具體所指，搖了搖頭。他把自己身上的那個重要部位當成某種可以應對任何狀況的仙女斗篷。

「各色各樣的人都有，沒一個配得上我那心肝寶貝，老是來這裡瞎晃，」普羅絲小姐說，「就是從你那時候開始的——」

「是我開始的麼，普羅絲小姐？」

「難道不是麼？是誰讓她的爸爸復活的？」

「啊！倘若那就是開始的話——」洛里先生說。

「那總不是結束吧，我想。你剛開始做這事的時候，真是夠艱難的；我並不是要挑曼內特醫生的毛病，只是覺得他不配有這樣一個女兒。我並沒有要怪罪他的意思，因為任何人在任何情況下都不應該去怪罪他。可是，成群結隊的人來找他，想要把小鳥兒的感情從我身邊搶走，這真是叫人雙倍地難受、三倍地難受，儘管我可以原諒他。」

洛里先生知道普羅絲小姐很妒忌。但他現在也明白，在她那古怪外表之下，她卻是那種無私忘我的人——只有女人才可能這樣——這種人會因為純粹的愛與崇拜而心甘情願地服侍主人，為她們已失去的青春服務，為她們不曾有過的美麗服務，為她們從未有幸獲得的成功服務，為從未照臨過她們那灰暗生活的光明的希望服務。洛里先生深諳世道人心，明白世間的一切都比不上發自內心的忠誠服務。此種行為全然出於奉獻精神，沒有沾染任何唯利是圖的想法，對此他抱持了崇高的敬意，並在心裡作出了相應的估量安排——我們都會這麼做的，或多或少罷了——他把普羅絲小姐放到了近乎下界天使的位置，地位比那些在苔爾森銀行開有戶頭的太太小姐高多了，雖然後者的先天稟賦和後天教養不知道要比她強多少倍。

「配得上我這小鳥兒的男人過去和將來都只有一個，」普羅絲小姐說，「我弟弟所羅門，倘若他沒有犯下這輩子唯一的錯誤的話。」

又舊事重提了：洛里先生對普羅絲小姐個人履歷的調查表明，她的弟弟所羅門是個沒心沒肺的無賴。他把她的財產盡數搜刮了去，當作投機生意的賭本，此後便拋棄了她，讓她陷入永遠的貧困，從始至終沒有表露絲毫悔意。洛里先生很看重普羅絲對所羅門的忠誠與信任（將這個微不足道的錯誤只看作一件小事），在他對她的好評之中這一點占了很大的分量。

「因為我們此刻碰巧有獨處的機會，彼此又都是業務代理人，」兩人回到了客廳，友善地坐下之後他說，「我想問問你——醫生和露西談話的時候，從來沒有提到他做鞋那時候麼？」

「沒有。」

「但他又把那條長凳和那些工具放在身邊？」

「啊！」普羅絲小姐搖搖頭，回答說，「可是我並不認為他心裡就沒有去想以前的事。」

「你認為他想得很多？」

「是的。」普羅絲小姐說。

「你猜想——」洛里先生剛開口，就被普羅絲小姐打斷了。

「永遠不要猜想。一點也不要猜想。」

「我接受指正。你是否這麼假定——有時候你也會假定吧？」

「偶爾也會。」普羅絲小姐說。

「你假定——」洛里先生親切地看著她，明亮的目光裡含著笑意，繼續往下問道，「經過這麼多年，曼內特醫生對自己遭受此種迫害的原因，有過自己的推測？也許，甚至還猜想過那個迫害者的名字？」

「除了我那小鳥兒告訴我的之外，我不作任何假定。」

「她本人怎麼說？」

「她認為他有看法。」

「現在，我要問一些問題，你可別生氣；因為我只不過是愚笨的業務人員，你也是懂業務的女人。」

「愚笨？」普羅絲小姐問道，語氣很溫和。

洛里先生很想回避那個表示謙遜的形容詞，回答道：「不，不，不。當然不。還是回到業務上吧。我們都十分肯定曼內特醫生是無罪的，但他自己從來沒有談起過這個問題，這難道不是很反常麼？我不是說他應該跟我談，雖然很多年前他就和我有業務關係，現在我們又是很親密的朋友。我是說他應當告訴他漂亮的女兒。他如此依戀著她，她也是這樣依戀著他的吧？相信我，普羅絲小姐，我跟你提起這個話題不是出於好奇，而是由於強烈的關心。」

「好吧！根據我的理解，你肯定會說壞也壞不到哪裡去，」普羅絲小姐說，對方道歉的口吻已軟化了她的態度，「他害怕提到那個話題。」

「害怕？」

「我想，他之所以害怕提起，原因也很清楚。那是個可怕的回憶。此外，他喪失記憶也是因為這個。自己是怎麼失憶的、又是怎麼恢復的，他不明白是怎麼回事。因此，他對自己會不會再度失憶完全沒有把握。我想，光這個理由就已經讓這個話題變得很不愉快了。」

這個解釋比洛里先生期望的還要深刻一些。「確實，想想也很可怕。可是，我心裡還有個疑問。普羅絲小姐，曼內特醫生把自己遭受的迫害永遠深埋在心底究竟對他有沒有好處？這個問題有時會讓我疑慮不安，事實上，也讓我現在與你作了這樣私密的交談。」

「誰也幫不了，」普羅絲小姐搖搖頭說，「一碰到那根弦，他馬上就會出問題。最好別去碰它。總之，不管你喜歡還是不喜歡，一定不能去碰它。有時，我們聽見他深更半夜爬了起來，然後就在屋裡

（也就是我們頭頂上）走過來走過去。後來小鳥兒想明白了，他的心還在當年那個牢房裡來來回回走著，來來回回走著；於是就趕忙到他屋裡去，兩個人一起走，來來回回地走啊、走啊，一直走到他平靜下來。可是，對於他焦躁不安的真正原因，他從來沒有跟她說過一個字，而她也發現最好不要跟他提到這方面。兩個人就這樣默不作聲地來來回回走著、來來回回走著，一直走到她的愛心和陪伴讓他恢復了清醒。」

儘管普羅絲小姐否認自己有某種想像，可是，當她重複說出「來來回回走著」那句話時，也流露出了被一個悲觀想法所困擾的痛苦，這就證明了她也是有這樣的想像的。

之前已提到，街角是一個可以傾聽回聲的絕佳地點。這時，一陣由遠及近的腳步聲開始迴響了起來，彷彿這裡一提起那疲憊的來回踱步，就讓那邊傳來了足音。

「他們回來了！」普羅絲小姐站起來，結束了談話，「現在，馬上就會有數以百計的人來了。」

這是一個奇妙的街角，對耳朵的聽覺來說，有一種很不尋常的音響效果。當洛里先生站在打開的窗前，正尋找腳步聲已能被聽到的父女倆時，還以為他們再也不會走近了——不但他倆的腳步聲漸漸低弱，而且好像還聽不見了；取而代之的卻是其他人走路的回聲。後者也並沒有露面，好像在走到很近的地方時腳步聲也接著消失了。不管如何，父女兩人終於出現了，而普羅絲小姐已站在臨街的大門口準備迎接他們。

普羅絲小姐儘管紅臉膛、樣貌凶悍而且嚴厲，此時卻很和顏悅色。親愛的小姐上樓時她幫她取下帽子，用手帕角捏著整了整形，吹去灰塵；她把小姐的斗篷折疊好，以便收存；她幫著捋順小姐那一頭豐美的秀髮，樣子非常驕傲，彷彿整理的就是自己的頭髮，而她曾是最自負、最漂亮的女人。曼內特小姐也很歡悅，她擁抱普羅絲小姐，感謝她，也對她不厭其煩做了那麼多事情表示抗議——她只敢用玩鬧的口氣說，否則普羅絲小姐會感到非常委屈，跑回自己房間哭上一頓的。醫生也很喜悅滿意。他看著她們倆，對普羅絲小姐說，她已經把露西寵壞了，而他的口氣和眼神所表露出的寵愛一點也不亞於普羅絲小姐，如果可能，甚至還會再寵愛她更多。戴著小假髮的洛里先生也很開心。他微笑地看著他們，對照耀了他晚年單身生活、給了他家一般的感覺的這幾顆明星表示了感謝。可是，「數以百計的人」並沒有出現，洛里先生並沒有看見普羅絲小姐預告的一幕發生。

晚飯時間到了，「數以百計的人」仍然沒有出現。普羅絲小姐操持了這個小家的瑣碎家務，而她總是幹得很出色。她做的晚飯，半英國式半法國式，所用食材雖然很普通，烹調和搭配卻很出色，無可比擬地精緻。普羅絲小姐的友誼是很實際的，她在蘇豪區和鄰近郊區尋找貧窮的法國人，給出一先令或半克朗金幣，那些人就把烹調的祕訣傳授給她。她從這些沒落的高盧後裔那裡學來了如此精妙的廚藝，以致家裡的老少女傭都把她看成女巫或是灰姑娘的教母：只要派人出去買回一隻雞、一隻兔，從園子裡弄來一兩棵菜，她就能隨自己心意把它們變成一道美味佳餚。

星期天，普羅絲小姐在醫生的餐桌上用餐，其他日子她總是堅持分開吃，會拿了餐食跑去底樓或者二樓她自己的屋子裡——那是個藍色的房間，除了她的小鳥兒以外，她不許任何人進屋。這會兒，小鳥兒面露喜色，正努力討她的喜歡呢。作為回應，普羅絲小姐表現得非常隨和。因此，這頓晚飯大家吃得很愉快。

天有些悶熱。飯後露西提議坐到外面梧桐樹底下喝酒。因為家裡所有人都圍著她轉，憑她的心意來決定，所以他們便來到了梧桐樹下。她專為洛里先生捧來了葡萄酒。前不久，她已經自封為洛里先生的斟酒人，當他們坐在梧桐樹下閒談時，她便一直在往他的杯子裡斟酒。此時，前後樓房的背牆或山牆神祕地窺看著他們，梧桐樹也在頭頂對著他們低聲細語。

「數以百計的人」仍然沒有出現。他們在梧桐樹下閒坐時，達尼先生倒是出現了，雖說到場的只他一個人。

曼內特醫生親切接待了他，露西也一樣。然而普羅絲小姐卻突然覺得頭部和身體抽痛起來，於是就回自己屋裡去了。她時常會發生這種紊亂，日常閒談時，她把它叫作「一陣抽搐」。

醫生狀態很好，看起來特別年輕。這時候，他和露西就非常相像了。父女倆坐在一起，她依偎在他的肩頭，他的手臂搭在她的椅背上。細看兩人的相似之處，令人心情愉悅。

醫生已經說了一整天的話，聊到了很多話題，顯得異常活躍。「請問，曼內特醫生，」大家坐在梧桐樹下，恰好談到了倫敦的老建築這個話題，於是達尼先生順著話頭自然而然地說了下去，「您很熟悉倫敦塔麼？」

「露西和我一起去過，但只是偶然到那裡的。我們看了個遍，知道它有很多的趣事。所知也並不多。」

「您應該還記得，我在那兒待過一陣，」達尼微笑著說道，雖然帶了點怒氣，臉上有些發紅，「扮演的是另外的角色，並沒有把它看個遍。我在那兒時，他們告訴過我一件奇怪的事。」

「是什麼事？」露西問。

「在改建某個地方時，工人偶然發現了一個修成之後已被人遺忘多年的地牢。那地牢內牆的每一塊石頭上都布滿了囚徒的刻字：有日期，有姓名，有怨言，也有祈禱詞。牆角的一塊地基石上，一個似乎已被處死的囚徒留下了他最後的作品，只有三個字母。是用很差勁的工具匆忙間刻成的，刻的時候手抖得厲害。粗一看去，似乎是DIC，可是再仔細一看，最後一個字母卻是G。檔案紀錄裡沒有哪個囚犯的名字是這三個首字母縮寫，誰也沒有聽說過這個囚犯。大家對它所指的名字猜過很多次，都猜不出來。最後，有人提示說這些字母並非首字母縮寫，就是一個完整的單詞：DIG，也就是「挖」。於是仔細檢查了刻字下方的地面，在一塊或是石頭或是地磚或是鋪石碎塊下面的泥土裡，有人發現了一張紙和一個小皮盒或小皮袋的殘餘，兩者已爛成了一團。那位無名囚徒究竟寫了些什麼永遠無法辨認了，但他的確寫下了某些東西，並且瞞過獄卒將它保存了起來。」

「爸爸！」露西大叫道，「您病了麼！」

曼內特醫生突然站了起來，一手撫著頭。他的舉止神情把大家嚇了一跳。

「不，親愛的，沒有什麼病。開始下雨了，雨點很大，嚇了我一跳。我們最好還是進屋去。」

他幾乎立即恢復了常態。的確，大顆大顆的雨點落了下來，他翻過手掌，讓大家看他手背上的水滴。可是，他對之前談到的地牢裡的發現一個字也沒提。當他們回到屋子裡時，洛里先生那雙精於業務的眼睛卻察覺到了（或自以為察覺了）：當醫生把臉轉向查爾斯．達尼時，他的臉上露出了同一種異常的表情，和那天在法庭廊道裡他把臉轉向達尼時完全一樣。

醫生很快就恢復了正常。洛里先生甚至有點懷疑自己那雙精於業務的眼睛了。醫生佇立在客廳裡那個黃金巨人的身下，姿態比那雕塑還鎮定，他告訴大家他還是禁受不住輕微的意外（儘管之前完全沒問題），雨點嚇了他一跳。

到下午茶時間了。普羅絲小姐調製著茶水，抽搐又發作了。而「數以百計的人」仍然沒有出現。

此時卡爾頓先生也晃了進來，不過加上他也才兩位客人。

入夜過後空氣悶熱，他們雖然靠著敞開的門窗坐著，仍然熱得受不了。茶桌收拾好後，大家又移坐到一扇窗戶前眺望暗沉的暮色。露西坐在父親身旁，達尼坐在露西身邊，卡爾頓靠著一扇窗戶。隨暴雨而來的狂風旋捲著刮來街角，長長的白窗簾被掀到了天花板上，如幽靈的翅膀般起伏擺動。

「雨還在下，稀稀落落的，雨點卻又大又猛，」曼內特醫生說，「雷雨總是來得很慢。」

「但肯定會來。」卡爾頓說。

大家都放低了語聲，觀察等待中的人通常都是如此；在黑屋子裡觀察等待著閃電的人總是如此。

街頭一陣忙亂，行人步履匆促，要趕在暴風雨之前找個地方避雨。這個回聲絕佳的街角迴響著來來去去的腳步聲，但並沒有腳步聲來到近前。

「一大群的人，這裡卻是那麼安靜！」大家聽了一會兒，達尼說道。

「這不是很感人麼，達尼先生？」露西說，「有時候我會一整晚坐在這裡，然後浮想聯翩——今晚一切都這麼黑暗莊嚴，但即便一點點的愚蠢幻想也會讓我發抖。」

「讓我們一起發抖吧。這樣我們會明白是怎麼回事。」

「這對您似乎不算什麼。我想，當我們自己生出這樣的念頭時，它才會感人吧。那種感覺難以言傳。有時我會一整晚獨自坐在這裡，傾聽著，到後來才明白那些回聲就是走入我們生活的所有人的腳步聲。」

「如果那樣的話，有朝一日會有很多人走進我們的生活。」西德尼·卡爾頓插話道，帶了他慣常的憂鬱語調。

腳步聲一直在持續，卻越來越匆促，在街角一帶反覆迴響著。有的似乎來到了窗下，有的似乎進入了屋子，有的走近來，有的正離去，有的突然站停，有的戛然而止，這些聲音都在遠處的街道上，視線內看不到一個人影。

「這些腳步聲是註定要進入我們共同的生活呢，還是會分別進入我們各自的生活，曼內特小姐？」

「我不知道，達尼先生。我告訴過您，這只是一種愚蠢的幻覺，但您卻還要再問。當我沉浸在腳步聲中時，我是獨自一人，於是我便把它們想像成即將進入我和我父親生活中的人的腳步聲。」

「我接受他們進入我的生活！」卡爾頓說，「我不會提問題，不會設下前提條件。一大群人正向我們逼近，曼內特小姐，我看見他們了！——借助於閃電。」他補上了最後這句話，此前一道耀眼的電光閃過，照亮了斜倚在窗邊的他。

「我聽見它們的聲音了！」隆隆的雷聲之後，他又補了一句，「它們來了，快速、凶猛、怒不可遏！」

他所指的當然是這場暴風驟雨，那聲勢讓他不由住了嘴，因為已經聽不見任何其他聲音了。一場令人難忘的暴風雨已襲來，雷聲隆隆，電光閃閃，雨水瓢潑如注，如此無休無歇地一直下到夜半才停止。月亮又升了起來。

聖保羅大教堂的大鐘在澄澈如洗的夜空中敲響了一點鐘，這時，洛里先生才在穿著高統靴、手裡拿著風燈的傑瑞的陪同下動身返回克拉肯韋爾。從蘇豪到克拉肯韋爾的路上有一些荒涼的路段，洛里先生擔心遇到攔路劫匪，總會預先約好傑瑞護送，雖然通常會比現在早兩個小時。

「今晚真是可怕啊！幾乎讓死人從墳墓裡爬了出來呢！」洛里先生說。

「我從沒見過這樣的夜晚，主人，也不想再碰上——不知會出什麼事！」傑瑞答道。

「晚安，卡爾頓先生，」業務人員說道，「再見，達尼先生。咱們還會再次目睹這樣的夜晚麼？」

也許會的，也許。看吶，一大群人裹挾了另一種暴風驟雨正在向他們逼近。

第七章
城裡的大人

宮廷權臣之一的某大人在他位於巴黎的府邸裡舉行了每兩週一次的招待會。大人在他的內間裡，那是他聖殿裡的聖殿，在外廂房間他的大群崇拜者的心目中，那裡也是神聖無比的所在。大人要吃巧克力了。他可以毫不費力地吞下許多東西，而少數懷恨在心的人認為他也正在迅速地吞噬法蘭西。可是，倘若沒有四個壯漢（廚師除外）的幫忙，早餐的巧克力卻連大人的喉嚨也進不去。

沒錯，需要四個人。四個身披華麗裝飾的亮閃閃的人。領班的口袋裡倘若沒有掛上至少兩隻金錶簡直就活不下去（那是好勝心極強的大人指定的高貴純正的時髦樣式），也沒法將幸福的巧克力送到大人的嘴邊。第一個侍從要把巧克力罐捧到這個神聖場所來；第二個侍從要用他攜帶的專用小工具將巧克力研磨成粉、打出泡沫；第三個侍從會捧上大人喜歡用的餐巾；第四個（就是掛兩隻金錶的那位）會把巧克力倒進杯子裡。大人沒可能減免一個侍從，那會動搖他享譽天下的崇高地位。倘若只有三個人伺候他吃巧克力，那將大大地玷汙他的名譽。倘若只有兩個人，那準會要了他的命。

昨天晚上大人出去吃了一頓便餐，用餐時有精彩的喜劇與大歌劇來助興。大人多數晚上都會邀請迷人的同伴外出用餐。大人溫文爾雅，天性敏感，在處理煩人的國務機密時，喜劇和大歌劇對他的影響要比全法國的需要大得多。此種情況是法蘭西之福——受上帝恩寵的國家總是如此。舉例來說，在快活的斯圖亞特[1]掌權的令人遺憾的日子裡，被出賣了的英格蘭也是這樣。

對於一般的公共事務，大人有一個非常高貴的想法：一切聽其自然；對於特殊的公共事務，他又有另一個高貴的想法：一切聽他調遣——要為他的權力與錢袋子服務。而對於他的玩樂，無論是一般的或特殊的，大人還有一個更加高貴的想法：上帝創造世界原是為了讓人享樂。他所下的命令是這樣行文的：「地和其中所充滿的，都屬於我，大人說。」（只改換了原文中的一個代詞，變動不大）。[2]

可是，大人慢慢地發現，庸俗的經濟窘迫已經滲透了他的公私事務，因此，他只好與一個租稅承包商結了盟。大人對於公共財政根本一竅不通，不得不交給精通此道的人去辦；至於將私人財務也交託他人打理，原因也很簡單：那個租稅承包商非常有錢，而大人這裡歷經數代人的享樂揮霍之後漸漸已入不敷出。於是，大人便將他的妹妹從一所修道院裡接了出來，趁她還沒有戴上修女面紗、穿上廉價長袍，將她作為贈品下嫁給了這個出身貧寒、如今卻非常富有的租稅承包商。此時，這位承包商拄著一根金蘋果鑲頭的特製手杖，正和外廂房間的賓客聚在一起。大家見了他都恭敬有加，除了與大人同一血統的高等人種，這些人——包括承包商的妻子在內——都懷著極其傲慢的輕蔑，根本瞧不起他。租稅承包商生性奢侈。馬廄內站著三十匹良馬，門廳裡坐著二十四名男傭，妻子的身邊有六個僕婦貼身服侍。他裝出一副只會到處搜刮掠奪的模樣（無論他的婚姻關係會怎樣影響社會道德），在那天出席招待會的一眾要人中，他至少是其中最顯眼的現實人物。

這些房間儘管看起來富麗堂皇，集成了那個年代品味最為高雅、技術最為精湛的裝飾布置，事實上早已經根基不穩。想到其他地方還有那些穿著破衣爛衫、戴著睡帽的窮人（他們距離此地並不太遠，巴黎聖母院的瞭望塔差不多居於兩個極端區域的正中，從那裡可以同時眺望到這兩處），這些屋宅已成為令人極其不安的所在——倘若大人的府邸裡也有人關切這類狀況的話。對軍事問題一竅不通的軍官、對戰艦一無所知的海軍將領、對於政事全無概念的政務官，還有厚顏無恥的教士，目光淫邪、言語放蕩，生活更加放蕩；這些傢伙完全就是濫竽充數，靠撒謊擺出一副很能勝任的樣子。他們或親或疏地依附於大人，攫取了所有可以大撈油水的政府職務，這樣的人真是數不勝數。

還有一種人為數也不少，他們與大人或國家並無直接關係，與任何實際事務都沒有關係，與塵世路途中為真實目標而奔波往來的民眾也沒有關係。用特製藥物治療並不存在的假想的疾病而大發其財的醫生，在大人的前廳裡對著舉止優雅的病人微笑；在大人的招待會上，為國家現存的枝節弊端設計了各色各樣的對策方略卻連任何一樁罪惡也沒有法子根除的謀士，抓住他們能抓住的任何人滔滔不絕地發表著令人茫然的高論；意圖用空談改造世界、用紙牌建造通向天堂的巴別塔的不信神明的哲學家，也在大人召集的這個絕妙聚會上與留心著金屬變化的不信神明的煉金術士親密交談著。

在大人的府邸裡，那些具備良好教養的風雅紳士（自那個非凡的時代以來，世人所知的良好教養，結果就意味著對攸關人類利益的一切話題的冷漠無感）總會玩得筋疲力盡而成為眾人的表率。這類家庭給巴黎上流社會留下了各色不同的顯要人物。府邸裡聚集了大人的眾多擁躉（他們占了高雅會

1 指查理二世（一六六〇—一六八五在位），英國革命時期被處決的英王查理一世之子，曾流亡法國，復辟後，將敦克爾克出賣給了法國。

2 此句原文出自《聖經・新約・哥多林前書》第十章第二十六節：「地和其中所充滿的，都屬於主」。

眾的一大半），密探會發現很難在那個天使出沒的場子裡找出一個舉止和外表都承認自己已做了母親的獨居婦人。的確，除了將一個煩人的生命帶到人世間的那個動作以外——那動作遠不能坐實母親這個名號——在時尚圈裡，母親這東西是不存在的。那些不合時宜的嬰兒都交由農婦看管撫養，而來赴晚宴的迷人的花甲老婦卻打扮得像個二十歲的姑娘。

不切實際是一種痲風病，它毀掉了圍在大人身邊的每一個人。在外屋裡有六、七個人倒是例外，這些年來他們內心隱隱感到不安，認為總之情況已經很糟糕。作為一種頗有希望的矯正方式，他們中有一半人加入了一個奇特的宗派——抽搐派。他們幾個正在考慮是否應該口吐白沫、發怒吼叫，當場做出僵硬昏厥的樣子，從而為未來留下明白易懂的提示，為大人指點出路。除了這幾個苦行僧，其餘三位倉促加入了另一個教派，這個教派為挽回時勢打出了「真理中心」的旗號。他們認為人類已偏離了真理中心——這個無需太多證明——但還沒有完全背棄，因此必須予以制止，甚至可以透過齋戒與通靈這類強行措施讓人類重返這個中心。於是，這些人常常會跟幽靈保持通話——據說這能帶來很多功效，雖然其功效從未顯明。

不過，值得安慰的是，大人的豪華府邸裡的賓客全都穿得很體面，倘若末日審判的那天確定得盛裝迎接，那兒的每一個人肯定可以永久保持其端正儀容。他們的頭髮鬈曲翹起，還撲了如此好看的髮粉；他們的皮膚受到精心的保養和修飾，是那麼細嫩；他們的佩劍看起來是那麼華麗；他們的嗅覺是那麼可敬地靈敏，凡此種種當然還將恆久地延續下去。當那些具備良好教養的風雅紳士懶散走動的時候，他們身上掛著的小飾件就在叮噹作響——這些黃金飾物還真像是珍貴的小鈴鐺。這叮噹聲，加上絲綢、錦緞和細亞麻衣料的沙沙聲，攪動著空氣掀起了風，便將聖安東尼和它那毀滅性的飢餓颳得遠遠的。

服飾是永不失效的護身符和符咒，可以用來維持一切既定秩序。人人都要穿衣打扮，參加一場永無休止的化裝舞會。從杜樂麗宮、大人、整個宮廷、樞密院、法院到整個社會（衣衫襤褸者除外）都會參加一場化裝舞會；連劊子手也在其內，為讓符咒發生效力，當他行刑時，也必得按照要求「戴捲髮、撲粉、穿鑲金邊的外套、著白色長統絲襪和無帶輕便鞋」。「巴黎先生」就是穿著這一身漂亮衣服來到絞刑架和車裂架前主持典禮的（那時還很少用斧頭）——他在外省的兄弟，包括「奧爾良先生」，按照天主教的習慣把他叫作了「巴黎先生」。在出席我主一七八〇年大人這場招待會的眾多賓客中，又有誰能料到，這個以戴捲髮、撲粉、穿鑲金邊的外套、著白色長統絲襪和無帶輕便鞋的劊子手為基礎的制度有一天會看到自己的主運星宿隕落呢！

大人吃完了巧克力，減輕了四個侍從的負擔，命令將神聖無比的內間的大門敞開，然後邁步走了出去。好一個卑躬屈膝、阿諛獻媚、奴性十足、卑微可恥的場面！那從身體到精神的深深一鞠躬，就是對天國也沒有這樣恭敬——這或許就是大人的崇拜者從不去打擾上天的原因之一吧。

大人對這邊給出了承諾，向那邊送出了微笑，跟這邊一個幸福的奴才耳語一句，又朝那邊一個奴才招了招手，親切友好地走過了一個個房間，來到「真理邊緣」的偏遠地帶後，大人又轉身往回走，在適當的時間點又讓他的巧克力精靈把他關閉在聖殿裡，再也沒有現身。

接見儀式結束了，空氣的攪動變成了一場小小的風暴，珍貴的小鈴鐺一路叮叮噹噹地下了樓。人群很快散去，全場只留下了一個人，他胳肢窩裡夾著帽子，手上拿著鼻煙盒，步履緩慢地穿過鏡廊走了出去。

「我把你——」此人在最後一道門前站停了，朝著內間的方向轉過身去，口中說道，「奉獻給魔鬼！」

說完，他像抖掉腳上的灰塵一樣抖掉了手指沾著的鼻煙，默默地走下了樓梯。

此人年紀六十歲左右，衣著華美，態度倨傲，那張臉如同精緻的假面，蒼白得近乎透明，五官輪廓分明，有一種固執的表情。倘若不是兩道鼻翼略微有點塌，鼻子也算得上很漂亮了。臉上僅有的一點變化正體現在鼻翼的這兩處塌陷（或者叫凹痕）。它們有時會改變顏色，有時會像微弱的脈搏跳動般擴張或收縮，於是整張面孔就透露出一種殘忍的表情。再細加觀察，你會發現這種表情也和嘴邊及眼角的皺紋有關，因為這些皺紋很平直也很細微。不過，就整張臉給人的印象而言，它還是很漂亮，很引人注目的。

這張臉的主人下樓後來到庭院中，鑽進馬車裡離開了。招待會上跟他交談的人並不多，他站的地方有點遠，而大人對他的態度本來應該更熱情一些。此時，因為看到平民百姓在他的馬車前紛紛逃散，還常常險些被撞倒，他自我感覺頗為愜意。他的車夫趕起車來彷彿是在向敵人發起衝鋒，對於這種玩命的魯莽做法，主人的臉上並沒有表露什麼，也沒有出言制止。在沒有人行道的狹窄街道上，貴族出行時縱馬驅馳的野蠻習慣常會威脅到百姓的生命或把他們撞殘廢，即便在那個耳聾的城市、在那個忍氣吞聲的時代，有時也能聽見民眾的抱怨。可是，很少有人會更加留意這個情況並加以考慮。因此，在這件事上也跟在所有其他事情上一樣，可憐的百姓只能盡可能地避開。

車輪咔嗒，馬蹄得得，馬車瘋狂奔馳時不顧他人安危的那種放縱蠻橫，在今天的人看來已很難理解了。它飛快地駛過大街，橫掃過街角，婦女在它面前尖叫，男人你拉我扯地退後，連忙把孩子帶離路道。最後，當馬車在噴泉旁的一個街角急轉彎時，一個輪子可怕地顛簸了一下，很多人高聲大叫了起來，幾匹馬後腿直立、前蹄抬起，隨即停下了。

若不是後面碰到了麻煩，馬車大概不會停下的；熟知情況的人都知道，馬車常常會把撞傷的人拋在後面，自顧自揚長而去，有何不可？可是，大吃一驚的隨車男僕已經匆忙下了車，因為已經有二十隻手臂抓住了幾匹馬的韁轡。

「出了什麼事？」大人往窗外看了看，神色平靜地問道。

一個戴睡帽的高個子男人從馬匹腳下抓起了一個包袱樣的東西，將它放在了噴泉邊的石基上，然後跪倒在泥水裡，像個發狂的野獸般對著它嚎哭起來。

「對不起，侯爵大人！」一個衣衫襤褸、言語恭順的男人回答說，「是個孩子。」

「他幹嘛發出那麼討厭的聲音？是他的孩子麼？」

「對不起，侯爵大人——很遺憾，是他的孩子。」

噴泉離此處略有些距離，因為街道在噴泉這邊敞開了一塊十碼或十二碼見方的廣場。高個子男人突然從地上站起了身，向馬車這邊奔來。侯爵大人立刻將一隻手按在劍柄上。

「輾死了！」那男人絕望地狂叫著，兩條手臂高舉在頭頂，兩眼瞪視著他，「死了！」

人群圍攏了過來，看著侯爵大人。那些盯著他看的眼睛除了警惕和關切以外並沒有別的表情，也沒有露出威逼或憤怒的神氣。人群裡也沒有人說什麼話，自第一聲驚呼過後他們便沒有出聲，過後也是如此。那個言語恭順的男人的聲音很平淡馴服，表現得極其謙卑。侯爵大人打量著每一個人，彷彿他們只是一群剛從洞裡竄出來的耗子。

他掏出了錢包。

「奇怪的事都讓我遇上了，」他說，「你們這些人連自己和自己的孩子都照顧不好。你們老是會有一兩個人擋在路上。我還不知道你們把我的馬傷成什麼樣了呢！看著！把這個給他。」

他扔出了一個金幣，命令他的隨車男僕拾起來。所有的腦袋都往前伸長了脖子，所有的眼睛都想看見那枚落下的金幣。高個子男人又一次可怕地叫喊起來：「死了！」

另一個匆匆趕來的男人拉住了他，眾人紛紛避讓。那可憐的生靈一見來人便撲在他的肩上哭訴著、號啕著，手指著噴泉的方向。有幾個婦女正俯身站在那個一動不動的包裹前，動作輕緩地做著什麼，可是，她們也和男人一樣沉默不語。

「我都知道，我都知道，」最後來到的那人說，「要勇敢，加斯帕爾。可憐的小東西像這樣死去也比活著好。眨眼工夫就過去了，他沒受什麼苦。他活著的時候幾曾快活過一個小時？」

「那邊的這位，你倒是個哲學家，」侯爵微笑著說，「他們是怎麼叫你來著？」

「叫我德伐日。」

「做什麼營生？」

「賣酒的，侯爵大人。」

「這錢你拾起來，賣酒的哲學家，」說著，侯爵扔給他另一個金幣，「隨你心意花。馬怎麼樣，沒問題吧？」

侯爵先生對聚集起的這堆人不屑多看一眼。他往座位裡一靠，正要以偶然打碎了一個平常東西、已經賠了錢並且也賠得起錢的大人的神氣驅車離開時，一枚金幣卻飛進車廂裡，噹啷一聲落在了車板上，他的輕鬆感突然被打破了。

「停車！」侯爵大人說道，「勒住馬！是誰扔進來的？」

他望了望不久前賣酒的德伐日站著的地方。那可憐的父親正臉朝下匍匐在路面上，但站在他身邊的已是一個正在織毛線的黝黑矮壯的婦人。

「你們這些狗東西！」侯爵說道，口氣卻很平靜，除了鼻翼上的斑點之外，幾乎是面不改色，「我非常樂意從你們任何一個人身上輾過去，讓你們在人間徹底消失。倘若我知道是哪個混蛋朝馬車裡扔東西，倘若那土匪離我的馬車足夠近，我肯定會把他輾成肉醬！」

大家都知道這樣一個人能用合法和非法的手段給他們帶來什麼。他們受慣了威脅恐嚇，之前也受過很久的苦，因此沒有作聲回答。手沒有動一動，甚至也沒有抬起眼睛——男人中一個也沒有，只有那個站著織毛線的婦女仍然仰頭瞪著侯爵的臉。過分留意這個是有損侯爵的尊嚴的，他目光輕蔑地看了她一眼，又掃視了其他所有的耗子，然後再次往椅背裡一靠，發出了命令：「上路！」

馬車載著他繼續前行了，其他馬車也接連不斷地飛馳而來：大臣、謀士、租稅承包商、醫生、律師、教士、大歌劇演員、喜劇演員，還有參加化裝舞會的所有人，這股閃亮耀眼的車流隨後又飛馳而去。耗子從洞裡爬出來觀看，他們會一連看上幾個小時。士兵和員警常常會在他們和奇異車流之間巡視，形成一道屏障，他們只能在後面溜達著偷偷看上一眼。那個父親早就帶著他的包裹離開了。剛才在噴泉基石照看過包裹的婦人坐了下來，此時望著汩汩的水流，也望著化裝舞會的車流急急駛過。剛才那麼顯眼地站著織毛線的婦人還在繼續織著毛線，如同命運女神般屹立不動。噴泉裡的水汩汩流淌著，河水迅疾奔流著，白天轉為黃昏，城裡眾多的生命依照既定的規程走向了死亡，歲月的洪流不會因任何人而停止它的進程。黑暗地洞裡的耗子又擠在一起睡下了，而出席化裝舞會的眾人在明耀的燈光下享用晚餐，一切都在各自的軌道上繼續運行。

第八章

鄉下的大人

一片美麗的風景。麥田閃著光，但並不豐饒。在應當是玉米的地方長出了一小片一小片可憐的黑麥，一小片可憐的豌豆、菜豆和一小片最粗劣的蔬菜又代替了小麥。了無生氣的自然界也和耕種它的凡間男女一樣有一種不願生長的普遍傾向：垂頭喪氣、聽天由命，然後枯萎。

侯爵大人乘坐的那輛由兩個馭手駕駛的四馬旅行車（他其實可以用輕便馬車的）正吃力地爬上一道陡峻的山坡。侯爵面頰泛紅，但這無損於他的高貴教養，因為那紅色並非由他的身體狀況引發，而是來自不可控的外部條件——落日。

當旅行馬車來到坡頂，輝煌的落日斜照進車內，將乘客的全身染上了一片猩紅。「太陽——」侯爵大人看著自己的兩手，說道，「馬上就要消失了。」

實際上太陽已落得很低，這時便沉了下去。車夫在調校輪子上的沉重的剎車器，車身帶著一股煤渣味往坡下滑，帶起了一團塵煙。紅色的霞光正迅速消逝，夕陽與侯爵一同下了坡；卸下剎車器時，晚霞也徹底斂去了行跡。

可是，山腳下還存留著一個破敗的鄉野，醒目而空曠。那裡有個小村莊，有一片開闊地連著高坡，一座尖塔教堂、一個風車磨坊、一片獵場林，還有一堵峭壁，峭壁上是一座用作監獄的堡壘。夜色漸濃，侯爵帶著即將返家的神情俯看著四周逐漸黯淡下去的景物。

村裡只有一條寒磣的街道，街上有寒磣的酒鋪、寒磣的皮革作坊、寒磣的小酒館、寒磣的供應替換驛馬的馬廄院子、寒磣的泉井和所有的常見設施。村民也都很寒磣，很多人坐在門口切著洋蔥和類似的東西，在準備晚飯。很多人在泉井邊洗菜葉、洗草莖、洗大地生長的所有能吃的小東西。提示他們貧困緣由的表徵並不缺乏，根據各種堂皇的文告，這座小村莊要向國家交稅、向教堂交稅、向領主大人交稅，有地方稅，也有普通稅。這裡要交，那裡也要交，這個小村落竟然還沒有被吃光用盡，這倒是令人稱奇了。

孩子沒看到幾個，也沒有狗。至於男人和女人，他們在塵世間可選的路途已經確定——要麼按最低標準勉強過活，飽受磨難；要麼就被關進懸崖頂上高聳的監牢，然後死在那裡。

報信人提前作了通報，兩個馭手的鞭子劈劈啪啪地開著道（兩條鞭子像遊蛇般在夜色中旋捲盤繞著，彷彿「復仇女神」也隨行到來了），侯爵大人的旅行馬車停在了郵車驛站的門前。驛站就在泉井的附近，農民都停下工作看著他；他也看著他們，雖然在看，卻沒有感知到那些經受了緩慢折磨而痛苦疲倦的面孔與人形。這類形象讓英國人形成了一種迷信：法國人總是瘦削憔悴的。而這種迷信在實際情況改變差不多一百年後還仍然存在。

侯爵大人的目光掃視著低垂在他面前的那些馴順的面孔，那些面孔跟他自己在宮廷的大人面前低首垂眉時的模樣頗有些相像——唯一的區別是，這些面孔低垂下來只是準備受苦而不是為了討好。這時，一個花白頭髮的修路工走入了人群。

「把那個傢伙給我帶到這邊來！」侯爵對報信人說。
那人被帶了過來，他手裡拿著帽子。其他人跟巴黎噴泉邊的圍觀者一樣，也聚攏過來看熱鬧。
「我回來的路上曾從你身邊經過麼？」
「是的，大人。我很榮幸您回來的路上從我身邊經過。」
「是上坡的時候和到坡頂上的時候麼？」
「大人，確實如此。」
「你那時一眼不眨地在看什麼？」
「大人，我看見有個人。」
他略微彎下了腰，用他那頂藍色的破帽子指了指車身下。他的夥伴也都彎下腰看著車廂底部。
「是什麼人，豬玀？為什麼看那兒？」
「對不起，大人，他吊在剎車箍的鐵鍊上。」
「誰？」旅行歸來的大人繼續查問。
「大人，那個人。」
「但願魔鬼把這些白癡都抓了去！那人叫什麼名字？你認識村子這一帶的所有人的。他是誰？」
「請您寬恕，大人！他不是這一帶的人。我這輩子從來沒有見過他。」
「吊在鐵鍊上？那不要嗆死他麼？」
「恕我直言，這事怪就怪在這兒，大人。他的腦袋就這麼懸著——像這樣！」
他側過身去貼近馬車，身子往後一靠，臉朝天仰起，腦袋倒垂了。然後他恢復了原狀，摸了摸帽子，鞠了一躬。

「那人長什麼樣？」

「大人，他比磨坊老闆還要白。滿身塵土，白得像幽靈，高得也像幽靈！」

這番描繪對這一小群人產生了極大的震動，但他們並未相互交換眼色，只是望著侯爵大人，也許是想看看是否有幽靈盤踞在他的良心吧！

「真的，你做得很好，」侯爵說道，感覺眼前這些耗子並沒有惹惱他的意思，「你看見一個小偷跟在我的馬車上，卻閉著你那張大嘴不吭聲。呸！把他帶一邊去，戈倍爾先生！」

戈倍爾先生是郵政所所長，也兼理一些稅務。他已經巴結獻媚地站出來協助盤問，而且擺出公事公辦的樣子一把揪住了被盤問者的袖子。

「呸！滾一邊去！」戈倍爾先生說。

「倘若那外地人今晚在村子裡找地方過宿，就把他當場擒住，查查他有沒有正當職業，戈倍爾。」

「大人，能為您效勞我深感榮幸。」

「他跑掉了麼，夥計？——那個可惡的傢伙在哪兒？」

那個可惡的傢伙已經和五、六個好友鑽到了車底下，正用他的藍帽子指著鐵鍊子。另外五、六個好友立即把他拽了出來，氣喘吁吁地送到侯爵大人面前。

「蠢貨，我們停車弄剎車的時候，那人跑了沒有？」

「大人，他突然就跳下山坡去了，就像往河裡跳一樣。」

「快去查看，戈倍爾，快去！」

盯著鐵鍊看的那五、六個人還像羊群一樣擠在車輪間；輪子突然動了起來，他們幸好及時逃開，沒給撞得皮破骨折。好在他們也只剩下一副皮包骨頭了，否則可能也不會這麼走運。

馬車駛出村子直奔上坡的衝力很快就給陡峻的山坡抵消了。馬車逐漸轉成步行速度，搖搖晃晃地在夏夜的芬芳氣息中向坡上慢慢行去。兩個馭手默默無聲地整理著馬鞭的梢頭，他們的身邊並沒有「復仇女神」，取而代之的是無數盤旋飛繞的小蚊蟲。隨車男僕在馬車旁步行。報信人坐騎的蹄聲在前方遠處隱約可聞。

山坡最陡峭處有個小墳地，那裡豎了個十字架，十字架上新刻了一個很大的我主耶穌像；那是一尊木像，由缺乏經驗的鄉村刻工雕出。刻工手藝拙劣，但他卻在生活中——也許就在他自己的生活中——研究過人體，因為那雕像瘦削得可怕。

一個婦人跪在這象徵了巨大痛苦的受難雕像面前——那痛苦一直在加劇，但還沒有達到頂點。馬車來到她身邊時，她轉過頭，很快就站了起來，走到車門前。

「是您啊，大人！大人，我要請願。」

大人發出一聲不耐煩的感歎，轉過那張不動聲色的臉往車窗外瞧。

「怎麼著！要請什麼願？總是要請願麼！」

「大人，為了對偉大上帝的愛！我那個看林子的丈夫。」

「你那個看林子的丈夫怎麼了？你們總是同一副模樣。他是欠了什麼帳吧？」

「他欠下的都還清了。他死了。」

「哦，他已經安靜了。我能把他還給你麼？」

「啊！不，大人！但他就躺在那兒，在一小叢雜草下面。」

「怎麼了？」

「大人，那兒有很多叢的雜草堆。」

「又來了，怎麼了？」

她年紀還輕，可是看起來已經很老了。情緒很激動，也很悲傷，青筋暴露、骨節突出的雙手用盡力氣交替緊握著，然後將一隻手溫存地、輕柔地按在了馬車門上──彷彿那是人類的胸脯，能感受到那動人的觸撫。

「大人，聽我說！大人，聽聽我的請願！我的丈夫是窮死的；許多人都是窮死的；還有許多人也要窮死。」

「又來了，嗯？我能養活他們麼？」

「大人，慈悲的上帝知道，我並不求您養活他們。我只請求您在我丈夫躺下的地方立一塊寫有他姓名的石板或木牌。不然的話，這地方很快就會被人遺忘，等我害了同樣的病死去之後，他們會把我埋在另外一叢雜草下面，到時候就沒有人知道這裡了。大人，這樣的墳頭很多，數目增加得很快，大家實在是太窮了。大人！大人！」

隨車男僕已經把她從車門邊拉開，馬兒突然撒開腿小跑起來，馭手已加快了馬的步速。那婦人就被遠遠拋到了後面。大人在他的三個「復仇女神」的護衛下，正迅速地縮短他與城堡之間的一兩里格[1]的距離。

圍繞著他的夏夜的香氣，隨著雨點落下而愈加濃郁了。雨點也一視同仁地落在不遠處泉井邊那些滿身塵土、衣衫襤褸、疲憊不堪的人身上。修路工還在對他們誇大其詞地描繪著那個幽靈般的人，只要他們願意聽，他可以一直說下去。他不時揮動著那頂藍帽子，彷彿沒了那帽子他就會變得無足輕重。漸漸地，大家也聽夠了，便一個接一個地走掉了。於是一扇扇的小窗戶裡有了閃爍的燈光。燈光漸次熄滅，小窗沉入了黑暗，天空卻出現了點點的繁星，彷彿小窗的燈火並沒有消失，而是飛升到了天上。

此時，一幢高大建築物的陰影和婆娑的樹影已落在了侯爵的身上。馬車停了下來。陰影被一支火炬的光取代，城堡的大門已對著侯爵敞開了。

「我在等查爾斯先生，他已經從英格蘭到這裡了麼？」

「還沒有到，大人。」

1 里格是法國當時的長度單位，約為三英里。

第九章

蛇妖的頭顱

侯爵的城堡是座結實的建築，前面有一片很大的石砌庭院，左右兩段石級在正門前的石砌平臺會合。這裡完全是個石頭的世界，四面八方都有厚重的石護欄、石甕、石雕的花朵、人面和獅頭，彷彿兩百年前剛完工時曾被戈耳貢[1]看過一眼。

侯爵下了馬車，由僕役持火炬在前引導，走上一道寬闊低平的大石階，跫音驚動了遠處樹林後馬廄屋頂上的夜梟，令牠發出了大聲的抗議。除此以外，一切如此平靜。臺階上有火炬照明，大門前也有人手持著火炬，火炬彷彿是在一個密閉的空間裡熊熊燃燒，而非在戶外的夜空中。梟啼聲以外就只有噴泉濺落到石池裡的水流聲；因為那是一個萬物長久屏息靜默、發出一聲長長的喟歎後又再度屏息靜默的黑夜。

大門在身後訇地一聲關合，侯爵大人穿過了一間陰森森的大廳，那裡陳列了狩獵用的野豬矛、長劍和短刀；還有馬鞭和打馬棒，這些東西更加陰森可怖，好多農民因為觸怒了大人曾領教過它們的威勢，直接就去見了幫助他們解脫的那位——死神。

侯爵避開黑黢黢的夜裡已鎖閉的大房間，在火炬手引導下走上梯階，來到走廊中的一道門前。

門已敞開，他走入了自己的私人居室。這是一共三間的套房，一間臥室、兩間配房，有著高大的拱門和未鋪地毯的冰冷地板，幾條大狗躺在冬天燒劈柴的壁爐臺上，而所有的奢侈布置，在這個奢侈的時代，很符合一國侯爵的身分。新近這位路易王——賡續綿延的王家世系的一個——路易十四的時尚風格在這些名貴家具上表現得很明顯。可是，也有很多陳設物件的風格出自法蘭西歷史的古老篇章。

在第三個房間裡，已擺好了為兩個人準備的晚餐。這是個圓形房間，位於城堡四個碉樓裡的一座中，屋子不大，天花板很高，窗戶敞了開來，木百葉窗閉合著，因此，黑夜只顯現在寬闊石壁的一道道黑色水平細紋上。

「我的侄子，」侯爵瞥了一眼備好的晚餐，說道，「他們說他還沒有到。」

侄子確實沒有到，但侯爵卻等著與他見面。

「啊！他有可能今晚不會到；不過，晚飯像這樣先留著。我一刻鐘後就來。」

一刻鐘後，侯爵獨自在桌邊坐下，開始享用豐盛精美的晚餐了。他的椅子背對著窗戶。他已經喝完了湯，拿起一杯波爾多酒沾了沾嘴唇，卻又放下了。

「那是什麼？」他平靜地問道，凝神看著寬闊石壁上的黑色水平條紋。

「那個麼，大人？」

1 戈耳貢是古希臘神話中的三個蛇髮女妖，為三姊妹，頭髮為毒蛇，口中長野豬牙，身上長翅膀；其中美杜莎最為危險，任何人一看到她的臉，立即會變成石頭。

「在百葉窗外面。把百葉窗打開。」

百葉窗打開了。

「怎麼樣？」

「大人，什麼也沒有。窗外只有樹和黑夜。」

說話的僕人已打開百葉窗，望過了虛空無物的黑夜，轉過身背窗站著，等候著指示。

「好了，」面色沉靜的主人說道，「把窗子關上吧！」

百葉窗關合了，侯爵繼續用晚餐。吃到一半時，他又把手中拿著的酒杯放下了。他聽見了車輪聲。聲音很快就來到了城堡前。

「去問問是誰來了。」

是侯爵的侄子。下午他落在侯爵後面幾個里格。他迅速縮短了距離，但並沒有在路上趕上侯爵，一路所經的郵車驛站都說侯爵在他前面。

侯爵派人告訴他，晚餐已經備好，請他立即前來。不一會兒他就進屋了。我們在英國已認識他，他就是查爾斯．達尼。

侯爵彬彬有禮地接待了他，但兩人並沒有握手。

「您是昨天離開巴黎的吧，先生？」達尼在桌邊就座，向侯爵大人問道。

「是昨天。你呢？」

「我是直接來這裡的。」

「從倫敦？」

「是的。」

「你來這兒花了不少時間啊。」侯爵微笑著說。

「相反，很快就到了。我是直接來的。」

「對不起！我的意思不是你路上花了很多時間，而是花了很多時間才決定啟程。」

侄子停頓了片刻，解釋說：「我被各種各樣的事給耽擱了。」

「當然。」舉止優雅的叔叔回應道。

有僕人在場，兩人沒怎麼說話。當咖啡端上，只剩下他們兩個人時，侄子才望了望叔父那張精緻假面般的臉，與他對視了一下，開始了談話。

「我按照您的期望回來了，追求的還是讓我離開的那個目標。那目標將我捲入了預想不到的極大危險；但我的目標是神聖的，即使我因此遭難，我也會至死不渝。」

「不要說『死』這個字，」叔父說，「沒必要提這個。」

「我懷疑，先生，」侄子答道，「倘若它把我帶到死亡的邊緣，您是否會來阻止我。」

鼻翼上的凹痕加深了，那張殘忍的臉上，細直的皺紋拉長了，看起來很符合侄子的猜想。叔父做了一個優雅的手勢表示反對。但很明顯，那手勢不過是良好教養的少許流露，並不能讓人消除疑慮。

「實際上，先生，」侄子繼續說下去，「就我所知的情況來看，您曾有意讓我已經令人起疑的處境變得更加令人懷疑。」

「沒有，沒有，沒有。」叔父愉快地回應道。

「可是，不管我落到何種境地，」侄子滿懷疑慮地看了他一眼，繼續說了下去，「我知道您會使出各種可能的手段來阻止我，而且不會有任何顧慮。」

「我的朋友，我早就告訴過你了，」叔父說，鼻翼兩端的凹痕略微動了動，「勞駕你回憶一下。那句話我很久以前就對你說過。」

「我記得的。」

「謝謝你。」侯爵說——語氣非常溫和。

他的話聲在空氣中持續迴響著，聽來幾乎就像某種樂器的奏鳴。

「實際上，先生，」侄子接下去說，「我沒有在法國這裡被抓進監牢，我相信既是您的不幸，也是我的幸運。」

「我不是很理解，」叔父呷了一口咖啡，問道，「我能請你解釋一下麼？」

「我相信，倘若您沒有在宮廷失寵，過去很多年不曾籠罩在那片陰雲下，您可能早就下了一道密令，將我送到某個城堡無限期幽禁起來了。」

「很可能會這樣，」叔父極其平靜地說，「為了家族的榮譽，我的確會下決心阻撓你，做出這樣的事情來。請諒解！」

「我很高興地發現，前天的招待會仍然一如既往地態度冷淡。」侄子說。

「換成是我，就不會說高興了，朋友，」叔父彬彬有禮地說，「我可沒有把握說出這樣的話。處在孤獨的有利環境下，有個好機會去思考一番，也許比讓你一意孤行，對你的命運要有益得多。可是，討論這個問題毫無用處。恰如你所說，我的處境不太有利。這些小小的矯正手段、這類維護家族權力和榮譽的溫和措施、這些可能會給你造成很大不便的微不足道的恩惠，現在卻要看上面人的興趣、還得反覆申求才能得到。求之者眾，如願以償者寡！過去並不是這樣的，法蘭西在所有這類問題上的表現越來越糟糕了。我們並不遙遠的祖先對領地周圍的賤民曾掌握了生殺予奪之權。許多像這樣的狗奴才曾被人從這間屋子拖出去絞死；而在隔壁房間（我現在的臥室），據我們所知，有個傢伙就因為對他的女兒表現出某種無禮的敏感，當場就被人用匕首殺死了——他的女兒難道是他的麼？我們已喪失了很多特權；一種新的哲學流行了起來；如今這年月，過於強調我們的地位可能會給我們造成真正的麻煩——我只會說『可能』，還不至於說『一定會』。一切都很糟糕，非常糟糕！」

侯爵吸了一小撮鼻煙，搖了搖頭，優雅地表示了失望，彷彿他仍然在這個國家擁有適當的地位，有很多手段可以幫助這個國家重建。

「對於我們的地位，我們過去和現在都強調得夠多了，」侄子語帶悲觀地說道，「我認為我們的家族名氏在法國是為人民所深惡痛絕的。」

「但願如此，」叔父說，「對高位者的憎恨是卑賤者不自覺的崇敬。」

「在我們周圍的整個鄉村，」侄子延續剛才的語氣說，「我就看不到一張對我表示尊重的面孔，有的只是對於恐懼與奴役的無知的服從。」

「那是對家族顯赫地位的讚美，」侯爵說，「家族維持顯赫地位的方式理應獲得這樣的讚美，哈！」

他又吸了一小撮鼻煙，一條腿輕鬆地搭在另一條腿上。

可是，當他的侄子將一隻手肘靠在桌上，若有所思地、沮喪地用手擋住眼睛時，那張精緻的假面卻斜睨了他一眼，與它故作淡然輕鬆的神情很不相同，眼神裡凝聚了刻薄、固執和嫌惡。

「鎮壓是唯一恆久的哲學。我的朋友，只會無知地服從恐懼與奴役，」侯爵說，「可以讓狗聽從鞭子的命令——只要這屋頂還能遮擋天空。」說時他抬頭看了看屋頂。

那屋頂未必能像侯爵料想的那樣長久擋住天空。倘若那天晚上侯爵能看到沒幾年過後這座城堡和其他五十個類似城堡的畫面的話，面對那個被洗劫一空然後燒成焦炭的可怕廢墟，他肯定一片茫然，認不出這就是他昔日的城堡。至於他剛才所誇耀的屋頂，他可能會發現它將用一種新的方式遮擋天空——也就是說，會有十萬支毛瑟槍的槍管射出鉛彈，讓世人對著天空永遠閉上了眼睛。

「此外，」侯爵說，「倘若你置家族的榮譽與安寧於不顧的話，我仍會勉力維持的。不過，你一定很疲倦了。我們今晚的討論是不是到此為止？」

「再談一會兒吧。」

「一小時，你要是高興的話。」

「先生，」侄子說，「我們做錯了事，正在自食其果。」

「我們做錯了麼？」侯爵重複道，帶著探詢的微笑，意有所指地指了指侄子，再指了指自己。

「我們的家族，我們光榮的家族。我們兩個都很看重家族的榮譽，但方式卻完全不同。在我父親的時代，我們就犯下了很多的錯誤。不管是誰、不管是什麼緣由，倘若他掃了我們的興致，就會受到傷害。我為何要提到我父親的時代呢，那不也是你的時代麼？我能把我父親的孿生兄弟、共同繼承人，也就是現任繼承人跟他自己分開麼？」

「死神已經把我們分開了！」侯爵說。

「還留下了我，」侄子答道，「將我與一個我認為極其可怕的制度捆綁在一起，要我對它負責，而我卻對它無能為力。我還要執行我親愛的母親臨終前的最後請求，服從我親愛的母親的最後期待，要我憐憫、要我補救；我尋求支持和力量，卻飽受折磨而徒勞無功。」

「要在我這兒得到支持和力量，侄子，」侯爵用食指點了點侄子的胸口——此時他倆正站在壁爐前，「你永遠也辦不到，這點可以肯定。」

他那張白皙的臉上，每一道細直的皺紋都殘忍地、狡猾地、緊緊地擰在了一起。他一言不發地站著，看著他的侄子，手上拿著鼻煙盒。他又一次點了點侄子的胸脯，彷彿他的指尖是一把短劍的刃尖，而他正用它巧妙地刺穿侄子的身體。他說道：「我的朋友，為保存我生活其中的這個制度，我寧可死去。」

說完，他吸了最後一撮鼻煙，然後把鼻煙盒塞進了口袋。

「最好還是理智一些，」他搖響了桌上的小鈴，然後補了一句，「接受你天生的命運吧！但你已經迷失了，查爾斯先生，我知道。」

「我已失去了這份家產和法國，」侄子悲傷地說，「我放棄了它們。」

「你放棄的家產和法國是你的麼？法國也許是你的。但財產也是你的麼？這件事幾乎不值一談；不過，它還是你的麼？」

「我那句話並沒有對它提出要求的意圖。然而明天，它就會由你這裡交由我繼承——」

「允許我斗膽說一句，我希望沒有這個可能。」

「——或者二十年後吧——」

「你讓我覺得很榮幸，」侯爵說，「但我仍然堅持剛才那個見解。」

「——我願意放棄財產，到別的地方靠別的辦法過活。我放棄的東西很少，不過是一片痛苦與毀滅的荒原罷了！」

「哈！」侯爵說，環顧著裝飾豪華的屋子。「這屋子看起來很漂亮，但是在光天化日之下，整體而言它只不過是一座搖搖欲墜的塔樓，裡面充滿了浪費、紊亂、敲詐、債務、抵押、壓迫、飢餓、赤裸和痛苦。」

「哈！」侯爵又說，一副很滿意的表情。

「即便它屬於我，它也必須交到某些更有資格解放它、讓它逐步解脫重負的人手裡（如果有可能這麼做的話），這樣的話，那些無法逃離、長久忍受痛苦的人，他們的下一代就會少受一些苦。但它已用不著我來操心，天譴已落在這份財產上，也降臨在整個國土。」

「那你呢？」叔父說，「請原諒我的好奇，按照你新的人生哲學，你還打算體面地活下去麼？」

「為了維持生活，我必須和我的同胞一樣去工作——即便是那些有貴族身分的同胞，總有一天也會這麼做的。」

「比如，在英國？」

「是的，先生，在那個國家我不會玷汙家族的榮譽，在其他國家我也不會損害家族的名氏，因為我在國外沒有打它的名號。」

剛才的鈴聲已經吩咐人在隔壁的臥室點起了燈。現在，明亮的燈光已從連通的門洞裡照了進來。侯爵看了看那邊，聽著貼身男僕退下的腳步聲。

「鑒於你在那兒所受的冷遇，英格蘭對你還是很有吸引力啊。」他轉頭看著他的侄子說道，臉上帶著平靜的微笑。

「我說過了，我意識到我在那邊的種種遭遇還得感激您。至於其他麼，它現在是我的避難所。」

「那些喜歡吹牛皮的英國佬說它是許多人的避難所。你認識那個醫生麼？一個也在那兒避難的法國同胞？」

「認識。」

「帶著個女兒？」

「是的。」

「好吧，」侯爵說，「你已經很疲倦了。晚安！」

當他以最為有禮的姿勢點頭致意的時候，那張堆著笑容的臉上透露了某種祕密，他說出的那些話也傳遞出某種神祕的氣氛，這些細節他的侄子都清清楚楚地察覺到了。與此同時，他眼角邊細直的皺紋、單薄的嘴唇還有鼻翼上的凹痕也都帶著嘲諷意味彎了起來，這讓他看起來像是一個英俊的魔鬼。

「好吧，」侯爵重複道，「一個醫生，還帶了個女兒。好吧，新哲學就這樣開場了！你已經很疲倦了，晚安！」

要從他的臉上尋找答案，倒還不如去問城堡外面的石像。侄子走去門口時看了看他，當然是一無所得。

「晚安！」叔父說，「我期待著明天早上與你又一次的愉快會面。好好休息！拿上火炬送我侄子到那邊他的屋裡去！——你要是願意，就把我這位侄子燒死在床上。」他自言自語地咒了一句，然後再次搖響了小鈴，將男僕召到了自己的臥室。

男僕來了又走了。侯爵先生穿上寬鬆的睡袍，在屋裡慢慢地走來走去，在那個寂靜悶熱的夜晚準備上床睡覺了。他走動時窸窣作響，穿著軟拖鞋的兩隻腳無聲地踩著地板，活像一頭姿態優雅的老虎——看起來就像童話故事裡某類不知悔悟的壞侯爵，中了邪魔會定時變身，要麼是剛剛從老虎變成人，要麼馬上就會變成老虎。

他在那間布置奢華的臥室走來走去，白天旅行的種種片段重現在眼前，意想不到地糾纏著他的心。黃昏時緩慢費勁的上坡、落日、下坡、磨坊、峭壁頂上的監獄、山谷裡的小村莊、泉井邊的農民，還有用藍帽子指著馬車底下鏈條的修路工。村裡的泉井讓人想到了巴黎的那個噴泉，臺階上躺著的小包袱，彎腰俯身照看它的婦女，還有那個高舉雙臂喊著「死了！」的那個高個子男人。

「現在涼快了，」侯爵先生說，「我可以上床睡覺了。」

於是，他在大壁爐裡留了一支燃著的火炬，放下了睡床四周的薄紗簾幃。當他定了定心神打算睡去時，聽到一聲長歎打破了夜的寂靜。

外牆的石像茫然地面對著黑夜，挨過了難熬的三個小時；馬廄裡的馬匹在欄圈裡不安地踢踏著，踢了難熬的三個小時。狗在吠叫，梟鳥在噪鳴，那叫聲與詩人依傳統描繪的聲調可不太一樣。但這種動物有個頑固的習慣：幾乎從來不會按照別人的規定說話。

城堡前，獅子與人的石像茫然地面對著黑夜，挨過了難熬的三個小時。無生氣的黑暗籠罩了大地；無生氣的黑暗使所有道路上沉寂的塵土變得更加沉寂。山道上的墳地裡，一小叢一小叢的雜草在此混沌中已經混淆難分；那十字架上的耶穌，見到祂能看到的任何東西都有可能會走下來。村子裡，收稅的人和交稅的人都在熟睡。那些瘦弱的村民或許夢見了挨餓的人常會夢見的宴會，或許夢見了被驅趕的奴隸和被束縛的牛馬常會夢見的放鬆的休憩。每個人都睡得很香甜，在夢裡吃得飽飽的，也獲得了自由。

村子裡的泉水流淌著，看不見，也聽不見；城堡的噴泉滴落著，看不見，也聽不見；它們就像黑漆漆的三小時中從時間之泉流出的分分秒秒一樣，已經消失了。然後，兩者的晦暗水流開始在晨曦裡閃著幽靈般的光，而城堡的石像睜開了眼睛。

曙色漸明，太陽終於躍出了平靜的樹梢，將它的輝光傾灑在山頂。沐浴在朝霞中的城堡的噴泉似乎變成了血，而石像的臉被染得猩紅。鳥兒歡快地鳴囀，聲音嘹亮而高遠。侯爵大人臥室那被風雨侵蝕的大窗臺上，一隻小鳥正竭盡全力唱著牠最甜美的歌曲。離窗臺最近的石雕人像似乎吃驚地盯視著，張大了嘴，垂著下巴，看起來滿懷敬畏。

此刻，整個太陽已升起，村子裡開始有了動靜。窗戶推開了，奇形怪狀的門打開了，居民打著寒戰走了出來——冷冽的新鮮空氣讓他們冷得直哆嗦。然後，村民偷閒不得的勞作的一天又開始了。有的人要去泉井邊，有的人要到田裡去。男人和女人，有的要在這邊挖掘耕作，有的要去那邊照料可憐的牲口，將瘦骨嶙峋的奶牛牽到路邊能夠找到的草地去。而在教堂裡，十字架前有一兩個跪著的人影；伴隨著他們的禱告聲，被牽出的奶牛低頭啃起了腳邊的野草，開始吃早餐。

城堡要醒得稍晚一些，這與它的身分相稱，但確實也漸漸地甦醒了。陰冷的野豬矛和獵刀如同往日那樣最先泛出了紅光，然後便在晨曦中再度顯現了刃口的鋒利；現在，門窗都已敞開了；馬廄裡的馬兒掉頭望著從門口瀉進的清新日光；綠葉在鐵格花窗上熠熠閃亮，沙沙作響；狗兒使勁扯著鐵鍊子，不耐煩地站立起來，想獲得自由。

這一切瑣碎的活動都屬於清晨時分的生活日常。城堡的大鐘敲響了，樓梯和臺階有了上下奔忙的人影，然後這裡那裡各個地方都傳來了雜遝的腳步聲，也有人很快給馬匹配好了鞍韉離開了。這一切難道不是生活日常麼？

是什麼風吹拂著那個頭髮灰白的修路工，讓他如此匆忙？此時他已在村外的山坡頂上開始工作了。他那個沒多少分量的午餐包袱就放在一堆石頭上，連烏鴉也不願花時間去啄上一啄。鳥兒是不是從遠處把穀物帶到了這裡，然後如同偶然撒播種子一樣，將其中一粒撒到了他的頭上？不管怎樣，在那個炎熱的早晨，那修路工像逃命一樣往山腳下奔去，揚起的塵土有膝蓋那麼高，他跑啊跑，一直跑到泉井邊才停下。

村裡人都在泉井邊神情沮喪地站著，低聲說著話，除了帶有擔憂的好奇與驚訝以外，並沒有表露別的情緒。奶牛被主人匆匆地牽來，牛繩往隨便什麼東西上一拴就不去管了，牛隻有的傻愣愣地觀望著，有的俯臥了在反芻，嚼著牠們在草地漫遊時啃到的並不能補償牠們辛勞的東西。幾個城堡裡的人、幾個郵車驛站的人和全部的收稅差役或多或少都帶上了武器，他們漫無目的地擠在小街的另一邊，個個神情緊張，卻什麼事也沒幹。修路工已經擠進了五十個好友圍成的圈子裡，正用那頂藍帽子拍打著自己的胸口。這一切預示著什麼？戈倍爾先生匆匆騎上了僕人的坐騎，兩人一前一後坐在同一匹馬的背上，那馬兒雖然承載了雙重的負擔，卻馱了戈倍爾他們飛快地跑開了，就像是德國民謠詩《利奧諾拉》[2]的一個新版本。這一切又預示著什麼？

這預示著城堡裡又多出了一張石像人面。

戈耳貢在夜裡又一次審視著這座建築物，為它增加了一張缺少的石像人面；為了這張石像人面，這座建築已等候了大約兩百年。

石像人面就躺在侯爵大人的枕頭上，它像一張精緻的面具，突然受到驚嚇，怒氣沖沖，然後就變成了石頭。一把匕首深深地插在石像的心窩裡，刀柄上捲了一張紙條，紙條上潦草地寫了這麼一行字：

「讓他早早進墳墓。雅克特此留贈。」

2《利奧諾拉》是德國作家戈特弗里德·奥古斯塔·比格爾一七七三年創作的敘事謠曲詩。講述女主人公海倫的情人戰死後，海倫痛不欲生，此後情人的鬼魂騎馬歸來，帶她到墳墓中完婚。

第十章
兩個許諾

十二個月來了又去，查爾斯．達尼先生因為熟悉法國文學，在英格蘭取得了高等法語教師的執業資格。要放在今天，他可能就是個教授，然而在那個時代，他只能當個私人教師。他和有閒暇也有興趣的年輕人一起讀書，研究一種在全世界廣泛使用的活語言，並培養他們對此種語言的知識與想像的審美品位。他能夠用流利準確的英語寫研究法語和法國文學的文章，也能將之翻譯成流利準確的英語。那時候，像他這樣的通才並不容易找到，因為很多過去的王子和未來的國王還沒有淪落到教員階層中來，破落貴族在苔爾森銀行的帳簿裡還沒有被銷戶，也不必去當廚師或木匠。作為私人教師，他淵博的學識讓學生學得非常愉快，也獲益匪淺；作為翻譯者，他文筆高雅，在譯作中增添了很多超出詞典字面的含義。因此，達尼先生很快就有了名氣，獲得了很多支持。此外，他對自己國家的情況也很熟悉，這一點也引發了他人日益增長的興趣。於是，靠自己的頑強毅力和不懈努力，他成功了。

在倫敦，他從未指望走在黃金路面上或睡在玫瑰花圃裡。倘若他有這樣好高騖遠的期待，他是不會成功的。他希望工作，也找到了自己的工作，然後就竭盡所能做到最好。他的成功靠的是這個。

他把一部分時間花在劍橋，在那兒教本科生學習法語。如同一個受到特許的走私販，他不是透過海關進口希臘文和拉丁文，而是在販賣歐洲語言。剩下的時間他都待在倫敦。

夏天這些日子裡待在伊甸園，通常到冬天時就會嘗到掉落的禁果，世上的男人總是一成不變走著同一條路——會愛上某個女人。如今，這也是查爾斯．達尼的路。

他在之前陷入危難時就愛上了露西．曼內特小姐。他從沒有聽見過像她這樣富於同情心、甜美又可親的聲音，從沒有看見過像她這樣溫柔美麗的面容（她曾站在為他挖好的墳墓邊沿與他面對著面）。可是，他還不曾跟她提起這個話題。發生在那座荒涼城堡裡的刺殺已經過去了一年（在波濤起伏的大海對面、在塵土飛揚的大路的盡頭，那座堅固的石頭城堡僅僅只是夢中的一團迷霧），他卻從來沒有向她吐露心聲，甚至連一個字也沒有說起。

他這麼做自有其緣由，他心裡很明白。夏天又到了，這一天他放下大學的工作來到了倫敦，又走進了蘇豪區的這個安靜街角。他決定找個機會向曼內特醫生坦露自己的想法。時間已近黃昏，他知道這時露西和普羅絲小姐出門去了。

他發現醫生正坐在窗前的扶手椅裡讀書。在他受難時支持過他、卻也加劇了他的痛苦的體力已經逐漸恢復。他現在的確顯得精力非常充沛，堅定果斷，行動有力。在恢復活力之後，他時不時還會突然發作，和他剛開始恢復其他官能時一樣；但這種情況起初就不是很頻繁，現在已變得非常少見了。

他讀書的時間多、睡覺的時間少，常常把自己弄得很疲勞，心情卻很放鬆、很愉悅。現在，他見到查爾斯．達尼進了屋，便將書本放到一邊，朝他伸出了手。

「查爾斯．達尼！很高興見到你。這三、四天來，我們一直在想你該回來了呢。斯特萊佛先生和西德尼．卡爾頓先生昨天都來過，他倆都以為你早該到了！」

「他們對我如此關心，我很感謝，」他回答道。他對那兩人有幾分冷淡，對醫生卻是感覺很親切的。「曼內特小姐——」他頓了頓。

「她很好，」醫生說，「看到你回來，我們都會很高興的。她出門去辦點家務事，但很快就會回來。」

「曼內特醫生，我知道她不在家。趁她此刻不在家的機會，我想跟您談一談。」

一陣茫然的沉默。

「是麼？」醫生說，明顯有些局促不安，「把你的椅子拉過來，說吧。」

他聽從主人吩咐，把椅子拉過來了，卻發現要開口並不是很容易。

「曼內特醫生，我跟你們家能有如此親密的交往，我一直覺得很快樂，時間已有一年半了。」他終於開了口，「我希望我將要提起的話題不至於——」

醫生伸出手止住了達尼的話頭，過了一會兒，醫生又回到了話題，問道：「你是要談露西麼？」

「是的。」

「任何時候談起她，我心裡都不好受。聽見你用那種語氣談起她就更加難受了，查爾斯．達尼。」

「這代表了我熱烈的讚美、真實的敬意和深摯的愛，曼內特醫生！」他恭敬地說。

又一陣茫然的沉默。

「我相信你的話。我應當對你公正，我相信你。」

他顯得很不安，而這不安顯然是因為不願意觸及這個話題，查爾斯．達尼有些猶豫了。

「我可以繼續往下說麼，先生？」

又是一陣茫然。

「好吧，你繼續。」

「您猜到了我將要講的話，但您不可能知道我說這話時有多麼認真、我的感情有多麼認真，您也不瞭解我祕密的心思和長久以來壓在心頭的希望、畏懼和焦慮。親愛的曼內特醫生，我愛您的女兒，愛得盲目、深情、無私和專注，倘若這世上還有愛，我就愛她。您自己也曾戀愛過的，讓您往日的愛情為我說話吧！」

醫生別過臉坐著，眼睛盯著地面看。聽到最後一句話時，他再次倉促地伸出了雙手，叫道：「別提那事，先生！隨它去吧，我懇求你，不要再重提它了！」

老人的叫聲裡包含了如此真實的痛苦，那聲音久久在查爾斯・達尼的耳中迴響。他伸手做出的手勢，彷彿在哀求達尼就此打住。達尼就是這麼理解的，因此保持了沉默。

「請你原諒，」過了會兒，醫生壓低了嗓子說，「我並不懷疑你愛露西，這一點你可以放心。」

他在椅子裡朝達尼轉過身來，卻沒有看他，也沒有抬起眼睛。他的手抵住了下巴，白髮遮住了面孔。

「你和露西談過了麼？」

「還沒有。」

「也沒有給她寫信？」

「從來沒有。」

「你的自我克制是因為考慮到了她的父親，假裝不知道這一點，心胸就有點狹隘了。她的父親對你表示感謝。」

他向達尼伸出了手，但他的眼睛並沒有跟隨。

「我知道，」達尼言語恭敬地說道，「我怎麼能不知道呢？曼內特醫生。我看見你們每天都生活在一起，您和曼內特小姐的這種不尋常而動人的感情是在特殊環境之下培養出來的，即便是在父女之間，能夠與它相比的親情也很少見到。曼內特醫生，我知道，我怎麼能不知道呢？她心裡除了一個業已成年的女兒的感情和責任之外，還有她幼年時對您的全部的愛和信賴。我知道，因為自小沒有父母在旁陪伴，現在她已把她近年來的忠誠、熱情和責任全部奉獻給了您，再加上她早年對失蹤的父親的信賴和依戀。我完全知道，即使您去往了另一個世界，又從另一個世界回到她身邊，在她的眼裡，那樣的您也不會比現在陪伴她的您更加神聖。我知道，當她依偎著您的時候，繞著您脖子的是嬰兒的手、是少女的手，也是婦人的手。我知道，她在愛著您時，看到了像她這個年紀時的母親，也在愛著她；她看到了像我這個年紀時的您，也在愛著您。她愛著傷心絕望的母親，她也愛著經歷了可怕考驗、已幸運復原的您。自從來您家裡做客與您熟識過後，我便知道所有這一切。」

老人垂著頭，安靜地坐著。他的呼吸略微加快了，但竭力抑制著其他的激動徵象。

「親愛的曼內特醫生，這些我一直都知道。您和她在一起時，我也一直看到您的身邊有神聖的光籠罩著。我忍耐著，忍耐著，忍到了人的天性所能達到的極限。我覺得（即使現在也這麼覺得），把我的愛情（甚至是我的私事）拿到你們之中討論，去碰觸您的過往，會帶來某種不太好的東西。但是我愛她。老天為我作證，我愛著她！」

「我相信你的話。」醫生語帶悲哀地回答，「我以前就是這麼認為的。」

「可是，」達尼說，醫生的悲哀語氣在他聽來帶有某種責備的意味，「可是，倘若我真的有那麼幸運，某一天能那麼幸福地讓她成為我的妻子，可別以為我過後就會把你們倆分開，如果那樣，我就不可能也不會說出我現在所講的話。此外，我明白那樣做是徒勞的，也是卑鄙的。倘若我心裡存著這種可能性，即使是在遙遠的未來，即使只是隱藏在心裡——倘若我有這樣的想法——倘若我竟存了這樣的想法——我現在就沒有資格觸碰這隻可敬的手。」

他這麼說著，將自己的手按在了醫生的手上。

「不，親愛的曼內特醫生，我和您一樣是自願流放離開法國的，和您一樣是被法國的瘋狂、迫害和苦難驅趕出來的，和您一樣來到國外後靠自己的努力生活，而且相信會有一個更幸福的未來；我只盼望與您同呼吸共命運，分享您的生活和家庭；我會對您忠誠，至死不渝。我不會去干涉露西作為您的女兒、同伴和朋友的特權；只會幫助她，讓她與您往來得更親密，如果還能更親密的話。」

他的手還按著醫生的手。醫生的回應並不冷淡，過了會兒才把雙手收回，擱在椅子扶手上。自開始談話以來，他第一次抬起了頭，臉上很明顯有一種糾結的表情，他在抑制著偶或露頭的陰鬱的疑慮和恐懼。

「你說得很有感情，很有男子漢氣概，查爾斯．達尼，我衷心感謝你，也要向你完全敞開心扉——或者差不多是全部。你是否有理由相信露西也愛著你？」

「沒有。到目前為止還沒有。」

「你向我這樣信任地傾訴，直接目的是想讓我知情，然後探明她的意向麼？」

「並不完全如此。我可能會好多個星期都毫無希望，也可能明天就充滿了希望——不管我有沒有誤會。」

「你是想在我這裡尋求一些指引?」

「我並沒有那種要求,先生。可是,我認為您是有能力給我一些指引的。假若您覺得這麼做正確的話。」

「你是想得到我的承諾麼?」

「是的。」

「什麼樣的承諾?」

「我很明白,得不到您的認可,我不可能有希望。我也明白,即便現在曼內特小姐那顆純潔的心靈裡也有了我——不要認為我真的敢於存有這種奢望——我在她心裡的地位也不可能替代她對父親的愛。」

「倘若確實如此,你覺得還有其他什麼會牽涉到這個問題呢?」

「我同樣明白,她父親為求婚者說的任何一句有利的話都會比她自己和全世界更有分量。因此,曼內特醫生,」達尼謹慎但堅定地說道,「我不會請求您說出那樣的話,即便它可以救我的性命。」

「我相信。查爾斯・達尼,神祕感是由於愛得過於親密或者距離太遠而產生的。若是前者,那神祕就很微妙而敏感,難以參透。對我來說,我的女兒露西就有這樣的神祕感。因此我無法猜測她的心意。」

「先生,有件事我想問一下,您是否認為她——」他還在猶豫,醫生已經把後面未說出的給補充了出來:「有別的人來求婚?」

「這正是我打算說的話。」

醫生想了一會兒，回答說：「你在這兒親眼見過卡爾頓先生。斯特萊佛先生偶爾也來。倘若真有那麼回事的話，也只會是他們中的一個。」

「也許兩個都是。」達尼說。

「我不認為兩個都是；我倒覺得一個也不像。你想得到我的承諾，那就告訴我，你要我承諾什麼？」

「倘若曼內特小姐也跟我今天一樣，某個時候在您面前傾訴了她的心事，我希望您能證實我今天說過的話，也表示您對我的信任。我希望您能夠這樣來理解我，不會施加任何不利於我的影響。至於這件事對我有多麼重要，我就不想多談了。這就是我的請求。我的請求如果需要一個前提條件的話——您無疑有權要求這個——我會立即遵照執行。」

「我答應，」醫生說，「無條件答應。我相信你的目的跟你的陳述都完全出自真誠。我相信你的意圖是要維護我和我那寶貴得多的另一個自我的關係，而不是削弱它。倘若她告訴我，你是她獲得完美幸福必不可少的那個人，我願意把她交給你。倘若還有——查爾斯．達尼——倘若還有——」

年輕人感激地抓住他的手，兩人的手握在了一起。醫生說道：「倘若還有任何的幻想、理由或憂慮，不管是過去的還是現在的，不利於她真正愛著的那個人——而直接責任並不在他——那麼，為了她的緣故，這些都應該全部抹去。她就是我的一切，她對於我比我受過的苦痛、受過的冤屈更加重要——咳！這都是些閒話了。」

他止了聲，很奇怪地沉默下來，以一副同樣奇怪的表情呆呆看著達尼，他的手冰涼涼的，慢慢脫離了達尼的那隻手。

「你剛才跟我說了什麼，」曼內特醫生說，忽然微笑了起來，「你剛才跟我說什麼？」

達尼不知道該怎麼回答，後來想起他之前談起的條件，這才放寬了心答道：「我應該用充分的信任報答您對我的信任。如您記得的那樣，我現在雖然用的是稍微改變過的我母親的姓，但並不是我自己的姓。我打算告訴您我本來的姓和我到英國來的原因。」

「別說了！」博韋的醫生說。

「我希望更值得您信任，並且對您不保守任何祕密。」

「別說了！」

有那麼一刻，醫生甚至用兩手捂住了耳朵，過了一會兒，還伸手堵住了達尼的嘴。

「到我問你的時候再告訴我吧，現在不要說。倘若你求婚成功，倘若露西愛你，你就在結婚當天的早晨告訴我吧！你答應麼？」

「我答應。」

「握個手吧。她馬上就要回家了，今天晚上最好不要讓她看到我倆在一起。你走吧！上帝保佑你！」

查爾斯．達尼離去時天已經黑了。一小時以後天色暗透了，露西才回到家裡。她一個人匆匆走進了房間——因為普羅絲小姐已直接上樓去了——卻發現讀書椅裡沒有人，有些吃驚。

「爸爸！」她呼喚他，「親愛的爸爸！」

沒有人應答，她卻聽見有低沉的敲擊聲從他的臥室那邊傳來。她輕輕走過中間的房間，往他的房門裡望去，立即驚惶地跑了回來。她全身的血都涼了，自言自語地叫道：「我該怎麼辦！我該怎麼辦！」

她的惶恐不定只持續了一會兒。隨即她匆忙地跑了回來，敲著他的房門，輕聲地喚他。她一出聲，那敲擊聲就停止了，醫生立即為她打開了門。他們倆一起來來回回地走，走了很長時間。

那天晚上，她下床來看他睡覺。他睡得很沉，而他的鞋匠工具箱和沒做完的舊鞋就像平時那樣已放回了原位。

第十一章

同伴畫像

「西德尼，」就在那天晚上或是次日凌晨，斯特萊佛先生對他的豺狗說，「再調一大杯潘趣酒，我有一件事要告訴你。」

那天晚上和前天晚上，再前一天晚上和那以前的許多個晚上，西德尼都在加班苦幹，要趕在長假休庭期到來前把斯特萊佛的文件來一次大掃除。掃除終於完成了，斯特萊佛積壓的事務全都漂漂亮亮地告了個段落，一切掃除乾淨，只等著十一月帶著它氣象上的雲霧和法律上的雲霧，也帶著送上門的新業務到來。

西德尼做了多次冷敷，但氣色仍然不好，頭腦仍然不清醒。他是用了很多條溼毛巾才熬過了這一夜的。在用溼毛巾之前，還喝了與之相應的特別多的葡萄酒；現在他的狀況真是糟糕透了。他扯下那條「頭巾」，把它扔進了盆子裡。六個小時以來，他時不時地一直在那盆裡浸毛巾。

「你在調另外一杯潘趣酒麼？」大腹便便的斯特萊佛躺在沙發上，兩手插在腰帶裡，眼睛瞄著他。

「是的。」

「現在聽著，我要告訴你一件讓你很驚訝的事，你也許會說我並不如你平時認為的那麼精明：我打算結婚了。」

「你想結婚？」

「是的。而且不是為了錢。現在你有什麼高見？」

「我不想發表多少意見。她是哪一位？」

「猜猜看。」

「我認識的人麼？」

「猜猜看。」

「現在是凌晨五點鐘，我的腦袋像油煎一樣劈劈啪啪亂響，我才不猜呢。倘若你非要我猜，你得請我吃飯。」

「那好啊，那我就告訴你，」斯特萊佛慢慢地坐起身來，說道，「西德尼，我對自己很沒有信心，因為我無法讓你理解我，因為你是這樣一個無知無覺的傢伙。」

「但你呢，」西德尼一邊忙著調潘趣酒，一邊回嘴說，「你卻是這樣一個敏感而有詩意的人物。」

「聽著！」斯特萊佛回答，自負地笑著，「雖然我不願自命為浪漫的人（因為我希望自己更加明白事理），但總比像你這樣的人要更加溫柔些。」

「你比我要幸運些，倘若你是那個意思的話。」

「我不是那個意思。我的意思是，我是一個更——更——」

「更會獻殷勤，只要你願意這麼做。」卡爾頓提示了他。

「不錯！就說會獻殷勤吧。我的意思是我是個男子漢，」斯特萊佛在他的朋友調酒時自我吹噓起來，「我在女人堆裡很會討人喜歡，我在這方面下了苦功，也知道該怎麼做，比你可要強多了。」

「說下去。」西德尼．卡爾頓說。

「不，在我說下去之前，」斯特萊佛用他盛氣凌人的腔調搖著頭說，「我得先跟你講個明白。你和我一樣常去曼內特醫生家，也許比我去得還勤快，可是你在那兒總是那麼悶悶不樂的樣子，我真替你感到害臊。你老是一言不發、垮著臉、垂頭喪氣的，我以我的生命與靈魂發誓，我真替你感到害臊，西德尼！」

「為任何事感到害臊，這對像你這樣的法律人士倒是大有好處，」西德尼回敬道，「你其實應該感謝我呢！」

「你不該這樣逃避了事，」斯特萊佛回答，話鋒直指西德尼，「不，西德尼，我有責任告訴你——我當面告訴你，是希望對你有幫助，你在那種社交場合裡的表現簡直糟糕透頂啊。你這人非常不合時宜！」

西德尼喝下一大杯自己調製的潘趣酒，笑了起來。

「你看看我！」斯特萊佛擺出一副好鬥的架勢，說道，「我在各種情況下都更加獨立，不像你那樣需要見人就逢迎。我有什麼必要這麼做？」

「我還從沒見過你受人歡迎呢。」卡爾頓嘟囔道。

「我那麼做是出於策略，我是有原則的。你看看我，事業蒸蒸日上。」

「你打算結婚這件事還沒說完呢，」卡爾頓滿不在乎地答道，「我希望你接著往下說。至於我嘛——你難道永遠也不明白我這人無可救藥？」

他帶著某種嘲諷的表情發問。

「你不該無可救藥。」他的朋友回答，並沒有多少安慰人的口氣。

「我不應該，這我明白，」西德尼．卡爾頓說，「你中意的那位小姐是誰？」

「好吧，我公布了名字你可別覺得不自在啊，西德尼，」斯特萊佛先生說，他擺出故作友好的姿態，準備向對方披露自己的心事了，「因為我知道你對自己說出的話連一半也不會當真，即使你全部當真，其實也無關緊要。我之所以先作這個小小的鋪墊，是因為你有一次曾在我面前用輕蔑的口吻提到過這位小姐。」

「真的麼？」

「當然，而且就在事務所裡。」

西德尼．卡爾頓看了看杯中的潘趣酒，看了看他那個洋洋自得的朋友。他把酒一飲而盡，又看了看他那個洋洋自得的朋友。

「那姑娘就是曼內特小姐，你曾說過她是個金髮布娃娃。倘若你是那種感情敏感細膩的人，西德尼，我對你使用這樣的措辭是會有點不滿的。但你是個大老粗，完全缺少那種敏感，因此我並不會因為你的表達方式而氣惱；正如一個不懂畫的人對我的畫發表意見，或是一個不懂音樂的人對我的曲子發表意見一樣，我都不會為此氣惱的。」

西德尼．卡爾頓很快就將杯中的潘趣酒喝完了，眼睛看著他的朋友。

「現在你全知道了，西德尼，」斯特萊佛先生說，「我不在乎財產，她是個迷人的姑娘，我已下定決心要讓自己快樂。總之，我認為我有能力讓自己快樂。她會瞭解到我是殷實富裕之人，而且正在迅速往上升，又獨具風格：這對她是一種好運，但她也是配得上這個好運的。你是不是很吃驚？」

卡爾頓仍然喝著潘趣酒，答道：「我為什麼要吃驚？」

「你贊成麼？」

卡爾頓仍然喝著潘趣酒，答道：「我為什麼不贊成？」

「好！」他的朋友斯特萊佛說，「你比我想像得更輕鬆地接受了它，也不像我以為的那樣為我從錢財上考慮；不過，這次你確實弄明白了，你的老朋友可是意志堅定的人。是的，西德尼，我對目前這種生活方式已經受夠了，它過於一成不變了。我覺得，男人想回家時有一個家可以回是很讓人愉快的事（**不想回去的時候盡可以在外面待著**），而且我覺得曼內特小姐是很明事理的女人，能給我增添光彩。由此我才下定了決心。那麼現在，西德尼，老夥計，我要跟你說說你的前程。你的狀況不好，這個你知道。你的狀況真的很不好。你不明白錢的重要，日子過得辛苦，總有一天你會筋疲力盡，落入貧病交加的境地。你真的應該考慮找個保母了。」

他說話時那副志得意滿的模樣讓他整個人看起來大了兩倍，也讓他的可惡程度擴大了四倍。

「現在，讓我給你出個主意，」斯特萊佛接著說，「你得面對現實。我這個人就面對現實，只是方式不同而已。你也得面對現實，用你自己的方式。結婚吧！找個人來照顧你。你不喜歡和女人交際、不瞭解她們，也沒有應付她們的機智，這些都不用放在心上。找一個合適的人吧。找個有點財產的正經女人——有土地或是經營出租屋的那種——娶了她，正可以未雨綢繆。這是你該做的事。現在考慮一下吧，西德尼。」

「我會考慮的。」西德尼說。

第十二章

穩重的人

斯特萊佛先生打定主意慷慨大度地把好運賜予醫生的女兒之後，決定在離開倫敦城去度長假之前把她的喜事告訴她。他在頭腦裡就此事進行了一番辯論，得出的結論是最好先處理完準備事項，然後在米迦勒節秋季學期前一兩週，或是秋季學期至春季學期之間的耶誕節小假期內，抽暇安排出時間正式向她發出求婚。

他對自己在本案中的實力毫不懷疑，對判決的走向也看得清清楚楚。他依照講求實用的世間常理——那是唯一值得考慮的理據——與陪審團作了一番辯論。案情很清楚，並且無懈可擊。他傳喚自己作原告，他的證據無可辯駁。被告方面的律師只得放棄辯護，陪審團甚至都不需要再次考慮。審判過後，斯特萊佛大法官感到非常滿意，案情再清楚不過了。

因此，斯特萊佛先生決定在長假頭幾天邀請曼內特小姐到沃克斯霍爾遊樂園[1]去遊玩，正式向她求婚。倘若不行，那就去拉尼勒[2]；倘若拉尼勒也莫名其妙地被拒，他就有必要親自跑到蘇豪區去，在那兒宣布他高貴的想法了。

於是，斯特萊佛先生便從聖殿柵門氣宇軒昂地出發，到蘇豪區去了——預期中的長假的鮮花正在那兒含苞欲放呢。在聖殿柵門的聖敦斯坦去往蘇豪的人行道上，任何人只要看到他使足全力將體弱的人擠撞開的樣子，便會明白他有多麼可靠和強壯了。

他選的這條路會經過苔爾森銀行。他在苔爾森有存款，又知道洛里先生是曼內特一家的知交好友，因此斯特萊佛先生臨時起意去銀行走一趟，他要將蘇豪曙光初露的消息透露給洛里先生。於是，他推開了門（門鉸鏈輕輕地咔嗒作響），他趺趺撞撞地踏下兩步階梯，從兩名出納員身旁經過，橫衝直撞地走進了洛里先生發著霉味的後間。洛里先生坐在一大堆排列了各種數字的帳本前，他背後窗戶上的直鐵柵彷彿也排列了數字，窗後面，雲霄之下的一切都有其金額數目。

「哈囉！」斯特萊佛招呼道，「你好嗎？願你一切安好！」

斯特萊佛先生的一大特點，便是在任何地方、任何空間裡總是顯得太大。他在苔爾森銀行裡也顯得太大，連遠處角落裡的老職員也都抬起了頭，露出抗議的神情，彷彿他們是被他擠到牆邊去的。此時，屋子最裡頭一本正經看著文件的「管事人」滿不高興地放下了案頭工作，彷彿斯特萊佛的腦袋一頭撞到他那件責任重大的背心上了。

言行謹慎的洛里先生用最適宜於此種情形的標準口吻問候道：「您好啊，斯特萊佛先生，您好。」然後跟斯特萊佛握了手。他的握手有點特別，苔爾森銀行的職員在工作氣氛中與顧客握手都有這個特點：帶著一種自我克制的神氣，因為他是代表苔爾森銀行來握手的。

「有什麼事要我為您效勞，斯特萊佛先生？」洛里先生以業務代理人的身分提問了。

「啊，謝謝，沒什麼事，我這是私人拜訪，洛里先生。我私下有些話要跟你說。」

「哦，原來如此！」洛里先生說，他把耳朵湊了過來，眼睛卻瞄著遠處的「管事人」。

「我呀，」斯特萊佛先生將兩條手臂自信地往辦公桌上一擱（那桌子雖然是很大的雙人桌，卻似乎只能容納他的一半身軀），說道，「我打算去向你那討人喜歡的小朋友曼內特小姐求婚了呢，洛里先生。」

「哦天吶！」洛里先生叫出了聲，一邊揉著自己的下巴，一邊用懷疑的目光看著他的訪客。

「『哦天吶』，先生？」斯特萊佛先生收回了手臂，重複道，「『哦天吶』個什麼呀？你這是什麼意思，洛里先生？」

「我的意思，」業務代理人回答，「當然是善意的、感激的，而且認為您這個打算值得您為之驕傲。總而言之，我的意思是祝您心想事成。可是，您知道不知道，斯特萊佛先生——」洛里先生頓了頓，以最奇怪的姿勢對著斯特萊佛搖了搖頭，彷彿他違背自己意願，被迫說出了一句心裡話，「您這麼做實在有點太過分了。」

「哎呀！」斯特萊佛說，用他那隻好勝的手拍了一下桌子，眼睛瞪得更大了，還長吸了一口氣，「我要是明白你的意思，就絞死我吧，洛里先生！」

洛里先生理了理兩耳旁的小假髮，之後還咬了咬鵝毛筆的羽毛。

「這他媽說的什麼話，先生！」斯特萊佛瞪眼望著他，問道，「難道我還不夠資格麼？」

1 沃克斯霍爾遊樂園在泰晤士河南岸的肯寧頓，是當時倫敦著名的公眾遊樂場，最初名叫「新春遊樂園」，在小說裡的那個年代需要坐船擺渡過去。

2 拉尼勒遊樂園在倫敦外郊的切爾西。

「哦天吶，夠的！哦，夠的，您夠資格！」洛里先生說，「倘若您說自己夠資格，您就是夠資格的。」

「我難道不成功麼？」斯特萊佛問。

「啊，要說您成功了嘛，您確實很成功。」洛里先生說。

「我難道不是一直在進步？」

「要說您一直在進步麼，您知道，」洛里先生說，很樂意能夠再承認他的另一項長處，「那是誰也不會懷疑的。」

「那你究竟是什麼意思，洛里先生？」斯特萊佛問道，明顯有些沮喪了。

「哦，我——您現在就打算去求婚麼？」洛里先生問。

「說個明白！」斯特萊佛一拳砸在桌上。

「要我說，如果我是您的話，我就不會去。」

「為什麼？」斯特萊佛問，「現在，我非得問個明白。」他像在法庭上一樣向洛里先生晃著食指，「你是務實的業務代理人，你肯定有理由的。說說看吧，為什麼你不會去？」

「因為，」洛里先生說，「要達成這樣一個目標，倘若沒有十足的把握，我是不會貿然行事的。」

「他媽的！」斯特萊佛叫道，「任何事都能被你這條理由駁倒。」

洛里先生看了一眼遠處的「管事人」，又看了一眼惱火的斯特萊佛。

「銀行裡的這個老資格、有經驗的生意人，」斯特萊佛說，「已經歸納了三條大獲成功的主要理由，竟然說沒有十足的把握！說得還那麼理直氣壯！」斯特萊佛針對這一點發表評論，彷彿不理直氣壯地說出來，這些話就會變得極其平淡。

「我所說的成功，是和那位小姐有關的成功。我所說的可能獲得成功的原因和理由，是能對那位小姐發揮作用的原因和理由。重點是那位小姐，我的好先生，」洛里先生輕拍了一下斯特萊佛的手臂，「小姐才是最重要的。」

「那麼，洛里先生，你是想要告訴我，你深思熟慮的觀點是，」斯特萊佛支起了手肘，問道，「我們現在談論的這位小姐是個裝腔作勢的傻妞？」

「並不完全如此。我要告訴您，斯特萊佛先生，」洛里先生漲紅了臉說，「我不想聽到任何人對那位小姐說出任何不敬的話；而且，倘若我遇見這樣一個人——我希望自己沒有遇上——品格粗俗、脾性專橫到了這種地步，竟然忍不住在這張桌子前面那麼無禮地談論那位小姐，那我肯定會直言不諱地說出自己的想法，哪怕是苔爾森銀行也攔不住我。」

該輪到斯特萊佛先生發火了。他強壓下一肚子怒氣卻不能發作，血管已處於一種危險狀態；洛里先生的血液循環雖然一向穩定正常，現在的情況也好不到哪裡去。

「我想要告訴您的就是這個，先生，」洛里先生說，「請您千萬不要誤會。」

斯特萊佛先生拿起一把尺，吮吸著它的一頭，然後，又站在那兒用尺在自己的牙齒上敲出了一支曲子。也許是敲得牙齒痛了，他終於開口說話，打破了令人尷尬的沉默。

「這對我倒是很新鮮，洛里先生。你居然特意勸我——王座法庭的斯特萊佛——別到蘇豪去求婚，是不是？」

「您是在徵求我的意見麼，斯特萊佛先生？」

「是的，我是在徵求你的意見。」

「很好。那我已經提了意見！而且您也複述得正確無誤。」

「我對這意見的看法是，」斯特萊佛氣惱地冷笑著，「你這意見——哈哈！——可以把過去的、現在的和未來的一切，都統統駁倒。」

「現在請您理解我，」洛里先生接下去說，「作為業務代理人，我沒有理由對這件事說三道四，因為我對它一無所知。可是，作為一個當年曾把曼內特小姐抱在懷裡的老頭子，又是曼內特小姐和她父親的可信賴的朋友，而我對他倆也有很深的感情，我已經說了話。請記住，不是我來找您告白的。現在，您還認為我做得不對？」

「不對！」斯特萊佛說，吹起了口哨，「常識問題我是不會來找協力廠商諮詢的，我只會自行解決。在某些方面我是相信常理的；但你卻認為是裝腔作勢的胡話。我覺得很新鮮，不過我敢說你是對的。」

「我認為，斯特萊佛先生，我的看法也表明了我的性格。請您理解我，先生，」洛里先生說道，很快又漲紅了臉，「我不會讓任何人取代我的立場，哪怕是苔爾森銀行也不行。」

「嘿！那麼我請你原諒！」斯特萊佛說。

「我接受。謝謝您。嗯，斯特萊佛先生，我剛才是想說：您可能會因為發現自己做錯了而感到痛苦；曼內特醫生因為不得不把話跟您說清楚也會感到痛苦；曼內特小姐因為不得不把話跟您說清楚同樣也會感到痛苦。您知道我跟這家人的交情，那是讓我引以為榮並且感覺快樂的。倘若您樂意的話，我會修正一下我的提議，重新去作一次小小的觀察和判斷，以便把這件事弄個清楚，我既不承諾您什麼，也不代表您。到時候，倘若您對結論仍然不滿意，不妨親自去檢驗它的可靠性。另一方面，倘若您覺得滿意，而結論還是現在的結論，或許可以讓有關各方省去一些最好省去的麻煩。不知您意下如何？」

「你要我留在城裡多久？」

「哦！不過是幾個小時的問題。我今天晚上就可以去蘇豪區，之後來您的事務所。」

「那我同意，」斯特萊佛說，「現在我不會動身出發，我也沒那麼急著走。我同意，今天晚上我會期待你來訪。再見。」

說完，斯特萊佛先生轉身就往銀行外衝了出去，他沿路激蕩起了一股氣流，櫃檯後的兩個老職員站起身向他鞠躬時，竟然得使盡全力才能站穩。大家常常看見那兩位可敬的衰邁老人在鞠躬。大家一致相信，他們在鞠躬送走一個顧客之後還會在空蕩蕩的辦公室裡保持這個姿勢，直到鞠躬迎來另一個顧客。

律師很敏銳地猜想到，這個銀行人倘若沒有足夠可靠的根據，應該不會如此令人難堪地表達意見的。他對這麼一大劑苦藥毫無準備，此刻只得把它硬吞了下去。「現在，」斯特萊佛先生吞下藥，像在法庭上一樣對著整座聖殿大廈搖動著食指，「我解決這個問題的辦法，是讓你們全都受點罪。」

那是老貝利謀略家的一種手腕，他由此得到了很大的安慰。「你不應該讓我受罪，小姐，」斯特萊佛先生說，「我倒要讓你受點罪。」

因此，當洛里先生那天晚上遲至十點鐘才登門造訪時，斯特萊佛先生故意在身邊亂七八糟地攤開了很多書籍文件，好似完全不把早上的話題放在心上了。當見到洛里先生時，他甚至顯得有些驚訝，一副心不在焉、神思恍惚的樣子。

那位脾性溫和的使者花了足足半小時想將他帶回這個話題，徒勞一番後終於開口說道：「好吧！我去過蘇豪區了。」

「去蘇豪？」斯特萊佛冷淡地重複說，「噢，當然！我在想什麼呀！」

「我毫不懷疑，」洛里先生說，「我在之前談話時的判斷是對的。我的觀點得到了證實，我重申我的忠告。」

「我向您保證，」斯特萊佛先生以最友善的態度回答說，「我為您感到很抱歉，也為那可憐的父親感到抱歉，我知道對那家人來說這常常是令人尷尬的話題；我們就不要再提這事了。」

「我不明白您的意思。」洛里先生說。

「我敢說您是不會明白的，」斯特萊佛回答，語氣和緩卻不容質疑地點了點頭，「沒有關係，沒有關係。」

「但這事真的有關係。」洛里強調說。

「不，沒有關係。我向您保證沒有關係。我把沒有意義的事認作有意義的事；把不值得讚賞的理想認作值得讚賞的理想，我避免了錯誤，沒有造成任何損害。年輕女人以前也總是做下這類蠢事，等到陷入貧窮與卑微的境地後又總是懊悔不迭。從無私的角度來看，我為終止此事感到很遺憾，因為在世人的眼中，它對我來說是壞事。從自私的角度來看，我倒是很高興它被終止了，因為在世人的眼中，它對我來說很不利——我什麼也得不到，這幾乎不用說明。完全沒有任何損害。我並沒有向那位小姐求婚。有句話就在我倆之間私下說說，我想來想去，簡直不敢相信自己會笨到那種地步。洛里先生，對那種沒有頭腦、嬌氣虛榮的姑娘，您是掌控不了的。永遠不要想去掌控，否則您肯定會失望的。現在，請不要提起此事了。我告訴您，因為別人的緣故我感到很抱歉，可是我倒是為自己感到高興。我真的非常感謝您，因為您容許我來徵求意見，也給了我忠告。您比我更瞭解這位小姐。您說得對，這件事永遠辦不成。」

洛里先生大感驚訝，呆呆地看著他。斯特萊佛先生用肩膀擠推著他向門口走去，那模樣彷彿正把慷慨、寬容和善意像雨水一樣澆在老人那顆錯愕不已的頭顱上。「盡量放寬心吧，親愛的先生，」斯特萊佛說，「不要提起此事了。再次感謝您容許我徵求了意見，晚安！」

洛里先生直到站在了夜色裡，都沒回過神自己到了哪邊。斯特萊佛先生回到沙發那邊躺了下來，對著天花板眨巴著眼睛。

第十三章

不穩重的人

若說西德尼．卡爾頓在其他地方也有神采奕奕的時候，他在曼內特醫生家卻向來都是黯然無光的。整整一年裡，他經常晃去他們家，總是一副鬱鬱寡歡的樣子。他在願意講話的時候也能侃侃而談，可是，對一切都漠不關心的那團烏雲已將一種致命的黑暗籠罩住他，很少會被他內心的光芒穿透。

可是，他對那棟屋宅周圍的街道和沒有知覺的鋪路石卻很感興趣。有很多個無從借酒澆愁的夜晚，他曾在那裡茫然而憂傷地漫步；有很多個沮喪的黎明，曾映現了他獨自徘徊的身影，當第一道晨曦鮮明勾勒出教堂尖塔和高樓大廈的建築之美時，他仍然在那裡流連不去。在那個寂靜的時刻，某些已被忘卻、無可企及的美好事物或許曾浮現在他的腦海中。近來，他在聖殿大院那張床上睡得越來越不踏實了，常常倒在床上沒幾分鐘就翻身坐起來，又回到那一帶晃來晃去了。

八月裡的某天，斯特萊佛先生告知他的豺狗說「關於結婚那件事我另有想法」，之後就帶著他穩重的思慮到德文郡去了。此時，市區街道芬芳美麗的花卉給流浪兒帶來了安慰、給重病者帶來了健康、給年老者帶來了青春，而西德尼的兩腳又踩到了那條鋪石路上。因為心裡有了期盼，他原先踟躕不定、漫無目的的步履變得輕快有力。在那個期盼明確之後，那雙腳便將他帶進了醫生的家門。

他上了樓，發現露西一個人在做事。露西對他一向感覺很不自在，當他在她桌旁坐下時，她略有幾分窘迫地接待了他。兩人寒暄了幾句家常話，露西抬頭看著他的臉，覺察到了他的變化。

「我擔心您是病了，卡爾頓先生！」

「沒有生病。不過，曼內特小姐，我的生活方式確是不利於健康的。像我這樣放任瞎混的人還能有什麼指望呢？」

「不能過一種更好的生活難道不是很遺憾麼？請原諒，我話到嘴邊順口就說了出來。」

「上帝知道，確實遺憾！」

「那您為什麼不改一改呢？」

她目光柔和地再看向他時，卻吃了一驚，感覺很難過——卡爾頓的眼裡噙著淚水，回答時的聲音裡也帶著憂傷：「為時已晚。我怕是好不起來了。我只會沉淪下去，變得越來越糟糕。」

他把一隻手肘靠在桌上，用手遮住了眼睛。桌子在隨之而來的靜默中微微顫動著。

她從沒見他如此軟弱過，因此感覺更加難受了。他知道她很難受，卻沒有抬頭看她，只是說道：

「請原諒，曼內特小姐。我是因為想起我打算向您說的話才忍不住流淚的。您願意聽我訴說麼？」

「倘若對您有幫助的話，卡爾頓先生，倘若能讓您快樂一些，我很樂意聽！」

「上帝保佑，感謝您的好意與體貼。」

過了會兒，他把手從臉上拿開了，平靜地說了下去。

「不要害怕聽我訴說，也別因為聽到我說的話就畏縮。我就像一個年紀輕輕就已死去的人，我這輩子也就這樣了。」

「不，卡爾頓先生，我確信您未來的人生仍然是有盼望的。我可以肯定您會非常非常值得自己驕傲。」

「我希望能讓您感到驕傲，曼內特小姐，雖然我還有自知之明——雖然我的苦悶的心讓我神祕地產生了自知之明——我永遠不會忘記您剛才的話。」

她的臉色變得煞白，渾身戰慄著。但他表露出來的無可改變的自我絕望，讓她稍稍放鬆了一些。這讓他們的談話變得與其他任何談話很不一樣。

「曼內特小姐，即使您有可能回報您眼前這個人的愛慕之情，此時此刻，如您所知的那樣，這個自暴自棄、無用可憐的人心裡也很明白：儘管他會感到幸福，但他卻會給您帶來痛苦、悲傷和悔恨，他會損害您、辱沒您，會拉著您與他一同沉淪。我很清楚，您對我不可能有什麼溫情；我並不祈求；我甚至為此而感到欣慰。」

「撇開這個話題不談，卡爾頓先生，我就沒有辦法——再次請您原諒——促請您走上新的生活道路麼？我就沒有辦法回報您對我的信任麼？我知道，你說的這些話代表了一種信任。」她流下了真誠的眼淚，稍稍遲疑了一下，神情端莊地說道，「我知道您是不會對別人說這樣的話的。我難道就不能做點什麼來幫助您麼，卡爾頓先生？」

他搖搖頭。

「沒對任何人說過。不，曼內特小姐，沒對任何人說過。倘若您有耐心再聽我多說幾句，您就為我做了您所能做到的全部。我希望您知道，您是我這顆靈魂的最後的夢想。只因見到了您和您的父親，還有您所操持的這個家，我才沒有在墮落的境地中更加墮落，我才重新燃起了原以為早就熄滅的往日夢想。自從認識了您，我就被一種原以為不會再來困擾我的悔恨折磨著，我聽見往日的自己在輕聲鼓勵我奮發向上（我原以為它會永遠地沉默下去）。我曾有很多不成熟的想法：再次奮鬥，重新起步，擺脫怠惰和放縱的積習，把放棄了的鬥爭繼續進行下去。但那只是夢，全都是夢，一個沒有結果的夢，我醒來時仍然躺在原來的地方，不過，我仍然希望您知道，您曾喚起過這樣的夢想。」

「那個夢難道不能留下點什麼？啊，卡爾頓先生，再想一想！再試一試吧！」

「不，曼內特小姐，在整個過程裡，我知道自己配不上這個夢。然而我一向有個弱點，至今仍然有這個弱點，我希望您知道您是怎樣突然征服了我，讓一堆死灰般的我重新燃起了火焰——可是，這火焰因為本質上與我不可分割，所以並沒有啟動什麼和照亮什麼，沒有發揮任何作用，就這麼燃燒完，什麼也沒留下。」

「卡爾頓先生，既然您認識不幸的我之後比之前更加不快樂，那麼——」

「別那麼說，曼內特小姐，倘若這世上還有人能讓我幡然悔悟，您已經做到了這一點。我不是因為您才變得更不快樂的。」

「不管怎樣，既然您描述的心理狀態都是由於我的影響而引發的——簡單來說，我的意思是——我難道就無法發揮有利於您的影響了麼？我難道沒有能力善意地幫助您麼？」

「我現在所能獲得的最大的善意幫助，曼內特小姐，我來這兒後才想明白。在我迷失方向的未來餘生中，我會永遠記住我曾向您表露心跡，這會是我的最後一次。我會記住，我在此時曾留下了一些能讓您悲歎和遺憾的東西。」

「我再一次再一次請求您，最熱誠地、衷心地請求您相信，您能夠擁有一個更美好的未來。」

「別再請求我相信了，曼內特小姐。我已經驗證過了，我瞭解得更清楚。可是，我讓您難過了。讓我趕快把話說完。您是否能讓我相信，當我日後回憶起今天時，我生命中最後的告白會保存在您的純潔無邪的心胸中，並且您會獨自保存它，不會讓任何人知曉？」

「如果那麼做能讓您覺得安慰，是的，我答應。」

「連您最熟悉最親愛的人也不會讓他們知道？」

「卡爾頓先生，」她很激動，停了會兒才回應說，「這是您的祕密，不是我的祕密，我保證會尊重它。」

「再次感謝。上帝保佑您。」

他將她的手貼在唇邊吻了吻，然後就向門口走去。

「別擔心，曼內特小姐，我不會再說這些話了，一個字也不會提。我永遠不會提起它。自此過後直到死去都會如此。當我死去時，我將守護這個神聖美好的回憶——為此，我要感謝並祝福您——我此生的最後一次告白是向您說出的，而我的名字、缺點和痛苦都將溫柔地存留在您的心裡。還能有什麼比這更令人感覺輕鬆與快樂呢！」

他今天的表現與過往的他是多麼地不同啊，他放棄了多少東西，每天如此壓抑和扭曲地過活，想想就讓人感到悲哀。當他停下腳步回頭看向她時，露西．曼內特傷心地哭出了聲。

「放寬心！」他說，「我配不上您這樣的感情，曼內特小姐。一兩個小時之後，我就會屈服於自己無比鄙視的卑劣的夥伴和卑劣的習性，我比那些流浪街頭的可憐蟲更配不上您的眼淚！放寬心！而內心裡的我，將永遠是現在這個對您敞開心扉的我，雖然在外表上我仍會是您之前見到的那個樣子。

我要向您提出的最後一個請求是：請您相信我下面的這番話。」

「我會的，卡爾頓先生。」

「我最後的請求是這樣的——您聽完之後，就可以擺脫這個與您毫無共鳴、也沒有交集的客人了（我深知這一點）。說這個也沒用，這我是知道的，但我也知道這些話都出自我的靈魂。為了您、為了您所珍愛的人，我願意做任何事。倘若我的事業更順遂些，一旦有機會或能力，我一定會為您和那些您珍愛的人作出犧牲。在您恢復平靜的時候，請您在心裡記住：在這件事上，我是滿懷了真摯的熱情的。那日子很快就會到來，您將締結一個新的家庭關係，這個關係會更有溫情、更強有力地把您與您如此看重的這個家連結在一起——這個最親密的關係將永遠為您帶來榮光和快樂。啊，曼內特小姐，當那個跟他幸福的父親長得一模一樣的小生命抬起頭來望著您的時候，當您看到自己光彩照人的美貌重現在您的腳邊時，請不時地想起有這麼一個人，他為了保全您所愛著的人的生命，是不惜犧牲他自己的生命的。」

他說了聲「再見！」，最後道了一聲「上帝保佑你！」，之後便離開了。

第十四章

誠實的商人

每一天，坐在艦隊街的板凳上，旁邊伴著他那個樣貌可怕的頑童，耶利米·克朗徹先生的眼前總有各色各樣的東西穿梭不停。在艦隊街白天的繁忙時段坐在那兒，有誰不會被那兩股浩蕩的人流弄得目眩耳聾呢！一股人流跟著太陽一直往西走，一股人流背對著太陽往東走，兩股人流都在往太陽落山時紅紫色的山巒外的平原走！

克朗徹先生嘴裡叼著乾草看著兩股人流，如同一個異教徒鄉巴佬，已守望了這條河流數個世紀——但是他並不指望這河水會有乾涸的一天。他可不會有這樣的期待，因為他有一小部分收入正來自於為膽小的婦女導航（多數都是身著盛裝的中年婦女），將她們從苔爾森這邊的人潮引導到對岸去。儘管每次陪同客人的時間都很短，但克朗徹先生每回都會對那些女士發生興趣，以致會表露出想有幸為她的健康乾杯的強烈願望。如我們已觀察到的那樣，他從這種善舉中得到的回報正可以貼補他的經濟收入。

過去的年代，大家常會看到有位詩人坐在公共場所的板凳上陷入沉思。克朗徹先生也坐在公共場所的板凳上，但因為他不是詩人，所以盡可能不去沉思，只是東張西望。

每當行人不多、趕路誤點的婦女也少、生意不算興隆的時段，他心裡就會產生一個強烈的懷疑：克朗徹太太肯定又在家中肆無忌憚地「跪下」了。這時，一股朝艦隊街西面湧來的不尋常的人流吸引了他的注意。克朗徹先生向那邊望了望，看出是走來了一支送葬隊伍，因為行人的紛紛抱怨已引發了一陣騷動。

「小傑瑞，」克朗徹先生轉頭對他兒子說，「這是要埋死人呢。」

「哇喔，爸爸！」小傑瑞叫了起來。

這位小少爺這麼狂呼亂叫是帶有神祕的含義的。而大老爺聽了卻很生氣，看準了機會搧了他一巴掌。

「你是什麼意思？你哇喔個什麼？你這個小廢物，你想跟你爹表達個什麼意思？你這小子跟你那個『哇喔』真讓我受不了！」克朗徹先生打量著兒子說，「別再讓我聽見你亂叫，否則我會叫你再吃一巴掌，聽見了沒有？」

「我又沒有礙到誰。」小傑瑞揉著面頰抗議道。

「住嘴，」克朗徹先生說，「我不管你礙沒礙到誰。站那邊的椅子上，去看看那堆人。」

他的兒子服從了，人群也走近了，群眾正對著一輛暗色的靈車和一輛暗色的送葬車發出喧嚷聲和噓聲。送葬車上只有一個哭喪人，穿著世人通常認為在這種莊重場合必不可少的暗色服裝。但他目前的處境讓他一點都高興不起來。圍在馬車邊的人越來越多，他們嘲笑他，朝他扮鬼臉，不停地起鬨大叫「啊！密探！嘖，呀呼！密探」，再加上無法複述的很多人的高聲附和。

對克朗徹先生來說，送葬隊伍總有一種特別的吸引力，但凡有這樣的隊伍經過苔爾森，他就會變得警覺亢奮起來。因此，眼前這個不尋常地圍了很多人的送葬隊伍自然已讓他極其亢奮。他向迎面跑來的第一個人問道：「啥事啊，老兄，那邊在鬧什麼？」

「我不知道，」那人說，「密探！呀呼！嘖嘖，密探！」

他問另外一個人：「誰是密探？」

「我不知道，」那人回答，手輕拍著嘴巴，過後又以驚人的熱情和極度的激動叫嚷起來，「密探！呀呼！嘖嘖，嘖嘖！密探唉！」

最後，有個比較瞭解事情原委的人正巧撞上了他，他這才從那人嘴裡聽說，那是一個叫羅傑·克萊的人正出喪。

「他是個密探？」克朗徹先生問。

「老貝利的密探，」提供情報的那人說，「呀呼！嘖！老貝利的密探唉！」

「哎呀，沒錯！」傑瑞叫出了聲，回想起那場他曾幫過點忙的審判，「我見過他的。他死了，是麼？」

「死得像塊羊肉那樣，」對方答道，「完全死翹翹了。把他們揪出來，嗨！那些密探！把他們拖出來。嗨，那些密探！」

這一幫人正缺少主意吶，他這個提議可以接受，於是圍著的人群來了精神，開始大聲重複叫著：「把他們揪出來！把他們拖出來！」一眾人圍堵了上去，兩輛車只好停下了。他們打開了送葬車的車門，那唯一的哭喪人只得扭打著往外擠。但他很機靈，只被抓住了一小會兒，抓準時機，就飛快地竄入一條冷僻街巷跑掉了，把黑斗篷、帽子、帽帶、白手帕和其他象徵眼淚的玩意兒全都扔在了那裡。

大家歡天喜地地把他這些東西撕成破條，扔得到處都是。附近的商家急急忙忙關了店鋪，因為此刻的人群是極度嚇人的魔鬼，什麼事都幹得出來。他們現在已經躍躍欲試，準備要打開靈車把棺材往外拖了。某個更聰明的天才卻想出了另外一個主意：倒不如趁大家正在興頭上把那棺材送到它的目的地去。此時正需要實際可行的主意，因此，眾人歡呼著接納了這個提議。一眨眼工夫，送葬車裡已經鑽進了八位，而外面搭乘了十多個人。他們各自發揮聰明才智，又往那輛靈車頂上爬，能掛上去多少個就掛上去多少個。在這批志願者中，傑瑞．克朗徹是最早的一個。他謹慎地縮在送葬車的一角，把自己的鐵蒺藜頭藏了起來，以免讓苔爾森的人看見。

那些殯葬人員對這些改變儀式的行為提出了抗議，可是，因為有幾個聲音叫嚷著要對他們中不聽話的傢伙採取冷浸療法，讓他們的頭腦恢復理智，而令人心驚膽戰的河流就在附近，於是那抗議就短暫而無力了。經過重組的隊伍出發了。一個煙囪清掃工趕著靈車——正職馭手坐在他身邊當顧問，而馭手本人受到了嚴密監控。一個賣餡餅的小販也在他的內閣大臣的輔佐下趕著送葬車。這支隊伍走入濱河路不久，一個馴熊人也被拉進隊伍來裝點門面——那時的街面上，他可是頗受歡迎的人物，而他那頭長滿疥癬的黑毛熊走在隊伍裡，倒是很有幾分殯葬業者的神氣。

有人在喝啤酒，有人在抽菸斗，有人嘰哩呱啦地放聲唱歌，還有人極其誇張地扮出悲痛的模樣，這支亂七八糟的隊伍就這樣行進著。他們一路上招兵買馬，沿途所有店鋪在他們到來前就趕緊關門了事。隊伍的目的地是城外鄉下聖潘克勒斯的老教堂，路程很遠。他們按時到達了，這夥人堅持要擁進墳場，最終按他們喜歡的方式把死去的羅傑．克萊給埋掉了，人人都覺得非常滿意。

死人處理完畢，這群人就有必要找點別的消遣了。另一個更聰明的天才（或許就是剛才那個）想出了新花樣：捉弄偶然路過的人，把他們當作老貝利的密探加以控訴，以此來發洩報復。為了滿足這種興致，幾十個一輩子也沒靠近過老貝利的無辜路人遭到了追逐和推搡，受到了粗暴對待。從這種遊戲很容易就自然演變成砸破窗戶和搶劫酒館。到最後，幾個小時過去了，數座涼亭已被推倒，幾處界欄也被拆掉，用來武裝越來越好戰的暴民。這時一個謠言傳了開來，說是警衛隊要來了。一聽到謠言，人群便漸漸散去了。警衛隊也許真的來了，也許壓根就沒有來。這就是烏合之眾的常態。

克朗徹先生沒有參加閉幕活動，卻留在了教堂墓園，他跟幾個殯葬人搭話，順致哀悼。這地方讓他覺得很放鬆。他從附近一家酒館弄來了一支菸斗，抽起了菸。他隔著柵欄望著裡面的墓園，仔細考慮著這塊場地。

「傑瑞，」克朗徹先生像往常那樣開始自言自語，「那天你是見過這位克萊的，你親眼見到的，他年紀還輕，體格也很結實。」

抽完菸斗，他又沉思了一會兒，然後改變了主意，他也許應該趕在下班之前回到他在苔爾森的崗位上去。究竟是思考死亡問題略微損傷了他的肝臟，還是他的健康狀況之前就有問題，抑或他只是想向一個傑出人物表達一點敬意，這些都無關緊要，總之，他在返回途中抽出時間去拜訪了他的醫學顧問——一個出色的外科醫生。

盡心盡職、饒有興趣地頂班工作的小傑瑞向他報告說，在他離開之後沒有任務。銀行正好關門，老職員都走了出來，門衛照常已到崗，而克朗徹先生和他的兒子也回家喝茶去了。

「好，我來告訴你問題在哪裡，」克朗徹先生一進門就對他的老婆說，「倘若作為一個誠實的生意人，我今晚的業務出了問題，我一定會查出來又是你在祈禱要我倒楣，那我就要像親眼看見了那樣收拾你。」

心情沮喪的克朗徹太太不住地搖著頭。

「怎麼，你還當著我的面祈禱？」克朗徹先生說，帶著洞察一切的惱火神氣。

「但我什麼也沒說。」

「那就好，不要再胡思亂想了。你也可以跪下來想。你也可以用別的方法來反對我，總而言之，你都得放棄。」

「是的，傑瑞。」

「是的，傑瑞，」克朗徹先生一邊重複她的話，一邊坐下來喝茶，「啊！『是的傑瑞』，就說這麼一句，你只會說『是的傑瑞』！」

克朗徹先生這一番氣惱的推論並沒有特別的意思，只是借題發揮用嘲諷語氣來發洩不滿——大家都經常會這麼做。

「你跟你那『是的傑瑞』，」克朗徹先生咬了一口奶油麵包，彷彿還從茶碟裡抓起一個看不見的大牡蠣一同吞咽了下去，「啊，我就這樣認了！我相信你。」

「你今晚要出去麼？」他那個好脾氣的妻子問道。他又咬了一口麵包。

「是的，我今晚要出門。」

「我可以跟你一起去嗎，爸爸？」他的兒子立馬就問。

「不，你不能去，我是去釣魚——你媽媽知道的——那就是我要去的地方，去釣魚。」

「你的魚竿不是已經鏽得很厲害了麼，爸爸？」

「跟你沒關係。」

「你會帶魚回家麼，爸爸？」

「我要是不帶魚回來，你明天就得餓肚子了，」克朗徹先生搖搖頭回答，「那對你可就是大問題了。我在你睡著之後很久才會出去。」

那天晚上餘下的時間裡，他一直十分警惕地監視著克朗徹太太，悶悶不樂地跟她扯東道西，不讓她進行任何不利於他的默禱。為此，他也讓兒子不停地跟她搭話，找各種理由借題發揮來埋怨她，不讓她有任何時間來從容思考，讓這位不幸的婦人遭了不少罪。他懷疑他老婆的那份努力認真，恐怕連最虔信祈禱的人也會自歎不如。這就像一個自稱不信鬼的人會叫鬼故事嚇得半死一樣。

「你得注意！」克朗徹先生說，「明天別耍花樣！倘若我作為一個誠實的生意人明天能弄到一兩隻蹄膀，你們倆就不會光啃麵包卻沒有肉了。倘若我作為一個誠實的生意人能弄到一點啤酒，你們倆就不會光喝白開水了。到了羅馬就得按羅馬人那樣活，倘若你不懂規矩，羅馬就不會讓你好受。我就是你的羅馬，你知道。」

隨後他重又開始了抱怨：「你可別跟自己吃的喝的東西過不去啊！因為你那下跪祈禱的招數和冷漠無情的行為，我真不知道會讓家裡缺吃少喝到什麼程度。看看你的孩子吧！他是你親生的，對不對？但他瘦得就像根木棍。你還好意思說自己是當媽的麼，難道你不知道當媽的首要職責就是把兒子養得肥肥胖胖的麼？」

這句話觸到了小傑瑞最敏感的部分。他立即要求媽媽履行她的首要職責。不管其他事她做了、或是沒有做，正如父親令人感動又溫存體貼地指出的那樣，她都得盡到做母親的本分。

克朗徹家的這一晚就這樣打發過去了，小傑瑞該上床睡覺了，他母親也得到了同樣的指令，兩個人立即遵照執行。克朗徹先生獨自抽著菸斗，消磨著初入夜的幾個小時，差不多挨到凌晨一點他才動身出發。這個鐘點也是幽靈出沒的時刻，他從椅子裡站起來，從口袋裡摸出鑰匙，打開上鎖的櫥櫃，取出了一個麻布袋、一根大小稱手的撬棍、一捆帶鐵鍊的繩子以及諸如此類的「釣魚用具」。他動作熟練地把這些物件收拾好，語帶輕蔑地跟克朗徹太太告別，滅了燈，走出門去。

小傑瑞上床時只不過假裝脫掉了衣服，不久後就跟在了父親後面。他藉著黑暗作掩護，跟著溜出了屋子，下樓梯，進了院子，來到了街上。他並不擔心回家時進不了屋，因為這棟樓租客眾多，大門是通宵半開半合著的。小傑瑞胸懷了一個值得讚許的志向，要探究他父親那誠實職業的藝術與神祕，受此激勵，他一直貼近房屋正面、圍牆和門廊走（如同他的兩隻眼睛那樣），悄悄跟隨在可敬的父親身後。那位可敬的父親往北走了沒多遠，與另一位艾薩克．沃爾頓[1]的門徒會合後，兩人便一同上了路。

出發不到半小時後，他們已離開了閃爍的燈火和睡眼朦朧的守夜人，來到了城外的一條荒僻道路上。在這兒他們又與另一個釣魚人會合了——會合時什麼聲音也沒有，倘若小傑瑞迷信，也許會以為那人是第二個釣魚人突然一分為二變出來的。

三個人往前走，小傑瑞也往前走。走到一道高出路面的坡坎前，他們站停了。坡坎頂上有一堵矮

1 艾薩克．沃爾頓（一五九三—一六八三）是英國作家，著有《釣魚大全》。

磚牆，牆上豎著鐵欄杆。三個人走入了坡坎與磚牆的暗影裡，離開正路走進了一條死胡同，在這兒，那堵矮牆升到了八到十英尺高，變成了胡同的一面牆壁。小傑瑞在一個角落蹲了下來，往胡同裡窺望著。他第一個看到的就是可敬的父親的身影，在略帶雲翳的朦朧月亮的襯托下顯得輪廓分明，此刻父親正身手敏捷地攀爬一道鐵柵門，很快就翻了過去。第二個釣魚人也翻過去了，然後是第三個。三個人都輕輕地跳落到門內的地面上，還在那兒躺了一小會兒——也許是在聽聲音，然後他們便手腳並用地爬走了。

現在輪到小傑瑞接近大門了：他屏住呼吸走了過去，在門邊角落裡再次蹲了下來，往裡一看，隱約辨認出三個釣魚人正在茂密草叢和教堂院落的墓碑間爬行著！——這個教堂墓地占地面積很大。他們三人看起來就像穿著白袍的幽靈，而教堂高塔看起來則像是一個怪異巨人的幽靈。他們沒有爬多遠便停住了，原地站立起來，開始釣魚。

起先，他們用一把鐵鍬釣魚。之後，那位可敬的父親似乎在調整一個巨大的開塞鑽一樣的東西。不管用的是什麼工具，他們都幹得很賣力。教堂鐘聲突然可怕地敲響了，嚇得小傑瑞連忙溜之大吉。他的頭髮像他爸爸的一樣根根豎直著。

但他蓄積已久的探索更多祕密的渴望，不但讓他停住了逃跑的腳步，還把他重新吸引了回去。當他第二次往大門裡窺望時，那三個人仍然鍥而不捨地在釣魚。不過，現在魚兒好像已經上鉤了。地底下傳來了鑽子鑽動的聲音，他們躬曲的身子繃緊了，彷彿正拽著個什麼重物。慢慢地，那東西掙脫了壓在上面的泥土，露出了地表。小傑瑞本來很清楚那東西是什麼，可是，當他見到了那東西，又看到可敬的父親正準備把它撬開時，卻被這陌生的場景嚇得魂不附體，他又一次跑掉了，跑了一英里或更遠距離才停了下來。

倘若不是必須喘口氣，他是不會停下腳步的。因為他簡直像是在跟一個幽靈賽跑，很想能夠徹底擺脫它；他有一個強烈的念頭：他看到的那副棺材似乎正在追趕他，棺材豎直了，窄的一頭朝下，一直在他背後連蹦帶跳，總好像會跳到他身邊把他抓住似的——也許會抓住他的手臂吧！——他非得躲開它的追捕。那也是個飄忽不定、無所不在的幽靈，令他覺得自己背後的整個黑夜都極其恐怖。

他飛奔到大路上，避開那些黑黢黢的窄巷，他害怕那玩意兒會像被水浸泡的、沒有尾巴、也沒有翅膀的風箏，突然就從巷子裡跳將出來；它也躲在門洞裡，用它那可怕的肩膀在門上摩來擦去，肩頭抬高到耳朵那裡，彷彿在獰笑；它也跳進了路面的暗影裡，狡猾地仰面躺著，想絆他一個大跟頭；它一直跟在身後，越來越逼近了，因此，當那孩子跑回自家門前時，簡直有理由覺得自己已經丟了半條命；進門後，它也沒有離開他，仍然跟著他咚咚咚一蹦一跳地上了樓，還跟著他一起鑽進了被窩；他睡著以後，那玩意兒還撞到他胸口上，死沉沉的。

黎明到來而尚未日出的時候，小屋裡沉沉昏睡中的小傑瑞被他在正屋裡的父親給驚醒了。爸爸一定是出了什麼問題，小傑瑞這麼推想，因為克朗徹先生正揪住克朗徹太太的耳朵把她的後腦勺往床頭板上撞。

「我告訴過你，我會給你個教訓的，」克朗徹先生說道，「我也這麼做過。」

「傑瑞！傑瑞！傑瑞！」他的妻子在哀求。

「你跟我的業務收益作對，」傑瑞說，「我和我的夥伴就會遭殃。你得尊重我、服從我，你他媽的為什麼不照辦？」

「我想要做個好妻子的，傑瑞。」可憐的女人流著淚抗議。

「跟你丈夫的業務作對就是好妻子麼？給你丈夫的業務拆臺就是尊重他麼？在你丈夫業務的節骨眼上不肯聽話就是服從他麼？」

「但你那時還沒有幹這種可怕的買賣，傑瑞。」

「你只需要當好一個誠實生意人的老婆，」克朗徹反駁道，「這就夠了，至於你丈夫幹什麼或者不幹什麼，你一個婦道人家別來瞎操心。一個尊重丈夫、服從丈夫的妻子是不會干涉他的業務的。你把自己說成是虔誠的女人？倘若你是虔誠的女人，那就給我一個不虔誠的女人吧！你心裡沒有自覺的責任感，就像泰晤士河的河底生不出錢來一樣。必須往你的腦袋裡敲點責任感進去。」

這番爭吵聲壓得很低，最後以那位誠實生意人踢掉腳上那雙沾滿泥土的靴子、挺直了身子往床上一倒而收場結束。他仰面躺在床上，兩隻生鏽的手枕在腦後；他的兒子怯怯地偷看了一眼，自己也躺了下去，重又睡著了。

早餐並沒有魚，其他東西也不多。克朗徹先生沒精打采，生著悶氣，他把一個鐵壺蓋放在手邊，隨時準備著要糾正克朗徹太太的行為，倘若發現她有作餐前祈禱的動向時就會劈頭扔過去。和平時的行程一樣，他洗漱完畢後，便帶著兒子去履行他表面上的職責了。

小傑瑞腋下夾著小板凳，跟在爸爸身邊，沿著陽光明媚、人流擁擠的艦隊街走著。他和昨天晚上逃避可怖的追捕者、從黑暗和孤獨中跑回家的那個傑瑞已迴然不同了。他的狡黠已隨著白天的到來而重生，他的疑懼已隨著黑夜而消逝。就此點而言，在那個晴朗的早晨，艦隊街和倫敦城裡很可能也有人與他有著相同的遭遇和體驗。

「爸爸，」兩人並肩走著，小傑瑞與爸爸保持了一臂距離，當中還隔了一張板凳，他問道，「『復活商人』是做什麼的？」

克朗徹先生在步道上停了下來，然後回答說：「我怎麼會知道？」

「我以為你什麼都知道呢，爸爸。」天真的孩子說。

「嗯！好吧，」克朗徹先生繼續往前走，一邊脫下帽子，露出了他的鐵蒺藜般的亂髮，「『復活商人』是經營某種生意的人。」

「經營什麼商品，爸爸？」敏銳的小傑瑞問。

「他經營的，」克朗徹先生在心裡仔細考慮了一番，回答道，「是一種科學研究需要的商品。」

「是不是人的身體，爸爸？」那個活潑的孩子問。

「我認為就是那一類的東西。」克朗徹先生說。

「哦，爸爸，我長大以後也很想當個『復活商人』呢！」

克朗徹先生心裡覺得很寬慰，卻裝出一副恪守道德的模樣含糊地搖了搖頭。「那就得看你怎樣發揮自己的才能了。小心培養你的才能吧！這種事最好不要跟任何人說起。有些工作你也未必適宜，現在一時半刻也說不清。」

受到這樣的勉勵後，小傑瑞往前走了幾碼，把那張小板凳放在了聖殿柵門的陰影裡。這時，克朗徹先生又自言自語地說道：「傑瑞，你這個誠實的生意人，你還有希望啊，那孩子會給你帶來幸福，他可以彌補他母親的不足！」

第十五章 編織

德伐日先生的酒館裡，客人來得比平時要早。清晨六點，幾張蠟黃的面孔往鐵柵窗裡窺看，便已見到許多人躬著身子、捧著酒杯了。德伐日先生即便在生意最好的時候也只賣一種很淡的酒，但那天他賣的酒似乎特別淡，此外口感格外酸澀，倒不如叫「酸酒」，因為它對那些酒客的情緒產生了一種陰鬱的影響。德伐日先生榨出的葡萄酒不會跳出酒神的歡樂的火焰，可是，它的酒渣裡卻暗藏了悶燒的火苗。

這樣喝早酒的情形，在德伐日先生的酒館已是連續第三天了。那是從週一開始的，而今天已是週三。孵酒館的人其實要比喝早酒的人多，因為許多男人自從酒館開門時起便泡在那兒，聽別人說話，自己也說話，不會為了拯救自己的靈魂在櫃檯付一毛錢酒帳。但他們對酒館卻充滿了興趣，彷彿買得起整桶整桶的酒似的。他們從一個座位竄到另一個座位，從一個角落溜到另一個角落，眼裡閃著渴望的光，他們吞下的不是酒，而是話語。

儘管店裡的客流量不同尋常，卻沒有看見酒館老闆，也沒有人想起他，因為跨過門檻進來的人沒有來找他，也沒有人問起他。他們只看到德伐日太太坐在椅子裡負責打酒，一點也不覺得驚訝。德伐日太太面前擺了一隻碗，碗裡裝著小硬幣，那些或表面磨壞或缺角變形的舊硬幣，與新鑄出來時已大不相同。從破口袋裡掏出硬幣的顧客也一樣，與他們剛出生時的模樣已迥然有別。

上自國王的宮殿下到罪犯的監獄，密探們一直在四處查探。他們在這家酒館裡觀察到的或許是一種普遍的舉棋不定和心不在焉的氣氛。玩紙牌的玩得沒精打采；玩骨牌的若有所思地將骨牌疊疊成了小塔樓；喝酒的蘸著灑出的酒液在桌上亂寫亂畫；德伐日太太拿牙籤在她的袖子上挑著圖案，卻能看見遠處看不見的東西、能聽見遠處聽不到的聲音。

如此這般，聖安東尼的人會一直喝到中午。正午時，兩個風塵僕僕的人在晃動的街燈下走過了聖安東尼的街道。其中一個是德伐日先生，另一個是戴著藍帽子的修路工。兩人走進了酒館，風塵僕僕，口乾舌燥。他們的出現在聖安東尼的胸中點燃了某種火焰。他們一路走來，搖曳的火苗隨之快速蔓延，引發了窗戶和門洞後大多數人的熱切關注。但是，並沒有人跟隨而來，他倆進入酒館時也沒有人說話，雖然每個人都轉過頭來注視著他們。

「日安，各位先生！」德伐日先生說。

這聲招呼或許是一種讓大家出聲答話的信號，引發了一片異口同聲的回答：「日安！」

「天氣很糟糕啊，各位先生。」德伐日搖著頭說。

聽到這話，大家面面相覷，個個低垂了眼睛一言不發地坐著。只有一個人站起身，走了出去。

「老婆，」德伐日先生大聲對德伐日太太說，「我跟這位修路工走了好幾里格的路，他叫雅克。我在巴黎城外一天半路程的地方偶然遇到了他。這位修路工是個好夥伴，叫雅克。給他弄點酒喝，老婆！」

第二個人站起身走了出去。德伐日太太把酒放到了那位名叫雅克的修路工面前，那人脫下藍帽子跟大家打了個招呼，就坐在德伐日太太的櫃檯前喝起了酒。他從胸前的短衫裡摸出了一塊粗糙的黑麵包，就著酒液不時嚼上一口。這時，第三個人也站起身走了出去。

德伐日也喝了一口酒提了提神——但他比新來的這位陌生客喝得少，因為酒對他來說並不稀罕。他喝完酒，就站在那兒看著那個鄉下人吃早飯。他沒有看任何人，也沒有任何人看他；連德伐日太太也不看他。現在，她拿起毛線又編織了起來。

「飯吃完了麼，朋友？」他看準了時候問道。

「吃完了，謝謝。」

「那就跟我來吧！看看我之前跟你說過的你可以住下的房間。這房間對你再合宜不過。」

兩人走出酒館，來到街上，離了街道，走進了院子，出了院子，爬上了一道陡直的樓梯，到了樓梯頂，又進了一間閣樓——這間閣樓裡，曾有一位白髮老人佝僂著身子坐在矮凳上，忙著做鞋。

白髮老人現在不在這裡了，但之前各自走出酒館的三個人卻在這兒。他們和遠在他鄉的那位白髮老人之間曾有過一點小小的聯繫：都曾從牆縫裡窺視過他。

德伐日小心地關上門，壓低了聲音說道：「雅克一號、雅克二號、雅克三號！他是雅克五號，是我——雅克四號——遇到的一位目擊證人，我特意把他約來跟你們會面。他會告訴你們全部的情況。說吧，雅克五號！」

修路工脫下藍帽子拿在手裡，又用它擦了擦黝黑的前額，問道：「我該從什麼地方說起呢，先生？」

「就從開頭說起。」德伐日的回答不無道理。

「各位先生，一年前，也是在這樣的夏天裡，」修路工開始了，「我看到有個人吊在侯爵馬車下面的鐵鍊上。我就呆呆地看著。太陽快上床睡覺了，我做完工正站在路頭，這時，侯爵的馬車慢慢地上了坡。那人就掛在鐵鍊上——像這樣。」

修路工又重新表演了一次。到這時候他理應演得盡善盡美了，因為這個節目有絕對可靠的來源依據，在過去一整年裡，業已成為他所在的那個村子不可缺少的娛樂消遣。

雅克一號插了一句，問他以前是否見過那人？

「從沒見過。」修路工答道，重新站直了身子。

雅克三號問他後來是怎麼認出那個人的。

「因為他是個大高個子，」修路工把一根指頭豎在鼻子前，低聲說道，「那天傍晚侯爵先生問過我『告訴我，那人長什麼樣？』我回答『高得像幽靈』。」

「你應該說『矮得像侏儒』的。」雅克二號回應道。

「但我知道什麼啊？那時候人還沒有殺，他也沒有特別囑咐我什麼。請注意！即便在那種情況下，我也沒有主動作證。侯爵先生站在我們村那座小泉井旁，拿手指著我說『給我把那流氓帶來！』說真的，各位先生，我什麼也沒指證。」

「他這話倒是真的，雅克。」德伐日對插嘴的人說。「說下去！」

「好的！」修路工說道，帶著一種神祕的表情，「大高個子不見蹤影，他被懸賞通緝了——有幾個月了？九個月、十個月，還是十一個月？」

「究竟幾個月沒有關係，」德伐日說，「他藏得很隱蔽，但最終還是倒了楣，給抓到了。說下去！」

「我又是在山坡上工作，太陽又快要上床睡覺了。我收拾好工具準備回下面村裡去，天已經黑了。這時我抬起頭來，見到六個士兵正翻過坡頂走了過來。他們中間有個大高個子，兩隻手臂給綁住了——緊貼著身體兩邊——就像這樣！」

他借助那頂不可或缺的帽子，演示了一個人兩臂被緊緊綁在腰眼上、繩結打在背後的模樣。

「我站在路邊我的石頭堆旁，各位先生，看著士兵和囚犯經過（那條路很荒僻，任何東西都值得看一看），他們剛走過來時，我只看到六個士兵押了一個被捆綁的囚犯，從我這裡看去，他們幾乎是全黑的剪影，只是襯著落日鑲了一道紅邊。我還看到他們長長的影子落到了路對面凹下的山脊和坡頂上，就像是幾個巨人的影子。我還看到他們滿身都是塵土，吧嗒吧嗒腳步沉重地走著，塵土也跟著揚了起來！不過，他們朝我走得很近的時候，我認出了那個大高個子，他也認出了我。啊，倘若他能和我們第一次遇見的那個傍晚那樣再次跳下山坡去，他一定會非常滿意吧，他上回跳下去的地方就在附近！」

他如此描述著，彷彿人就在現場，親眼看見了那個場面。也許，他這輩子見過的場面確實不多。

「我並沒有讓士兵看出我認得那大高個子，他也沒讓他們看出他認得我。我們對看了一眼，心裡就明白了。『來吧！』帶頭的士兵指著村子，『趕緊把他送進墳墓！』他們走得很快，我就在後面跟著。因為綁得太緊，他的兩條手臂都腫了。他的木鞋又大又笨重，腳也跛了。因為腳跛了所以走得慢，他們便用槍桿驅趕他——就像這樣！」

他模仿著一個人被毛瑟槍的槍托推著往前走的樣子。

「他們像瘋子賽跑一樣往山坡下衝，他跌倒了。他們哈哈大笑，又把他拽了起來。他臉上淌著血，沾滿了泥土，卻不能擦；於是他們又大笑起來。他們押著他進了村子，全村子的人都跑來看。他們押著他走過磨坊，爬上坡，來到了監獄。全村人看見監獄在漆黑的夜裡打開了大門，把他吞了下去——就像這樣！」

他竭盡所能張大了嘴巴，牙齒咯噠一響，又閉合了。德伐日注意到他不願意再張開嘴破壞效果，便說：「說下去，雅克。」

「全村子的人都回去了，」修路工踮起腳、壓低嗓門說了下去，「大家都在泉井邊悄悄說話；所有人都睡下了；大家都夢見了那個不幸的人，被關在懸崖頂上的監獄的鐵柵欄裡，除非出場受死，他再不會走出那個牢籠了。早上我扛起工具，吃著黑麵包去上工。我繞道去了一趟監獄。我在那兒看見了他，他被關在一個高高吊起的鐵柵籠子裡，和昨晚一樣渾身都是血跡和塵土。他在往外看。他的手動彈不了，不能向我招手，他像個死人一樣望著我；我也不敢去叫他。」

德伐日和三個人臉色陰沉地相互看了一眼。他們聽著鄉下人的故事，表情都很陰鬱、壓抑、滿懷仇恨，他們帶有一種祕密的權威的姿態，彷彿是在氣氛嚴肅的法庭裡。雅克一號和雅克二號坐在同一張鋪了草墊的舊床上，手托著下巴，眼睛盯著那個修路工。雅克三號在他們身後跪下了一條腿，神情也很專注，一隻手總是在口鼻間那個神經敏感的部位不安地刮撓著。德伐日站在他們與講述者之間——他讓修路工站在從窗戶斜照進來的光線裡。修路工的兩眼一會兒從他那裡轉向他們，一會兒又從他們那裡轉回到他身上。

「說下去，雅克。」德伐日說。

「他在那個高高吊起的鐵籠子裡待了好幾天。村裡人只敢偷偷望上一眼，因為那景象叫人害怕。但他們總會抬起頭，遠遠地觀看懸崖上的監獄。到了傍晚，村裡人忙完了一天的工作，就會聚到泉井邊閒聊，大家的臉全都轉到了監獄的方向——以前他們會轉向郵車驛站，現在他們轉向了監獄。他們在泉井邊低聲議論，覺得那個犯人雖然已被判處了死刑，但可能不會受刑。他們說已有幾份請願書送到了巴黎，說他是因為孩子給壓死了，憤怒之下才發了瘋。他們說有一份請願書還遞交給了國王。這我怎麼知道呢？這是有可能的，也許遞交了，也許沒有。」

「那你就聽著，雅克，」雅克一號插話道，語氣很嚴厲，「你要知道已經有一份請願書遞交給了國王和王后。除你之外，我們在場的幾個人都看到國王接過了請願書。國王的馬車停在了街上，他就坐在王后的身邊。就是你在這兒見到的德伐日，手裡拿著請願書，冒著性命危險突然衝到了馬車的前面。」

「仔細聽著，雅克，」跪下了一條腿的三號說，他的手指一直在刮撓那個神經敏感的部位，帶有某種異常急迫的神情，彷彿他正渴望得到什麼東西——那既不是食物、也不是酒，「皇家騎兵和皇家衛兵圍毆了他，你聽見了沒有？」

「聽見了，各位先生。」

「繼續往下說吧。」德伐日說。

「此外，他們在泉井邊還議論過另一件事，」鄉下人又講了下去，「據說把他押到我們村子裡來是要就地行刑的，而且他必死無疑。他們甚至還談論說，因為他殺死了大人，而大人又是佃戶們——或者是農奴，隨你怎麼說——的父親，因此他會當作一個弒父的逆子被處死。泉井邊有個老頭子說，因為他是右手執匕首的，所以要把他的右手當著他的面燒掉，還要在他的手臂、胸口、兩腿上劃出許多創口，把燒開的油、熔化的鉛、滾燙的松香、蠟和硫磺灌進去；最後，四匹壯馬會拉扯他的四肢，把他整個人撕成幾塊。那老頭子說，之前確實曾用這種方法處死過一個試圖謀殺前國王路易十五的囚犯。不過，老頭子有沒有說謊，我怎麼會知道啊？我沒有上過學。」

「那就再聽著，雅克！」那個手刮撓個不停、帶著渴望神情的人說，「那個囚犯名叫達米安[1]，是大白天在巴黎的大街上公開處死的。很多人都來看行刑，最引人注目的卻是那些打扮入時的貴夫人、貴小姐。她們全神貫注地一直看著——看到了最後，雅克，直到天黑了下來，那時他已被扯斷了兩條腿和一條手臂，仍然還有呼吸！然後才殺死了他——嗨，你多大年紀了？」

「三十五歲。」修路工說。他看起來卻像有六十歲了。

「那是你十來歲時的事，你是有可能看到的。」

「夠了！」德伐日說，因為不耐煩而語氣顯得很嚴厲，「魔鬼萬歲！繼續說下去。」

「好的！有人悄悄說這個，有人悄悄說那個，但不會談論其他話題；就連泉井聽起來似乎也在悄聲低語。最後，在星期天晚上，全村人都睡著了的時候，一群士兵慢吞吞地從監獄下山來了，他們的槍械碰在小街的鋪石上咔嗒作響。工人在挖地，工人在敲打，當兵的在一旁笑鬧唱歌。到了早上，泉井邊豎起了一個四十英尺高的絞刑架，把泉井都弄髒了。」

1 指羅伯特·達米安（一七一五—一七五七），他於一七五七年一月五日謀刺法王路易十五未遂，然後被處死。

修路工望著——不，他的目光穿透了——低矮的天花板，用手指著，好像看見了豎立在空中的絞刑架。

「所有工作都停了下來，所有人都集合在那裡，沒有人牽牛出去，牛也圈在了一起。正午時響起了鼓聲。士兵半夜裡開進了監獄，把他看管了起來。他和之前一樣被捆綁起來，嘴裡還塞了根堵口的木棍——也用細繩綁緊了，這讓他看起來彷彿是在發笑。」他演著囚犯的模樣，用兩根拇指把嘴角往耳朵兩邊掰，臉都皺了起來，「絞刑架頂上綁著他那柄匕首，刀口向上，刀尖指向天空。他被絞死在那個四十英尺高的絞刑架上，一直吊在那兒，弄髒了泉井。」

因為回憶起那個場面，他臉上又冒出了汗珠，他用藍帽子擦了擦臉。另幾個人彼此望了望。

「太可怕了，各位先生。在絞刑架的陰影下，婦女和兒童怎麼還能來汲水，晚上誰還能在那裡聊天?!我說過泉井就在絞刑架下的吧?星期一的傍晚，太陽正要上床睡覺時，我離開了村子。我站在山頂回頭望去，那陰影落在了教堂上、落在了磨坊上、落在了監獄上——它似乎橫貫了整個大地，各位先生，直到天地相接的遠方！」

那帶著急迫神情的人看著其他三人，咬著自己的一根手指，由於急切的渴望，他的手指在顫抖。

「情況就是這樣，各位先生。我接到通知，在太陽落山時離開村子，那天晚上和第二天上午我一直往前走，最後遇到了這位同伴（我接到通知說有人會與我接頭），於是就跟著他走了。我們有時騎馬，有時走路，昨天下午和晚上一直在趕路。現在到了你們這兒。」

一陣令人沮喪的沉默，之後，雅克一號說道：「很好，你演得很真實，講述得也很真實。你能在門外等我們一會兒麼？」

「很樂意。」修路工說。德伐日把他送到樓梯口讓他坐在那裡，又回進了閣樓。

他進屋時，那三個雅克已經站了起來，四顆頭湊在了一起。

「你們怎麼說，幾位雅克？」雅克一號開口問道，「要記錄下來麼？」

「記錄下來。判定徹底消滅。」德伐日回答。

「好極了！」那帶著渴望神情的人嗓音低沉地說道。

「城堡裡的所有人？」一號問。

「城堡裡的所有人，」德伐日回答，「一個不留。」

帶著渴望神情的人發出狂喜而低沉的叫聲：「妙極了！」然後又開始啃起了另一根指頭。

「你確信我們保存紀錄的方式不會出什麼差錯麼？」雅克二號問德伐日，「它毫無疑問是安全的，因為除了我們自己，誰也無法破譯。不過，我們總是能夠破譯麼？——或許，我應當說，她總是能夠破譯麼？」

「各位雅克，」德伐日站直了身子答道，「既然我老婆作出了保證，由她一個人把紀錄保存在記憶裡，她肯定一個字也不會忘記的——一個音節也不會記錯。她用自己的針法和標記把它們編織起來，對她來說就像太陽一樣清楚分明。相信德伐日太太吧。要想從德伐日太太編織好的紀錄裡抹去一個名字或罪行，哪怕只是一個字母，恐怕也比膽小的懦夫想了結自己的性命還要困難哩！」

三個雅克一陣低語，表達了信任與讚許。那個帶著渴望神情的人問道：「要把這個鄉下人馬上打發回去吧？我希望是這樣。他為人很單純，他會不會有什麼危險？」

「他一無所知，」德伐日說，「至少他知道的那點事不會那麼容易就把他送上同等高度的絞刑架上去。我來負責安頓他；就讓他跟我待在一起吧；我會照管好他，然後送他回去。他想看看這個美好的世界——看看國王、王后和王宮。就讓他星期天去看一眼吧！」

「什麼？」那個帶著渴望神情的人瞪大了眼睛叫道，「他想去看王室成員和那幫貴族？這難道是個好跡象麼？」

「雅克，」德伐日說，「倘若你想讓貓咪愛喝牛奶，最明智的辦法就是讓牠看見牛奶；倘若你想讓你的狗有朝一日能撲殺獵物，最明智的辦法就是讓牠看到牠天生的捕獵目標。」

此外就沒有別的話了，他們找到修路工時，他已經在樓梯口打起了盹。他們建議他躺到那張草墊床上去休息。他不用勸說，就在床上躺下，很快就入睡了。

對他那個階層的外省奴工來說，他在巴黎能找到的住處，很可能會比德伐日的酒館糟糕得多。因此，除開他心裡時常對德伐日太太存有一種神祕的畏懼，他的日子過得很新奇，也很愜意。不過，德伐日太太整天坐在櫃檯邊，很明顯並不把他放在心上，他在那兒跟任何人、任何事發生了什麼私底下的聯繫，她都假裝不予理會。於是，任何時候看到她，他都會害怕得發抖，因為他思來想去總覺得自己不可能預知她下一步會做什麼。他很確信，倘若她那顆修飾得漂漂亮亮的腦袋冒出一個念頭，假裝指證他謀殺了某人，並且剝了那人的皮的話，她肯定會咬住他不放，一直玩到遊戲結束為止。

因此，到星期日那天，當他發現德伐日太太要陪德伐日先生和他去凡爾賽宮時，他並沒有感覺欣喜異常（雖然他口頭是這麼表示的）。更叫他心神不安的是，當他們坐在公共馬車裡時，德伐日太太一路還在織著毛線。尤其叫他緊張的是，到了下午觀眾都等著國王和王后的車駕到來時，擠在人堆裡的德伐日太太的兩手竟然還在編織著。

「您可真勤快啊，太太！」她身邊的一個男人說。

「是的，」德伐日太太回答，「我有很多工作呢。」

「您在織什麼，太太？」

「很多東西。」

「譬如說——」

「譬如說，」德伐日太太鎮定自若地答道，「裹屍布。」

聽了這話，那個男人一有機會，就往其他地方挪去。修路工用他的藍帽子扇涼，他覺得非常擁擠、非常憋悶。倘若他需要國王和王后來讓他恢復清醒，他也的確幸運，那帖清醒劑就近在手邊。因為不久之後，那個大臉膛的國王和面容姣好的王后已坐著黃金馬車來到了。同時出場的還有宮廷中的顯赫人物，一大群歡聲笑語的貴婦和衣著鮮亮的貴族老爺。看著這些珠光寶氣、穿綢著緞、塗脂抹粉、聲勢煊赫、舉止優雅的男男女女，看著這些漂亮而又倨傲的臉，沉浸其中的修路工一時變得如此陶醉，不禁大叫「國王萬歲！」「王后萬歲！」，他為所有人歡呼，為一切事物歡呼，彷彿那時候的他從沒聽說過無所不在的雅克黨徒似的。然後便是花園、庭院、露臺、噴泉、綠草坡岸，又是國王與王后，更多的顯赫人物，更多的貴族老爺，更多的名媛仕女，更多的高呼「萬歲」的聲音！在這場持續了近三個小時的盛大活動中，他和許多感情用事的人一樣，又是大叫大喊，又是流淚哭泣。德伐日從頭到尾一直揪著他的衣領，彷彿在予以阻止，以免他突然撲向那些短暫崇拜的目標，把他們撕成碎片。

「好極了！」活動結束後，德伐日拍拍修路工的背，用一個保護人的口吻說道，「你真是個好孩子！」

修路工此刻才清醒過來，有點懷疑自己剛才的表現已犯下了錯誤。幸虧並非如此。

「你正是我們所需要的人，」德伐日貼著他的耳朵說，「你讓這些傻瓜誤以為這種場面會永久延續。這樣，他們會更加驕橫跋扈，也會垮臺得更早。」

「嘿！」修路工思索片刻，叫出了聲，「說得對！」

「這些傻瓜什麼都不知道。他們可不會把你放在眼裡；為了他們的良馬或愛犬，他們會把成百上千個像你這樣的人的喉嚨永遠地堵住。他們只知道你們說給他們聽的話。就讓他們再受會兒騙好了，這也騙不了他們多久。」

德伐日太太輕蔑地看了看那位房客，點頭表示同意。

「至於你嘛，」她說，「只要足夠引人注目、足夠喧嘩熱鬧，你對任何事都會大叫大喊，都會流淚哭泣。說啊！你是不是這樣？」

「是的，太太，我覺得我現在就是這樣。」

「倘若在你面前擺了一大堆布娃娃，有人攛掇你去剝掉它們的衣服，搶過來自己穿上，你會選最昂貴、最漂亮的那件，是不是？說啊！」

「的確會這樣，太太。」

「倘若在你面前有一群不能飛的鳥兒，有人攛掇你去拔掉牠們的羽毛來裝飾自己，你會挑羽毛最漂亮的那些鳥，是不是？」

「是的，太太。」

「今天你已經看到了布娃娃，也看到了鳥兒，」德伐日太太朝他們之前去過的地方揮了揮手，說道，「現在，回家去吧！」

第十六章 繼續編織

德伐日太太和她的丈夫心平氣和地回到了聖安東尼的懷抱，與此同時，一個戴藍帽子的小人物走過數英里令人厭煩的林蔭大道，在漆黑夜裡風塵僕僕地上路了。按指南針提示的方向，他將慢慢地走回侯爵大人的城堡。那裡，侯爵先生正躺在他的墓穴裡諦聽著林間的颯颯聲響。現在，石像人面有了足夠的閒暇，可以細聽樹林和噴泉的聲音了，而村裡幾個瘦骨嶙峋的窮人在尋找野菜充饑、撿拾枯枝作柴薪的時候，偶爾也會闖入巨大的石砌庭院和露臺階梯附近；因為飢餓已令他們產生了一種幻覺，以為那些石像人面的表情改變了。村裡流傳著一個謠言——這個謠言和村民一樣虛弱無力——據說那柄匕首刺進侯爵的心窩時，所有的石像人面都改變了表情，從驕傲變成了憤怒和痛苦；而在泉井之上四十英尺的地方晃蕩著那個吊死鬼之後，石像的表情又起了變化，帶上了一種報仇雪恥的殘忍，而這種表情自此過後將永久保留下去。

在發生凶案的侯爵臥室那扇大窗戶的外面，有人在石像鼻子上發現了兩個漂亮的凹痕。這凹痕每個人都認得，但之前誰都沒見過。村民之中，偶爾會冒出兩三個衣衫襤褸的農民溜到那裡，匆匆忙忙地偷看一眼已變作了石像的侯爵大人，用一根枯瘦的指頭在凹坑上指指戳戳。不到一分鐘，他們就像是野兔一樣，全都踩著苔蘚和樹葉逃走了——野兔還比他們幸運，還能在那裡尋到自己的活路。

城堡與茅屋、石像人面與晃蕩著的吊死鬼、鋪石地面上的紅色汙漬與鄉村井泉中的清澈水流——數千英畝的土地——法蘭西的一個省區——整個的法蘭西——它們在夜空下已凝縮成了一條髮絲般粗細的模糊線條。同樣，整個世界與它種種的偉大與渺小也都彙聚於一個熠熠閃爍的星球上。既然人類的知識已能夠解析一道光線的構成，那麼，更高等的智力應該也能在我們這個地球的微弱光亮中解讀出每一個負有責任的人的每一種思想和行為、每一樁罪惡和德行了。

熠熠星光下，德伐日夫婦坐著的公共馬車來到了巴黎的城門前。那是他們此次出行的必經之處。馬車在路障崗亭前照常停了車，衛兵提了風燈走近前來，照常進行檢查和詢問。德伐日先生下了車，他認識那兒的一兩個士兵和一個員警。他跟那個員警關係很親密，兩人熱情地擁抱了。

當聖安東尼再次將德伐日夫婦圍擁在它幽暗的翅膀中時，兩人終於在區界附近下了車，走入了聖安東尼的街道，不時繞開沿路的黑泥和垃圾。這時德伐日太太對她的丈夫說：「那麼，我的朋友，警局裡的雅克跟你說了些什麼？」

「今晚說得很少，但他知道的全都告訴我了。又往我們這兒派了一個密探，據他說可能派了很多人來，但他只認識這一個。」

「噢好啊！」德伐日太太揚起眉毛，帶著冷靜處事的神氣說道，「有必要把他記錄在案。他們怎麼叫那個人來著？」

「他是英國人。」

「那就更好了。他姓什麼？」

「巴赫薩。」德伐日說，把它念成了法語的發音。不過，他辦事向來很仔細，所以又準確拼出了每一個字母。

「巴薩，」太太說，「好，名字呢？」

「約翰。」

「約翰．巴薩，」太太低聲念了一遍，又重複說道，「好。他的長相，知道不？」

「年紀四十左右，身高大約五英尺九，黑髮，膚色偏黑，大體算得上容貌英俊。深色眼珠，瘦長臉，臉色灰黃。鷹鉤鼻，但並不挺直，有點奇怪地向左臉頰歪斜，因此表情顯得很陰險。」

「噢，我的老天，夠畫一幅肖像畫了！」太太笑著說，「明天我會把他記錄下來。」

兩人走進了酒館。因為已是半夜，酒館早關了門。德伐日太太立刻在她櫃檯旁的老位置坐下，清點她離開後收進的零錢，盤點存貨，查看帳本，自己又記了另外幾筆帳，對堂倌詳加查問，就打發他去睡覺了。然後她第二次倒出碗裡的錢，用自己的手帕包起來，打了一連串單獨的結，以便在夜間安全保管起來。這段時間裡，德伐日嘴裡銜著菸斗走過來又走過去，滿意地欣賞著，但一直沒有打攪她。在酒館生意和家庭事務方面，他這輩子就只是走過來走過去而已。

夜裡很熱，酒館大門緊閉著，周圍環境又如此髒汙，所以聞起來有股臭味。德伐日先生的嗅覺並不靈敏，但是店裡的葡萄酒味卻比平時濃釅了許多，蘭姆酒、白蘭地和茴香酒的氣味也很濃。他放下抽完的菸斗，試圖將這股混合氣味從身邊吹走。

「你累壞了，」德伐日太太正包著錢打著結，抬頭瞥了他一眼，「這裡只有平常的味道。」

「我是有點疲倦了。」她的丈夫承認。

「你的情緒也有點消沉，」德伐日太太說，她那雙敏銳的眼睛從未如此專注地看著帳目，卻不時地瞄他一兩眼，「啊，男人，男人！」

「可是我親愛的！」德伐日開始說。

「可是我親愛的！」德伐日太太堅定地點了點頭，重複說道，「可是我親愛的！你今天晚上太心軟了！」

「好吧，」德伐日說，似乎好不容易才憋出來一個想法，「這需要很長一段時間。」

「這需要很長一段時間，」他的妻子重複他的話，「但哪件事不需要很長時間呢？報仇雪恨的確需要很長的時間，這是定律。」

「閃電打死人就不需要多少時間。」德伐日說。

「那你告訴我，」德伐日太太平靜地問道，「蓄積起閃電需要多少時間呢？」

德伐日若有所思地抬起了頭，似乎覺得這句話也有點道理。

「地震毀滅一座城鎮，」德伐日太太說，「並不需要多少時間。噢好吧，那你再告訴我，準備一次地震要多久？」

「我猜想，需要很長一段時間。」德伐日說。

「但一旦準備成熟，它就會爆發，然後將它面前的一切碾為齏粉。在此之前，地震的準備雖然看不見也聽不見，卻一直在進行。這對你來說是個安慰，記住了。」

她繫緊了一個結，像是掐死了一個仇敵，目光如炬。

「我要告訴你，」德伐日太太伸出右手強調說，「它在路上的時間是很長，但它已經上路了，馬上就要來了。我告訴你，它不會退卻，也不會停步。我告訴你，它永遠在前進。看看周圍，想一想這世上我們認得的每一個人、每一張臉吧，想一想那些雅克每過一小時鬱積的憤怒和不滿吧！這種情況還能繼續下去？呸！你可真可笑。」

「我勇敢的老婆，」德伐日略微低了頭，兩手背在身後，如同一個專心回答老師提問的馴順的小學生，「我對你說的這一切都不懷疑。但它已經持續了很長一段時間，很可能在我們有生之年都不會到來。你知道很可能會這樣，我的老婆。」

「噢！那又如何？」德伐日太太繼續追問，又打了一個結，像是勒死了另一個敵人。

「好吧！」德伐日半是抱怨、半是抱歉地聳了聳肩，「我們應該是看不到勝利的那一天了。」

「我們應該促使它到來，」德伐日太太回答，伸出的手有力地揮動，「我們所做的一切不會是徒勞的。我的整個靈魂相信，我們必將看到勝利。即使看不到，即使我明知自己看不到，倘若把貴族和暴君的脖子擺在我面前，我仍然會把它們——」

德伐日太太咬著牙，繫緊了一個很可怕的結。

「夠了！」德伐日叫出了聲，臉有些發紅，彷彿有人在指責他的怯懦，「親愛的，我也不會就此罷手的。」

「是的！但你有時需要看到對象和機會才撐得下去，這是你的弱點。沒有那些，你也得堅持。時機一到，就把猛虎和魔鬼放出去。不過，等待時機的時候，猛虎和魔鬼還得用鐵鍊拴著——不能暴露——隨時作好準備。」

為了讓她這個勸告的結論更具說服力，德伐日太太將手中打好結的錢袋在小櫃檯上抽打著，彷彿要把它的腦漿敲出來。之後，她神色平靜地將那個沉重的手帕包裹夾在腋下，提醒說已經到上床睡覺的時間了。

第二天正午，這個可敬的女人又坐在酒館她平時的座位上織毛線了。她身旁放了一朵玫瑰花，雖然她時不時會看上一兩眼，卻並不妨礙她慣常的專注狀態。店裡有幾個散客，有的喝酒，有的沒喝；有的站著，有的坐著。天氣很熱，成群的蒼蠅飛舞著展開好奇的冒險，紛紛飛進德伐日太太身邊黏稠的小酒杯裡，落到杯底死去了。那些在杯外盤旋的蒼蠅對同類的死亡卻完全無感，只是冷冷地看著（彷彿自己是大象或是某類已變形的物種），直到自己也遭遇了同樣的命運。蒼蠅如此漫不經心，想來也是滿有趣的呢！——在那個日陽高照的夏天，宮廷裡的袞袞諸公也抱著同樣的想法吧。

一個人影閃進門來，影子投在了德伐日太太身上。她知道又來了個新客，於是放下手裡的毛線活，把那枝玫瑰往頭巾裡一插，看了來人一眼。

奇怪的是，德伐日太太一拿起玫瑰，酒客便停止了談話，開始一個接一個走出了酒館。

「日安，太太。」新來的那人說。

「日安，先生。」

她大聲作答，重又打起了毛線，心裡又暗暗想道：「嘿！日安，年紀四十左右，身高五英尺九左右，黑髮，大體算得上容貌英俊，膚色偏黑，深色眼珠，瘦長臉，臉色灰黃。鷹鉤鼻，但並不挺直，有點奇怪地向左臉頰歪斜，透露出一種陰險的表情！日安，每一點都對上了！」

「老闆娘，勞駕給我一小杯陳年干邑，再來一口冰水。」

老闆娘很有禮貌地照辦了。

「這干邑入口好極了，老闆娘！」

這酒還是第一次被人這麼稱讚。德伐日太太對它先前的口碑其實知道得很清楚，不過她仍然說那實在有點過獎了，然後就拿起了毛線活兒。客人看了會兒她正在編織的手指，又藉機把這裡整個打量了一番。

「你真會打毛線，老闆娘。」

「我習慣了。」

「花樣也漂亮！」

「你覺得漂亮麼？」德伐日太太微笑地看著他說。

「絕對啊。可以問一聲是作什麼用的嗎？」

「消遣罷了。」德伐日太太說，仍然微笑地看著他，手指靈巧地動作著。

「不作什麼用？」

「那得看情況。總有一天我會想出它的用處的。倘若我想好的話，嗯，」德伐日太太吸了口氣，點了點頭說道，很生硬地賣弄了一下風情，「我會讓它派上用場的。」

不同尋常的是，聖安東尼這裡的人似乎挺討厭德伐日太太在頭上插那枝玫瑰的。有兩個人一前一後進到店裡來，剛想要點酒喝，一見她頭上的新奇打扮，便都支支吾吾起來，裝作是到酒館裡來找朋友的樣子，藉口沒見到人就溜掉了。這位客人進來時，原先在店裡的那些客人也沒有留下一個。人全都走空了。密探睜大了眼睛，卻查探不到任何可疑跡象。這些人極度貧困、漫無目的又行事隨意，整天就這麼閒混著，這很自然，也無可指摘。

德伐日太太看著這位生客，一邊手指勾著毛線，一邊在檢查手頭的工作，心裡暗想道：「約翰，只要你待的時間夠久，在你離開前，我就可以把『巴薩』這個名字織好了。」

「你有丈夫嗎，老闆娘？」

「有。」

「有孩子嗎？」

「沒有。」

「生意看來不太好呢。」

「生意很不好，老百姓都那麼窮。」

「啊，不幸的、痛苦的人民！還受到這樣的壓迫——正如你說的那樣。」

「這可是你說的。」德伐日太太反駁道，糾正了他的話。同時動作嫻熟地在他的名字旁邊織上了一個對他絕沒有好處的備註。

「原諒我。這話確實是我說的，但你應當也是這麼想的吧，一定是這樣。」

「我的想法？」老闆娘高聲回答道，「我跟我丈夫維持這個酒館已經夠忙的了，沒有多餘的想法。我們在這兒想的只是怎麼活下去。我們想的就是這個問題，這個問題從早到晚就夠我們想的了，我們才不會自尋煩惱去關心其他事。讓我去替別人想？不，不。」

密探來這兒本是想搜羅或者製造點什麼小事端的。他不能允許自己那張陰鷙的臉露出困惑的表情；他站著把手肘靠在德伐日太太的小櫃檯上，裝出一副獻殷勤、閒聊天的姿態，偶爾也啜一口干邑白蘭地。

「老闆娘，處死加斯帕爾這件事真是糟透了。啊，可憐的加斯帕爾！」他發出一聲歎息，作出一副深表同情的模樣。

「我的老天！」老闆娘冷靜淡然地說道，「倘若有人拿刀子幹出了這等事，他就必須為此承擔後果。他事先就知道這個行為的昂貴代價，他只不過是照價付錢。」

「我相信。」為了取得對方的信任，密探放低了聲音說道。那張邪惡臉龐上的每塊肌肉都在竭力裝扮出一種革命者受到傷害的感情：「私底下說一句，我相信這一帶的人，但凡和這個可憐人有所接觸，對他的遭遇都抱有強烈的同情和憤慨，是不是？」

「是麼？」德伐日太太神情茫然地問道。

「難道沒有麼？」

「──我家那位來了！」德伐日太太說。

酒館老闆進門的時候，密探碰了碰帽簷行了個禮，帶著動人的微笑說道：「日安，雅克！」德伐日猛然站停了，眼睛盯視著他。

「日安，雅克！」密探在重複打招呼。他被德伐日看得有點不太自信，笑得也很不自然。

「你認錯人了，先生，」酒館老闆答話，「你把我錯看成別的人了。我不叫雅克。我叫歐尼斯特．德伐日。」

「叫什麼都一樣，」密探故作輕鬆地說道，但也透著狼狽，「日安！」

「日安！」德伐日冷冷地回應。

「你進來的時候，我跟老闆娘聊得很愉快，正說起別人告訴我的事：聖安東尼這邊的人，一點也不奇怪，對可憐的加斯帕爾的不幸命運表現了強烈的同情和憤慨呢。」

「沒人跟我說過這樣的話，」德伐日搖搖頭說，「我對此一無所知。」

說完這話，他走到小櫃檯後面站著，一隻手擱在他妻子的椅背上，隔著這道屏障看著他們共同的對手。他們倆都很樂意能夠一槍斃了他。

密探是幹這行的老手，並沒有改變他那下意識的姿態，他喝完了一小杯干邑白蘭地，飲了口水，然後又點了一杯干邑。德伐日太太給他斟上酒，又開始打起毛線來，嘴裡還哼著歌。

「你好像對這一帶很熟悉呢。也就是說比我還熟，是麼？」德伐日說。

「不是很熟悉，我只不過想多瞭解一點。我對受苦的居民有深摯的關切。」

「嘿！」德伐日咕噥了一句。

「很高興能跟你談話，德伐日先生，這讓我想起了——」密探繼續往下說道，「我很榮幸地一直記得與你的名字有關的一些趣聞。」

「真的麼！」德伐日態度非常淡然地說。

「是的，真是這樣。我知道曼內特醫生剛被釋放出來時，是由你負責照顧他的。你是他家的老僕人，所以他被交給了你。你看，我還是瞭解不少情況吧？」

「確有其事。」德伐日說。他的妻子一邊打著毛線一邊哼著曲子，不經意地碰了碰他的手肘，那是在傳遞一個暗示：他最好還是回答，但是要簡短。

「他女兒也找到你這裡，」密探說，「她是從你手裡把她父親接走的，陪同她的還有一位穿戴整齊、著褐色衣服的先生。那人叫什麼來著？——戴了頂小假髮——是叫洛里——苔爾森銀行的人——

從英國來的。」

「確有其事。」德伐日重複道。

「多麼有趣的回憶！」密探說，「我在英國時認識了曼內特醫生和他的女兒。」

「是麼？」德伐日問。

「你現在不太瞭解他們的近況吧？」密探說。

「是的。」德伐日說。

「事實上，」德伐日太太放下活計，不再哼曲子了，她抬起頭插話道，「我們從未聽到他倆的消息。他們平安到達後，我們曾收過一兩封信，不過，自那以後他們的生活漸漸步入了正軌——我們也有自己的生活——我們過後就沒有收到信了。」

「的確如此，老闆娘，」密探回答說，「那位小姐要結婚了。」

「要結婚了？」老闆娘回答，「她長得很漂亮，早就該結婚了。我覺得你們英國人太冷感了。」

「嘿！你知道我就是英國人呢！」

「我從你的口音聽出來了，」老闆娘回答，「口音既然是英國的，我想人肯定就是英國人了。」

他沒有把這個認定當作奉承話，但也盡力掩飾，哈哈一笑蒙混了過去。他喝完了干邑，又說道：「是的，曼內特小姐要結婚了。但對象不是英國人，而是跟她一樣出生在法國的法國人。說到加斯帕爾（**啊，可憐的加斯帕爾！太殘忍了！太殘忍了！**），有件事倒很奇怪。曼內特小姐要嫁的正是侯爵先生的侄子，而加斯帕爾正是因為侯爵才被高高吊起來的。換句話說，小姐要嫁的那個人正是現任的侯爵。不過他在英國是隱姓埋名的，他在那兒並不是侯爵。他叫查爾斯·達尼先生。他母親那邊的姓氏其實叫『道內』。」

德伐日太太不動聲色地織著毛線，但這個消息卻在她的丈夫那裡產生了明顯的效果。他站在小櫃檯後面，正要打著火點上菸斗，但他心裡很煩亂，手有點不聽使喚。那密探倘若沒有看出這一點、沒有把它記在心裡，他就算不得是密探了。

不管效果究竟如何，巴薩先生至少已經完成了這一擊；再加上店裡也沒有客人進來，讓他也找不到別的藉口。於是，他付掉了酒錢，告辭離開。臨走前，他又不失時機彬彬有禮地說，他很期待、也很樂意再次見到德伐日夫婦。他走到聖安東尼外面街上後的幾分鐘裡，這對夫婦仍然保持了客人在時的姿態，生怕他又轉身折回。

「他說的關於曼內特小姐的消息，會是真的麼？」德伐日低聲說道。他站著抽菸，手還搭在她的椅背上。

「他說的那句話很可能是假的，」老闆娘微微揚起了眉毛，答道，「但也可能是真的。」

「倘若真是這樣──」德伐日欲言又止。

「倘若真是這樣？」他的妻子重複說。

「而我們也活著看到了勝利──那麼，為了她的緣故，但願命運不會讓她的丈夫回到法國。」

「她丈夫的命運，」德伐日太太像往常那樣鎮定地說，「自會把他帶到他該去的地方，也會讓他在該了結的地方了結。這一點我很清楚。」

「但有件事非常奇怪──至少現在是很奇怪的，」德伐日說，帶著懇求他妻子、想要她承認的口氣，「儘管我們非常同情她和她的父親，現在，她丈夫的名字應該也被你編入黑名單，排在剛剛離開我們的那條地獄惡犬的旁邊。是不是？」

「真到了那時，比這更離奇的事都會發生的，」老闆娘回答，「我把他們倆都記在這兒了。我當然會這麼做。他們各有各的案底；那就夠了。」

說完這話，她收起了毛線活，過了會兒，又把玫瑰花從包頭巾上取了下來。聖安東尼的人要麼是有一種本能，能感覺到那個討厭的頭飾已經不見了，要麼就是一直等著那頭飾消失；總之，不久過後大家就鼓起勇氣晃了進來，酒館又恢復了它慣常的景象。

這個季節的傍晚時分，聖安東尼人都會出門透口氣，有的坐在門階上，有的坐在窗臺上，有的會來到骯髒的街頭或是院子裡。這時候，德伐日太太會習慣性地拿著她的毛線活兒從這裡走到那裡，在東一堆西一堆的人群間走來走去：她是個傳教士——像她這樣的人還有很多——人世間倘若運行良好就不會出現這等人物了。這些女人都在織毛線，織的是不值錢的東西。但是，機械的工作取代了機械的飲食活動，手的動作取代了人的口腹之欲：倘若那些瘦削的手指停頓下來，她們就更會感覺飢腸轆轆了。

不過，在她們的手指不停動著的時候，她們的眼睛、她們的思考也沒有閒著。德伐日太太在人群裡轉來轉去時，每個與她攀談過的婦人的手指、眼睛和思想都變得更快速也更激烈了。

她的丈夫在酒館門口吸著菸，帶著欽佩的神情望著她的背影。「了不起的女人，」他說，「堅強的女人，偉大的女人，偉大得可怕的女人！」

夜色漸濃，教堂的鐘聲敲響了，從遠處的王宮院落裡傳來了軍鼓聲。婦人坐在那兒不停地編織著、編織著。黑暗已籠罩了她們。另一種黑暗當然也在漸漸逼近，到那時，全法蘭西的教堂尖塔上，那些歡樂奏鳴的銅鐘將會被熔鑄成雷鳴般嘶吼的大炮，而咚咚敲響的軍鼓聲亦將淹沒淒慘的呼告。在那個夜晚，自由與生命的聲音，已足以與位高權重者的聲音相匹敵。婦人坐在那兒不停地編織著、編織著，那麼多東西正向她們逼近，而她們自己則圍繞著一個尚未成型的結構，一邊編織著，一邊計數著將要落地的人頭。

第十七章
某天晚上

在蘇豪平靜的街角，沉落的夕陽從未有過如此明耀的光芒。那是一個令人難以忘懷的黃昏，醫生和他女兒一起坐在梧桐樹下。那個晚上，初升的月亮也帶著從未有過的柔和輝光，俯照了整個倫敦城。他倆安靜地坐在樹下，月光透過樹葉照在了他們的臉上。

露西明天就要結婚了。她將這最後的傍晚留給父親，兩人單獨坐在梧桐樹下。

「您高興嗎，親愛的爸爸？」

「很高興，我的孩子。」

他們在那兒坐了很久，交談卻不多。在光線足夠明亮、還可以工作和讀書時，她沒有像平時那樣做女紅針線，也沒有念書給爸爸聽——在梧桐樹下，有過好多好多次，她曾坐在他的身邊做這兩樣事情；可是，這一回卻很不同，她沒有理由那樣做。

「今晚我很高興，親愛的爸爸。上天賜給了我愛情：我對查爾斯的愛和查爾斯對我的愛，我感到非常幸福。可是，倘若我不能繼續把我的生命奉獻給您，或是我婚姻的安排竟要讓我們分開，即便只隔了幾條街的距離，我就不會感到剛才所說的那種幸福。我會責備自己。即便像現在這樣——」

即便像現在這樣，她禁不住有些哽咽了。

淒清的月光下，她摟住了父親的脖子，臉貼在父親的胸前。而月光總是那麼淒冷，正如太陽自身的光，正如被稱作人類生命的那種光——總是來到了又離去。

「我最最親愛的！我最後一次請求您告訴我，您是否非常非常肯定我的新情感和新職責不會影響到我們的關係？我很明白這一點，但是您明白麼？在您心裡，您是否很肯定？」

醫生以他很少表現出來的歡樂而堅定的信心回答道：「很肯定，我親愛的！還有，露西，」他溫柔地親吻了她，「你結婚成家後，我的未來肯定會比你一直不結婚要愉快得多——不，會比你沒結婚時要愉快得多。」

「但願我能有那樣的希望，爸爸！——」

「相信我的話，親愛的！真的會的。你想想看，這件事很自然，也很簡單，本來就應該這樣。我親愛的，你那麼年輕，那麼孝順，卻不能完全理解我的用心，我只怕耽誤了你的好年月——」

她用手捂住了他的嘴，他卻抓住了她的手，重複說道：「我的孩子，不要耽誤了、偏離了事物的自然秩序。你的無私忘我讓你不能完全理解我這方面的想法。不過，你只需問問你自己，倘若你不能完全幸福，我還能完全幸福麼？」

「倘若我沒有遇到查爾斯，爸爸，我跟您在一起也會很幸福的。」

他笑了，因為她無意中已經承認，自從遇到了查爾斯，沒有了他她就不會感到幸福。他說：「我的孩子，你已經遇到了意中人，他是查爾斯。倘若不是查爾斯，也會是別的什麼人。又或者，倘若沒有其他意中人，原因可能就在我這裡了，那麼，我生命中那段黑暗時期的陰影就不但落到我自己身上，也落到你的身上了。」

除了那次審判，這是她第一次聽見他提到自己的苦難遭遇。這句話在她耳朵裡產生了一種奇特而新鮮的感覺，之後很久還記得。

「看！」博韋的醫生說道，抬手指著月亮，「我曾透過監獄的窗戶看著月亮，那時的月光令我難以忍受。一想到它曾照映著我失去的一切，對我來說就是折磨，我會拿頭去撞監獄的牆。我曾在如此黯然昏沉的狀態下看著它，心裡什麼也不想，只想著在滿月時，我能在它上面畫下的橫線的數目以及與橫線交叉的分隔號的數目，」他望著月亮，若有所思地又補了一句，「橫著豎著可以畫二十條線，我記得的，第二十條線就很難擠進去了。」

聽著他回憶過去的這些話，她產生了一種奇怪的緊張感。他愈是沉浸在回憶裡，她的緊張感也愈是加深。不過，他的講述方式並不使她吃驚。他似乎只是在拿他今天的快樂幸福與已然結束的可怕磨難作對比。

「我望著月亮，曾無數次想像過那個與我分離的尚未出生的孩子。它是否活著？它是活著出生了，還是因為它的母親受了驚嚇，它最終胎死腹中了？它是個有朝一日可以為父親復仇的男孩麼（在我被監禁期間，有一段時間我復仇的渴望簡直讓我難以承受）？那個男孩會不會永遠不知道他父親的遭遇？也許，他甚至會以為他父親是心甘情願地在人間消失的吧？它會不會是個女孩？她以後能長大成人麼？」

她更加貼緊了他，吻著他的面頰和手。

「我也獨自想像過，我的女兒說不定會把我忘得一乾二淨——更可能的是根本不知道我，沒有意識到我的存在。我曾一年又一年地計數她的年紀，一年又一年。我曾想像她嫁給了一個對我的命運一無所知的人；我已在活著的人的記憶中徹底消失；在下一代人的心裡，我只是一個空白。」

「爸爸！聽到您對一個還沒有出生的女兒竟然想了這麼多，真叫我內心激動不已，好像我就是您想像中的那個孩子！」

「你麼，露西？你給了我安慰，讓我重獲健康，所以，在這個最後的晚上，在你、我和月亮之間才湧現了這些回憶——我剛才說了什麼？」

「您說您的女兒完全不知道您，對您一點也不關心。」

「正是那樣！但在另外的月明之夜，當悲哀和寂靜以另一種方式觸動了我的時候——當一種類似於憂傷的平靜感影響了我的時候（任何以痛苦為基礎的感情都可能產生這種平靜感）——我曾想像她走進囚室，來到我的身邊，帶我離開監獄，走入外面的自由天地。我常常在月光中看到她的形象，就像我現在看到你一樣。只是我從來不曾把她抱在懷裡；她就站在鐵柵窗戶和牢門之間。可是，那並不是現在正跟我說話的孩子，你能理解吧？」

「那個形象並不是正與您談話的孩子；那是想像，是幻覺？」

「不是的。那是另外的東西。她就站在視線模糊的我的面前，但從來沒有移動。我的心靈追求的幻影是另一個更為真切的孩子。至於她的外表，我只知道她長得很像她母親，其他人也有長得像她的——比如你——但並不一樣。你在聽我講麼，露西？我想你不是很明白，是吧？恐怕你得有過被單獨囚禁的經歷，才能理解這其中令人困惑的差別。」

在剖析過往情形時，他的態度雖然很鎮定、很平靜，姑娘卻不由得感到全身發冷。

「心情更加平靜一點的時候，我常常在月光下想像她向我走來，她將我帶出牢獄，讓我看到她婚後的家庭，那裡充滿了她對過去父親的親切回憶。她在屋子裡掛了我的肖像，她在祈禱時念叨我的名字。生活中的她充滿活力、快樂，也樂於助人。但她卻始終銘記著我那段不幸的過往。」

「我就是那個孩子，爸爸。我雖然沒有她一半好，但我對您的愛卻是同樣的多。」

「她讓我看她的孩子，」博韋的醫生說，「孩子都聽說過我，從小就被教導要對我的遭遇抱有同情心。他們走過國家監獄時遠遠避開了它的陰森外牆，只抬頭仰望它的鐵窗，說話時放低了音量。而她也無法解救我。在我的想像中，她在讓我看過這一切後總是把我送回了監獄。不過，好在眼淚已經減輕了我的痛苦，我雙膝跪地，開始為她祈禱祝福。」

「我希望自己就是那個孩子，爸爸。啊，我親愛的，親愛的，您明天也會這樣熱烈地為我祝福麼？」

「露西，我之所以回憶往日的種種磨難，那是因為今晚我對你的無以言表的愛，此外也是感謝上帝給了我巨大的幸福。我胡思亂想最厲害的時候，也不曾想到能與你共同生活的幸福，不曾想到我們面前還有如此美好的未來。」

他擁抱她，向上天莊嚴地讚美她，謙卑地感謝上天把她賜給了他。過後，兩人就進了屋子。

除了洛里先生之外，婚禮沒有邀請別的客人；甚至連伴娘也沒有，只有臉色難看的普羅絲小姐。他們婚後並沒有改換住處，只是擴大了住房，將樓上的房間（之前那個看不到人影的可疑租客的房子）租了過來，此外並不打算再增添什麼。

晚間便餐時，飯桌上的曼內特醫生十分高興。他們統共只有三個人，第三位是普羅絲小姐。醫生對查爾斯不在場表示了遺憾，他很不贊成這個出於愛心而將查爾斯排除在外的小小謀畫，然後真心誠意地為查爾斯祝了酒。

如此這般，到了該和露西道晚安的時間了，三個人各自回了房間。可是，凌晨三點夜深人靜的時候，露西卻又下了樓，悄悄溜進了父親的臥室：她仍然沒有擺脫之前那種難以名狀的擔心。

不過，一切都很正常，屋子裡寂靜無聲。父親睡著了，他的白髮襯在不受煩擾的枕頭上，很有畫面感；他的雙手安詳地擱在被單上。她將手裡那支用不上的蠟燭放在遠處的暗影裡，悄悄地走到他的床前，她吻了他的嘴唇，然後俯低身子端詳著他。

那張英俊的面孔上，曾流過很多牢獄生活帶來的辛酸淚水，他卻用堅定的決心掩去了淚痕，即便入睡後也沒有流露出來。那天晚上，在睡眠的廣闊世界中，你看不到一張比他更引人注目的面孔了：他正充滿警惕地與一個無形的敵人對抗，表情卻如此地平靜與堅定。

她把自己的手怯怯地放在他的胸口上，作了個禱告：她會永遠忠實於他；因為那是她滿懷愛心的渴望，也是他經歷種種不幸後應得的安慰。之後她收回了手，再一次親吻了他的嘴唇，離開了。如此這般，黎明到來了，梧桐葉的碎影在他的臉上閃爍著，輕柔得就像她為他祈禱時翕動的雙唇。

第十八章
九天時間

婚禮那天陽光明媚。一切已準備就緒，醫生卻緊閉了房門在屋裡與查爾斯．達尼談話。大家在門外等著，美麗的新娘、洛里先生和普羅絲小姐都已經作好去教堂的準備。經過了一個適應過程，普羅絲小姐已逐漸接受了無可避免的事實，這樁婚事對她而言絕對值得歡喜，儘管她仍然存留了那個念頭，認為新郎應該是她的弟弟所羅門。

「原來，」洛里先生說，他全心讚美新娘，一直圍著她打轉，欣賞她那件素雅美麗的禮服的每個細節，「原來我把你抱過海峽來是為了今天呀，我可愛的露西，你那時是那麼小的一個娃娃！上帝保佑！我那時還想，自己辦了件多麼微不足道的事！我為我的朋友查爾斯先生盡到了責任，但我對它設想得多麼不足呀！」

「那時你不會有這種想法的，」心直口快的普羅絲小姐說，「你怎麼可能知道後來的事呢？廢話！」

「真的麼？好吧。但你別哭呀。」溫和的洛里先生說。

「我沒有哭，」普羅絲小姐說，「你才哭了呢。」

「我麼，我的普羅絲？」（現在，洛里先生已經敢於偶爾跟她開開玩笑了。）

「你剛才哭過的，我看見你哭的，對此我一點也不驚訝。你送的那套銀餐具誰見了都會流眼淚的。昨天晚上禮物盒送到後，」普羅絲小姐說，「盒子裡的叉子和羹匙每一件都讓我流淚，我哭得都看不見東西了。」

「我非常高興，」洛里先生說，「不過，我以我的榮譽擔保，我並沒有意圖把這個小小紀念品藏起來不讓人看見。天吶！我應該抓住這個機會來考慮一下我的全部損失了。天吶，天吶，天吶！想想看，五十年來差不多任何時候都可能出現一個洛里太太啊！」

「沒那回事！」普羅絲小姐說。

「你認為從來就不可能出現一個洛里太太麼？」名叫洛里的那位先生問。

「哼！」普羅絲小姐回答，「你躺搖籃裡時就是個單身漢了！」

「好吧，聽起來也很有可能。」洛里先生說，愉快地整理著他的小假髮。

「你還沒有進搖籃前，」普羅絲小姐接下去說，「就註定是個單身漢了。」

「我認為，」洛里先生說，「那麼對待我就不是很公平了。我對選擇自己的生活方式應當是有發言權的。夠了！現在，我親愛的露西，」他的手摟著她的腰安慰，「我聽見他們在隔壁房間裡的響動了。普羅絲小姐和我都是正規的業務代理人，我們不想失去最後的機會，要對你說一些你願意聽到的話。親愛的，你把你父親交到了跟你一樣真誠友愛的人手裡，我們會盡可能把他照顧得好好的。你們去瓦立克郡一帶旅行的兩週裡，就連苔爾森銀行也會對他俯首貼耳的（比較而言）。等兩個禮拜過去，他會跟你和你親愛的丈夫會合，陪同你們一起去威爾斯旅行兩週，那時，你一定會說我們交給你們的是一個身心狀況最良好的他。現在，我聽見門口的腳步聲了。在某人過來認領他的妻子之前，讓我吻一吻我親愛的姑娘，給她一個老派單身漢的祝福吧！」

他捧住那張美麗的臉龐，保持了一定距離，看著她前額上那令人難忘的表情，過了會兒，帶著真誠的溫柔和體貼，又將她那頭明亮的金髮跟自己的褐色小假髮貼在了一起。倘若這樣的舉動稱得上是老派的話，那麼它老得就跟亞當一樣了。

房門開了，醫生和查爾斯·達尼走了出來。醫生臉色慘白，面無血色——他倆進屋時他並不是這種情況。他的神態倒是仍然鎮定如常。不過洛里先生敏銳的目光也看出了一些模糊的跡象，他過去那種逃避與畏懼的樣態如一股寒風剛剛在他身上刮過。

他將手臂伸向女兒，帶她下樓，將她送進了洛里先生為慶賀這一天而特意雇好的四輪輕便馬車，其他人坐另一輛馬車裡隨後。不久之後，查爾斯·達尼和露西·曼內特便在附近一座沒有陌生人看熱鬧的教堂裡舉行了幸福的婚禮。

婚禮結束時，除了眾人微笑的眼中閃爍的淚花外，還有幾顆非常光彩照人的鑽石也在新娘的手上閃耀。那是洛里先生新近從黑咕隆咚的口袋裡拿出來的。一行人又回家吃早飯，一切順利。之後，在早間的陽光中，曾在巴黎閣樓上與可憐鞋匠的白髮混在一起的金髮又與那頭白髮混在了一起。他們在門口告別。

雖然只是短暫分開，離別卻很難。不過，父親對她說了不少鼓勵的話。最後，他輕輕地鬆脫了她擁抱他的雙臂，說道：「照顧好她，查爾斯，她是你的！」

她在車窗裡向他們激動地揮著手，出發了。

街角附近沒什麼閒逛好奇的人，婚禮又極其簡單，因此就只有醫生、洛里先生和普羅絲小姐還留在原地。他們走進舊廳堂那涼爽宜人的暗影中時，洛里先生注意到醫生已發生了巨大的變化，彷彿高舉在那兒的金手臂給了他狠命的一擊。

他當然一直在壓抑著自己，可以預料的是，壓抑一旦解除就免不了會產生反彈。可是，讓洛里先生頗感不安的是，他又出現了以前那種恐懼而迷茫的神情。上樓過後，他抱住了頭，跌跌撞撞地走進了自己的房間，那副心不在焉又沮喪的模樣，讓洛里先生想起了酒館老闆德伐日和星光下的馬車旅行。

「我認為，」他匆忙考慮了一番，對普羅絲小姐小聲說道，「我覺得我們現在最好別跟他說話，也別去打攪他。我得回苔爾森去看看，馬上就去，很快就回來。然後我們就帶他去鄉下兜兜風，在那裡吃晚飯，然後一切就會好起來的。」

洛里先生進苔爾森容易，出苔爾森卻有點難，他在那裡耽擱了兩個小時。回來的時候，他沒有向僕人問明情況，直接就登上古舊的樓梯，走進了醫生的房間。一陣低低的敲打聲讓他不由停下了腳步。

「仁慈的天主！」他嚇了一大跳，問道，「那是怎麼回事？」

普羅絲小姐一臉驚惶地貼著他耳邊說：「噢天吶，噢天吶！全都完了！」她絞著自己的兩手，叫出了聲，「該和小鳥兒說什麼好？他已經不認得我了，現在在做鞋呢！」

洛里先生竭盡所能讓她平靜下來，然後走進了醫生的房間。板凳已挪過來對著日光，醫生彎著腰正在忙，與洛里先生當年見到的那個做鞋的鞋匠一樣。

「曼內特醫生，我親愛的朋友，曼內特醫生！」

醫生看了他一會兒，半是疑問，半是因為有人對他說話而生氣，隨後重又低頭做起事來。

他和過去做鞋時一樣，脫下外衣和背心放在一邊，敞開了襯衫領口，就連那憔悴暗黃的臉色也回來了。他做得很努力，也有些不耐煩──感覺好像很不高興被人打斷。

洛里先生瞥了一眼他手上的鞋子，說那鞋的尺寸和款式都太老派了。他撿起醫生身邊的另一隻鞋，問那是什麼。

「年輕女士的步行鞋，」他嘟囔了一句，沒有抬頭看，「很久以前就該做完的。別去管它。」

「可是，曼內特醫生，請你看著我！」

他照辦了，還是以前那種機械的、順從的態度，手裡的工作卻沒有停下。

「你還認得我嗎，我親愛的朋友？再想想。這並不是你本來的行當。想想吧，親愛的朋友！」

很難讓他開口說話。讓他抬起頭來，每次都馬上抬頭了，但無論怎麼勸說，他還是一個字也不肯吐。只是做鞋，做鞋，默不作聲地做鞋。跟他講出的話就像碰上了沒有回聲的牆壁或是進入了虛空。洛里先生能夠發現的唯一的希望是，有時沒有人發問，他也會悄悄抬起頭來，臉上似乎有一種略微好奇或困惑的表情──彷彿正在試圖解決心裡的某些疑問。

洛里先生覺得有兩件事比其他所有事都更加重要：第一，這事一定要對露西保密；第二，一定要對所有認識他的人保密。與普羅絲小姐協調過後，他迅速採取行動，推出了第二項預防措施：對外宣稱醫生身體不適，需要徹底休養幾天。為了對他女兒進行善意的欺騙，普羅絲小姐要寫一封信給露西，就說醫生出診去了，還虛構了一封醫生匆忙寫下的兩三行的親筆信，轉述的內容也隨同此信於同一班郵車送達給她。

除了這些可以採取的明智措施，洛里先生也希望醫生能自行恢復正常。倘若他很快就正常了，洛里先生還要採取另外一個預防措施，要針對醫生的症狀尋找一個最佳解決方案。

因為洛里先生希望醫生恢復正常，也希望第三個措施得以落實，他決定就近觀察，盡量不引起醫生注意。因此，他平生第一次向苔爾森告了假，在醫生房間的窗戶下坐定下來。

沒過多久他就發現，跟醫生說話不但無效而且有害，因為硬逼他說話，他就會變得焦慮不安。於是他在第一天就放棄了那種打算，決定只讓自己守在醫生的跟前，作為對醫生已經陷入或正在陷入的幻覺的一種靜默的抗衡。因此，他一直坐在窗邊的座位上讀書和寫字，並且用他想得出來的各種愉快而自然的方式，表明這間屋子是個自由的空間，並不是牢房。

頭一天，曼內特醫生吃完喝完帶給他的餐食，就繼續工作，一直做到天色暗到看不見為止——在洛里先生看不了書也寫不了字之後，他還繼續做了半小時。他把工具收拾到一邊，預備明天早上再用，這時洛里先生站起來對他說道：「你要不要出門一趟？」

他像之前那樣低頭看著兩側的地板，像之前那樣抬起頭來，像之前那樣低聲重複道：「出門？」

「是的，跟我出去散會兒步。為什麼不可以呢？」

他沒有試著重複那句問話，一聲都沒吭。不過，當洛里先生看到他在昏暗中向前傾身坐在凳上、手肘墊著膝頭、雙手抱著腦袋時，他認為醫生在以某種模糊的方式自言自語著「為什麼不可以」。業務代理人的精明讓他察覺到了一個有利時機，於是決心抓住它。

夜裡，普羅絲小姐和他分作兩班值守，不時從隔壁房裡走來觀察他的狀況。醫生在睡覺前來回走了許久，最後終於躺下後，卻很快就睡著了。早上他準時起床，然後就直接走到凳子邊開始工作了。

第二天，洛里先生叫著他的名字，跟他愉快地打了招呼，然後跟他談起了他倆近來都很熟悉的話題。醫生並未作答，但顯然聽明白了他的話，並且還在思考，儘管頭腦仍有點糊裡糊塗的。這就鼓舞了洛里先生。他讓普羅絲小姐白天進屋做家事，白天進出了好幾次。那時他們就安靜地談起了露西，也談起了露西的父親（他就在近旁），跟平時完全一樣，彷彿沒有任何異樣。這一切都做得很妥帖，並沒有刻意要表露什麼，每次時間都不長，也不是很頻繁，不致令他心生厭煩。洛里先生那顆滿懷友愛的心稍稍感到了輕鬆，他相信醫生抬頭聽人說話的次數增多了，好像也發覺了自己與周邊環境不一致，內心已有所觸動。

又到了黃昏時分，洛里先生像之前那樣問他：「親愛的醫生，你要不要出門一趟？」

他像之前那樣重複道：「出門？」

「是的，跟我出去散會兒步。為什麼不可以呢？」

洛里先生仍然無法從醫生那裡得到回應，這一次他就假裝出門去了。他在外面待了足足一個小時才回來。在這段時間裡，醫生移到了窗前的座位，坐在那裡望著窗下的梧桐樹。不過，洛里先生一回來，他就偷偷坐回自己的矮凳上了。

時間過得非常慢，洛里先生的希望越來越渺茫，心情越來越沉重，而且還一天比一天更加沉重。第三天來了又去了，然後是第四天，第五天，第六天，第七天，第八天，第九天。

帶著日漸渺茫的希望和越來越沉重的心情，洛里先生度過了這段令人心焦的日子。家裡的這兩人守口如瓶，而露西很快樂，什麼也沒有察覺。可是，洛里先生不能不注意到，鞋匠起初還多少有點生疏的那雙手，現在已逐漸變得極其熟練，到了第九天的黃昏，他不但比之前更加專注於工作，那雙手也比之前更靈巧熟練了。

第十九章

一個觀點

洛里先生被焦慮不安的看護工作弄得疲憊不堪，在他的崗位上睡著了。在他忐忑度過的第十天的早上，他被射進屋裡的陽光驚醒了，他在夜裡昏沉沉地睡了過去。

他揉著眼睛勉力打起精神來，有點懷疑自己還在睡夢裡。因為，當他走到醫生臥室門口往裡看時，發現鞋匠的凳子和工具已擱在一邊，醫生正坐在窗前讀書。他穿著平時穿的晨衣，那張臉（洛里先生可以看得很分明）雖然依舊很蒼白，卻平靜、勤奮而專注。

洛里先生因為醫生恢復了正常而感到滿意，但仍然迷糊了好一陣子，他無法確定醫生最近在做鞋這件事是否只是自己在做夢。因為，他不是明明看見他的朋友衣著、神態一如平常那樣正做著平時的事麼？眼前有什麼跡象能表明，給他留下了強烈印象的那件事確曾發生過呢？

可是，困惑驚訝之餘再一細想，答案又很清楚。倘若那個印象並沒有真實的、相應的、充分的原因就產生了，他賈維斯・洛里怎麼會來這裡呢？他怎麼會躺在曼內特醫生診室的沙發上、衣服未脫就睡著了呢？又怎麼會一大清早站在醫生臥室的門外思考這些問題呢？

幾分鐘後，普羅絲小姐站在他身旁低聲說著話。倘若他還抱有絲毫懷疑的話，她的話必定已讓他解除了疑惑。這一次，他的頭腦很清楚，不再懷疑了。他建議現在什麼也不用做，到了早飯時間就像沒有發生任何異常情況一樣跟醫生見面。倘若醫生的精神狀態看起來跟往常一樣，之後洛里先生就會從醫生的觀點中小心地尋求指示和引導。他非常急迫地想要求得一個答案。

普羅絲小姐聽從了他的判斷，兩人做好了細緻的安排。洛里先生有充裕的時間可以像平時那樣有條有理地洗漱打理，到早飯時間，他才穿著他一向穿的那身白襯衫和整潔的褲子出現。和平時一樣，醫生等人通知才出來吃早飯。

洛里先生設想了一套循序漸進的巧妙辦法，只要不背離這個唯一可靠的路徑，就有可能藉此方法理解醫生。起初醫生還以為露西是昨天才結婚的。他們以偶然提起的方式故意說到了今天是星期幾、是本月幾號，引起了醫生的思考和計算，使他明顯感到了不安。可是，在其他方面他仍然十分平靜，於是洛里先生決定尋求某種幫助——那幫助就來自醫生自己。

吃完早餐、收拾好盤碟之後，只剩他跟醫生在一起時，洛里先生充滿感情地說道：「親愛的曼內特先生，我很想跟你私下請教一個問題。是一個我很感興趣的奇特病例。也就是說，我覺得它很奇特；你見多識廣，或許就見怪不怪了。」

醫生看了一眼那雙因為最近做的工作而弄髒的手，露出困惑的神色，仔細聽著。他已經不止一次看著自己的手了。

「曼內特醫生，」洛里先生親切地碰了碰他的手臂，「那是我一個非常要好的朋友。請你費點心，給我出個主意。為了他好，尤其是為了他的女兒——他的女兒，親愛的曼內特。」

「如果我理解得沒錯的話，」醫生壓低了聲調說，「是某種心理休克？——」

「對！」

「說清楚一點，」醫生說，「不要遺漏任何細節。」

洛里先生看出彼此能相互理解，便說了下去。

「親愛的曼內特，這是一種延續多年的休克症，在感情和感覺上都十分痛苦、十分嚴重，正如你所說，是心理上的。病情是：病人因為心理休克而崩潰，說不出這種症狀已有多長時間，因為我相信他自己都無法計算，也沒有其他辦法計算。後來病人自行康復了，康復的過程他自己也回想不起來——我曾聽他公開講述過一次，令人印象深刻。他恢復得很徹底，像他這樣高智商的人，他已可以從事細緻的腦力勞動和繁重的體力勞動，也能持續增加他本來已十分充分的知識量。可是，不幸的是——」他停住了，深吸一口氣，「他的病情又輕微發作了。」

醫生低聲問道：「持續了多久？」

「九天九夜。」

「有什麼症狀？」醫生又看了看自己的手，「我猜想，是不是因為又接觸到某種跟休克有關的情況了？」

「正是如此。」

「嗯，」醫生清楚冷靜地問道，雖然語聲還是很低，「他最初休克時都做了些什麼？你有沒有看見過？」

「見過一次。」

「他是什麼時候復發的？他是大體上還是完全恢復了以前的狀態？」

「我想他完全恢復了以前的狀態。」

「你剛才談到他的女兒。他女兒知道他又發病了麼？」

「不知道。這件事沒有讓她知道，而我希望她最好永遠都不知道。只有我自己還有另外一個值得信任的人知道。」

醫生抓住他的手，喃喃地說：「做得很好，考慮得很周到！」洛里先生也抓住他的手，有那麼一會兒，兩個人都沒有開口說話。

「現在，我親愛的曼內特，」洛里先生終於以他最妥帖、最深情的方式說道，「我只是個業務代理人，不太會處理這類困難複雜的事情。我沒有這方面的知識，也缺乏那種才智，我需要指導。在這個世界上我要想得到正確的指導就只能依靠你了。告訴我，為什麼這種病會復發呢？還會有再次復發的危險嗎？有沒有辦法可以避免？復發了又該怎麼治療？這個病的起因究竟是什麼？我可以為我的朋友做些什麼？沒有人比我更渴望為我的朋友效勞了，倘若我知道該怎麼辦的話。可是，在目前這種情況下，我不知道該如何下手。倘若你的智慧、知識和經驗能指引我上路，我可以做許多事。倘若得不到點撥和指導，我就無能為力了。請與我討論，讓我瞭解更多情況，教導我如何發揮更大的作用。」

聽完這番真誠的告白，曼內特醫生坐著沉思了一會兒。洛里先生並沒有催促他。

「我認為，」醫生打破沉默，好不容易把話說了出來，「患者對你描述的這次病發很可能已有預料，我親愛的朋友。」

「他害怕病發麼？」洛里先生有點冒險地發問。

「很害怕，」醫生說出這話時不由自主地顫抖起來，「你不知道壓在患者心頭的這種恐懼有多麼沉重。你也不知道，要讓他談起自己所遭受的迫害又有多麼困難，哪怕一個字他也幾乎不可能提起。」

「倘若患者能夠說服自己向別人透露出來，」洛里先生問道，「是否會明顯減輕他隱藏的恐懼？」

「我想是吧。但我也要告訴你，要他向別人透露幾乎是不可能的。我認為——在某些情況下，甚至完全沒有可能性。」

「那麼，」兩人沉默了一會兒，洛里先生又將手輕輕地放在醫生的手臂上，說道，「你認為這次發病的原因是什麼？」

「我相信，」曼內特醫生回答，「一連串以異常激烈的形式再度出現的思想和回憶是導致病發的首要原因。我認為，某些最令人痛苦的強烈的聯想又在患者的記憶中復活了。他心裡很可能長久埋藏了一種恐懼，他很害怕引發那些不堪的回憶——比如某些環境，或是某個特定的時段。他嘗試著作好心理準備，卻沒有用；也許正是他的這種努力削弱了他的承受力。」

「他會記得舊病復發時的情形麼？」洛里先生問，言語間很自然地有些猶豫。

醫生神情沮喪地看了看屋內四周，搖了搖頭，低聲回答：「一點也不記得了。」

「那麼，以後會怎樣？」洛里先生暗示。

「至於以後嘛，」醫生恢復了堅定的語氣，說道，「我會抱有很大希望的。既然上天憐憫他，讓他那麼快就恢復了常態，我是抱有很大希望的。患者在某種複雜狀況的壓力之下屈服了，長久以來，他一直害怕它，模糊地預感到了它，也跟它抗爭過，現在烏雲已經崩散消失了，他又恢復了過來。我希望最糟糕的時候已經結束了。」

「好，好！這讓我很寬心了。非常感謝！」洛里先生說。

「我也很感謝！」醫生滿懷敬意地低下頭，重複著他的話。

「另外還有兩個問題，」洛里先生說，「我也很想跟你請教。我可以繼續麼？」

「你對你的朋友真是再好不過了。」醫生向他伸出了手。

「先談第一個。他很勤奮刻苦，而且精力異常充沛。為了獲得專業知識、為了完成實驗、為了許多事，他都投入了巨大的熱情。那麼，他的工作量是不是太大了？」

「我認為不大。有可能他的精神特質總會需要某種消遣活動吧。也許部分是出自他的天性，部分是痛苦的產物。占據他心靈的健康的東西越少，轉向不健康方向的危險性就越大。很可能他自己也發現了這一點。」

「你確信他不會壓力過大麼？」

「我認為我很確信這一點。」

「我親愛的曼內特，倘若他現在過度勞累的話——」

「我親愛的洛里，我不認為那樣就會過度勞累。在一個方向上有一股巨大的拉力，就需要有另一股制衡它的力量。」

「我是很固執的業務代理人，請原諒。假設他確實有一段時間過度勞累了，會不會重新引發這種紊亂呢？」

「我並不認為會這樣。」曼內特醫生自信地說，「我認為除了那一連串聯想之外，其他都不會重新引發紊亂。我認為今後應該不會復發，除非他腦袋裡的那根弦又受到某種異常的刺激。在他出現上述症狀且已恢復正常後，我很難想像還有什麼東西能強烈地刺激他。我相信，差不多可以確信，可能引起復發的環境條件已經不存在了。」

他顯得不太有把握，因為他深知心靈結構之脆弱，即便最輕微的變動也能把它攪亂，不過也很有信心，因為他從個人的磨難與忍耐中，逐漸贏得了自信。此時不宜挫傷朋友的信心，洛里先生表示了大於真實感受的輕鬆和讚賞，然後轉向第二個也即最後一個問題。他感覺這是最為棘手的難題。可是，一想到星期天早上與普羅絲小姐的談話還有最近九天來自己所觀察到的情況，他知道自己必須面對它。

「從這次發病中僥倖恢復後，受此影響，患者又重新開始了一種職業活動，」洛里先生清了清喉嚨，說道，「我們可以把它叫作——鐵匠任務，就叫鐵匠任務吧！為了舉例說明，我們不妨說他在發病的時候會習慣於在小鍛鐵爐邊工作。這回他出人意料地又在他的小鍛鐵爐邊工作起來。倘若他身邊還留著那個小鍛鐵爐，是不是讓人覺得很遺憾？」

醫生用手按住前額，一隻腳神經質地敲著地板。

「他一直把爐子留在身邊，」洛里先生擔憂地看著他的朋友說，「那麼，倘若他把那個爐子丟掉，難道不是很好麼？」

醫生的手仍然按住前額，一隻腳神經質地敲著地板。

「你覺得有點為難，不能給我個建議麼？」洛里先生說，「我明白，這問題很微妙。不過我認為——」他搖搖頭，停下不說了。

「你看，」曼內特醫生惴惴不安地停頓了一會兒，這才轉向洛里說道，「對這個可憐人最深層的內心機制很難作出前後一致的解釋。他曾經非常懷念那種職業手工，因此樂於投入其中。它使他用手指上的紊亂代替了頭腦裡的紊亂，在他變得更為熟練之後，又以手的靈巧代替了精神的折磨，這無疑大大緩解了他的痛苦。因此，一想到要把那工具放到他找不到的地方，他就不能忍受。即使到了現在，雖然我相信相比過去他對自己抱有了更多的希望，談到自己時甚或也有了某種信心，可是，一想到他可能需要那個老物件卻又找不到，便會不自禁地突然感到恐慌。我們可以想像，他內心的情狀如同一個迷了路的孩子。」

他抬起眼看著洛里先生，表情正像他用以舉例的孩子。

「不過——請注意！我是一個只會跟幾尼、先令和鈔票之類的實物打交道的單調乏味的銀行職員，我是來尋求建議的——保留了那東西會不會也導致了那種想法被保留下來呢？倘若那東西消失了，親愛的曼內特，恐懼會不會隨之消失呢？簡而言之，保留那小鍛鐵爐難道不是對那種疑慮的讓步嗎？」

又是一陣沉默。

「你也看到了，」醫生聲音顫抖地說，「那東西陪了我好多年了。」

「我是不同意把它留下來的，」洛里先生搖搖頭說道。看到醫生憂慮不安的臉色，他愈加堅定了。「我會建議他把那東西丟掉。我只希望獲得你同意。我確信那東西不會帶來好處。來！做個可敬的善人，授權給我吧！為了他女兒的緣故，親愛的曼內特！」

觀看他內心如何掙扎，讓人感覺很奇怪！

「以他女兒的名義，那麼，就這麼辦吧。我同意了。可是，我不會當著他的面把那東西弄走的。還是趁他不在的時候搬走為好。讓他外出回來後去懷念他的老夥伴吧！」

洛里先生立即答應了，談話到此結束。他倆在鄉下過了一天，醫生完全恢復了。隨後三天裡他的狀態也一直很好，到了第十四天，他離開倫敦去跟露西和她的丈夫會合了。洛里先生事先跟他說明了之前所採取的預防措施，他就按那種說辭給露西寫信，解釋了他沒有及時聯絡的原因，而她並沒有起疑。

醫生離家的那天晚上，洛里先生拿了斧頭、鋸子、鑿子和錘子走進了他的房間，普羅絲小姐帶著燭火跟了進來。房門關上後，洛里先生帶著神祕而頗感內疚的神情把鞋匠的板凳劈成了幾塊，普羅絲小姐擎著火燭，彷彿是在協助一樁謀殺——確實，她那副嚴厲的樣貌倒跟那個角色很契合。事不宜遲，板凳（之前已被劈成了碎塊）馬上就被塞進廚房的爐膛裡燒掉了；工具、鞋子和皮革料則埋在花園裡。對誠實的人來說，進行祕密破壞似乎總有某種邪惡的感覺，洛里先生和普羅絲小姐在執行任務和消除痕跡的時候，覺得自己幾乎像是一樁恐怖犯罪裡的共謀。

第二十章

懇求

新婚夫婦回家後，第一個前來祝賀的是西德尼．卡爾頓。他們回來才幾個小時，他就出現了。他的習慣、外表和態度都沒有什麼改進，卻帶了某種堅定而忠誠的神氣，那神氣在查爾斯．達尼看來卻是有點新鮮的。

他逮到機會將達尼拉到窗帷裡，趁著近旁沒人，跟他說了幾句話。

「達尼先生，」卡爾頓說，「我希望我們能當朋友。」

「我們已經是朋友了，我希望。」

「作為一種客套話，你這麼說倒是不錯，不過，我不想說任何客套話。當我說『我希望我們能當朋友』時，我希望的並不是那種意義上的朋友。」

查爾斯．達尼當然要問他是什麼意思——問的時候很愉快，也很友善。

「我敢以性命打賭，」卡爾頓微笑說，「我覺得我自己心裡很清楚，但要讓你聽懂那意思就沒那麼容易了。不過，我願意試試看。你還記得我那一次的情形麼，那天我比平時都喝得多？」

「我記得有一次你逼我承認說你喝醉了。」

「我也記得。喝醉之後的內疚總是壓在我心頭，因為我老是忘不了。我希望有一天——在我的生命徹底終結的時候——能夠被人理解！別這麼驚訝，我並不打算來說教。」

「我一點也不驚訝。你的坦誠從來不會讓我驚訝。」

「啊！」卡爾頓隨意揮了揮手，好像要把那句話趕走，「在我剛才說起的那次喝醉時，那一次（你知道那是我很多次中的一次）我在喜歡你或不喜歡你的問題上表現得很惡劣。我希望你忘掉那件事。」

「我早就把它忘了。」

「又來客套話了！達尼先生，對你來說忘了就忘了，然而對我來說卻不是那麼容易。我忘不了啊，輕描淡寫的回答也不能幫助我忘記它。」

「倘若我回答得太輕描淡寫，」達尼回答，「我為此請你原諒。我只是想把一件無足輕重的事拋到一邊，結果你卻為它那麼煩惱，這讓我非常驚訝。我誠實地向你保證，我心裡確實早就把那件事忘掉了。天吶，那樣的事有什麼要緊的！你那天幫了我那麼大的一個忙，這難道不是我最不應該忘記的大事麼？」

「至於我幫的那個忙，」卡爾頓說，「既然你這麼說了，我就有必要跟你承認，那只不過是職業性的場面話而已。對你後來會發生什麼情況，我不知道，也不是很在意。請注意！我說的是事發當時，指的是過去。」

「你這是在自我貶低你作出的貢獻，」達尼回答說，「但我不想爭辯這個了。」

「實實在在的真相，達尼先生，相信我！我已經離題太遠了。我剛才談的是我倆做朋友的事。好了，你是知道我的為人的；你知道我向來不搞高貴典雅那一套。你要是不信，可以去問問斯特萊佛，他會告訴你的。」

「我倒寧可不要他的幫助，我自有定見。」

「好吧！不管怎樣，你知道我這人落拓不羈，從來沒幹過好事，也絕不會幹好事。」

「我不知道你還有個『絕不會』呢。」

「可是我知道，你得相信我。好了！如果你能容忍這樣一個很不中用、名聲一般的人偶爾來串串門，我倒想請你給我一點這方面的特權。可以把我看作一件沒有用的家具（若不是因為我發現我倆樣貌相似，我還想加上一句：一件沒有觀賞作用的家具），因為用了多年，所以還可以接受，雖然並不被人留意。我不確定自己會不會濫用你的許可。我一年中來四次的可能性，我估計還不到百分之一。不過我敢說，只要你允准了我，我就夠滿意了。」

「何不一試呢？」

「換言之，你已經給了我這個特權。謝謝你，達尼。我可以以你的名義享用這種自由了嗎？」

「我現在就可以答應，卡爾頓。」

他倆握手約定後，西德尼就走開了。此後不到一分鐘，他的外表又恢復了過去那種不可靠的神氣。

他告辭後，查爾斯．達尼和普羅絲小姐、醫生以及洛里先生一起度過了那個晚上。其間他大略提起了這次談話，說到西德尼．卡爾頓這個人，雖然言行有些不得體、也有點輕率魯莽，但大致說來達尼並沒有對他作出很激烈或很苛刻的評價，只是和常人一樣如實看待他。

他沒有想到，這番話卻引發了他那年輕美麗妻子的一番愁緒。此後他走進內室時，發現她正等著他，又和之前那樣明顯地皺起了眉。

「今天晚上有心事呢！」達尼伸出手臂摟住了她。

「是的，最親愛的查爾斯，」她的手按在他的胸口前，帶著體貼而探詢的表情，看著他，「今晚確實有些心事，因為我在想一些事。」

「是什麼呢，我的露西？」

「倘若我求你不要問，你能答應我絕不逼我回答任何問題麼？」

「我能答應？我有什麼不能答應我愛的人呢？」

的確，還有什麼不能答應她呢？他一隻手撥開她臉頰邊的金髮，另一隻手抵在她的心口上，那一顆為他跳動的心！

「查爾斯，我想可憐的卡爾頓先生應當得到我們更多的關心和尊重。比你今晚所說的要更多。」

「真的麼，因為我說的話？為什麼？」

「那正是你不能問我的。但是我認為——我知道——他確實值得我們的關心和尊重。」

「既然你知道，那就夠了。你要我做什麼呢，我生命中的最愛？」

「我最親愛的，我要請求你，永遠寬宏大度地對待他，他不在場的時候，對他的缺點也要非常包容。我要請求你相信：他很少向人吐露心事，而且心裡有嚴重的創傷。我親愛的，我曾見過他的心流血。」

「想到我可能錯待了他，」查爾斯．達尼非常吃驚地說道，「這讓我感覺很難受。我從來沒有把他往那個方向想。」

「我的丈夫，他就是這個樣子。我擔心他是不會改變了。現在要想改變他的性格或命運，恐怕是沒有希望的。但我相信他可以做好事、做很得體的事，甚至是很高尚的事。」

她對這個迷途之人的純粹信任讓她顯得如此美麗，她的丈夫可以這樣看著她，一連看上幾個小時。

「而且啊，我最親愛的人，」她更加依偎著他，把頭貼在他的胸口，抬起眼睛看著他的眼睛，叮囑說，「請記住，我們越是沉浸在幸福中，他就越是痛苦而脆弱。」

這個請求觸動了達尼的心。「我會永遠記住你的話的，我的心上人！有生之年我都會牢記。」

他俯身傾向滿頭金髮的愛人，雙唇貼上了她那玫瑰色的雙唇，他把她摟在懷裡。倘若那個孤苦的漫遊者此時正在黑夜的街頭徘徊，倘若他能夠聽到她那純真無邪的傾訴、看到她的丈夫吻去了從她那雙藍眼睛裡滴落的眼淚，他也許會對著黑夜呼叫的——這樣的話語想必不是第一次從他的口中說出：

「為了她如此美好的同情心，願上帝保佑她！」

第二十一章
迴響的跫音

前面已說過，醫生所住的街角是可以傾聽回聲的絕佳地點。露西永遠忙著用金線纏裹著她的丈夫、她的父親、她自己和她的老管家、老夥伴，讓大家過著平靜幸福的日子。她常常坐在街角這間靜謐的屋子裡，傾聽著歲月迴響的跫音。

她雖然是非常幸福的年輕妻子，有時也會慢慢放下手裡的活計，目光也隨之黯淡。因為在那回聲中，有某種遙遠、輕微、幾乎很難聽清楚的東西正向她走來，常常攪亂她的心神。悸動不安的希望（對一種她仍然未知的愛的希望）和疑慮（對她是否能留在世間享受那新的歡愉的疑慮）分裂了她的心緒；她假想自己很早就去世，於是便聽到了在自己墳墓邊響起的腳步聲；一想到丈夫會孤獨地留在世上，為她如此地憂傷，她的眼睛頓時湧滿了淚水，又像浪花一樣崩散。

那個時刻過去後，她的小露西躺在了她的懷裡。於是，在近處的回聲中又有了小孩子的腳步聲和她的牙牙學語聲。四周的回音再怎麼嘈雜，搖籃邊的年輕母親也總能聽見那趨近的腳步聲和語聲。它們來了，陰暗的屋子因為孩子的歡笑聲頓時變得陽光燦爛，孩子的神聖之友——上帝——似乎把她的孩子抱在懷中（她煩惱的時候總會向祂傾訴），正如很多年前祂也曾抱著另一個孩子。這讓她感到了一種聖潔的喜樂。

露西永遠忙著用金線把所有人纏繞在一起。她辛勤編織成的幸福，影響了、也左右了他們的生活。在歲月的回聲中，她聽到的都是友愛和撫慰的聲音，這其中，她丈夫的腳步聲是有力而生機勃勃的，她父親的腳步聲是堅定而穩健的；聽哦，普羅絲小姐的腳步聲如同一匹難以駕馭的戰馬，在金線轡頭和鞭子的管制下，也只能在花園的梧桐樹下噴著鼻息、刨著泥土！

此外，即使也曾有過悲傷的聲音，卻並不刺耳，也沒有讓人痛苦欲絕。那時，一個小男孩那長得和她一樣的金髮垂落在枕頭上，如神的光環般圍繞著他憔悴的臉龐。孩子綻出燦爛的微笑，說道：「親愛的爸爸媽媽，我很難過，我要離開你們了，要離開美麗的姊姊了。但我已得了召喚，我必須離去！」即便在那個交託給她的靈魂離開時，那濡溼了年輕母親的面頰的眼淚也不全然是痛苦的。不要讓他們再受苦，不要阻止他們。[1]他們看到了天父的聖容。啊天父，祢的神聖的話語！

於是，天使振翅的窸窣聲便跟別的回聲混合在一起了，它們不全然是塵世的聲音，其中已包含了天國的氣息。微風歎息著，拂過了花園裡的一個小小墓地，那歎息也匯入了回聲中。在露西的耳中，它們只是低聲的呢喃，有如夏日沙岸上大海的呼吸。那時，小露西正滑稽地在忙早上的「工作」，要不就坐在媽媽的腳凳上給娃娃穿衣服，用融合了在她生活裡的兩個城市的語言嘰嘰喳喳地說著話。

回聲中很少傳來西德尼·卡爾頓的腳步聲。一年中，他最多只有五、六次使用了不請自來的特權，到來後他只是和露西一家坐一個晚上，跟以往一樣。他從來沒有醉醺醺地來訪。回聲中還有千百年來真誠的人們發出的低語聲，正說著與他有關的另一件事。

倘若一個男子真正愛上了一個女子，失去了她，在她做了妻子和母親後仍然無可指責、一如既往地理解她，她的孩子對他總會有一種奇怪的同情心——一種本能的微妙憐憫。在這種情況下，究竟觸發了怎樣隱祕細微的感情，回聲沒有作任何解釋。但現在的情況正是如此。卡爾頓在這兒的情況也是如此。卡爾頓是小露西對之伸出肥嘟嘟手臂的第一個陌生人。他在她的成長過程中一直保持了這種地位。小男孩臨終前也說到他。「可憐的卡爾頓！替我親親他！」

斯特萊佛先生像一艘在濁浪中行進的巨型汽輪般在司法界橫衝直撞，身後拽著他那位很有用的朋友，就像大船拖了條小船。蒙受了這種寵愛的小船總會陷入困境，大部分時間都淹沒在水裡，因此西德尼也過著這樣的倒楣日子。但不幸的是，習慣是輕鬆而頑固的，它在他身上比所有刺激性的孤獨感或羞辱感都更為輕鬆、更為頑固。他就這麼過著日子，不再考慮擺脫充當獅子下手的豺狗的狀態，正如真正的豺狗不會想到變成獅子一樣。斯特萊佛有錢了，他娶了個花枝招展的寡婦，得了一筆財產和三個男孩。三個孩子沒什麼特別出眾的地方，除了湯糰似的腦袋上豎直的頭髮。

斯特萊佛先生曾像趕綿羊一樣讓這三位少爺走在他前面，來到蘇豪區那個平靜的街角，每個毛孔裡都散發出那種最為無禮的施主派頭。他要露西的丈夫收他們作學生，話中有話地說道：「嘿！你們夫婦野餐的時候，這可是送上門的三個起司麵包啊，達尼！」但這三個起司麵包都被客客氣氣地謝絕了，把斯特萊佛先生給氣壞了。之後他在培養三位少爺時就借題發揮，教導他們以後要當心窮酸又

1 出自《聖經・新約・馬太福音》第十九章。原文為：「耶穌說，讓小孩子到我這裡來，不要禁止他們。因為在天國的，正是這樣的人。」

傲氣的人，比如那個家庭教師。他還有個習慣，喜歡一邊喝著美酒一邊向斯特萊佛太太誇口，說達尼太太當初玩過花招，想把他「釣上手」，而他自有一套以金剛鑽對金剛鑽的招數，才使自己「沒有上鉤」。王座法院的熟人偶爾跟他一起喝酒，也聽他撒了這個謊，他們都原諒了他，說他謊言重複太多遍，連自己也信以為真了。起先犯了個錯，如此不可救藥地變本加厲，這種傢伙倘若被帶到一個合適的僻靜地點暗中絞死也是活該。

這些聲響都是露西在街角的家中時而憂鬱地沉思、時而被逗得發笑時聽見的，一直聽到她的女兒長到了六歲。孩子的腳步聲、親愛的父親永遠活躍而克制的腳步聲、她丈夫的腳步聲，它們與她的心貼得那麼近，這些都無須多言了。她以她的才智和優雅操持著家務，日子過得充裕、節儉，沒有絲毫的浪費，不消說，這個和睦家庭的最輕微的回音對她而言也如同美妙的音樂。還有，她的耳裡還時常聽到甜蜜的回聲：有好多次，父親曾告訴她，她在婚後比未婚單身時對他更加孝順了（如果那還有可能的話），有很多次，她丈夫曾告訴她，家務的煩惱與責任似乎並沒有分散她對他的愛和幫助，他問她：「你把我們幾個照顧得那麼周到，彷彿我們只有一個人，卻既不顯得太匆忙，也沒有弄出一大堆事。親愛的，你有什麼魔法？」

可是，在這個時段中，遠方也一直傳來了隆隆的回聲，將不祥的訊息傳到了那個街角。現在，在小露西六歲生日那天，那些隆隆的回聲開始變得可怕起來，自法蘭西生成的一場大風暴似乎正欲掀起滔天的海浪。

一七八九年七月中旬的一個晚上，洛里先生從苔爾森過來時天色已晚。他走到黑黢黢的窗前，在露西和她丈夫身邊坐下了。那是一個炎熱的風雨欲來的夜晚，三個人都回憶起多年前那個星期天的晚上，那時他們曾在同一個地方觀看閃電。

「我開始覺得我今晚應該待在苔爾森，」洛里先生把他的棕色假髮往後一按，說道，「白天我們手忙腳亂，忙得都不知道該如何對付了。巴黎的局勢十分動盪。事實上我們接手了大批的信託業務，那邊的客戶似乎迫不及待地要把財產託付給我們。有些客戶實在急瘋了，還想把財產弄到英格蘭來。」

「看起來情況很糟糕。」達尼說。

「你是說情況很糟糕麼，親愛的達尼？是的，但我們不知道這其中有什麼緣由。這些人簡直不可理喻！我們苔爾森有些人年紀越來越大，實在受不了這種無適當理由的逾越常規。」

「可是，」達尼說，「你看天空有多麼暗沉，這預示著什麼，你是知道的。」

「我當然知道，」洛里先生表示同意，自我辯解說他的好脾氣也會變壞，他嘟囔道，「但我心煩意亂了一整天，難免有些煩躁啊。曼內特在哪兒？」

「在這兒。」醫生這時正好走進這間黑屋子裡。

「我很高興你在家，這種忙亂和不祥的預感糾纏了我一整天，弄得我無緣無故地神經緊張，你不打算出去吧？」

「不打算出去。如果你願意的話，我想跟你玩雙陸棋呢。」醫生說。

「老實說，我不太想玩雙陸棋。今天晚上我不太適合跟你對局。茶盤還在那兒麼，露西？我看不見。」

「當然，已經給您準備好了。」

「謝謝，我親愛的。寶貝女兒已經睡安穩了？」

「睡熟了呢。」

「那就好，一切平安無恙！我不知道這裡的一切有什麼理由會不平安，感謝上帝。但我已被煩了一整天，而我也不再像過去那樣年輕了！我的茶呢，親愛的？謝謝。過來吧，咱們圍坐一圈，靜靜地坐著，聽聽回聲。你對回聲還有一套理論呢。」

「不是什麼理論，只是幻想罷了。」

「就當是幻想吧，我聰明的寶貝，」洛里先生拍拍她的手說，「但今晚的回聲很多，而且很喧鬧，是不是？你仔細聽啊！」

這一小群人坐在倫敦黑暗的窗前時，在遠方的聖安東尼區，卻有迅疾、瘋狂、危險的腳步正闖入所有人的生活。所經之處一旦沾染了鮮紅的血，就再也難以洗淨。

那天早上的聖安東尼，黑壓壓一大片的衣衫襤褸的人正潮水般湧來又退去。如波濤般攢動的人頭上不時有亮光閃過，那是鋼刀和刺刀在陽光下熠熠閃耀。聖安東尼的喉嚨發出了高聲的怒吼，赤裸手臂的森林在空中搖撼，如冬日寒風中乾枯的枝條。不管離得有多遠，所有的手指都不自禁地去抓取從地下深處拋上來的武器或類似武器的東西。

這些武器每次幾十把，歪斜著、抖動著突然就飛了出來，出現在人群的頭頂，有如某種閃電；是誰拋上來的、從哪兒拋上來的、在哪兒開始拋的、又經過什麼人轉手，人群中沒有人能說出個所以然。但是，還有人在分發毛瑟槍、子彈、火藥、炮彈彈丸、鐵棍、木棍、刀子、斧頭和長矛，總之，錯亂的創造精神所能發現或者想得出來的一切武器都應有盡有。什麼東西也沒抓到的人就從牆上扒拉出石頭和磚塊，兩手弄得鮮血淋漓的。聖安東尼每個人的脈搏和心跳都如此緊張、興奮，像是發了高燒。所有人都發了狂，已將生死置之度外，隨時準備犧牲。

如同沸水總有一個中心，眼下這些暴民就圍著德伐日的酒館，沸騰的大鍋裡的每一滴水（每一個人）都受到了漩渦中心的德伐日的吸引。此時，已被火藥和汗水弄得滿身髒汙的德伐日正在震耳欲聾的喧囂中辛苦忙碌著，發布命令，分發武器，把這個人往後推，把那個人往前拉，拿走一個人的武器，又交給了另外一個人。

「跟在我身邊，雅克三號，」德伐日叫道，「還有你們，雅克一號、雅克二號，你們倆分頭行動，把這些愛國者盡量召集在身邊。我老婆在哪兒？」

「嗨，在這兒呢，你看見了吧！」老闆娘像往常那樣鎮定自若，只是沒有織毛線。她的右手堅定地握著一把斧頭，沒有去拿更輕便的武器，腰帶上還插了一把手槍和一柄鋒利的短刀。

「你去哪兒，老婆？」

「現在我跟著你，」老闆娘說，「不久過後，你會看見我走在婦女隊伍的最前面。」

「那就來吧！」德伐日高呼道，「各位愛國者、各位朋友！咱們已作好了準備。到巴士底去！」

怒吼聲隨之而起，彷彿全法蘭西的人都迸出了同一個令人憎惡的字眼。人潮一浪接著一浪，一浪高過一浪，漫捲過整個城市，來到了那個地點。警鐘已敲響，戰鼓已擂起，人潮衝擊著新的海岸，發出了隆隆的轟鳴聲。攻擊開始了。

深壕塹，雙吊橋，厚重的石牆，八座巨大的塔樓。大炮、毛瑟槍、火光與煙霧。酒館老闆德伐日穿過了火光，穿過了煙霧，又進入了火光，進入了煙霧，因為人潮已將他推送到一門大炮前，而他在轉瞬間變成了一名炮手。酒館老闆德伐日像一個勇敢的士兵那樣激戰了兩個小時。

深壕塹，單吊橋，厚重的石牆，八座巨大的塔樓。大炮、毛瑟槍、火光與煙霧。一座吊橋已經塌了！「幹啊，同志們，幹啊！幹啊，雅克一號、雅克二號、雅克一千號、雅克兩千號、雅克兩萬五千號；以所有天使或魔鬼的名義——你們喜歡哪個就用哪個，幹啊！」酒館老闆德伐日仍然在舉槍射擊，槍管已經發燙了好久。

「跟我來，你們這些婦女！」他的妻子叫道，「嗯！把它拿下來後，我們也可以像男人一樣殺敵的！」成群結隊的婦女如飢似渴地尖叫著，跟隨在她身後。她們攜帶著各式不同的武器，卻都懷著同樣的復仇的渴望。

大炮，毛瑟槍，火光與煙霧，但面前仍然是深壕塹、單吊橋、厚重的石牆和八座巨大的塔樓。因為有人受傷倒下了，洶湧的人潮進行了少量的人員替換。噴火的武器，燃燒的火把，一車車冒著煙的溼柴草，附近各個方向上爭奪路障的廝殺，尖叫聲，槍彈齊射聲，咒罵聲，奮不顧身的勇氣，轟鳴聲，碎裂聲，咔嗒聲，人潮的憤怒的咆哮聲。但面前仍然是深壕塹、單吊橋、厚重的石牆和八座巨大的塔樓。酒館老闆德伐日還在舉槍射擊，持續開火四小時後，槍管已是雙倍地發燙。

巴士底獄裡探出了一面白旗，開始談判——白旗在憤怒的風暴中依稀可見，談判的聲音卻聽不見。突然間，人潮無法估算地擴展開來、洶湧起來，將酒館老闆德伐日推過了放下的吊橋、推過了厚重的石頭外牆，然後又推進了已經投降的八座塔樓。

席捲向前的人潮不可阻擋，他連深吸一口氣或轉一轉頭都很艱難，彷彿正在南太平洋的浪濤中奮力掙扎。最後，他來到了巴士底獄的外間院落中。他貼住了一堵牆的拐角，這才掙脫開來四下看了看。雅克三號就在他的身邊；德伐日太太仍然帶著幾個婦人打頭陣，就在監獄內的近處，她的手裡拿著短刀。到處都是騷動、狂喜、震耳欲聾的瘋狂的混亂，有極度的喧囂，還有憤怒的默劇。

「各位囚犯！」

「紀錄！」

「祕密牢房！」

「刑具！」

「各位囚犯！」

在所有這些呼叫聲中，在一萬個此起彼落的回應中，「囚犯」是被湧入的人潮應和得最多的一個聲音，彷彿有無窮盡的人在無窮盡的時間和空間裡應和著。最先進入的人押著一幫獄吏，已然發出了威脅，倘若還有任何一個祕密角落沒有打開就會立即處死他們。德伐日把他強有力的手掌按在其中一個看守的胸前（那人頭髮灰白，手裡拿了一把火炬），將他與其他人分開，逼到了牆壁前。

「帶我去北塔！」德伐日說，「快！」

「我會一五一十告訴你的，」那人回答，「倘若你跟著我走的話。不過那兒沒有關人。」

「北塔一零五是什麼意思？」德伐日問，「快！」

「先生，是哪種意思？」

「是囚犯還是牢房的名字？你是不是想找死？」

「殺了他！」啞喉嚨雅克三號走近前來叫道。

「是牢房的名字，先生。」

「帶我去！」

「往這邊走。」

因為德伐日和看守的談話似乎並不會往流血的方向發展，平日一向衝動的雅克三號明顯感覺有些失望了，他抓住了看守的手臂，而德伐日抓住了他的手臂。在這次短暫會談期間，他們的三顆頭碰在了一起——要想彼此聽見也只能如此：這時，衝進監獄的人潮已淹沒了庭院、過道與樓梯，周圍極度喧嚷。監獄外面，圍合起來的人潮也發出了聲嘶力竭的怒吼，持續衝擊著監獄高牆，這其中不時有人爆發出一兩聲吶喊，猶如濺到半空中的浪花飛沫。

德伐日、看守和雅克三號相互搭著手臂，以最快速度穿過了終日不見陽光的拱門，走過了黑黢黢的密室和牢房，看到了一扇扇可怕的門，走下了一段洞穴般的臺階，又登上了磚石砌成的陡峭粗礪的上坡臺階（與其說像臺階，倒不如說更像乾涸的瀑布）。時時處處都會碰到湧來的人潮，特別是剛開始的時候；不過，當他們走了一段上坡路，繞了一道彎登上一座塔樓之後，就只剩下他們三個了。這裡被封閉在厚重的石牆和拱門內，巴士底獄內外的風暴在他們聽來只是一種減弱了的悶響，彷彿剛剛擺脫掉的外面的噪音已破壞了他們的聽覺。

看守在一道矮門前站停了。他將一柄鑰匙插進了咔嗒作響的鎖裡，慢慢推開了門，德伐日和雅克三號低了頭走進門內時，他解說道：「這就是北塔一零五！」

牆壁高處有一扇裝了粗格柵、未安玻璃的小窗，窗前被一道石屏擋住，因此，非得彎低了腰往上看才能見到一線天空。進門幾步有一個小煙囪，煙囪出口也用橫向鐵柵封閉了。壁爐裡留了一堆已經長毛的陳年炭灰。室內有一張板凳、一張桌子、一張鋪了草墊的床，四面牆壁都被熏黑了，有一面牆上還有一個生了鏽的鐵環。

「拿火炬慢慢照這幾堵牆壁，我要仔細看看。」德伐日對看守說。

那人照辦了，德伐日跟著火炬的光亮察看起來。

「停！——看這兒，雅克！」

「A．M！」雅克三號激動地讀了出來。

「亞歷山大．曼內特，」德伐日貼著雅克三號的耳朵說道，被火藥熏黑的手指依樣劃寫著那兩個字母，「這兒他還寫了『一個可憐的醫生』。而且，毫無疑問，在這塊石頭上劃出日曆的也是他。你手上拿了什麼？撬棒麼？把它遞給我。」

他手裡還抓著放炮用的火繩杆。他快速交換了這兩樣工具，轉身朝向滿是蟲蛀孔洞的桌子和凳子，三兩下就把它們砸得粉碎。

「火把舉高一點！」他怒氣沖沖地對看守說，「雅克，在這些破木片中間仔細檢查一下。看好！這是我的刀，」他把刀扔給雅克，「把床墊劃開，在鋪草裡找找看。你這傢伙，火把舉高一點！」

他狠狠地瞪了看守一眼，爬上壁爐，往上看煙囪通道，用撬棍敲打、撬動著煙囪壁，還捅了捅橫在煙囪上的鐵柵。弄了幾分鐘後，落下了一些灰泥和塵土，他轉過臉躲開了；他在煙囪裡、在陳年炭灰裡、在被撬棒捅穿的煙囪縫隙裡仔細尋找著。

「碎木頭裡、鋪草裡都沒有麼，雅克？」

「沒有。」

「我們把這些東西堆攏到牢房中間。好了！點火吧！」

看守點著了這一小堆東西，火焰躥得很高，也很熱。他們聽任火堆在裡面繼續燃燒，再次彎低了腰，從低矮的牢門走出來，原路返回來到了庭院。當他們從塔樓下來，再度置身於喧囂的人潮中時，似乎又重新恢復了聽覺。

他們發現湧動奔走的人潮正在尋找德伐日。聖安東尼的民眾在大聲呼叫，要酒館老闆領頭押解那個死守巴士底獄、射殺民眾的監獄長。不然的話，就無法押送他到市政廳去受審；不然的話，就會讓他趁機逃脫，就不能為流血犧牲的民眾報仇雪恨了（多年來一文不值的血現在突然有點值錢了）。

在憤怒吼叫和爭論不休的人潮中，那位面色陰沉的老監獄長身穿灰色大氅，佩戴了紅色勳章，顯得格外突出。可是，眾聲喧嘩中卻有一個人屹立不動，那是個婦人。「看，我的丈夫來了！」她大叫一聲，手指向了他，「看，德伐日！」她緊挨著那個面色陰沉的老監獄長站著，一直寸步不離；當德伐日和其他人押著他走過街道時，她寸步不離；當他即將被押到目的地、有人從背後打他時，她寸步不離；當有人用刀刺戳他，拳頭狠狠地砸在他身上時，她仍然寸步不離。此後當他倒地死去後，她卻突然活躍了起來，一隻腳踩在他脖子上，用那把早就準備好了的鋒利短刀將他的腦袋砍了下來。

聖安東尼實施它可怕設想的時刻到了，它要把人像街燈一樣吊起來公開示眾。聖安東尼的群眾血脈僨張，鐵腕的專制統治者的血就淌了下來，淌在了監獄長當場橫屍的市政廳臺階上，也沾在了德伐日太太的鞋底上——為了將監獄長斬首，她曾用腳踩定了他的屍體。「把那邊那盞燈放低一點！」聖安東尼四處張望著，在尋找新的殺人方式，然後叫道，「這兒還押了一個他的士兵，讓他給死人站崗吧！」那個哨兵也被人搖搖晃晃地吊了起來。人潮又繼續往前湧了。

黑色的氣勢洶洶的人潮，浪濤與浪濤間破壞性的撞擊升騰，其深度不可預測，其力量也無法預知。無情地洶湧翻騰著的人的海洋，復仇的吼聲，在苦難熔爐中變得無比冷酷的臉，憐憫再也無法在它們那裡留下印記。

人潮人海中，雖然每一張臉都有同樣的凶狠與憤怒的生動表情，卻有兩組面孔與眾不同——每一組都是七個人——它們與別的面孔形成了鮮明的對比。大海從來不曾沖刷出比它們更加值得紀念的海難殘骸。七名囚犯突然被席捲他們墳墓的風暴解放了出來，他們被高高地托舉在頭頂上：他們是如此地恐懼、茫然、惶惑、驚訝，彷彿末日已經到來，而周圍那些狂歡慶祝的人已然迷失了靈魂。還有七個人被托舉得更高，那是七張死去的面孔，他們垂下的眼瞼和半睜的眼睛也在等著末日審判。這些無知覺的臉，仍然帶著一種有所遲疑、並不甘心的表情，更像處在某種可怕的停頓中，正要抬起垂下的眼簾，翕動那沒有血色的嘴唇來作證：「是你殺了我！」

七個囚犯被釋放了，七個血淋淋的人頭插在了矛尖上，至於那個被詛咒的有八座塔樓的堡壘，它的鑰匙、某些被發現的信件、多年前就絕望死去的囚犯的遺物——諸如此類的東西，在一七八九年七月的中旬，被聖安東尼的民眾護送著經過了巴黎的街頭，腳步的回聲可謂震天動地。現在，但願上天擊敗露西．達尼的幻想，讓那些人遠離她的生活！因為，他們是如此地輕率、瘋狂而危險；在德伐日酒館門前打破酒桶多年之後，他們的腳足一旦沾染了鮮血，就再也難以洗淨了。

第二十二章

海濤席捲

面貌憔悴的聖安東尼只狂歡了一個禮拜，這段時間裡，它用友善的擁抱和相互慶賀來調味，讓它那又硬又苦的麵包盡可能地鬆軟了些。德伐日太太又像往常那樣坐在櫃檯後接待著顧客。她頭上沒有插玫瑰花，因為在短短一週之內，之前來拉關係的密探都已變得極其警惕，不敢把自己送上門來領教聖安東尼的仁心善舉。街上的路燈正不祥地晃蕩著呢！

德伐日太太坐在清晨的和煦日光裡，兩臂交疊在胸前，注視著酒館和街上。酒館裡和街頭上都有幾撥骯髒又貧苦的流浪漢，但現在，一種權力感已明顯取代了他們的窮困處境。歪戴在最倒楣的腦袋上的最破爛的睡帽帶有這樣一種不太正當的意味：「戴這頂破帽子的我知道日子過得有多麼艱難，但你知道嗎，戴這頂破帽子的我要取你的性命又有多麼容易？」這些光著上身的人以前沒有工作，現在隨時準備開工了，因為拳頭可以開打。編毛線的婦女下手也非常狠毒，她們已有了撕扯的經驗。聖安東尼的外表發生了某種變化；數百年的錘打塑造了它這個模樣，但最後幾錘卻強有力地決定了它的表情。

德伐日太太坐在那裡觀察著，帶著聖安東尼的婦女領袖特有的那種默許的表情。她的一個姊妹同胞在她身邊織著毛線。這個矮胖婦人是窮苦雜貨小販的妻子，也是兩個孩子的母親。這位副手已經贏得了「復仇女神」的美名。

「聽！」「復仇女神」說，「留神聽！誰來了？」

彷彿點著了從聖安東尼區周邊一直拉到酒館門口的一根導火線，一陣低語聲飛快地傳遞了過來。

「是德伐日，」老闆娘說，「安靜，各位愛國者！」

德伐日氣喘吁吁地跑了進來，脫下頭上戴著的紅便帽，四下看了看。「聽著，這裡的各位！」老闆娘又說，「聽他說話！」德伐日站在那兒喘著氣，背對著後面很多熱切的眼睛和張開的嘴巴；酒館裡的人一下全都站起了身。

「說吧，當家的，什麼事？」

「從另一個世界傳來的消息！」

「怎麼回事？」德伐日太太不屑地叫道，「另一個世界？」

「這兒的人還記得老傢伙弗隆[1]嗎？他曾對忍飢挨餓的人說過『你們可以吃草』。他不是已經死了，進地獄了麼？」

「記得的！」所有人的喉嚨都這麼回應。

1 指約瑟夫．弗朗索瓦．弗隆．德．杜耶（一七一七—一七八九），一七七一年任法國財政部長，在任期間貪贓枉法，無惡不作，一七八九年七月二十二日被處死。他是法國大革命中最早死於群眾暴力的當權者。

「是和他有關的消息。他就在我們中間！」

「就在我們中間！」所有人的喉嚨又叫了起來，「他不是死了麼？」

「沒有死！他很害怕我們——他的確有理由害怕——於是造出了已死的假象，還搞了個假出殯。但有人發現他還活著，就躲在鄉下，便把他抓住押進了城裡。我剛才還看見他被當作囚犯押往市政廳去。我說過，他有理由害怕我們。大家說說看！他是不是有理由害怕？」

那個已經七十多歲的可惡罪人倘若聽到這眾口齊聲的回答，即便還不明白怎麼回事，肯定也會發自內心地感到害怕了。

隨後是完全靜默的片刻。德伐日和他的妻子目光堅定地彼此看著。櫃檯後的「復仇女神」彎下了腰，從自己腳邊把軍鼓移了出來，鼓被碰響了。

「各位愛國者！」德伐日聲音果決地問道，「我們準備好了麼？」

德伐日太太的刀立刻插進了腰帶；鼓聲在街上敲響了，鼓手和鼓就像使出魔法飛了出去；「復仇女神」發出了可怕的尖叫，伸出雙臂在頭頂揮舞，彷彿四十個「復仇女神」同時集於一身，她從一間屋子跑去另一間屋子，把婦女都鼓動了起來。

男人很可怕，他們懷著嗜血的憤怒從窗戶瞧了一眼，抓起手頭的武器就一齊湧上了街頭。婦女的樣子也能讓最勇敢的人膽寒。她們拋下了赤貧生活帶來的家務事，拋下了孩子，拋下了蜷縮在光禿禿的地板上忍飢挨餓、衣不蔽體的老人和病人，披頭散髮地跑了出來，此呼彼應，言語和行動都變得極其瘋狂。「姊姊，壞蛋弗隆給抓住了！」「媽媽，老弗隆給逮住了！」「女兒啊，惡棍弗隆給抓住了！」之後，又有二十來個婦女加入了她們的行列。她們捶著胸脯，扯著頭髮，尖聲叫道：「弗隆還活著！」「弗隆曾對忍飢挨餓的人說過『你們可以吃草』！」「我沒有麵包給我爸爸吃的時候，弗隆那傢伙卻對他說『你可以吃草』。」「我這對奶子因為受窮沒了奶水，弗隆卻說我的娃娃可以吃草！」「啊，聖母瑪麗亞，這個弗隆！」「噢天吶，我們受了多少苦！」「聽我說，我死去的孩子和我病弱的爸爸：我跪在地上、跪在石頭上發誓，我要為你們向弗隆報仇！」「你們這些男人、各位弟兄、你們這些年輕人，給我們弗隆的血。」「給我們弗隆的頭，給我們弗隆的心。」「給我們弗隆的身體和靈魂。」「把弗隆碎屍萬段，挖個坑把他埋到地裡去，讓青草從他身上長出來！」這麼叫囂著，許多婦女便盲目地狂亂起來，原地打著轉，捶打身邊的朋友並加以撕扯，最後激動得昏暈了過去，幸虧家裡的男人出手相救，才沒有被人踩在腳下。

不過，她們可沒有浪費時間，一點也沒有！這弗隆現在就在市政廳，有可能被釋放。只要聖安東尼還記得它受過的苦難、侮辱和冤屈，就絕不能放過他！手持武器的男人和婦女從聖安東尼區蜂擁而出，跑得飛快，吸引力是如此之大，以致把最後幾個猶豫不決的人全都席捲了去。不到一刻鐘，聖安東尼的心臟地帶除了乾癟老太婆和吵鬧哭叫的孩子就什麼人都沒有了。

沒有人了。此刻他們已擠滿了那個醜陋、邪惡的老頭子所在的審判廳，人多擠不進去，還湧入了附近的空地和街道。德伐日夫婦、「復仇女神」和雅克三號擠到了大廳裡的最前一排，離那老頭子並不太遠。

「看啊！」德伐日太太叫道，用她的短刀指著，「那老壞蛋被用繩子綁起來了。幹得好，在他背上捆上一把草。哈！哈！幹得好。現在就讓他吃草！」德伐日太太把短刀夾在腋下，好像看戲一樣鼓起掌來。

站在德伐日太太背後的人馬上就把她感覺滿意的原因告訴了他們背後的人，他們背後的人又向其他人解釋，那些人又再向其他人解釋，於是附近街上也響起了掌聲。同樣，在兩三個鐘頭的審判期間，法庭上說了一大堆廢話，德伐日太太常常會不耐煩地發表意見，這些話被人聽到了，馬上就會以驚人的速度在遠處得到回應；這一點也不難，因為有幾個身手極其敏捷的人爬上了建築物的外牆，正從窗戶往裡瞧。他們和德伐日太太很熟，於是就充當了她跟外面民眾之間的活電報。

最後，太陽已經升得那麼高了，一道柔和的陽光直射到那老囚犯的頭上，彷彿預示了某種希望或保護。這樣善待他太過分了，不能容忍。那些站在他身邊礙手礙腳了很長時間的廢物馬上就給轟走了，聖安東尼逮住了他！

這個變化立即直接傳到了最週邊的人群那邊。德伐日剛跳過一道欄杆和一張桌子把那個倒楣傢伙死死地抱住、德伐日太太剛跟上去一把抓住捆緊他的一根繩子、「復仇女神」和雅克三號還沒來得及趕上、窗戶上的人還沒來得及像猛禽從高枝飛撲而下般跳進大廳，整座城市就似乎已經響起了一片吶喊聲：「把他押出來！押到路燈下去！」

跌跤了，爬起來，頭朝下撲倒在市政廳外的臺階上；一會兒跪下，一會兒站起，一會兒仰面倒地；一會兒又被拖了走，一路挨揍；幾百隻手將一把把的乾草、青草堵到他臉上，差點沒把他憋個半死；衣服扯破了，鼻青臉腫了，大口喘著氣，身上流著血，一直在乞憐哀告，求人發發慈悲；一會兒又痛苦萬狀地激烈掙扎，眾人便相互拉扯著退後，讓出了一小片空隙，看他在那裡折騰；過了會兒，他便成了一塊死木頭被人從密林般的腿叢裡拖了出來。他就這樣被拖到了最近的街角，那裡就掛著一盞要命的路燈。到了那裡，德伐日太太就撒了手——就像貓會對老鼠撒手那樣——然後默不作聲地鎮定地看著他，等著其他人作好準備；這邊囚犯在哀求她，那邊婦女一直對他尖聲叫喊，男人則厲聲呼喝著要往他嘴裡塞滿青草然後再殺死他。第一次把他吊上去時，繩子斷了，他尖叫著被抓住。第二次把他吊上去時，繩子又斷了，他尖叫著被抓住。後面一次，繩子發了慈悲，把他吊住了。他的腦袋馬上就插在了矛尖上，嘴裡塞了滿滿的青草。看著這一幕，聖安東尼的民眾全都手舞足蹈了起來。

但這一天的壞事還沒結束。聖安東尼的群眾又是叫又是跳，滿腔憤怒還沒發洩完，所以，當聽說被處死那人的女婿、另一個欺辱百姓的人民公敵，在黃昏時帶了一支由五百名騎兵組成的精銳衛隊進入了巴黎，他們的熱血便又一次沸騰了起來。聖安東尼在傳單上列數了他的罪狀，然後就逮住了他——誰和弗隆站一邊，哪怕有一支軍隊保護，也會被撕成碎片——將他的頭和心臟插在了矛尖上。聖安東尼人猶如列隊出行的狼群，帶了這天的三個戰利品在街上遊行。

天黑以後，男人女人才回到哭叫著沒麵包吃的孩子身邊。之後，他們就圍住了可憐的麵包店，排長隊等著買劣質麵包。空著肚子等候的時候，他們便互相擁抱，慶祝當天的勝利，以此來打發時間，在閒聊中重溫共同的喜悅。這支衣衫襤褸的隊伍漸漸縮短，大家各自散去了。高高的窗戶上開始透出了微弱的燈光，街頭也生起了火，幾個鄰居一起在火上煮著東西，之後一家人就在門口吃起了晚飯。

晚飯量很少，不夠吃，沒有肉，也沒有其他佐料，只有劣質的麵包。不過，人和人的友誼卻給粗硬的食物添加了營養，在他們之中擦出了幾星快樂的火花。當天積極參與了暴力活動的父母與他們瘦弱的孩子溫馨玩耍著；在這樣的氛圍中、在眼前的世界裡，情人愛戀著，也希望著。

德伐日酒館送走最後一批客人時天都快亮了。德伐日先生一邊關門，一邊啞著嗓子對妻子說：

「這一天終於到來了，親愛的！」

「嗯，是啊！」德伐日太太回答，「差不多到來了。」

聖安東尼睡著了、德伐日夫婦睡著了，就連「復仇女神」也伴著她的雜貨小販睡著了，那面鼓也休息了。在聖安東尼，鼓聲是唯一沒有被忙亂和鮮血改變的聲音。那面戰鼓還能被它的保管人「復仇女神」喚醒，發出與巴士底獄陷落時或老弗隆被抓時相同的咚咚聲；不過聖安東尼懷裡的男男女女的嗓子已經全都啞了。

第二十三章
熊熊烈火

泉水流淌的那個村子也發生了某種變化。修路工每天都會去大路上敲石頭，賺幾塊麵包來糊口，以免他無知的靈魂脫離他瘦削的身體。懸崖頂上的監獄不像以往那麼盛氣凌人了。仍然有士兵守衛，但人數不多；有軍官看管著士兵，但他們並不清楚自己的手下會幹出什麼事——只知道他們可能會做出一些並沒有被命令去做的事。

破敗的鄉村向四面延展，眼目所見唯有荒涼。每一片綠葉、每一株野草、每一瓣莊稼葉子都跟苦難的人民一樣枯焦又可憐。每一樣東西都躬著腰，頹喪、壓抑、奄奄一息。屋宅、籬笆、家畜、男人、女人、孩子和承載著他們的土地——全都疲憊不堪了。

貴族老爺（常常也是最可敬的謙謙君子）曾經是國家的福運所繫，給周邊事物帶來了騎士的光彩。在豐裕華美的生活中他們是彬彬有禮的典範，在很多方面也發揮了同等的作用。不管如何，作為一個階級，貴族老爺曾產生過這樣的影響。奇怪的是，專為貴族設計的這個世界竟然這麼快就被絞乾榨淨了！永恆的安排必定伴隨了目光短淺，確定無疑！可是，實際情況就是如此。一無所有的人被榨乾了最後一滴血，刑具上最後的螺絲反覆多次使用，它鉚住的地方已經崩碎，現在螺絲轉來轉去，再也咬不住什麼了。面對這樣一種低迷而不可理解的現象，貴族老爺紛紛避而遠之。

可是，這座村子和許多類似的村子並沒有發生這樣的變化。因為過去數十年來，貴族只是對村子進行盤剝壓榨，很少親自光臨，只有狩獵取樂時例外——有時獵取的是人，有時獵取的是野獸。為了狩獵，諸位老爺為野獸的生長留出了大片宜居的土地，聽任其長期荒廢。不，不，村子的變化不在於少了身分高貴的大人那些經過修飾美化的輪廓鮮明的面孔，而在於多了很多身分卑下的陌生面孔。

這些日子裡，修路工在塵土裡獨自工作的時候，很少會費神去思考自己身如塵土、也必將歸於塵土[1]的命運。大部分時間裡，他想的是晚飯吃不飽，倘若有足夠吃的東西他可以吃多少的問題——這些日子裡，他在寂寞的勞動中抬眼往前方望去，總會看見某個走上坡來的模糊人影。這一帶以前很少見到類似人物，現在卻經常會出現。那人走近前來，修路工毫不意外地發現，那是一個頭髮蓬亂渾似野人的大高個子，腳上穿的那雙木鞋就連修路工看起來也覺得太笨重。那人臉色陰沉、樣貌粗野、膚色黝黑，身上布滿沿途的汙泥與塵土，浸透了很多低地沼澤的潮氣，還粘了許多穿過林間小道時碰上的荊棘、樹葉和苔蘚。七月天的某個正午，就有這樣一個人幽靈般向他走來。那時，他坐在坡崖下的石堆上，正要躲避一場冰雹。

那人看了看他，望了望山谷中的村子、磨坊和懸崖頂上的監獄，在他那懵懂無知的心裡確認了這些目標後，用一種勉強能聽懂的方言招呼道：「情況如何，雅克？」

「很好，雅克。」

「那就握個手！」

兩人握了手。那人在石頭堆上坐了下來。

「沒吃午飯？」

「現在只吃一頓晚飯。」修路工回答，露出很餓的樣子。

「現在流行不吃午飯，」那人低聲說道，「我沿途遇到的人都這樣。」

他掏出一個烏漆抹黑的菸斗，裝上菸，用火鐮點著了，猛吸幾口，直到菸絲冒出了紅光。突然又從嘴上拿開，用拇指和食指撚了個東西進去，那東西燒了起來，隨即化作一縷青煙。

「那就握個手！」看完他這些個動作，這回輪到修路工說話了。兩人再次握手。

「今晚麼？」修路工問。

「今晚。」那人把菸斗送到嘴裡，說道。

「在哪兒？」

「就這兒。」

他和修路工坐在石堆上，彼此默默地對看著。冰雹在他們之間飛落，彷彿是小人國的刺刀在發起攻擊，一直等到村子上空再度放晴。

「指給我看！」旅行者走到山頂，說道。

「看！」修路工回答，伸出了手指，「你從這兒下去，一直穿過街道，經過泉井——」

1 出自《聖經．舊約．創世記》第三章，其時上帝對亞當說：「你必汗流滿面纔得餬口，直到你歸了土，因為你是從土而出的，你本是塵土，仍要歸於塵土。」

「統統見鬼去！」那人打斷了他的話，左右打量著地形，「我不想在街上走，也不想經過泉井。那該怎麼走？」

「好吧！那就翻過村邊的那座山，大約兩里格。」

「好的。你什麼時候收工？」

「太陽下山的時候。」

「你離開前叫醒我好嗎？我連走了兩個晚上都沒休息。我抽完菸，就會像個娃娃一樣睡著的。你會叫醒我麼？」

「當然會。」

旅行者抽完了那袋菸，把菸斗揣在懷裡，脫掉了那雙大木鞋，仰面躺倒在石頭堆上。他馬上就睡著了。

小個子修路工（現在脫下藍帽子，換上紅帽子）開始工作，沾滿了灰塵。這時，裹帶了冰雹的雲團翻滾著散開了，透出了條紋格柵狀的藍天，地面景物也隨之閃出一道道銀帶。他似乎被躺在石頭堆上的那人給吸引了，眼睛常常朝他轉過去，雖然還在用手上的工具機械式地做著事，但在旁人看來完全不在狀況內。

那人青銅色的臉龐、蓬亂的鬚髮、粗糙的紅色羊毛帽、手織物和野獸毛皮拼接成的粗劣衣服、因困苦生活造成的瘦削精悍的體格、睡著時因憤懣而拚命抿緊的嘴唇，這些都讓修路工肅然起敬。這個旅行者走了許多地方，腿受了傷，腳踝磨破了，流著血；那雙笨重的大木鞋裡沾滿了樹葉和草屑，他穿著這雙鞋走了很長的路。衣服磨出了許多破洞，他身上也是傷痕累累。

修路工走到他身邊，彎下腰想瞄一眼他藏在胸前或其他地方的祕密武器，但什麼也沒看見，因為他睡覺時手臂抱攏在胸前，就像他的嘴唇那樣合得緊緊的。在修路工眼裡，那些防備森嚴的城鎮那些圍柵、崗亭、城門、壕溝和吊橋，與眼前這個人相比都無足輕重。他抬起頭，俯瞰著地平線和四周，在他展開的小小的幻想中，他看到許多同樣的人正在全法蘭西無可阻擋地聚集起來。

這人繼續酣睡著。冰雹一陣陣飛落，陽光與陰影交替映在他臉上，劈劈啪啪打在他身上的冰珠，在太陽照射下變作了一粒粒閃光的小鑽石，這些他全都滿不在乎。夕陽西垂，天空遍布了晚霞，修路工收拾好工具準備下山回村了，到這時他才叫醒了旅行者。

「好！」酣睡醒來的人用手肘撐起身子說道，「翻過那座山，要走兩里格麼？」

「大約兩里格。」

「大約兩里格。好！」

修路工回家去了，風刮起了塵土在他眼前飛旋著。他很快就來到了泉井邊，擠到了幾頭被人牽到那兒喝水的瘦骨嶙峋的母牛中間。他向全村的人嘀嘀咕咕地說著，似乎也同時向牛群通報了消息。村裡人吃完了寒磣的晚飯後並沒有像往常那樣爬上床去，而是走出了家門。一個離奇的傳言已經散播開來了。村裡人摸黑聚到泉井邊時，又發生了一個離奇現象，每個人都不約而同地往同一個方向的天空眺望，彷彿在期待著什麼。本地的官員頭目戈倍爾先生心神不安起來，他獨自爬上自家的屋頂，也往那個方向看；他躲在煙囪後窺看著圍在泉井邊的那些暗影，他給掌管教堂鑰匙的司事傳了個話，過一會兒說不定要他敲響警鐘。

夜深了。圍繞著古老城堡、保持了孤立不倚姿態的樹林，在風中搖擺不止，彷彿在對暗影裡的那座黑黢黢的龐大建築物發出某種威脅。雨點如疾速趕到的信使，瘋狂地跑上了兩段臺階，敲打著大門，好像要喚醒屋裡的人。一股股不安的風颸進了大廳，躥過了古老的長矛和刀劍，又哀號著躥上了樓梯，來到侯爵睡過最後一晚的床頭，掀動了床邊的幃幔。四個步履沉重、頭髮蓬亂的人自東、自西、自南、自北穿過樹林，踏倒了長草，踩斷了枯枝，小心翼翼地摸到庭院中會合。那裡出現了四個光點，過後各自散開。於是周圍的一切再度沉入了黑暗。

但黑暗並不長久。城堡被冒出的火光奇怪地照亮了，它自己彷彿正變成一個發光體。然後，一道搖曳的光焰在前排建築物的後面躥了出來，瞬間就照亮了那個地方，映出了欄杆、拱門和窗戶。然後，火焰便越躥越高，四下蔓延，變得越發耀眼了。很快，二十來扇大窗戶齊齊冒出了火焰，石像人面驚醒過來，在火的包圍中一個個睜大了眼睛。

留在城堡裡的幾個人嘀咕了一陣後分手了。有一個人騎上馬離開了。策馬聲、濺水聲穿透了黑暗，然後騎馬人在村裡的泉井邊停住了，馬兒吐著白沫站在戈倍爾先生的家門口：「戈倍爾先生，救火啊！叫大家救火啊！」警鐘急急地敲響了，卻沒有其他人願意幫忙（即使有，也沒有來）。修路工和他的兩百五十個好漢在泉井邊抱著雙臂，望著空中騰起的火柱。「肯定有四十英尺高。」他們表情冷漠地說道，誰也沒有動一下。

從城堡來的那人騎著口吐白沫的馬，蹄聲噠噠地穿過村子，衝上石頭陡坡，來到了峭壁上的監獄。一群軍官在門前看著篝火，稍遠處還有一群士兵。「各位長官、各位先生，救火呀！城堡著火了，早點去救火還可以搶出些值錢的東西！救火啊！救火啊！」軍官望望士兵，士兵望著篝火。軍官沒有下命令，聳了聳肩，抿了抿嘴，回答道：「只好燒了！」

城堡來的那人騎馬跑下山穿過街道時，村裡亮了起來。有一男一女突然來了靈感，建議大家點蠟燭來慶賀，修路工和兩百五十個好漢便衝進了屋子，在每一扇昏暗的小窗後面擺上了燭臺。這兒普遍物資匱乏，大家就很不客氣地跑到戈倍爾先生那裡去借。那位官員心裡滿不情願，遲疑了一會兒，之前對權威人物十分恭順的修路工告誡他說，拆了馬車正好用來燒篝火，驛馬也可以烤了吃。

城堡就這樣蔓燒了下去。熊熊的烈火中，熾熱的風彷彿從地獄中颳出，欲將這座建築整個地摧毀。在騰起飛落的火焰的照映下，石像人面似乎飽受著折磨。大塊大塊的石材木料崩塌下來，鼻子上有兩個凹痕的石像人面被埋掉了，不久又從煙火裡露了出來，它彷彿就是那個殘忍侯爵的面龐——好似侯爵被綁在火刑柱上，正在烈火中掙扎。

城堡燃燒著；近處的樹木被火舌舔到，立時就燒焦枯萎了；遠處的樹林被那四個縱火者點著後，一道新的煙霧的叢林又將那座燃燒中的堡樓包圍了起來。熔化的鉛和鐵在噴泉的大理石盆裡沸騰，水已經被燒乾；滅燭器似的塔樓尖頂像冰一樣在高溫下熔化，塌落下來變成了四個高低不平的火池；堅固的牆壁如結晶般迸裂，出現了巨大的豁口和裂縫。暈頭轉向的鳥兒在空中盤旋，紛紛掉進了這座熔爐中。四個縱火者離開了，在火光的引導下，他們沿著黑暗籠罩的道路向東西南北四個方向大踏步走去，走向下一個目標。燈火通明的村子裡，村民占據了教堂鐘樓，趕走了法定敲鐘人，興奮地敲了起來。

不只如此，被飢餓、大火和鐘聲沖昏了頭的村民想起了一件事：戈倍爾先生還要收租稅——儘管近來這些日子戈倍爾先生只收了一點分期交納的賦稅，而租金則分文未收。他們心急火燎地要找他面談，包圍了他家的屋子，喚他出來親口說個明白。於是，戈倍爾先生只好把大門堵得死死的，躲起來考慮對策。思索一番後，他重又躲到了煙囪背後的屋頂上。這回他下定了決心，倘若大門被人撞開，他便翻過屋頂矮牆一頭栽下，撞死下面的一兩個人同歸於盡（他是個小個子南方人，極具復仇心）。

戈倍爾先生在屋頂度過了漫漫長夜。他很可能是把遠處城堡的火光當作了蠟燭，把捶門聲和歡樂的鐘聲當作了音樂。更別提那杆掛在驛站門前路邊的不祥的路燈了，村民曾表露過要拿他去和路燈交換位置的想法呢。他處在一種難堪的焦慮中，在黑漆漆的死海邊緣熬過了一整個夏夜，隨時準備按照之前決定的那樣縱身一跳！可是，友善的黎明終於到來了，村裡的燈心草蠟燭漸漸熄滅了，群眾快快樂樂地散開了。戈倍爾先生暫時逃過一劫，從屋頂上下來了。

那天晚上和前幾天的晚上，一百英里內的很多地方也燃起了大火。有些地方的官員就沒那麼幸運了。太陽初升時，他們已被吊在昔日平靜的街道上——他們原就是在那兒生養長大的。有些地方，村民或市民就沒有修路工和他的好漢那麼幸運了，官員和士兵成功反撲，反而把他們吊起來絞死了。但縱火者仍然按照既定步驟東西南北地四處奔走。無論絞死了誰，火照樣會放。絞刑架該造多高，才能讓它變成水把這場延燒不止的大火撲滅，沒有哪個官員能透過連續的數學運算順利計算出來。

第二十四章

在劫難逃

三年的暴風驟雨就在這樣的熊熊烈火、海濤席捲中過去了——憤怒的海洋一浪高過一浪，持續不斷衝擊著堅實的陸地，至今仍沒有退潮，讓岸上的人看得心驚膽戰、驚愕不已。而時間的金線已將小露西的三個生日織進了她安寧平靜的家庭生活。

很多個日日夜夜，這家人都諦聽著街角的回聲；每當他們聽到雜遝紛亂的腳步聲，心情總會頹喪失望起來。因為在他們聽來，那聲音已變成了整個民族的腳步聲：他們的祖國在一面紅色的旗幟下曠日持久地動盪不安，已被宣布為危險之地，她彷彿中了可怕的邪魔，變成了瘋狂的野獸。

作為一個階層，權貴回避了自己不招人待見的現實：他們在法蘭西已沒有太多存在感，很可能會被驅逐出境，就連自家性命也難保。正如寓言中那個鄉巴佬一樣，他煞費苦心喚來了魔鬼，看到魔鬼的樣子後，他卻嚇得魂飛魄散，一個問題也問不出，只能逃走了事。那些權貴也是這樣，在違背上帝旨意倒行逆施很多年之後、在使用了許多召喚惡魔的強力符咒之後，一見到惡魔那副猙獰模樣，他們馬上就撒開高貴的腳丫子逃之夭夭了。

宮廷裡的達官貴人跑掉了，要不然他們就會變成全國民眾密集射來的槍彈的活靶子。達官貴人的眼睛從來就不好使——裡面既有路西法[1]的傲慢、薩丹那帕露斯[2]的奢侈，也有鼴鼠的盲目無知——他們已經脫逃了，消失了。而宮廷，從排他的核心集團到最外圍那個陰險、貪婪、虛偽的腐朽圈子，全都消失了。連王權也消失了：最後的消息已經傳來，它被困在了宮殿裡，其職務已被「暫停」。

一七九二年八月到了，此時權貴已經四散奔逃，逃到了天涯海角。

自然而然地，苔爾森銀行就成了貴族老爺在倫敦的總部和最大的聚集地。據說鬼魂很喜歡在他們生前常去的地方出沒，因此，沒有了錢的貴族老爺也常常會去他們過去存錢的地方。此外，這個地方與法國有關的消息來得最快，又最為可靠。再有，苔爾森銀行是出手很大方的機構，對那些從高位跌落的老主顧常會給予極慷慨的援助。而有一些及時察覺即將來臨的風暴、預見到會有搶掠或徵用的風險、事先就把錢匯到苔爾森銀行的貴族，他們窮困潦倒的同胞總會來打聽他們的情況。對此還得補上一句，每個新近從法國來的人幾乎理所當然會到苔爾森報到，同時帶來最新的消息。由於諸如此類的原因，那時的苔爾森銀行簡直相當於法國情報的某種高級交換站。此事早已眾所周知，前來打聽消息的人絡繹不絕，所以苔爾森銀行有時會把最新消息摘要寫出一兩條，貼在銀行的窗戶上，讓所有路過聖殿柵門的人觀看。

一個霧氣迷濛的悶熱午後，洛里先生坐在辦公桌邊，查爾斯．達尼倚靠桌子站著，跟他低聲談著話。這個悔罪室大小的房間，一度被當成「管事人」的會談室，現在成了新聞交換站，此刻擠滿了人。離關門時間已不到半小時。

「可是，即使你是世界上最年輕的人，」查爾斯．達尼說道，顯得相當猶豫，「我仍然要建議你——」

「我明白。你是想說我年紀太大了？」洛里先生說。

「天氣變幻莫測，路途又遠，旅行方式不確定，一個混亂無序的國家、一個連你去了恐怕也不會安全的城市。」

「我親愛的查爾斯，」洛里先生愉快又自信地說，「你恰好說出了我應該去，而不是不該去的理由。對我來說，這趟旅行是夠安全的。有那麼多更值得插手干預的人，誰會來妨礙我這個快八十歲的老頭子呢！至於說巴黎城混亂無序，倘若它井然有序的話，這邊的銀行就沒有理由往那邊的銀行派人了——那人須得瞭解那邊城市和業務的過往狀況，還得是苔爾森信得過的人。至於旅行方式不確定、路遠和冬天的氣候，我在苔爾森這麼多年，銀行有了麻煩我不去處理，誰去？」

「我倒希望我能去。」查爾斯．達尼略有些不安地說道，像是在自言自語。

「真是的！給你提建議，或是反對你，實在太費力！」洛里先生叫了起來，「你是在法國出生的，但你竟然還想去？你可真會出主意！」

「我親愛的洛里先生，正因為我出生在法國，我才會常常生出這種想法（不過我並不打算在這兒細談）。我對悲苦的人民有所同情，還放棄了一些東西交給他們，因此自然就抱有這樣的想法，我認為那些人會傾聽我說的話，我可能也有能力勸說他們稍加克制，」他帶著往常的深思熟慮的神情，說到了這裡，「昨天晚上，就在你離開後不久，我還跟露西談起——」

1　路西法是叛亂天使的頭領，常被指稱為撒旦。

2　原文出自拜倫創作於一八二一年的戲劇《薩丹那帕露斯》，描繪了亞述最後一位國王薩丹那帕露斯自殺前的場景：被圍困的國王要求他所有的財產，包括嬪妃和家畜，都為他殉葬。

「你跟露西談過了，」洛里重複他的話，「是的。我很想知道，你提到露西的名字會不會臉紅！在目前這種情況下，你竟然還想到法國去！」

「可是，我並沒有去，」查爾斯．達尼微笑著說，「是你自己說要去法國，我才說的。」

「但我確實要去法國。事實是，親愛的查爾斯，」洛里先生瞥了一眼遠處的「管事人」，放低了聲音，「你想像不到我們要處理的業務有多麼棘手，我們留在那邊的帳冊文書處於怎樣的危險中。上帝知道，倘若我們的某些文件被查封或是被毀掉，會給很多人造成怎樣的嚴重後果。任何時候都有可能發生這樣的事，你知道，因為誰能保證巴黎城今天不會燒起來、明天不會遭到洗劫！現在不能延誤時機了，要好好對這些帳冊文書加以挑選，把它們埋到地下或是藏到安全的地方去。有能力辦成這件事又不會浪費寶貴時間的人——如果還有人能辦到的話——就只有我了，別的人都不行。苔爾森知道這一點，而且提出了要求，我吃苔爾森的麵包都吃了有六十年了！只因為我的關節有點僵硬，我就退縮不前麼？哎呀，先生，在這兒的五、六個老傢伙面前我還是個毛頭小子呢！」

「我很佩服你不輸給年輕人的勇敢精神，洛里先生。」

「嘖！胡說，先生！——我親愛的查爾斯，」洛里先生又瞥了「管事人」一眼，「你得記住，在眼下這個時候，不管是什麼東西，想把它們運出巴黎幾乎是不可能的。就在這幾天，還有你意想不到的奇怪的送信人給我們帶來了文書和珍貴物品。每個人通過關卡時都曾經命懸一線（在絕對保密的前提下我才會說這些話，私下提起是不符合業務規矩的，即便是講給你聽）。在別的時候，我們的包裹可以自由往返，就跟在高效率的英格蘭一樣容易，然而現在，所有正常業務都停頓了。」

「你今晚真的要走麼？」

「真的要走，因為情況緊急，不容延誤。」

「你不帶個人一起去麼？」

「向我推薦了各色各樣的人，但我對他們沒什麼好說的。我打算帶傑瑞去。過去很長一段時間裡，傑瑞就是我星期日晚上的保鏢，我習慣了帶著他。傑瑞就是一頭英國鬥牛犬，倘若有惡人接近他的主人，他腦子裡什麼也不會想，只會撲上去咬。這一點沒有人會懷疑。」

「我必須再說一遍，我十分佩服你不輸給年輕人的勇敢精神。」

「我必須再說一遍，胡說，胡說！等我完成了這樁小小的任務，也許會接受苔爾森的建議，退休下來過過清閒日子。那時候就有足夠時間來思考衰老這個問題了。」

這番對話是在洛里先生平日坐著的辦公桌前進行的，與此同時，一群貴族老爺就在桌前一兩碼的地方擠來擠去，誇口說不久之後就要對那些暴民加以報復。當了難民、走了霉運的貴族老爺和英格蘭當地的正統派滔滔不絕地談論著這場可怕的革命，彷彿它是無緣無故就發生了的，而且還是破天荒的頭一次。彷彿他們什麼也沒有做，誰也沒有做過導致這場革命的事情；彷彿觀察家多年以前不曾預言過革命必將到來似的（他們對千百萬法國人民的不幸和原可造福人民的資源被不當濫用早有認識，已用明白曉暢的文字記錄了各自的所見所聞）。這樣的夸夸其談、種種不切實際的復辟計畫（那些天怒人怨、也導致了自我毀滅的計畫），任何頭腦清醒、知道真相的人聽了都會覺得難以忍受而表示抗議。查爾斯·達尼心裡此前一直潛藏著某種焦慮不安，此刻耳朵裡聽著這些人的論調，他越發覺得心亂如麻了，腦袋裡的血液似乎都在亂翻騰。

王座法庭的律師斯特萊佛也在這堆人之中，正就這個話題滔滔不絕地發表意見，嗓門特別大。

他向貴族老爺兜售著如何把暴民炸翻，將他們從地表上消滅，徹底擺脫乾淨的種種計謀：完成這些目標，就其性質而言，很像是打獵的時候為了防止老鷹靠近而在獵獲物的尾巴上撒鹽。達尼聽了他的話覺得特別反感。正當他舉棋不定是該走掉不聽，還是留下表達異議時，那註定要發生的事，就那麼發生了。

「管事人」走近洛里先生，將一封被弄髒了的未開封的信放到他面前，問他是否能找到有關這個收信人的任何線索。那封信放得離達尼很近，他看到了收信人一欄——很快就看清楚了，因為那正是他的本名。收信地址譯成英語是：

特急。煩請英國倫敦荅爾森公司的諸位先生，轉交原法國聖埃弗瑞蒙德侯爵先生收。

結婚那天早晨，曼內特醫生曾向查爾斯．達尼提出一個迫切而明確的要求：他們兩個必須保守有關這個姓氏的祕密，不得洩露，除非醫生本人解除這個限制。因此其他人誰也不知道那就是達尼的姓氏，他的妻子對此沒有起疑，洛里先生更不會懷疑。

「沒有任何線索，」洛里先生回覆「管事人」，「我已向這裡的每個人提起過，沒有人能告訴我到哪裡能找到這位先生。」

時鐘指標接近了銀行的關門時間，一大群人說著話從洛里先生的辦公桌前走過，洛里先生便拿出那封信向他們打聽。這邊一個密謀復辟的忿忿不平的貴族難民看過了，那邊另一個密謀復辟的忿忿不平的貴族難民看過了，再換這個，換那個，又一個，有關這位失蹤的侯爵，每個人都用英語或法語說了些話，帶著某種輕蔑。

「我相信是侄子——被謀殺的那個漂亮侯爵的侄子——總之是個墮落的繼承人，」一個說，「幸好我不認識他。」

「一個放棄了自己職分的懦夫，」另一個說（說話的這位貴族老爺是躲在乾草車裡四腳朝天逃出巴黎的，險些給悶死），「那是幾年前的事了。」

「中了時下學說的毒，」第三個人說，透過眼鏡片順便看了看收信人一欄，「跟已故的侯爵作對，該繼承產業時卻放棄了，把它交給一群惡棍。他們現在會報答他的，我希望如此。他活該。」

「嘿！」斯特萊佛大聲嚷了起來，「他果真放棄了？他是那種人麼？讓我們來看看這個丟臉的名字，該死的傢伙！」

達尼再也控制不住自己了，他碰了碰斯特萊佛的肩膀，說道：「我認識這人。」

「你認識？我的老天，」斯特萊佛說，「我感到遺憾。」

「為什麼？」

「為什麼？達尼先生？你聽見他做的那些事了麼？在這個年代，不要問為什麼。」

「但我確實想問為什麼。」

「那我就再說一遍，達尼先生：我感到遺憾。我為你提出了這個稀奇古怪的問題感到遺憾。有這麼一個傢伙，因為受到了目前所知最可惡、最褻瀆神明的魔鬼信條的影響，竟拋棄財產，把財產交給世上最可鄙的殺人如麻的渣滓，你這個負責教導青年的人竟然會認識他，還來問我為什麼感到遺憾，好吧，不過我會回答你的。我感到遺憾，因為我相信這樁醜聞會產生有害的影響。這就是我的理由。」

想到要保守祕密，達尼竭力克制著自己，說道：「你可能並不瞭解這位先生。」

「但我瞭解該怎麼駁倒你，達尼先生，」盛氣凌人的斯特萊佛說道，「我會這麼做的。倘若這傢伙是個正人君子，那是我無法理解的。你可以這麼告訴他——並轉達我的問候。你也可以替我問問他，在他將財產和地位交給這群殘忍暴徒之後，我想知道他為什麼沒有去當他們的頭領。可是，不，各位先生，」斯特萊佛四下看了看，打了個響指，「我對人性略知一二，我可以告訴你們，像他那樣的人絕不會信任那種珍奇可貴的庇護的。不會的，各位先生，他會在那場混戰剛開始的時候，就光著一副乾乾淨淨的腳底板溜之大吉。」

說完這些話，斯特萊佛先生最後又打了一個響指，在聽眾的讚許聲中橫衝直撞地擠出門去，走進了艦隊街。洛里先生和查爾斯．達尼在眾人離開銀行之後單獨留在桌旁。

「你願意轉交這封信麼？」洛里先生問，「你知道該把它送去哪裡麼？」

「我知道。」

「你是否同意跟收信人解釋一下，我們猜想，這封信是因為期待我們有明確的轉交地址才寄到這裡來的，事實上它已在這裡擱了一段時間了。」

「我會解釋的。你是從這兒直接出發去巴黎麼？」

「就從這兒出發。八點鐘。」

「我會回來給你送行的。」

懷著對自己、對斯特萊佛、對在場大部分人的不安，達尼快步走到聖殿柵門的一個安靜角落，拆開信讀了起來，信件內容如下：

巴黎，修道院監獄

一七九二年六月二十一日

很長一段時間以來，我落在村民手中，性命堪憂，此後我被逮捕，遭受了暴力虐待和侮辱，然後被押著長途步行到達了巴黎，沿途苦不堪言。這還不是全部，我的房子也給毀掉了——已被夷為平地。

前侯爵先生：

前侯爵先生，他們告訴我，囚禁我、傳喚我出庭受審、甚至會讓我丟掉性命（倘若得不到您的慷慨救援的話）的罪名是叛國罪，因為我為一個外逃僑民效力，與人民的權威對抗。我申辯說，我是按您的命令為他們做事的，我沒有反對他們，可是沒有用。我申辯說，在扣押外逃僑民財產之前，我已免除了他們欠繳的稅款，沒有收租，也沒有進一步行使追索權，但仍然沒有用。他們唯一的回答是，你既然是為外逃僑民做事的，那麼，那個外逃僑民在哪兒？

啊，最仁慈的前侯爵先生，那個外逃僑民在哪兒？我在睡夢中哭著自問，他在哪兒？我仰頭問蒼天，他會不會來解救我？沒有回答。啊，前侯爵先生，我將孤苦無告的籲求寄到海外，希望它或許能透過巴黎有名的大銀行苔爾森到達您的耳邊！

看在對上天、對正義、對慷慨無私、對您高貴可敬的姓氏的愛的分上，我懇求您，前侯爵先生，快來幫幫我、解救我。我錯就錯在對您的真誠。啊，前侯爵先生，我祈禱您也以真誠之心待我！

我從這間可怖的監獄裡向您保證，前侯爵先生，悲痛和不幸如我，定會為您竭忠效力，儘管我每一小時都在走向毀滅。

您的受盡折磨的
戈倍爾

這封信啟動了達尼潛藏心底的不安。一個善良的老僕人，他唯一的罪過是對自己和家庭的忠誠，深陷險境的他彷彿正帶著責備的神情瞪視著自己。因此，當達尼在聖殿柵門左右徘徊思考對策時，他幾乎不敢正視過路的行人。

他很清楚，儘管他對使得自己古老家族的醜行和惡名達到頂點的行為深惡痛絕，儘管他憎恨並懷疑他的叔父，儘管他的良心使他極度反感那個他本應維護的崩潰的社會結構，他的行動卻並不徹底。他很清楚，雖然放棄自己的社會地位絕不是什麼新冒出來的念頭，但因為他愛上了露西，未免行事匆促而不盡完美。他知道，自己應當對此善加安排並監督它完成，卻只是打算而已，並沒有付諸實行。

他所選擇的這個英國家庭帶給他的幸福、保持積極工作狀態的必要性、時代的迅速變化、其間連續不斷的麻煩（這一週的事情推翻了上一週未成熟的計畫，下一週的事情又讓一切重新來過）——他很清楚，自己已受制於這些情況的合力：他的確感到不安，但並沒有一直抗拒下去。他也在觀察時局，尋找行動的時機，隨後時局發生了動盪變化，時機也不合宜了，法國的貴族或走通衢大道或走偏僻小路，開始成群結隊地大批逃亡，隨著名下財產陸續被沒收、被毀滅，他們連姓氏都給抹去了；他也知道，法國任何一個新政權都很可能會為此而控告他。

可是，他沒有壓迫過任何人，也沒有關押過任何人。他不但沒有橫徵暴斂，反而主動放棄權益，投入一個沒有任何特權的世界，他在這裡自食其力，找到自己的立足之地。戈倍爾先生按照他的書面指示接管了那座衰敗的莊園，對百姓比較寬待，能給他們留一點就給他們留一點——冬天的時候，村民還了高利貸後可以留下些柴禾燃料，夏天的時候，村民還了高利貸後可以留下一些農產品——為了自身的安全，他毫無疑問已提出這些事證為自己辯護，現在不得不將它們披露了出來。

這封信促使查爾斯．達尼開始醞釀那個孤注一擲的決心：他要去巴黎。

是的，正如古老故事裡的水手一樣，海風和洋流已將他推入了磁鐵礁岩的引力圈，礁石吸引著他，他無力抗拒。他心裡閃過的每一個念頭，都在將他越來越快速、持續不斷地推向那可怕的引力中心。他心裡潛藏的不安是：在自己不幸的國土上，某些壞人正在制定邪惡的目標，他明明知道自己勝出他們很多，卻並沒有在那裡努力制止流血，堅持寬容和人道的主張。他一面抑制著內心的不安，一面又受到了這種不安的譴責，情不自禁地將自己與那個富有責任感的勇敢老人作了一個鮮明對比（這種對比對他是有害的）。他彷彿看到侯爵先生在冷笑，那冷笑令他無比地痛苦。他也看到了斯特萊佛的冷笑，此人提出的陳腐理由尤其粗俗不堪、令人氣憤。此外還有戈倍爾的那封信：一個性命堪憂的無辜囚犯，正要求他兌現正義、榮譽和好名聲。

他已下定了決心：他必須去巴黎。

是的，磁鐵礁岩吸引著他，他必須繼續航行，直至觸礁為止。他並不知道前方有礁石，也沒有預見到任何危險。雖然他做過的事不盡完美，但他的意圖卻讓他作出了這樣的推斷：倘若他在法國露面公開闡明自己的主張，人民肯定會感激他，也會認同他。於是，在他面前出現了造福行善的美好幻想，升起了心地善良者常會看到的樂觀的海市蜃樓。他甚至產生了一種幻覺：自己能施加某種影響，將目前已經失控的革命引入正軌。

雖然決心已下，他卻還在那兒徘徊遊走著。他覺得，在他離開之前，這事既不能讓露西知道，也不能讓她父親知道。他不想讓露西承受離別之苦；而她父親一直不願回想那個危險的故國，因此最好讓他接受既成事實，不必讓他在焦慮疑惑中左右為難。至於此次出行可能出現的不利因素應當讓她父親瞭解多少，因為他竭力避免在老人心裡重新喚起在法國時的痛苦往事，他並沒有多加考慮。不過，這一點也對他不辭而別的決定產生了影響。

他來來回回走著，一時浮想聯翩，時間差不多了，該回銀行跟洛里先生告別了。他打算一到巴黎就去見這位老朋友，但現在，他必須對自己的意圖守口如瓶。

銀行門口停了一輛郵驛馬車，傑瑞穿上了皮靴，已整裝待發。

「那封信我已經轉交了，」查爾斯．達尼對洛里先生說道，「我不贊成讓你帶書面答覆去，不過，或許你可以帶個口信去吧？」

「可以，我很樂意，」洛里先生說，「倘若沒有危險的話。」

「一點危險也沒有，雖然口信是帶給修道院監獄的一個囚犯的。」

「他叫什麼名字？」洛里先生問道，手裡拿著打開的筆記本。

「戈倍爾。」

「戈倍爾。要我給關在牢裡的不幸的戈倍爾帶去什麼消息？」

「很簡單：『信已收到，他會立即趕來。』」

「他提到具體的時間了麼？」

「他明天晚上就會出發。」

「提到什麼人了麼？」

「沒有。」

他幫著洛里先生穿好外衣、披上斗篷，渾身裹得密不透風後，陪著老人從銀行溫暖的空氣裡出來，走入了艦隊街的薄霧中。「向露西和小露西轉達我的愛，」告別的時候，洛里先生說道，「照顧好她們，等我回來。」馬車慢慢駛離時，查爾斯．達尼搖了搖頭，含糊地笑了笑。

八月十四日那晚，他熬夜寫了兩封熱情洋溢的信。一封給露西，說明他有緊急事務必須去巴黎一趟，並跟她詳細解釋了他深信自己在那兒不會有人身危險的理由。另一封信是給醫生的，他託付老人代為照顧露西和他們的愛女，也談到了同樣的話題，作了一連串保證。他在兩封信裡都答應對方，他一到巴黎就會立即寫信報平安。

這是難熬的一天——他跟父女倆在一起，心裡卻保留了自共同生活以來的第一個祕密。要欺瞞毫無猜疑心的他們，實在令人難受。他深情地看著開心忙碌的妻子，心裡更加認定了不能把即將發生的事告訴她（他幾乎想對她和盤托出了，因為沒有她無言的幫助，他做任何事都會感到十分彆扭）。這一天就這麼匆匆過去了。黃昏時他擁抱了她，也擁抱了跟她同名的可愛的小露西，裝作不久之後就會回來的樣子（他藉口有約會外出，偷偷準備好了一箱衣物）。然後，他走進了黑沉街道的黑沉霧色中，帶著一顆更加黑沉的心。

那看不見的力量正快速牽引著他，而所有的怒潮與狂風也在往那兒奔湧席捲。他把兩封信交給了一個可靠的門房，要他晚上十一點半送進去，時間不能太早；他騎馬前往多佛，展開旅程。「看在對上天、對正義、對慷慨無私、對您高貴可敬的姓氏的愛的分上！」——他想著那可憐囚犯的呼告，振作了沮喪的心情，拋下了他在這塵世最珍貴的一切，向著那墓碑般的礁石漂移而去。

第三卷

暴風雨般的歷程

第一章
祕密處置

一七九二年的秋天，從英格蘭去往巴黎的旅客在途中緩緩行進。糟糕的道路、糟糕的車輛載具、糟糕的馬匹，即便不幸垮臺的國王仍然權勢煊赫的時候，旅客也會遇到很多麻煩以致延誤行程，而今勢易時移，除此以外又有了其他的障礙：在每個市鎮的城門和鄉村稅務所，都會有一群愛國公民手持上了膛的毛瑟槍隨時準備開火。他們攔停過往行人加以盤問、查驗證件，在自己的名單上找尋他們的名字，然後或阻擋，或放行，或者就直接扣押，結果如何完全取決於他們那反覆無常的判斷或想像——一切都是為了曙光初露的共和國——那個統一不可分割的自由、平等、博愛或死亡的共和國。

查爾斯·達尼在法國走了沒幾里地就開始明白，除非自己在巴黎被認可為一個好公民，否則，他根本就不要指望能經由這些鄉村道路回家了。現在無論會發生什麼事，他都必須抵達旅行的終點。他知道，每個不起眼的村莊在他身後關上的大門、每個在他身後落下的常規路障，都會是橫亙在他和英格蘭之間的一道道鐵閘。無所不在的監視讓他產生了這樣的感覺，即使被困在網裡或關在籠子裡遞解到目的地去，自己喪失的自由也不會比這更徹底。

這種無所不在的監視，不但會在一段大路上攔停他二十次，而且一天裡面還會耽誤他二十次。有時騎馬追來把他帶了回去，有時趕到前面擋住去路，有時又騎馬同行看管著他。獨自在法國旅行了幾天，離巴黎還有很長的一段路，他在一個小鎮落腳休息，身疲力乏地躺了下來。

只因為還想著落難的戈倍爾從修道院監獄發出的信，才讓達尼繼續前行來到了這裡。他在這個小地方的崗亭遇到了一些麻煩，被帶到一家小客棧過夜。這讓他感覺自己的旅行已經出現了某種危機。因此，當他半夜裡被人叫醒的時候，並不覺得很吃驚。

叫醒他的是一個畏畏縮縮的地方官員，還有三個戴著粗呢紅便帽、叼著菸斗的武裝愛國者。四個人都坐在了他的床沿上。

「外逃僑民，」那官員說，「我要把你解送到巴黎去，有專人護送。」

「公民，我一心只想著去巴黎，護送的話就沒有必要了吧。」

「住口！」一個紅帽子用毛瑟槍槍托捶打著被子吼道，「別吵，貴族分子。」

「正如這位好心的愛國者所說，」那畏畏縮縮的官員說道，「你是個貴族分子，因此必須有人護送——你還得繳納護送費。」

「我別無選擇，是吧？」查爾斯．達尼說。

「選擇！你聽他都在說些什麼！」那個紅帽子怒氣沖沖地說，「一路保護你，不讓你吊在路燈杆子上，好像這還不夠好！」

「這位好心的愛國者說的話總是對的，」那官員說，「起身吧，穿上衣服，外逃僑民。」

達尼照辦了，然後被帶回了崗亭。那兒還有幾個戴粗呢紅便帽的愛國者，正守著篝火吸菸、喝酒、睡覺。達尼在那兒付了一大筆護送費，因此，在凌晨三點鐘的時候，就跟護送人一同騎馬踏上了泥濘不堪的道路出發了。

護送人是兩個騎馬的愛國者，頭戴綴有三色徽章的紅便帽，背著毛瑟槍，腰裡挎著馬刀，一邊一個押著他騎行。

被護送者控制著自己的馬，但他的韁繩上卻鬆鬆地繫了一根繩子，另一頭纏繞在一個愛國者的手腕上。他們就這樣冒著迎面而來的急雨出發了。馬蹄踏著龍騎兵般的沉重步點在高低不平的市鎮街面上、在市鎮外深深的泥濘裡吧嗒吧嗒走著。他們就這樣走上了通往首都的泥濘路途，除了更換馬匹、步速有快有慢之外就再沒有什麼變化。

他們在夜裡趕路，日出後一兩個小時停馬休息，歇到黃昏時分又再次出發。護送人穿得破破爛爛的，用乾草裹著兩條光腿，也用乾草蓋住衣衫襤褸的肩頭來擋雨。被人這樣押著旅行，達尼感覺很不舒服；其中一個愛國者常常喝得醉醺醺的，粗枝大葉地提拎著槍，也讓他覺得忐忑不安。除此以外，查爾斯．達尼的心裡並沒有產生任何嚴重的憂慮。因為他已說服了自己，眼下的情況跟這樁尚未審理的案子沒有直接關聯。等他得到那個修道院監獄的囚犯的認可，到時自然可以提出申辯。

可是，當他們一行在黃昏時分來到博韋的市鎮，看到街上擠滿了人的時候，他不得不承認形勢已十分嚴峻了。黑壓壓一群人圍了過來，看著他驅馬進入了驛站場院，許多人扯開嗓門大叫起來：「打倒外逃分子！」

他正要翻身下馬，這時便停住重新坐穩了，把馬背當作了最安全的地方，他解釋道：「什麼外逃分子，各位朋友！你們難道沒看見我是自願回法國來的麼？」

「你是可惡的外逃分子，」一個蹄鐵匠擠過人群，氣勢洶洶地大聲呼喝，手裡拿著鐵錘，「你還是可惡的貴族分子！」

驛站長擋在那人和轡頭韁繩之間（那人顯然正要去拉韁繩），勸解說：「由他去，由他去，他到了巴黎會受到審判的。」

「受審判！」蹄鐵匠晃著他的錘子說道，「好唷！判他個賣國罪！」人群跟著吼叫起來，對此表示贊成。

驛站長拉了馬轡頭正要往院子裡牽，達尼阻止了他（這時，那位醉醺醺的愛國者的手上還拽著繩子的另一頭，坐在馬鞍上冷眼旁觀著），等到四下裡聽得見他講話了，他解說道：「朋友，你們誤會了，要不然就是受了人騙。我不是賣國賊。」

「他撒謊！」蹄鐵匠叫道，「法令頒布之後，他就是賣國賊了。他的性命已交由人民決斷。他可詛咒的生命已不是他自己的了！」

此時達尼在眾人眼裡看到了一種衝動，彷彿他們馬上就要撲將上來。驛站長連忙把他的馬牽進了場院，護送者的兩匹馬一邊一個緊貼著他。驛站長關上了那瘋狂搖撼著的雙扇門，插上了門閂。蹄鐵匠拿錘子在門上砸了一下，人們抱怨了一會兒，不再有什麼舉動。

「蹄鐵匠說的是什麼法令？」達尼跟驛站長一起站在院子裡，道謝過後問道。

「確有其事，是出售外逃人員財產的法令。」

「什麼時候通過的？」

「十四日。」

「我離開英國的那天。」

「大家都說這只是開了個頭，還會有其他法令頒布的——即便現在還沒有——說是要放逐所有的外逃分子，外逃回國的人也一律處死。那人說你的命不是自己的，就是這個意思。」

「但現在還沒有這些法令吧？」

「我能知道什麼！」驛站長聳聳肩說道，「可能現在就有，也可能以後會有，都一樣。你還能指望什麼？」

他們在閣樓的乾草堆上休息到半夜，等到全城的人都入睡後再次騎馬前進。在這次荒唐得近乎離奇的騎馬旅行中，眼見很多日常事物都發生了荒唐的變化，睡眠很少似乎是很常見的現象。在荒僻大路上策馬走過很長一段路後，午夜時分他們會來到幾間寒磣的村舍前。村舍並非漆黑一片，而是閃耀著火光。你會發現，村民像幽靈一樣手牽著手圍著一株枯樹繞圈，或是靠在一起唱著一首讚頌自由的歌。無論如何，所幸在博韋城的那天晚上大家都睡覺去了，否則他們肯定難以脫身。他們繼續前進，走向孤寂荒涼的前路：蹄聲得得地穿過了提早到來的寒冷與潮溼，穿過了全年顆粒無收的貧瘠的田地。有時會看到房屋燒毀後的黑色廢墟，而愛國者的巡邏隊也不時會現身——他們埋伏守候在每條道路上，突然就勒馬攔住了去路。

終於，巴黎城牆前的日光照臨到了他們身上。當他們策馬走近時，路障關閉著，那裡有重兵把守。

「這個囚犯的證件在哪兒？」衛兵叫來了哨卡負責人，此人神色嚴肅地查問。

查爾斯·達尼聽到「囚犯」這個字眼自然很不舒服，他提請對方注意他是法國公民、自由的旅行者，因為時局動盪被人硬派了護衛人員，他還為此支付了保護費。

此人根本沒有理會他，再次問道：「這個囚犯的證件在哪兒？」

之前醉醺醺的愛國者把證件塞在他的帽子裡，這時把證件文書遞了過去。那人看了看戈倍爾的信，露出幾分不安和驚訝，他仔細打量著達尼。

那人一言不發地離開了護送人和被護送的人，走進了警衛室，他們三個就騎著馬等在城外。查爾斯．達尼忐忑不安地看了看四周，他發現城門是由衛兵和愛國者共同守衛的，而後者的人數要比前者多得多；運送生活補給品的農民馬車和商販車輛進城很容易，出城卻十分困難，哪怕是樣貌最平常的人也是如此。一大群男男女女正等著出城，自然還有牲口和各種車輛。可是，前道的身分查驗很嚴格，因此隊伍通過路障時十分緩慢。有些人知道輪到自己的時間還長，索性就躺在地上睡覺或是抽菸，其他人有的在相互瞎扯，有的在四處閒逛。無論是男是女，每個人都戴著綴著三色徽章的紅便帽。

達尼在馬背上留意著這一切，大約半小時後，他發現自己到了哨卡負責人面前。那人指令衛兵打開路障，給了那醉酒的和清醒的護送隊員一張接收條，然後要達尼下馬來。達尼下了馬，那兩個愛國者沒有進城，牽著他那匹累乏的馬，掉轉身騎馬離開了。

他跟著那人走進了警衛室。那裡飄著一股劣質酒和菸草的氣味，士兵和愛國者有的睡著，有的醒著；有的醉了，有的沒醉；有的正處於半睡半醒、似醉未醉之間的各種中間狀態，或站著，或躺著。警衛室的光線一半來自微暗的油燈，一半來自陰沉的天空，也處於一種相應不確定的狀態中。一張辦公桌上攤開了幾本登記簿，一個相貌粗魯、膚色黝黑的軍官掌管了後面的程序。

「德伐日公民，」軍官對領達尼進來的那人說，同時拿出一張紙準備書寫，「這個外逃分子是叫埃弗瑞蒙德麼？」

「就是此人。」

「你的年紀，埃弗瑞蒙德？」

「三十七歲。」

「結婚了麼，埃弗瑞蒙德？」

「結婚了。」

「在哪兒結的？」

「在英國。」

「當然了。埃弗瑞蒙德，你的妻子在哪裡？」

「在英國。」

「當然了。埃弗瑞蒙德，我們要把你解送到拉福克監獄。」

「天吶！」達尼驚叫起來，「憑什麼法律？我又犯了什麼罪？」

軍官的眼睛離開了那張紙，抬頭看了一會兒。

「你離開以後我們有了新的法律和新的定罪標準，埃弗瑞蒙德。」他冷冷地笑著，繼續寫下去。

「我請求您注意，我是自願來巴黎的，是應一個同胞的書面請求來的，那封信就擺在您面前。我只要求能給我個機會立即辦成這件事。這難道不是我的權利麼？」

「外逃分子沒有權利可言，埃弗瑞蒙德。」回答是冷漠的。軍官寫完公文，把寫好的東西又讀過一遍，撒上沙子吸乾了墨水，然後遞給了德伐日，公文封面上寫著「祕密關押犯」幾個字。

德伐日拿著手上的公文向囚犯招招手，示意他跟著走。囚犯服從了，兩個全副武裝的愛國者組成一支衛隊隨即跟了上去。

他們走下警衛室臺階，轉身往巴黎城內走去，德伐日低聲問道：「你是跟曼內特醫生的女兒結婚的麼？醫生之前曾是巴士底獄的囚犯。」

「是的。」達尼詫異地看著他，回答道。

「我叫德伐日，在聖安東尼區開了一間酒館。你也許聽說過我吧。」

「我妻子就是到您家裡去接回她的父親的？」

「妻子」一詞好像提醒了德伐日心頭的煩惱事，他突然不耐煩地說道：「以法蘭西的新生兒、鋒利的『斷頭臺小姐』的名義說話，你為什麼回法國來？」

「一分鐘以前我已經說過理由了，您也聽見的。您不相信這是真話？」

「一句對你很不利的真話。」德伐日蹙緊眉頭說道，眼睛直直地望著前方。

「我真的有點弄糊塗了。眼下發生的一切都是前所未有的。變化這麼大、這麼的突然、這麼的不公正，我是完全糊塗了。您能幫幫我麼？」

「不行。」德伐日說，眼睛一直望著前面。

「我只問一個問題，您能回答麼？」

「也許會，得看是什麼問題。你不妨說出來。」

「在我被冤枉送進去的這間監獄裡，我能跟外面自由通信麼？」

「你過後就知道了。」

「不會不提交審理就預先定罪，然後把我埋在那兒吧？」

「你過後就知道了。可是，那又如何？以前的時候，在更惡劣的監獄裡，別的人不也同樣被埋掉了麼？」

「但並不是我埋葬他們的，德伐日公民。」

德伐日面色陰沉地看了他一眼作為回答，然後便一聲不吭地繼續往前走。他像這樣沉默得越久，要他略微軟化態度的希望就越渺茫——也許達尼正是這麼想的。因此，他趕緊說道：「我必須與苔爾森銀行的洛里先生聯繫上——這位紳士現在就在巴黎——告知他一個簡單的事實：我已被投入了拉福克監獄。不加評論。此事對我極為重要，這一點您比我更明白，公民。您能不能替我設法辦到？」

「我不會替你辦任何事，」德伐日固執地回答，「我只對我的國家和人民負責，我已發誓效命於它們、反對你們。我不會替你辦事。」

查爾斯．達尼感到再多懇求已是枉然，此外他的自尊心也受到了傷害。當他們默不作聲地走著時，達尼發現大家對在街上押解囚犯的場面早已習以為常，連孩子也幾乎沒有留意他。幾個路人轉過頭看了看；有人朝他搖晃著手指，表示他是貴族。衣著體面的人進監獄，現在就跟穿著工裝的工人去工廠上班一樣稀鬆平常了。他們走過了一條狹窄、黑暗和髒汙的街道，一個激動的演說者正站在凳子上向激動的聽眾歷數國王和王室對人民犯下的諸般罪行。從那人嘴裡說出的幾句話裡，他第一次得知國王已被關進了監獄，各國使節已全部撤離了巴黎。他在路上（除了在博韋外）什麼消息也沒聽到。護衛隊和周遭人的警惕把他完全孤立了。

現在他當然知道，自己面臨的危險要比離開英國時嚴重得多。他當然也知道，周圍的危險正在急劇疊加，而且速度越來越快。他不能不承認，倘若自己當初能預判到這幾天發生的事，他也許就不會踏上此次旅程了。他對目前情況作了一些推想，但此後出現的現實情勢遠比他擔憂的要嚴重得多。前途雖然堪憂，但畢竟還是未知，正因為看不分明，所以還糊裡糊塗地抱著希望。時針再轉上幾圈，歷時數天數夜的恐怖大屠殺將給這個神聖的收穫季塗上一個巨大的血印，就像是十萬年以外的事一樣，那才是遠遠出乎他的意料呢。對那個「法蘭西的新生兒、鋒利的『斷頭臺小姐』」的名號，他還幾乎一無所知，大部分老百姓也不知情。那時候，在參與其事的人的腦袋裡，或許還難以想像即將發生的那些恐怖行為。而性情溫和的人即便再怎麼往最陰暗的方向猜想，也絕對猜不出後面的結果。拘押期間會受到不公正的對待、會很艱難，還將與妻兒痛苦地分離，他已預見了這樣的可能性或者必然性。而除此以外，他真的無所畏懼。懷著這樣的心緒，他來到了拉福克監獄，走進了陰森的監獄院落。

一個面目浮腫的人打開了厚重的小門，德伐日將「外逃分子埃弗瑞蒙德」交給了他。

「真他媽見鬼！怎麼這麼多外逃分子！」面目浮腫的人叫道。

德伐日沒有理會他的叫喊，取了收條，帶著他的兩個愛國者夥伴回去了。

「我再說一遍，真他媽見鬼！」典獄長單獨跟他的妻子在一起時叫道，「還要送來多少！」典獄長的妻子不知道該怎麼回答，只說了一句：「要有耐心，親愛的！」她搖鈴叫來了三個看守，他們也都是這種反應，其中一個說：「因為熱愛自由唄。」在這個地方聽到這樣的結論，真是有點不搭調。

拉福克監獄十分陰森。黑暗、骯髒，裡面有股可怕的臭味。和所有管理不善的地方一樣，囚犯的睡鋪那麼快就把全監獄弄得那麼臭，想想也是奇特。

「又是祕密關押犯！」典獄長看看公文嘟囔著，「好像我這裡人還沒擠爆似的！」

他心情惡劣地將公文往卷宗上一拍，查爾斯·達尼等了半個小時才見他脾氣好轉。他一會兒在有堅固拱門的屋子裡來回踱步，一會兒又坐在石椅裡休息，無論怎樣都無法讓典獄長和他的屬下記起還有他這個人。

「來吧！」典獄長終於拿起了鑰匙串，「跟我走，外逃分子。」

在牢獄的幽暗微光中，他的新看管人陪著他走過了走廊和臺階。好多道門在他們身後哐噹關上，最後他們走進了一間有低矮穹頂的大房間。這裡擠滿了囚犯，有男有女，女囚犯坐在一張長桌邊看書、寫字、打毛線、縫紉和刺繡，大部分男囚犯就站在她們的椅子後面，或是在屋子裡隨意走動。

因為新來者本能地將囚犯與可恥的罪惡和汙行聯想在一起，他在這群人面前有些畏縮不前。可是，他那離奇的長途旅行中卻出現了一個最離奇的場景：那些人全都馬上站了起來，用那個時代最彬彬有禮的姿態和生活中最迷人的優雅禮儀接納了他。

監獄的陰暗氣氛奇怪地籠罩了這些優雅舉動，那些人在極不相稱的髒汙、悲慘的環境中變得如幽靈一般，查爾斯·達尼似乎正站在一堆死人中。全都是鬼魂！美麗的鬼魂、威嚴的鬼魂、優雅的鬼魂、驕傲的鬼魂、輕浮的鬼魂、機智的鬼魂、年輕的鬼魂、年老的鬼魂，全都在荒涼的灘岸上聽候處置，全都向他投來了因死亡而變得異樣的目光——他們即將受死的目光。

達尼一時呆立在那裡。站在他身邊的典獄長和走來走去的看守在平時執行公務時模樣也還看得過去，然而，跟這些悲傷的母親和妙齡的女兒一對比，跟這些風情萬種的年輕佳麗、這些受過良好教養的成熟婦人一對比，便顯得極其粗鄙。這個幽靈現身的場面讓他遭遇的所有錯亂達到了頂點。沒錯，全都是鬼魂；沒錯，那離奇的長途旅行如同疾病的發作，最終將他帶到了這個幽靈出沒的所在！

「我以不幸在此會集的同伴的名義，」一個外表談吐都很溫文爾雅的紳士走上前來，「榮幸地歡迎您來到拉福克，並對您因身罹災禍來到我們之中深表同情。願您很快就否極泰來。在其他場合恐怕唐突冒昧，但在這兒，能否請教下您的姓氏和情況？」

查爾斯．達尼打起精神，字斟句酌地盡可能一一作答。

「我希望，」那位紳士探問道，一面望著在屋裡走動的典獄長，「您不是祕密關押犯吧？」

「我不理解這個詞的意思，但我聽他們這麼說的。」

「啊，太遺憾了！我們對此深感抱歉！但是請鼓起勇氣，我們這裡有幾個人起先也是祕密關押犯，但時間都不長。」然後他提高音量又補了一句：「我遺憾地報告諸位——祕密關押犯。」

一陣表示同情的低語聲。查爾斯．達尼穿過屋子來到一道鐵柵門前，典獄長已等在那兒了。這時，許多聲音向他表示了良好的祝福和鼓勵，這其中，婦女溫柔關切的聲音最為引人注目。他在鐵柵門前轉過身子，表達了衷心的感謝。典獄長關上了鐵柵門，這些幽靈從此在他眼裡永遠地消失了。

小門通向一道上行的石頭梯階。他們往上走了四十步（入獄半小時的囚犯數了自己的步數），典獄長打開了一道漆黑的低矮牢門，他們走進了一間單人囚室。這裡又冷又溼，光線卻不暗。

「你的牢房。」典獄長說。

「為什麼我要單獨監禁？」

「我怎麼知道！」

「我能買筆、墨水和紙麼？」

「給我的命令中沒有這類東西。會有人來探訪你的，那時你可以提出要求。現在你只可以買食物，別的不行。」

牢房裡有一張椅子、一張桌子和一床草墊。典獄長出去前對這些東西和四面牆壁作了一番檢查。這時，靠著牆面對著他的囚犯心裡閃過一種恍惚的幻覺：典獄長面部浮腫，全身浮腫，腫得嚇人，看起來就像溺水後泡脹了的死人。典獄長離開後，他這麼恍惚地想著：「現在只剩我一個了，我也好像是死了。」他站在草墊前，低頭看了看，感覺很噁心，又將視線移開了。他想道：「死後身體首先就會跟這些爬行的蟲豸為伍吧。」

「五步長四步半寬，五步長四步半寬，五步長四步半寬。」囚犯在牢房裡走來走去，數著步子丈量著。城市的喧囂如沉悶的鼓聲，伴隨著逐漸升高的呼叫聲：「他做過鞋，他做過鞋，他做過鞋。」囚犯繼續丈量著，走得更快了，試圖讓自己的身心一齊擺脫那句重複的話。「小門關上後消失的那些鬼魂。其中一個穿黑衣的少婦，靠在方窗的垛口上，一道光線投照在她的金髮上，她看起來就像……看在上帝的分上，讓我們繼續騎馬前行！從村子裡穿過去，那裡亮著燈火，村民都醒著！……他做過鞋，他做過鞋，他做過鞋……五步長四步半寬。」一種種凌亂的思緒在他心底翻騰起伏。囚犯越走越快，固執地計數著，計數著；而城市的喧囂有了變化——它仍像沉悶的鼓聲隆隆作響，可是，在喧囂的聲浪之上，他聽見了熟悉的哀哭聲。

第二章

磨刀霍霍

苔爾森銀行在巴黎聖日爾曼區，位於一棟大廈的側翼，有一個院落與外面相通，用一堵高牆和一道堅固的大門與街道隔開。這幢大廈原本屬於一個大貴族，他原先就住在這兒，後來他換上貼身廚師的衣服、越過邊境，逃離了一大堆麻煩。現在他成了一頭要逃離獵人追捕的野獸。可是，在他「輪迴轉世」後，他卻還是那個曾雇用了三個壯漢（廚師還不在其內）往他嘴裡餵食巧克力的大人。

大人跑路了，那三個壯漢為了洗脫曾領過大人高薪的罪孽，已時刻準備著在曙光初露的共和國（那個統一不可分割的，自由、平等、博愛或死亡的共和國）的祭壇上心甘情願地割開大人的喉嚨。大人的樓宇起初只是被扣押，後來就給沒收充公了。因為形勢發展得那麼快，一個法令接著一個法令迅速頒布，到了初秋九月三日的夜裡，愛國者法律委員已占據了大人的華廈，給它塗上了三色徽記，眼下正在會議廳裡喝著白蘭地。

苔爾森銀行在倫敦的營業處倘若和在巴黎的一樣，不久過後一定會給捅到報紙上去，銀行的員工也一定會給逼瘋。因為銀行的院子裡有栽在箱子的桔樹，甚至櫃檯頂上還有個愛神丘比特，重視責任和體面的古板的不列顛人該當如何解釋？然而這些東西就在那裡。苔爾森把丘比特給刷白了，但天花板上還有一個穿著涼爽夏衣的小愛神，從早到晚一直盯著鈔票看（他倒是一貫如此）。這個異教徒少年神、他身後掛了簾幃的壁龕、嵌在牆裡的鏡子還有那些年紀還不算老、稍微受點刺激就會當眾載歌載舞的銀行職員，倘若這樣的光景是出現在倫敦的隆巴德街[1]的話，一定會弄得銀行破產。可是，法國的苔爾森銀行卻能和這些人事和平相處，只要時局還過得去，沒有人見到它們會大驚小怪，或是抽走存款。

從今往後，哪些錢會從苔爾森銀行取走？哪些錢會留在那兒，被人忘記而後無人領取？哪些金銀珠寶會在苔爾森的庫房裡失去光澤，與此同時，它的寄存人會在監牢裡染病或突然死於非命？在這個人間，苔爾森銀行有多少帳目會永遠無法軋平，只好留待來生再去處理？那天晚上沒有人能把這些疑問說清楚，就連賈維斯·洛里先生也說不清楚，雖然他已經苦苦思索了許久。他坐在剛剛燃起的柴火邊（那一年遭災歉收，偏又冷得很早），那張誠實勇敢的面龐蒙上了一層濃重的陰影，那陰影比吊燈所能投下的陰影、比屋裡一切東西所能反射的陰影都要濃重——那是恐懼的陰影。

他就在銀行的房間住下了。他對銀行的忠誠使他變成了銀行的一部分，如一株根系固實的常春藤。他們很偶然地從占據主樓的愛國者那裡獲得了某種保證，但並不是這個誠實的老紳士有意為之。所有這些情況對他來說都無關緊要，他只是盡自己的職分而已。院子對面的柱廊下有一處寬敞的空地，大人的幾輛馬車居然還停在那兒。兩根廊柱上固定有兩個大火炬臺，火炬熊熊燃燒著，火光下露天擺了一塊巨大的磨刀石，看起來很引人注目。那東西很隨便地擱著，似乎是匆匆忙忙從附近的鐵匠鋪或其他工廠搬來的。洛里先生站起身來，看著窗外這些無害的東西，不禁打了個寒戰，重又坐回到爐火邊的座位裡。之前他不但打開了玻璃窗，還打開了外面的格子百葉窗，於是他把兩層窗戶又都關上了。他已經凍得渾身發抖。

高牆與堅固大門外傳來了都市夜間常有的嘈雜聲，時不時也會傳來一種難以形容的鈴聲，那聲音怪異而神祕，彷彿某種不尋常的可怕之物正升向天空。

「感謝上帝，」洛里先生扣著兩手自言自語道，「幸好今晚我在這個可怕的城市裡沒有很親近熟悉的人。願上帝憐憫身處險境的人！」

過了沒多久，門鈴響了起來。他想：「是那些人回來了！」便坐在那兒靜聽。可是，院子裡並沒有他預料的喧嘩聲，他聽見大門砰的一聲關上了，四下裡又安靜了下來。

他心裡有些緊張害怕，不由為銀行暗暗擔憂起來，形勢的劇變自然會引發這樣的感覺。此地一向門衛森嚴，他站了起來，打算去找負責看守大樓的可靠之人，這時，他的房門突然被人推開了，有兩個人闖了進來。看清來人模樣後他大吃一驚，倒退了幾步。

是露西和她的父親！露西向他伸出了雙臂，表情一如往常那麼真摯，卻如此地專注和緊張，在她人生的這個重要關頭，造物主似乎有意將這個表情印在她的臉上，要她展現出全部的力量。

「這是怎麼回事？」洛里先生給弄糊塗了，上氣不接下氣地問道，「出什麼事了？露西！曼內特！發生了什麼？你們怎麼來這兒了？是怎麼回事？」

她臉色煞白，神情驚惶看著洛里，她在他懷裡喘著氣，帶著悲哀的聲調說道：「啊，我親愛的朋友！是我的丈夫……」

「你的丈夫，露西？」

「是查爾斯。」

「查爾斯怎麼了？」

「他在這兒。」

「在這兒，在巴黎？」

「在這兒好幾天了——三天或四天——我不知道究竟是幾天——我理不清自己的思緒了。他來這兒是為了履行一樁善行，到底是什麼事我們也不知道。他在入城路障那裡給攔停了，然後被送進了監獄。」

老人禁不住叫出了聲，幾乎同時，大門的門鈴又響了，一陣喧嚷雜遝的腳步聲和話語聲湧進了院子。

「什麼事這麼吵鬧？」醫生說，轉身朝向窗戶。

「別看！」洛里先生叫道，「別看外面！曼內特，有生命危險，別去碰百葉窗。」

醫生轉過身來，手還搭在窗戶扣件上，帶著冷靜又勇敢的微笑說道：「我親愛的朋友，我在這座城市裡自有一張護身符！我曾是巴士底的囚犯。在巴黎——不僅在巴黎，在全法國——那些愛國者但凡知道我曾是巴士底的囚犯，都不會動我一根指頭。他們只會擁抱我，把我抬起來舉行勝利遊行。我往日的痛苦給了我一種力量，讓我們順利通過了路障，也由此得知了查爾斯的下落，來到了巴黎。我知道會這樣的；我知道我能幫助查爾斯擺脫一切危險。我就是這樣告訴露西的。——什麼事這麼吵鬧？」他的手又搭在窗戶上了。

「不要看！」洛里先生不顧一切地叫著，「不，露西，親愛的，你也不要看！」他伸出手臂摟住了她。「不要害怕，我親愛的。我向你們鄭重發誓，我並不知道查爾斯遇到了危險，我甚至沒想到他已經到了這個要命的地方。他在哪個監獄？」

「拉福克。」

「拉福克。露西，我的孩子，你辦事一向勇敢能幹，你現在要讓自己平靜下來，按照我的吩咐去做；因為有許多問題你想不到、我也說不出，只有靠平靜才能解決。今天晚上任何行動都無濟於事，因此你絕不能出門去。我之所以這麼說，因為為了查爾斯，我吩咐你做的事是極其困難的。你必須立即服從，待著不動，保持安靜。你必須讓我把你領到後間的屋子裡去，你得讓我和你父親單獨待兩分鐘。此事攸關生死，你可絕不能耽誤。」

「我聽您的。我從您臉上看得出來，我什麼也做不了，只能這麼辦。我知道您是對的。」

老人吻過了她，催促她進了房間，鎖上門，然後匆匆回到醫生身邊。他打開了窗戶，略微轉開了百葉窗，手搭在醫生的手臂上，和他一起看著外面的院子。

他們看到了一群男女：人數並不多，沒有擠滿院子，總共不到四十或五十人，距離也不是很近。占領大廈的人讓他們進了大門，而他們都跑到磨刀石那邊磨起刀來；把那個東西擺在那邊就是為了這個目的。因為這個地點又方便又僻靜。

可是，那是些多麼可怕的人！那是多麼可怕的工作啊！

磨刀石有一對把手。兩個男人瘋狂地搖著。磨盤轉動起來時，他們便揚起臉來，腦後的長髮落到了後背上，那模樣比戴了猙獰假面的原始野蠻人還要恐怖、還要凶狠。他們貼了假眉毛和假八字鬍，臉上滿是可怕的血汗和汗水，因為狂呼亂叫而面部扭曲，因為獸性大發而怒目圓睜。兩個暴徒不停地搖著，纏結的亂髮時而往前甩遮住了眼睛，時而甩回去披在頸後。幾個婦人把酒湊到他們嘴邊，讓他們喝上幾口。鮮血在灑落、酒液在灑落、磨刀石飛濺出的火星在灑落，邪惡的氣氛籠罩了這血與火的一幕。

放眼看去，那群人每一個都是滿身血汗。男人脫光了上衣，你推我擠地輪著靠近磨刀石，四肢和軀幹濺滿了血跡；他們穿著的破衣爛衫也沾滿了血跡。他們像魔怪一般渾身掛滿了搶掠來的女式花邊、絲綢緞帶，那些東西也都浸透了血汗。他們帶來磨礪的短柄斧、匕首、刺刀、戰刀也全都染上了殷紅的血。有些砍刀被人用布條和撕碎的衣服纏在持刀人的手腕上，綁縛的材質雖然不同，卻都透出同一種暗紅色。當這些持械暴徒從火星四濺的磨刀石上抓起這些武器重又衝上街頭時，他們狂怒的瞳目中也染上了同樣的血紅色——任何一個還沒有變為禽獸的人看著這些眼睛都會用槍瞄準了，一槍把它們幹掉，即便少活二十年也心甘情願。

這一幕景象都是在轉瞬間看到的，如同即將淹死的人或處在生死關頭的人所能看到的世界——倘若那個世界存在的話。洛里和醫生兩人從窗戶退了回來，醫生看著朋友那張煞白的臉，希望他能解釋一下。

「他們在處死囚犯，」洛里先生低聲說，憂心忡忡地看著房門緊閉的屋子，「如果你對自己說的話有把握，如果你的確具備你自認為擁有的那種力量——我相信你是有的——把你自己介紹給這些魔鬼吧！讓他們帶你去拉福克。也許已經太遲了，我不知道，但這事一分一秒也不容耽擱了！」

曼內特醫生按了下他的手，帽子都沒戴上就趕忙衝了出去。洛里先生重新關合百葉窗時，醫生已來到了院子裡。

醫生將身前的各式武器像水一樣向兩邊分撥開，他那披散的白髮、引人注目的面龐和不假思索的自信，讓他很快就走到了磨刀石周圍的人群中。稍稍停頓了一會兒，他低聲說起話來，語速很快，也聽不真切；隨後，洛里先生看見他被所有人圍了起來，二十個男人排成一隊把他護在中間，肩靠著肩、手搭著背走了出去，口中高呼著「巴士底囚犯萬歲！到拉福克去營救巴士底囚犯的親人！給巴士底囚犯讓個路！到拉福克去營救囚犯埃弗瑞蒙德！」一千個人同時呼喊著回應。

洛里先生的心怦怦直跳，他關上百葉窗和玻璃窗，拉上了窗簾，趕緊跑去告訴露西，她父親得到了人民的幫助，已去尋找她的丈夫了。他發現露西的女兒和普羅絲小姐就在她的身邊。很久以後，某天夜裡他望著她們時，才想起自己當時並沒有因為她們出現而感到驚訝。

這時候，露西已經昏倒在他腳邊的地板上，一隻手還攥住了他。普羅絲小姐已經讓孩子躺在他的床上，她的頭也慢慢垂落在那個可愛孩子的枕邊。啊，可憐的妻子哀歎訴說著的這個漫漫長夜！啊，她的父親去而未返、音信皆無的漫漫長夜！

黑暗中，門鈴又兩度響起，人群又衝了進來，磨刀石再次轉動起來，吱嘎作響。「怎麼回事？」露西害怕得叫出了聲。「噓！士兵在這兒磨刀，」洛里先生說，「這地方現在是國家財產，被當作某種軍械庫，親愛的。」

一共來了兩次，但第二次動靜不大，而且斷斷續續。之後不久天就開始亮了，洛里先生輕輕鬆開攥著他的那隻手，再次小心翼翼地往外窺看：一個男人正從磨刀石旁的路面上站了起來，神情茫然地環顧四周。那人滿身血汙，猶如一個負了重傷的士兵，剛剛從殺戮戰場爬回來，恢復了知覺。很快，這位筋疲力竭的殺人者在熹微晨光中看見了大人的一輛馬車，於是步履踉蹌地朝那輛豪華車輛走去。他爬進車廂，關上車門，躺倒在精美的坐墊上歇息了。

洛里先生再次望向窗外時，地球這個大磨刀石已轉動起來，太陽向院裡投下了紅色的霞光。那小磨刀石卻還獨自蹲在清晨寧靜的空氣中，它的表面也是一片紅色——那種猩紅並不是太陽染成的，太陽也永遠帶不走。

第三章 暗影

營業時間一到，洛里先生的業務頭腦裡首先考慮的問題之一就是：他無權在苔爾森的屋簷下容留一個外逃分子囚犯，這會給銀行帶來危險。為了露西和她的孩子，他願意拿自己的財產、安全和生命去冒險，不會有片刻的猶豫；可是，他還負有個人以外的責任，在管控業務方面，他一向辦事嚴謹。

起先他想到了德伐日，他打算再找到那家酒館，跟店老闆商量在這個動亂的城市尋得一個最安全的住所。可是，這個考慮也給了他暗示，否定了這個人選：德伐日就住在暴亂最嚴重的地區，他在那兒肯定很有影響力，深深捲入了這些危險行動。

時近正午了，醫生還沒有回來。每一分鐘的延誤都有可能危及苔爾森銀行。洛里先生只好跟露西商量。她說父親曾說過要租一個短期住處，就在這個區，就在銀行附近。這樣就不會妨礙到銀行的運作了，對查爾斯來說也是很好的安排，因為醫生預感到即使他被釋放，也不能指望馬上就能離開巴黎。於是洛里先生便出去找住處。他在一條偏遠小街的高層樓上找到了一套合適的住房。那裡毗鄰一個荒落的廣場，廣場周圍樓房的百葉窗全都關閉著，顯示這裡的住戶早已棄家逃走了。

他立即讓露西、孩子和普羅絲小姐搬到那裡住下，盡可能為她們提供舒適的環境——比他自己的環境好多了。他把傑瑞——這個人即使腦袋上挨了幾下也會堅守自己的崗位——留給她們守門。一想到她們，他就心緒不安又哀傷，白天過得緩慢而沉重。

時間難熬，直到銀行關門了，才算熬出了頭。他坐在昨晚那間屋子裡，再次思考起下一步的對策。這時，他聽見樓梯口傳來腳步聲。不一會兒，一個人已站到他的面前。此人目光敏銳機警，他看著洛里，叫出他的名字。

「樂意效勞，」洛里先生說，「你認識我麼？」

這人身體壯實，深色鬈髮，年紀在四十五到五十之間。來人重複了洛里剛才的問話作為回應，語調並沒有變化：「你認識我麼？」

「我在某個地方見過你。」

「也許是在我的酒館裡？」

洛里先生很感興趣，也很激動。洛里先生問：「是曼內特先生派你來的麼？」

「是的。曼內特醫生叫我來的。」

「他說了什麼？他要你帶什麼消息來？」

德伐日將一張打開的紙條遞到洛里急切伸出的手中，紙上的字的確是醫生的筆跡：

查爾斯目前平安。但我還不能安全離開此處。已得許可讓送信人給查爾斯之妻帶去一便條。請讓此人見她。

紙條是一小時以內從拉福克寄出的。

洛里先生大聲念完了紙條，之後如釋重負，心情愉快地問道：「跟我到他妻子的住處去一趟，好嗎？」

「好的。」德伐日回答。

德伐日的回答出奇地冷淡、呆板，但洛里先生那時幾乎沒有留意。他戴上帽子，兩人便下樓走進了院子。他們在院裡碰到了兩個婦人，其中一個在打毛線。

「肯定是德伐日太太了！」洛里先生說，大約十七年前他跟她告別時，她就是同樣的姿態。

「是她。」她的丈夫說。

「太太也跟我們一起去麼？」洛里先生見她也跟著走，問道。

「是的。讓她來認認新面孔、熟悉熟悉人。為了他們的安全。」

洛里先生開始感覺到了德伐日的生硬態度，懷疑地看了他一眼，然後繼續在前帶路。兩個婦人都跟了上來。另一個正是「復仇女神」。

他們盡可能快地穿過街道，走上新居的樓梯，傑瑞開了門。他們看見露西一個人在哭。一聽到洛里先生帶給她的消息，她立刻欣喜若狂，攥住了交給她紙條的另一人的手——完全想不到那隻手晚上曾在她丈夫身邊做過些什麼，倘若有機會，還可能對他做什麼。

最親愛的——鼓起勇氣來。我一切安好。你父親對我周圍的人很有影響力。不必回信。替我吻我們的孩子。

只是寥寥數語。但對收信人來說，已是意外之喜了。她離開德伐日，轉向他的太太，吻了她織毛線的那隻手。那是一種熱情、充滿愛意和感謝、只有女性才會有的動作，但被吻的那隻手卻沒有任何回應——它只是冷冷地、重重地垂落下去，又開始編織了起來。

在這次碰觸中，有某種東西讓露西愣住了。她正要將紙條放進懷裡，兩手卻停在了脖子前。她驚恐地看著德伐日太太——德伐日太太也冷漠而無動於衷地看著她抬起的眉頭和前額。

「我親愛的，」洛里先生插話解釋道，「街上時常會出一些亂子，雖然不大可能會波及到你，在這種情況下，德伐日太太是有能力提供保護的人，她希望跟大家見一下——這樣她就認得出人了，我相信是這樣，」洛里先生說著讓人寬心的話，言語間卻十分猶豫，因為那三個人的生硬表情給他留下了越來越深的印象，「我說得對吧，德伐日公民？」

德伐日目光陰鬱地看著妻子，並沒有答話，只粗聲粗氣地嗯了一聲表示默認。

「露西，你最好把可愛的孩子和我們的好普羅絲留在這兒。」洛里先生在語氣和態度上竭盡所能地加以安撫，又對德伐日說：「我們的好普羅絲是個英國小姐，不懂法語。」

他提到的這位小姐有個根深柢固的信念：她絕不會輸給任何一個外國人，她這個信念不會因為任何困厄和危險而動搖。此刻她走了出來，兩隻手臂叉在胸前，她用英語評說著「復仇女神」（她第一個看到的人）：「嗯，沒錯啊，厚臉婆！願你一切順遂如意！」她也對著德伐日太太咳嗽了一聲——英國式的，不過，這兩位都沒怎麼留意她。

「那是他的孩子麼？」德伐日太太說，她第一次放下了毛線活，將編織的棒針指向了小露西，彷彿它就是命運的手指。

「是的，太太，」洛里先生答道，「這是我們可憐囚犯的愛女，他唯一的孩子。」

德伐日太太和她的夥伴陰沉黑暗的影子落到了孩子身上，她的母親本能地跪倒在地上，將她抱在了懷裡。於是，德伐日太太和她的夥伴陰沉黑暗的影子又落到了母女倆身上。

「夠了，當家的，」德伐日太太說，「我見過她們了，可以走了。」

可是，她努力抑制的姿態中已經透露了足夠的威脅——尚未明白地顯露，仍是含糊的、克制的。這讓露西驚恐起來，她伸出手拉住了德伐日太太的衣服，懇求道：「您會善待我可憐的丈夫吧！您不會傷害他吧！如果可以的話，您會幫我見到他吧？」

「你丈夫的事和我無關，」德伐日太太低頭看著她，神色平靜地答道，「你父親和我有關，而你是他的女兒。」

「為了我，請寬待我的丈夫！也為了我的孩子，她會合攏雙手祈求您的憐憫。比起另外兩個人，我們最害怕的就是您。」

德伐日太太把這話當作讚揚，瞥了一眼她的丈夫。德伐日此前一直不安地啃著拇指指甲看著她，這時板起臉露出更加堅定的表情。

「你丈夫在那封短信裡說了些什麼？」德伐日太太問道，略微露出冷笑的表情，「影響力，有關這個影響力，他說了些什麼嗎？」

「我父親對我丈夫周圍的人很有影響力。」露西連忙從懷裡取出紙條來，惶恐地看著提問者，沒有看信。

「那影響力肯定能把他放出來的！」德伐日太太說，「就讓它發揮作用吧！」

「作為妻子和母親，」露西極其真誠地求告，「我乞求您憐憫我，不要使用您的力量反對我無辜的丈夫。用它去幫助他吧！啊，我的姊妹，請想一想我吧，作為妻子和母親！」

德伐日太太像之前那樣冷冷地看著乞求者，轉身對她的朋友「復仇女神」說：「我們跟這孩子一樣大的時候——甚至還沒有她那麼大的時候，打那以來我們見過的妻子和母親還少過麼？她們受到過尊重麼？我們不是常常見到她們的丈夫和父親被關進了監獄，與她們就此分離麼？我們這輩子，不是一直看著我們的姊妹在受苦麼？自己受苦，孩子也受苦，受窮挨餓，沒得穿，沒得吃，沒得喝，疾病纏身，她們不是一直在受苦、受壓迫、受輕鄙麼？」

「我們就沒見過別的東西。」「復仇女神」回答。

「我們常年承受著這些苦痛，」德伐日太太的目光重新回到露西身上，「你自己來評判一下！現在，一個妻子和母親的苦惱對我們來說又算得了什麼？」

她重又打起毛線，走了出去。隨後是「復仇女神」。德伐日最後一個離開，他關上了門。

「勇氣，我親愛的露西，」洛里先生把露西扶了起來，說道，「勇氣，勇氣！到目前為止我們還算一切順利——比起近來許多不幸罹難的人不知要強多少倍。振作起來，要感恩上帝！」

「我並非不感恩上帝！我希望——但那個可怕的女人似乎給我和我所有的希望蒙上了陰影。」

「嘖！嘖！」洛里先生說，「你那小小的勇敢的胸懷裡哪兒來的這種灰心喪氣呢！真的有一道陰影？那是虛無縹緲的東西，露西。」

儘管如此，德伐日這夥人的態度也在他身上投下了濃重的陰影，他的內心深處，已變得極度焦慮不安。

第四章

處變不驚

曼內特醫生在離開後的第四天早上才回來。他對其間發生的許多事閉口不談，盡可能不讓露西知道，直到很久以後露西離開法國時，她才得知在那段可怕的時間裡民眾殺死了一千一百個手無寸鐵的囚犯（男女老少都有）。這場恐怖行動讓四天四夜暗無天日，她周圍的空氣充滿了被害者的血腥味。她只知道有人進攻了監獄，所有政治犯都性命堪憂，有些人被群眾拖出去處死了。

醫生告訴洛里先生（他要求嚴格保密，理由無須多言），人群領著他走過了一個大屠殺的現場，來到了拉福克監獄。在監獄裡，他看到一個自我任命的法庭正在開庭。囚犯被逐個押了上來，法庭迅速作出判令，要麼拉出去處死，要麼當庭開釋。也有少數幾例被送回了牢房。眾人將他帶到了法庭上，他自報了姓名和職業，述說了自己未經審判在巴士底獄被祕密關押了十八年的情況。審判團裡有一個人站起來證實了他的話，那人就是德伐日。

隨後，他翻閱了桌上的登記簿，確認了他的女婿還活著，於是苦苦懇請審判員——他們有的睡著了，有的醒著，有的渾身血汙，有的衣著乾淨，有的沒喝醉，有的已喝醉——保全達尼的性命、恢復他的自由。由於他是這個已被推翻的制度的引人注目的受害者，他們向他表示了慷慨而狂熱的歡迎，並且同意了他的請求，將查爾斯．達尼帶到了這個目無法紀的法庭接受審查。眼看達尼馬上就要被當庭釋放，有利於他的形勢卻似乎遭遇了某種原因不明的阻力（醫生對此無法理解）。審判員私下開了會，議論了幾句，然後，坐在主席位的審判員告知曼內特醫生，囚犯必須繼續扣押，不過，由於醫生的緣故，他不會受到暴力對待，他的安全會得到保證。隨即一聲令下，囚犯再次被關進監牢。然後，醫生強烈要求允許他留下，以便確保他的女婿不會因惡意或偶然的差錯被交給大門外的暴民（他們殺氣騰騰的叫嚷聲已多次蓋過了法庭內的發言）。他獲得了許可，便一直留在流血的審判廳裡，直到危險解除。

他對在那兒看到的景象，包括自己只能匆促進食和斷續睡眠，一直避而不談。囚犯被大卸八塊時群眾那瘋狂的暴行令他驚駭，但囚犯獲救時眾人的狂歡也同樣令他震驚。他說有一個囚犯獲釋後來到了街上，一個暴徒在他經過身邊時看走眼，用手裡的長矛捅刺了他。有人懇求醫生去給那人包紮傷口，醫生從同一道大門走了出去，卻發現一群撒瑪利亞人[1]把傷患給抬來了，而這些撒瑪利亞人就坐在被他們殺死的受害者的屍堆上。如同這場可怕噩夢中發生的一切，這群人以怪異而矛盾的方式幫助了醫生，以最溫和的態度關切照料著傷患——他們還為傷患做了擔架，小心翼翼地護送他離開現場——然後，這夥人抓起各自的武器，重新投入了又一場可怕的屠殺。醫生在講這些事情時，抬手捂住自己的眼睛，還一度昏了過去。

洛里先生聽著這些私密的告白，看著現在已經六十二歲的朋友的臉，心裡就有些顧慮，擔心如此恐怖的經歷會導致危險的舊病復發。可是，他從來沒見過老朋友這個樣子，也從來不知道他有這樣的性格。現在，醫生第一次感覺到，自己的苦難經歷是一種力量和權威。他第一次感覺到，自己已在熊熊烈火中被鍛造成了鋼鐵，可以打破他女婿的牢門，把女婿解救出來。「一切都會苦盡甘來的，我的朋友，不會僅僅是浪費和毀滅而已。當初，我心愛的女兒幫助我恢復健康，現在我也要幫助她找回她最摯愛的那個人。有上天的助力，我一定能做到！」這就是曼內特醫生此時的情況。賈維斯．洛里看著他灼亮的目光、堅定的面容、沉著有力的表情舉止。在他看來，醫生過往的生活就像一口業已停擺多年的時鐘，而現在，他相信，這座時鐘帶著休眠時段所積蓄起來的力量，又一次滴答滴答地走了起來。

那段時間，在堅韌不拔的努力下，醫生克服了很多巨大的困難。他堅守在自己內科醫生的崗位上，為來自各個階層的人看診治病：自由的人和不自由的人、有錢人和貧苦人、壞人和好人。他如此機智地發揮了他的影響力，此後不久便成了三個監獄的獄醫，其中包括拉福克監獄。現在，他可以向露西保證說，她的丈夫不再被單獨監禁了，而是跟一群普通的囚犯關在一起；他每個禮拜都會見到達尼，也會捎來他的口信，將好消息轉告給露西；有時她的丈夫還會給她寫一封親筆信（**雖然從來都不是經由醫生轉交**），可是，卻不允許露西給達尼寫信：因為，在有關監獄陰謀的許多荒誕不經的懷疑中，最荒誕不經的懷疑指向了那些外逃分子，眾所周知，這些囚犯都是有海外的親友或是跟海外長期有往來。

1 撒瑪利亞人是基督教文化背景中一個習語，意為好心人、見義勇為者。源出《聖經．新約．路加福音》中耶穌基督講的寓言：一個猶太人被強盜打劫，受了重傷，躺在路邊。有祭司和利未人路過但不聞不問。唯有一個撒瑪利亞人路過，不顧教派隔閡善意照應他，還自己出錢把猶太人送進旅店。

醫生的這種新生活無疑是緊張不安的，可是，睿智的洛里先生卻看出這裡面有一種新而持續的自豪感。那是一種自然而可敬的自豪感，沒有沾染任何不得體的東西。而洛里先生把它當作新鮮事來觀察。醫生知道，以前在他女兒和朋友的心目中，自己過去的牢獄生活是跟他個人的苦難、困頓和軟弱聯繫在一起的。現在情況有所改變了，他自己很清楚，過去的磨難已給了他力量，而女兒和朋友正把查爾斯最終安全獲釋的希望寄託在他的力量上。因為這個變化，他變得如此地激動興奮。他會帶領大家前進，讓他們倆像弱者依賴強者那樣依賴著他。往日他和露西的位置關係現在顛倒了過來，他體會到了露西的感激與摯愛之情。她已為他做了那麼多事，現在輪到他來為她做一點事了，否則他就無法感到自豪。「看起來很古怪，其實很自然，也很正常，」友善親切又不失精明的洛里先生想道，「帶領我們前進吧，親愛的朋友，繼續往前走，沒有比你更合適的人了。」

儘管醫生一直想方設法，想要讓查爾斯・達尼獲釋，或者至少讓他有機會被審訊，然而當時的社會潮流對他來說卻太猛烈、太迅速了。一個嶄新的時代開啟了，國王受審了、被宣判了、被砍掉了腦袋；那個「自由、平等、博愛或死亡」的共和國公開對抗武裝起來的世界各國，宣布了「要麼勝利、要麼死亡」的通告。在巴黎聖母院的高塔上，黑色的旗幟日夜迎風招展。為了抗擊全世界的暴君，法蘭西各地有三十萬人響應號召，挺身而起，彷彿龍的牙齒被人播撒到了各個地方，到處都結出了它的果實[2]：從山間到平原，在岩石上，在碎石中和沖積土中，在南方明亮的天空下，也在北方的雲層之下；在沼澤地裡，也在森林中；在葡萄園裡，也在橄欖林中；在修剪過的草地上，也在收割後的玉米地裡；沿著寬闊大河那結滿果實的河岸，也沿著海岸的沙灘。有什麼個人的憂患能夠抵禦「自由元年」的滔天洪流呢——那洪水是從地上湧起的，不是從天上落下的，而天堂的窗戶已關上，並沒有打開！[3]

沒有停頓，沒有憐憫，沒有安寧，沒有寬鬆的休息，也不估算時間，雖然白天與黑夜仍像創世的第一個晝夜那樣有規律地循環交替，時間的其他計算方式已不復存在。一個憤怒而狂熱的民族就像一個發著高燒的病人，已無從把握時間了。這一刻，劊子手舉起國王的首級讓人民觀看，打破了整個城市不同尋常的寂靜；下一刻，幾乎就在同一瞬間，似乎又捧出了面目姣好的王后的首級——囚禁了八個月的疲憊與苦難已讓這個寡婦的頭髮轉為花白。

遵循此種情況下流行的奇怪而矛盾的法則，時間是漫長的，雖然它疾如火球般飛逝著。都城裡的革命法庭，遍布全國的四、五萬個革命委員會，那部剝奪了自由或生命的保障、將善良無辜者交到邪惡罪犯手裡的嫌疑犯法，還有那些擠滿了無處申訴的無辜者的監獄，這些東西剛誕生幾個星期，就變成了裁判一切事物的既定的天然秩序，似乎已成為古已有之的慣例。其中最為可怕、也越來越為人所熟悉的一個形象，彷彿在眾目睽睽之下突然就從世界的地層裡冒了出來——那位鋒利的女士，名喚「斷頭臺」。

2 龍牙一事出自希臘神話，腓尼基王阿格諾之子、勇士卡德摩斯外出尋找妹妹，路遇惡龍，卡德摩斯將牠殺死後，依照女神雅典娜的指點，將龍牙播種於地，龍牙生長變成許多武士，他們互相廝殺，最後只剩下五人，幫助卡德摩斯建成了忒拜城。

3 可參考《聖經．舊約．創世記》第七章：「……過了那七天，洪水氾濫在地上，當挪亞六百歲，二月十七日那一天，大淵的泉源，都裂開了，天上的窗戶，也敞開了。四十晝夜降大雨在地上。」這裡作者用了反義諷喻。

它是俏皮話的流行主題；它是治癒頭痛的最佳療法；它萬無一失，讓你的頭髮永不花白；它賦予皮膚特別的嬌嫩；它是國民剃刀，一切都能剃光光；誰要是吻了「斷頭臺小姐」，往小窗戶瞧一眼，打個噴嚏就會栽進麻布袋。[4]它是人類復興的象徵，取代了十字架。大家將它的微縮模型佩戴在胸前，丟棄了十字架。但凡拒絕十字架的地方，它就會受到敬拜和信仰。

它剃掉了那麼多的腦袋，它洇染的土地和它自己都帶上了汙紅色。它就像給小魔鬼玩的拼圖玩具般被拆分了開來，要用的時候又被組合在一起。它讓雄辯者緘口無言，讓掌權者當場喪命，它也毀掉了美麗與良善。二十二個享有很高社會地位的朋友，二十一個活的、一個死的，只要一個早上他們的腦袋就被它全砍掉了，費時不過數十分鐘。《舊約》中那個大力士的名字[5]落到了操作這把剃刀的主官頭上，手握武器的他卻比他的同名人更加孔武有力，也更加盲目，因他每天都在拆毀上帝殿堂的大門。[6]

醫生在這些實施恐怖行動的暴徒中鎮定地行走著。他確信自己的力量，謹慎地堅持自己的目標，從不懷疑自己最終能救出露西的丈夫。然而強勁洶湧的時代洪流席捲而過，如此迅速地帶走了時光。醫生雖然依舊如此鎮定與自信，查爾斯卻已經在獄中待了一年零三個月。那年的十二月，革命變得愈來愈邪惡狂亂。在南方，河道中浮滿了夜間被無情淹死的屍體，寒冬的日陽下，囚犯站成一排或一個方陣，成批地被槍殺。醫生仍然在這樣的恐怖氛圍中鎮定地行走著。在那時的巴黎城，沒有人比他更有名了，也沒有人比他的處境更奇怪。在醫院裡和監獄裡，他沉默少言，滿懷慈愛，是個不可或缺的人；他用自己的醫術救治殺人者，也救治受害者，超脫一切。在他療病診治的時候，當年巴士底囚犯的外表和故事讓他顯得與眾不同。他從來沒有遭到懷疑，也沒有被帶走訊問，彷彿他的確是在大約十八年前死而復活的，是一個在活人之中走動的孤魂野鬼。

4 斷頭臺形似一立式窗框，上方裝有活動鍘刀，中間開有如窗口的圓洞，犯人須將腦袋探出，下方設有口袋，裝盛鍘下的人頭。

5 指參孫，記載於《聖經．舊約．士師記》中，他是古以色列的有名大力士，擁有天生的神力，曾徒手擊殺雄獅，並曾隻身一人與敵人非利士人作戰。

6 法國大革命時，在斷頭臺上處決法王路易十六和王后瑪麗．安東妮的劊子手名叫三孫（Sanson），與參孫（Samson）名字相近。

第五章
鋸木工

一年零三個月。在這段時間裡，露西每時每刻都確信，斷頭臺第二天就會砍掉她丈夫的頭。現在，載滿死刑犯的囚車每一天都會劇烈顛簸著駛過鋪石街道。可愛的姑娘，豔麗的婦人，棕色頭髮的，黑色頭髮的，花白頭髮的，年輕的人，壯實的人，衰老的人，貴族出身的人，農民出身的人，都是為斷頭臺小姐備好的一杯杯紅色美酒，每天從可惡監獄的黑地窖裡取出、通過陽光普照的街道送去給她消渴的美酒。自由、平等、博愛或死亡——最後一項最容易兌現了，啊，斷頭臺！

如果說突然降臨的災難和時間的飛輪已讓醫生的女兒震驚不已，於是只能在絕望中徒勞等待結果的到來，那麼，她所經歷的也不過是和很多人所經歷的一樣。但是，自從少女時的她在聖安東尼區的閣樓裡將那顆白髮蒼蒼的頭顱抱在自己胸前以來，她一直忠於自己的職分，在經受考驗的時候尤其如此，正如所有沉靜、忠誠、善良的人那樣。

他們剛剛搬進新居住定下來、父親開始了日常兼職工作之後，她就把那個小家安排得井井有條，彷彿她丈夫就在身邊似的。每樣東西都有固定的地方，每件事都有固定的時間。她定期給小露西上課，就跟在英國一家人在一起時一樣。她用一些小花樣來欺騙自己，表現出相信他們很快就將重新團聚的樣子——她為很快歸來的丈夫作了些小準備，將他專用的椅子和他的書放在旁邊。當監獄中很多無樂的靈魂處在死亡的陰影之下時，她在夜裡還特為其中一個親愛的囚徒作莊嚴的禱告。所有這些，幾乎是她讓自己沉重的心情獲得宣洩和安慰的唯一方式。

她的外表變化不大。她跟孩子都穿類似喪服的樸素的深色服裝，卻和在歡樂日子裡穿顏色鮮豔的衣服一樣，都拾掇得整整齊齊。她臉上少了些血色，以前那種專注的神情不是偶然一現，而是經常會出現。除此之外，她仍然很漂亮、很美麗。有時候，晚上親吻父親時，她會突然失控，流露出壓抑了一整天的悲傷，然後說她在蒼天之下唯一可以依賴的人就是他了。他父親總是堅定地回答：「他可能發生的事我都一清二楚，我知道我能救他，露西。」

他們的生活發生改變還沒有幾個星期，有天傍晚，她父親一回家就告訴她：「我親愛的，監獄裡有一個高窗，有時下午三點鐘的時候查爾斯可以走到那兒去。他認為，倘若你站在街上我告訴你的某個地方，而他又來到了窗口，他就有可能看見你——但他能否站到窗口，取決於很多不確定的因素。不過你是看不見他的，可憐的孩子，即使你能看見，也不能跟他打手勢，對你來說那會很不安全。」

「啊，告訴我那個地方吧，父親，我每天都會去。」

從此以後，無論什麼天氣，她總會在那兒等上兩個鐘頭。時鐘敲響兩點時她就站在那兒了，敲響四點時才無奈地轉身離開。倘若天氣不太潮溼或是沒有颱風下雨，她便帶了孩子兩人一同前去。其他時候她都是一個人去；不過，她從來沒有錯過任何一天。

那是一條彎曲小街的一個黑暗骯髒的角落。街尾唯一的房屋是一間堆放劈柴的小棚屋，此外就只是牆壁。她去那兒的第三天，鋸木工便注意到了她。

「日安，女公民。」

「日安，公民。」

這是現在法定的稱呼方式。不久之前它只是在忠貞愛國者之間不自覺形成的習慣，眼下已成了人人必須遵守的法律。

「又來這兒散步了，女公民？」

「你看見的，公民！」

鋸木工是個小個子，手勢特別多（他以前是修路工）。他看了看監獄，用手指了指，又叉開十個指頭放到臉前代表鐵柵欄，玩笑似地裝出窺看的樣子。

「這可不關我的事。」他說，然後就繼續鋸木柴了。

第二天，他開始留意著她了，她一出現，他就跟她搭訕了。

「怎麼又來這兒散步了，女公民？」

「是的，公民。」

「啊！還有個孩子！她是你媽媽麼，小女公民？」

「我要回答『是的』麼，媽媽？」小露西靠近了低聲問她。

「就這麼回答，最親愛的。」

「是的，公民。」

「啊！這可不關我的事。我的工作才是我該關心的。看我的鋸子！我把它叫作我的小斷頭臺。啦啦，啦啦啦！他的腦袋砍下來啦！」

說話間，木柴塊就掉了下來，他把它扔進了籃筐。

「我說自己是木柴斷頭臺的參孫。再看這兒！嚕嚕嚕；嚕嚕嚕！這女人的腦袋砍下來了！現在，是個小孩。唧咕，唧咕；嗶咕，嗶咕！小孩腦袋也砍下來了。滿門抄斬！」

他把兩段木柴塊再次扔進籃筐時，露西打了個寒戰。可是，要想在鋸木工工作時到那兒去而不被他看見，那是不可能的。從那以後，為了爭取他的善意回應，她總是先跟他說話，還常常給他些酒錢，而他也立即收下了。

鋸木工生性好奇，有時候，她凝視著監獄高處的鐵窗，心兒飛向丈夫而全然忘記了他在場，猛地回過神來，會發現那人正單膝跪在長凳上望著她，鋸子也停了下來。「這可不關我的事！」這時他通常都會這麼說，馬上又拉起了鋸子。

不管是什麼天氣——無論是冬天的霜雪、春天的寒風、夏天的驕陽、秋天的細雨，然後又是冬天的霜雪，露西每天都會在這個地方待上兩小時，每次離開時都會親吻監獄的牆壁。她去五、六次，她丈夫可能會看見她一次（**她父親就是這麼告訴她的**）：有時可能連續兩三天都能看到，有時也可能一兩個星期都看不到。時機湊巧的時候他的確能夠看到她，這就夠了，為了那種可能性，她願意等上一整天，一星期七天都是如此。

這些日常活動將她帶到了來年的十二月，她的父親仍然在這樣的恐怖氛圍中鎮定地行走著。一個飄著小雪的下午，她又和平日一樣來到了這個街角。那是一個狂歡喜慶的節日。她發現棚屋前裝飾了一排小槍矛，矛尖上點綴了小小的紅便帽，還有三色彩帶和那句標準的口號（**口號也是用受人喜愛的三種顏色書寫的**）：

統一不可分割的共和國，自由、平等、博愛或死亡！

鋸木工的這個店鋪實在小得可憐，為了填上這條標語，整個牆面無關緊要的地方全都用上了。不管怎樣，他找了個人給他胡亂寫了上去，「死亡」這個單詞好不容易才擠了進去。他在屋頂展示了矛槍和紅便帽，那是好公民必須做的事。他還把鋸子擺在一扇窗戶裡，標上了「小聖徒斷頭臺」幾個字——因為那時這位鋒利的偉大女性正廣受民眾推崇。劈柴店關了門，主人也不在那兒，就露西一個人。她鬆了一口氣。

可是，鋸木工並沒有離開太遠，因為她很快就聽見一陣騷動聲與叫喊聲正接近這裡，心裡不由得充滿了恐懼。過了一小會兒，一大群人湧入了監獄高牆處的這個拐角，鋸木工就在隊伍中，和那個「復仇女神」手牽著手。他們的人數不少於五百，但跳起舞來就像有五千個魔鬼在興風作浪。沒有其他音樂伴奏，只有自己的歌聲。他們隨著流行的革命歌曲舞蹈著，一起踩著激烈的節拍，彷彿人人都在咬牙切齒。男人跟女人跳，女人跟女人跳，男人跟男人跳，碰到誰就跟誰跳。

起初，他們不過是一片粗呢紅帽和粗毛料衣服的風暴，可是，當他們擠滿了那地方、停下來圍著露西跳舞的時候，就變成了某種徹底瘋狂的幢幢鬼影。他們時而前進，時而後退，相互擊掌，相互抓著腦袋，獨自打著轉，兩人結隊打著轉，一直轉到很多人紛紛跌倒在地。這時，沒有倒下的又手拉著手圍成了圈一同打轉，圈子破了，又是兩個、四個地打轉，一直轉到他們全部停了下來。於是重新開始，又是擊掌，又是抓腦袋，又是拉拉扯扯，然後就反方向旋轉，所有人都朝另一個方向打轉。突然問他們又站住了，稍稍停頓後，重又踩起了節拍，排成了跟街道一樣寬的行列，低下頭，舉起手，呼嘯著又繼續向前奔走。

戰場上的廝殺也不及這種舞蹈的一半恐怖。這絕對是一種墮落的遊戲——原本是單純無邪的，後來就變得十足邪惡。一項健康的娛樂活動反倒刺激人變得血脈僨張、喪失理智和心腸冷酷。的確能看到幾分優美之處，但這樣的優美讓它顯得越發地醜惡，說明一切本質良善的東西已變得何其地扭曲變態。在隊伍中袒露胸脯的少女，幾乎還未成年的美麗而迷茫的頭顱，在血汗泥沼中趔趄踏步的纖弱腳足，所有這一切，正是這個脫序時代的表徵。

這就是卡瑪奧勒舞。隊伍走過去了，留下露西一人膽戰心驚、困惑不已地站在鋸木工棚屋的門前。輕盈如羽毛的雪花靜靜飄落，鋪成了潔白柔軟的一片，彷彿這場舞蹈從沒有出現過。

她抬手捂住了眼睛，眼前立即暗了下來。等放下手時，發現醫生就站在自己面前。「啊，父親！多麼糟糕的景象。」

「我知道，親愛的，我知道。我見過很多次了，不要害怕！他們不會傷害你。」

「我並不為自己害怕，父親。但我想到了我丈夫，他不得不聽任這些人擺布——」

「我們很快就可以讓達尼擺脫他們的控制了。我離開他時，他正往窗口爬去，我就跑下來告訴你。這兒沒有旁觀的閒人，你可以朝最高的那個斜屋頂送去一個飛吻。」

「我會這麼做的，父親，我還會把靈魂也交給他。」

「你看不見他麼，我可憐的孩子？」

「看不見，」露西飛吻的時候，流下了思念的眼淚，「看不見。」

雪地裡傳來了腳步聲，是德伐日太太。「向你致敬，女公民。」醫生說。「向你致敬，公民。」順口這麼一說，再沒有其他話。德伐日太太走了，如一道陰影掠過了白色的路面。

「把手臂給我，親愛的。為了他，你要擺出愉快、勇敢的樣子從這兒走過去。你做得很好。」他們已離開了那個地點。「這些都不會白費力氣的。明天就要傳喚查爾斯上庭了。」

「明天！」

「不能浪費時間了。我已作了充分準備，不過還有一些預防措施，要等到正式傳喚他出庭時才能用得上。他還沒有接到通知，但我知道馬上就會通知他的，就在明天。在此之前會把他移送到巴黎裁判所附屬監獄。我及時得到了情報。你不會害怕吧？」

她幾乎答不出話來：「我相信你。」

「要絕對相信我！你提心吊膽的日子快結束了，親愛的。審訊結束後幾個小時，他就會回到你身邊。我已把他嚴密保護了起來。我得去見一見洛里。」

他站住了。他們聽見了沉重的車輪聲。兩個人都很清楚那意味著什麼。一輛，兩輛，三輛。寂靜的雪地裡，三輛囚車載著可怕的貨物遠去了。

「我得去見一見洛里。」醫生重複了一句，他帶著她走了另一條路。

那位忠誠的老人還堅守著自己的崗位，沒有離開一步。許多財產在沒收和收歸國有時，常常會有人來諮詢他，並且調閱帳冊。能為業主保留的，他都會設法保留。在苔爾森銀行託管的財產有多少，沒有人比他知道得更清楚。他把一切處理得井井有條。

紅黃色的晦暗天空和塞納河上升起的霧氣表明夜晚已臨近。他們到達銀行時天幾乎已經全黑了。

昔日大人的那棟莊嚴宅邸已完全破敗荒落了。庭院裡的一堆塵土灰燼之上，塗寫了這麼一排大字標語：

國家財產。統一不可分割的共和國，自由、平等、博愛或死亡。

和洛里先生在一起、堅持不肯露面的那人會是誰呢？椅子上那件騎馬裝是誰的？此人顯然也是剛剛到達。洛里先生又激動又吃驚地從屋裡跑了出來，將他心愛的人兒摟在了懷裡。她猶猶豫豫地告訴他：「移送到巴黎裁判所附屬監獄，明天出庭受審。」洛里先生轉過頭，對著屋門裡高聲重複了她的話，他在向誰複述呢？

第六章
勝利

由五位法官、一位公訴人和立場堅定的陪審團組成的可怕法庭每天都會開庭。每天晚上他們會發布名單，然後由各個監獄的典獄長向囚犯宣讀。典獄長有一句標準的俏皮話：「號房裡的人，都出來聽《晚報》！」

「查爾斯．埃弗瑞蒙德，又名達尼。」

拉福克的《晚報》宣讀終於這樣開始了。

叫出一個名字，被叫到的那人就走到旁邊那個專為列入生死簿的人留出的地方。查爾斯．埃弗瑞蒙德，又名達尼，自然是知道這種慣例的。他見過好幾百個人就此一去不返。

那個面目浮腫的典獄長念名單的時候戴著眼鏡，一邊念一邊會監督犯人是否站到那個位置上去，每念一個名字就稍微停頓一下，直到念完全部名單。這次一共叫到了二十三個名字，應答的只有二十個人；因為有一個已經死在牢裡，開列名單的人忘記了；另外兩個早已上了斷頭臺，開列名單的人也忘記了。宣布名單的地方就是達尼初到拉福克那天晚上去過的帶穹頂的房間。他遇見的那些犯人都在大屠殺中罹難了——後來他還關心過他們的下落，卻再也沒有重遇——他們全都死在斷頭臺上了。

大家匆匆說了些表達善意的話，告別很快就結束了——這是每天的例行公事，而拉福克的職員那天又忙著準備晚上的罰錢遊戲和小型音樂會。相關人員就擠到鐵柵欄邊去掉眼淚了；不過，正在計畫的娛樂節目出現了二十個缺額需要填補，此時離禁閉時間已經很近，到時候公共休息室和走廊就要交由獒犬來通宵值守了。囚犯絕非麻木不仁或冷漠無情，他們這種態度是時代環境造成的。同樣，雖然有微妙的不同，大家都知道，某種類型的狂熱激情也會促使某些人沒有必要地去跟斷頭臺較勁，結果就被砍了頭。這並非只是出於自負，而是受到了狂熱波動的公眾心理的狂熱影響，在瘟疫流行的季節，我們中有些人會受到疾病的祕密吸引，產生那種可怕的一時衝動，想要死於此病。我們心裡都潛藏了類似的怪異傾向，只是有待環境誘發而已。

去往裁判所附屬監獄的通道很短，但很黑；在那間爬滿蟲子的牢房裡度過的夜晚寒冷又漫長。第二天，在叫到查爾斯．達尼的名字之前已有十五個囚犯進了法庭。十五個人全都判了死刑，整個審訊才用去了一個半小時。

「查爾斯．埃弗瑞蒙德，又名達尼」，終於要提審他了。

他的法官都戴著有羽毛頭飾的帽子，坐在審判席上；但在場其他人都戴著流行的有三色徽章的粗呢紅帽。看著陪審團和紛亂擾攘的觀眾，他可能以為正常秩序已顛倒了過來，罪犯正在審判正直的人呢。城市中最卑賤、最殘忍、最邪惡的那些傢伙，做了那麼多卑賤、殘忍、邪惡之事，現在成了掌控全場的人。他們鬧哄哄地發表評論，鼓掌喝彩或呼叫反對，預測估計或敦促結案，沒有一刻休息。

男人大部分帶著各式各樣的武器；女人有的帶短刀，有的帶匕首，有的一邊看熱鬧一邊吃吃喝喝，很多女人都在打毛線。其中一個婦人手裡忙著編織，手臂下還夾著另一件毛線活，坐在頭一排。

她身邊那個男人，自從達尼在城門前的路障被帶離後，他就沒有再見過，但他馬上就記起來了：那人就是德伐日。他注意到那女人貼在德伐日耳邊說了一兩次話，看起來她應該是他的妻子。可是，最值得注意的是，這兩人雖然盡可能坐得離達尼很近，卻從來不正眼瞧他一下。他們似乎帶著頑強的決心等待著什麼，眼睛只盯著陪審團，從不看別的東西。曼內特醫生就坐在庭長席下方的座位上，穿著平時穿的樸素衣服，而且囚犯也發覺，整個法庭裡只有他和洛里先生穿著平日的衣服，而不是粗劣的卡瑪奧勒裝[1]。

公訴人指控查爾斯．達尼是外逃分子，按照共和國將外逃分子以死罪論處的法令，理應判處死刑。法令頒布的日期雖然是在他回法國以後，但這無關緊要。現在他就在法國，法令已正式施行，他已在法國被捕，因此他必須被砍頭。

「砍掉他的頭！」觀眾席大叫，「這個共和國的敵人！」

庭長搖鈴讓眾人肅靜，然後問囚犯是否曾在英格蘭住了很多年。

確實如此。

那就不是外逃分子了麼？你是怎麼稱呼自己的？

按法律的含義和精神來解釋，不是外逃分子。

為什麼不是，庭長要求給予解釋。

因為他已自願放棄了他所憎惡的頭銜，放棄了附屬的身分地位，離開了他的國家；在英國，他靠自己的勤勉工作為生，而不是靠剝削負擔過重的法國人民過活。他宣布放棄時，目前為法庭所接受的外逃分子一詞尚未正式使用。

對此他可以提交何種證明？

他提出了兩個證人的名字：泰奧菲爾．戈倍爾和亞歷山大．曼內特。

但是你在英格蘭結了婚，是麼？庭長提醒他。

是的，但娶的不是英國人。

是法國女公民麼？

是的。按出生國籍是的。

她叫什麼名字？家庭情況如何？

「叫露西．曼內特，曼內特醫生的獨生女。這位好醫生就坐在那兒。」

這個回答對聽眾產生了可喜的影響。讚美這位有名的好醫生的叫喊聲震動了大廳。受到感動的人是如此反覆無常，有幾個傢伙前一刻還凶神惡煞般地瞪著他，彷彿迫不及待要把他拖到街上處死，此刻卻立刻滾下了淚珠。

查爾斯．達尼按照曼內特醫生一再重複的指令走著危險路途的這幾步。醫生的謹慎意見指引著他面前的每一步，對每個細節都作好了相應的準備。

庭長問他為什麼直到那時才回到法國，為什麼沒有早些回來？

他沒有早些回來的原因很簡單，他答道，因為他已經放棄了財產，在法國無以為生，而在英國他

1 卡瑪奧勒裝：一七九二年左右在法國流行的一種服裝，寬翻領短上衣（即卡瑪奧勒衫），配黑色長褲、紅色便帽和三色腰帶。

靠教授法語和法國文學維持生活。他之所以在那時回來，是因為一個法國公民書面提出的迫切請求，那人表示倘若他不回法國的話自己就有性命之憂。他之所以回來，是為了挽救一個公民的生命，是不顧個人安危前來為事實真相提供證詞的。在共和國眼裡這能算作犯罪麼？

人群熱情地叫道：「不算！」庭長搖鈴讓大家肅靜，但大家並沒有肅靜下來，仍然叫著「不算！」直到他們自願停下來。

庭長問那位公民是誰。被告解釋說那位公民就是他的第一個證人。他還很有把握地提到了那封信，信是在入城關卡那裡從他身上取走的，他確信庭長可以在面前的卷宗裡找出來。

那封信就在卷宗裡——醫生早就想到這個問題，並且向他保證它一定會在那裡。審訊到了這個階段，就找出那封信宣讀了，然後又傳喚公民戈倍爾出庭作證，戈倍爾證明事情屬實。他還極其委婉和禮貌地暗示說，由於共和國的眾多敵人製造了很多事端，革命法庭面臨了處理案件的很大壓力，他在修道院監獄有點受到了忽視，事實上幾乎已被愛國者法庭給忘了——直到三天前，他才正式聆訊。傳喚他出庭時，陪審團宣布由於公民埃弗瑞蒙德（又名達尼）已投案自首，針對他個人的指控已得到澄清，陪審團感到滿意，因此當庭釋放了他。

然後傳訊了曼內特醫生。他很高的個人聲望和清晰的回答給人以深刻的印象。他進一步指出，被告是他在長期監禁獲釋後結識的第一位朋友，在他和他女兒移居海外時，被告也留在了英國，他對他們兩人滿懷熱誠、關懷備至。他又說，那邊的貴族政府很不喜歡被告，事實上曾以勾結合眾國、危害英格蘭的罪名對他加以審判，意圖取他的性命。醫生依靠確鑿事實的力量和自己的滿腔真誠，極其謹慎、字斟句酌地介紹了以上情況，於是陪審團的意見和民眾的意見變得一致了。最後他請求讓此時在場的一個英國人洛里先生出庭作證。洛里先生和他一樣曾在英國的那場審訊中做過證人，可以證實他對該次審判所作的陳述。這時，陪審團宣布他們聽到的證詞已經足夠，倘若庭長認可他們的意見，他們已準備好投票了。

陪審團開始高聲唱名投票，每投一票，群眾便鼓掌歡呼，所有投票都支持被告。庭長宣布被告無罪開釋。

於是出現了一個不同尋常的場面：有時它被民眾用來滿足他們變化無常的心理，有時是一種善意的衝動（為了表現他們的寬宏大量和仁慈），有時被用來抵消他們的殘忍暴行。這種離奇場面應該歸因於哪一種動機，現在沒有人說得清楚；很可能是三種動機兼而有之，而以第二種為主吧。無罪釋放的決定剛一宣布，大家紛紛流下了熱淚，和之前在別的場合熱血澎湃時一模一樣。在場的男男女女只要能擠到囚犯身邊的，每個都衝上來給了他友善的擁抱。由於被長期囚禁而身體虛弱的達尼，差不多累得昏死過去。然而他也很清楚，同樣的這一批人倘若捲入了另一股潮流，也會同樣激動地朝他撲來，把他撕成碎片，然後棄屍於街頭。

還有其他被告要受審，達尼得讓出地方來，這樣他才從這些擁抱中脫出了身。接下來還有五個人要同時受審，他們被冠上了共和國之敵的罪名，因為他們在言論或行動上都沒有支持過共和國。法庭和國家失去的機會很快就得到了補償。達尼還沒離開這個地方，那五個人已被判處了死刑，二十四小時內執行。他們被押下審判席來到了他身邊。五人中的頭一個舉起了一根手指——在監獄裡，那是代表「死亡」的慣常手勢——告訴了他審判結果，然後五個人又接著補了一句：「共和國萬歲！」

的確，觀眾已沒有興趣繼續觀看這五個人的下場了，因為當達尼跟曼內特醫生走出法庭時，他們全都擠在門口。法庭上見到的每一張面孔似乎都在這裡。只有兩個人不在，他四處尋找，但沒有看見。他一出門，人群再次圍了過來，又是哭又是抱又是大叫，有時輪著來，有時全套搬演。群眾站在河岸邊上喧鬧，攪得好像河水也跟著發起瘋來了。

他們從法庭裡或是從某間屋子或是從過道裡弄來一張大椅子，讓達尼坐進去。在椅子上鋪了紅旗，在椅背上綁了長矛，矛尖上掛了頂紅便帽，群眾用肩膀抬著這輛勝利之車要把達尼一路抬回家，即使醫生一再懇求，都沒能攔住。達尼的周圍湧動著一片紛亂的紅便帽的海洋，許多死於這場海難的人的面影從風暴深處浮現出來，他不止一次懷疑自己已經神志不清，正坐在囚車裡去往斷頭臺。

人群抬著他往前走，這支遊行隊伍猶如是在荒唐的夢魘中。他們見人就上前擁抱，還指著達尼讓路人看。他們繞來繞去，走過一條條街道，共和國的流行色染紅了白雪覆蓋的街面——一如他們也曾用更深的顏色洇紅了白雪下的街面。就這樣，群眾抬著他來到露西家大樓的院子裡。醫生提前趕到家裡讓露西作好準備。等到她丈夫從椅子裡下來站直身子，她撲在他懷裡暈了過去。

他把她抱在胸前，讓她美麗的面龐轉向自己，不讓喧鬧的人群看到他的眼淚正滴落到她的嘴唇上。有些人跳起舞來，很快，其他人也跟著跳了起來，院子裡迴響著卡瑪奧勒舞曲的歌聲。然後他們從人群裡找了個年輕女子坐進空椅子裡，把她當作自由女神抬了起來。人越聚越多，隨後湧入鄰近的街道、河岸和橋面上，卡瑪奧勒舞帶走了每一個人，人群漸漸走遠了。

醫生帶著勝利的驕傲表情站在他面前，達尼緊緊地握住了他的手；然後他又緊握了洛里先生的手，洛里先生剛剛從跳著卡瑪奧勒舞的人堆裡拚命擠出來，此時還上氣不接下氣呢；普羅絲小姐抱著小露西，達尼親了親女兒，女兒伸出手臂摟住了他的脖子；他也擁抱了永遠熱情忠誠的普羅絲。然後，他才把妻子抱到懷裡，將她帶到樓上的房間。

「露西，我的露西，我安全了。」

「啊，最親愛的查爾斯，如我之前作禱告那樣，讓我跪下來感謝上帝吧！」

大家虔誠地低下了頭，心中默默致謝。當她再次撲到他懷裡時，他對她說：「現在告訴你的父親吧，最親愛的，他為我所做的事，全法國沒有一個人能夠做到。」

她把頭靠到父親的胸前，就像很久很久以前她將可憐的父親抱在自己胸前一樣。父親很快樂，因為這回他報答了女兒，他經受的苦難得到了報償，他為自己的力量感到驕傲。「你可不能這麼軟弱啊，我親愛的，」他責怪道，「不要這樣發抖，我已經把他救出來了。」

第七章

敲門聲

「我已經把他救出來了。」這不是醒來後常常會落空的夢，他確確實實是在家裡。但他的妻子還在發抖，心頭籠罩了一層模糊而沉重的憂慮。

周圍的空氣是如此渾濁而黑暗，民眾是如此熱衷於復仇，又如此反覆無常，無辜者常常會因為莫名的懷疑和惡意中傷而喪命。她無法忘記，每天都有許多跟她的丈夫同樣無辜、同樣受到家人珍愛的人遭遇了厄運，而達尼只不過是僥倖逃脫了。因此，雖然她覺得自己應該放下心頭的重負，卻無法真正放鬆下來。冬日的下午，暮色開始逐漸落下，即便此刻，仍有恐怖的囚車在街頭隆隆駛過。她的心不知不覺地追隨而去，在死刑犯裡面尋找著他；於是，她把真實存在的達尼摟得更緊了，也顫抖得更厲害了。

為了讓她高興起來，她父親對她這種女性的軟弱表現出了一種富有同情心的優越感，那模樣看著頗是有趣。現在再也沒有閣樓、沒有皮鞋匠、沒有北塔一零五了！他完成了自己設定的這項任務，履行諾言，救出了查爾斯。讓他們都來依靠他吧！

他們的家務開支非常節儉，不僅是因為那種生活方式最安全、能最不招惹旁人的是非，也是因為他們並不富裕。在查爾斯入監期間，他要支付昂貴的看守費，花了很多錢來購買低劣的食物，還要接濟其他更窮苦的獄友。部分是由於上述原因，部分是由於不願家裡有個間諜，他們沒有雇用僕人。在院門口充當門房的一男一女兩個公民偶爾會過來給他們幫幫忙。而傑瑞成了他們家的日常保護者，他每晚都在那兒值守睡覺——洛里先生幾乎已完全把他調撥給他們使用了。

統一不可分割的自由、平等、博愛或死亡的共和國有一條法規：每戶人家的大門或門框上都要用特定大小的字母清楚寫明該戶共同居住者的姓名，書寫高度要便於看見。因此，傑瑞．克朗徹先生的名字也理所應當地裝飾了樓下的門框。那天下午，暮色漸濃的時候，傑瑞就出現了。他剛剛監督著曼內特醫生請來的一個油漆工在名單上加上了一個新名字——查爾斯．埃弗瑞蒙德，又名達尼。

在籠罩著那個時代的普遍的恐懼與猜疑的陰影之下，日常的無害的生活方式全都改變了。跟許多人一樣，醫生這家人的日用消費品也是在晚上到好幾個小店鋪裡少量購買的。大家都避免引人注意，盡可能少外出走動，以免讓路人看見了眼紅。

過去幾個月來，普羅絲小姐和克朗徹先生就承擔了這樣的職責。前者帶著錢，後者提著籃子。每天下午大約路燈初亮的時候，他們就會出門去採購這些日常必需品。普羅絲小姐跟一個法國家庭相處了多年，倘若她有心學的話，本可以把法語說得跟自己的母語一樣好的，可是她並沒有這種打算。因此，她說那種「胡言亂語」（她喜歡這樣稱呼法語）的水準也就跟克朗徹先生差不多了。於是，她做買賣的辦法就是把一個名詞直接扔到店老闆頭上，對購買物品的性質不作任何解釋。倘若很不湊巧沒說對，她就四處張望把那東西找到，然後抓在手裡不放，直到把生意做成。不管那東西是什麼價，她伸出的手指頭總會比商人少一個，表示那就是公道的價錢，還總能得到點便宜。

「現在，克朗徹先生，」普羅絲小姐快活得眼睛都發亮了，「你要是準備好了，我也準備好了。」

嗓音沙啞的傑瑞表示願為普羅絲小姐效勞。他身上的鐵鏽早就沒有了，但那叢鐵蒺藜般的頭髮依然豎得筆直。

「要買的東西各種各樣，」普羅絲小姐說，「時間很寶貴。除了買其他東西，還要買酒。不管我們到哪兒買酒，都能看到這些戴紅帽子的在祝酒乾杯呢！」

「普羅絲小姐，我認為你得分清楚，他們究竟是在為你的健康祝酒，還是在為老混蛋的健康祝酒。」傑瑞回嘴道。

「老混蛋是誰？」普羅絲小姐說。

克朗徹先生的表情有點沒把握，解釋說他指的是「老撒旦」。

「哈！」普羅絲小姐說，「這些傢伙的意思不用翻譯來解釋我也聽得明白，他們只有一句話，胡鬧、害人、半夜裡殺人。」

「噓，親愛的！求你了、求你了，小心點！」露西叫出了聲。

「是是是，我會小心的，」普羅絲小姐說，「但在咱們之間我可以說一下，到了街上，我真不希望再碰到那種滿是洋蔥味和菸草味的擁抱，抱得我都快斷氣了。現在，小鳥兒，你可不要離開那爐火，等我回來！照顧好你那剛剛搭救回來的親愛的丈夫吧！你那腦袋就像現在這樣靠在他肩膀上別動，直到你又見到我的時候！在我走之前，我能問個問題麼，曼內特醫生？」

「我覺得你可以自由發問。」醫生微笑著說。

「看在仁慈的上帝面上，別談什麼自由了，我們的自由已經夠多了。」普羅絲小姐說。

「噓，親愛的！又來了不是？」露西責備道。

「好了，我的寶貝，」普羅絲小姐使勁點著頭，「要點在於我是最仁慈的陛下喬治三世的臣民，」說到那名字，普羅絲小姐便行了個屈膝禮，「作為臣民，我的格言是：揭穿彼輩之權謀，挫敗彼輩之詭計，王乃吾等之希望，上帝保佑吾王！」

克朗徹先生一時忠心表露，也跟著普羅絲小姐粗聲粗氣地吼了起來，就像在教堂裡一樣。

「你的英國味還滿足的，我很高興，雖然我希望你永遠不要帶上那副傷風喉嚨，」普羅絲小姐感覺很滿意，「但問題在於，曼內特醫生，我們未來還打算從這個地方逃出去嗎？」——這位好大姊對大家共同憂心的事情向來裝得滿不在乎，這時卻這麼偶然地提了出來。

「恐怕還沒有這個打算。那樣的話，查爾斯會有危險的。」

「嗨喲——哼！」普羅絲小姐眼看著她心愛的人映著壁爐火光的金髮，便裝出歡歡喜喜的樣子止住了歎息，「那我們只好耐心等待了。就這樣吧。正如我弟弟所羅門常說的，我們必須高調做人、低調做事。現在走吧，克朗徹先生！——你可別動，小鳥兒！」

他倆出門了，把露西、她的丈夫、她的父親和孩子留在了明亮的爐火邊。洛里先生很快就要從銀行回來了。普羅絲小姐已點起燈，但把它放在旁邊的角落裡，好讓大家不受打擾地享受壁爐的火光。小露西兩手勾著外公的手臂坐在他身邊，外公開始用比耳語略高的聲音給她講故事。故事講的是一個法力高超的仙女打破監獄的牢牆救出囚犯的故事，那囚犯之前曾經幫助過仙女。一切都是柔和的、寧靜的，露西比以往任何時候都覺得安心。

「那是什麼？」她突然叫出了聲。

「親愛的！」她父親停下了故事，把手按在她的手上，「控制住自己。你心裡太亂了！一點點小事——什麼事都沒有——就把你給嚇得！你呀，你可是爸爸的女兒啊！」

「我覺得，父親，」露西臉色蒼白，口氣猶豫地辯解說，「我聽見樓梯上有奇怪的腳步聲。」

「親愛的，樓梯口死一般的寂靜。」

他剛剛說出那個「死」字，門上就砰地一響。

「啊，爸爸、爸爸，這是怎麼回事！把查爾斯藏起來，救救他！」

「我的孩子，」醫生站起身來，把手放在她的肩上，「我已經把他救出來了。親愛的，你這樣子太軟弱了！我這就去開門。」

他提起燈，穿過中間的兩間外屋，打開了門。地板上有粗暴的腳步聲，四個頭戴紅便帽、樣貌粗野的男子走進屋來，每個都佩著軍刀，拿著手槍。

「公民埃弗瑞蒙德，又名達尼。」第一個人說。

「誰找他？」達尼回答。

「我在找他。我們在找他。我認得你，埃弗瑞蒙德；我今天在法庭上見過你。你再次成了共和國的囚犯。」

四個人把他給圍住了，達尼站在那兒，妻子和孩子緊靠著他。

「為什麼我會再次被捕？告訴我怎麼回事。」

「你立即回到裁判所附屬監獄就夠了，明天就會知道原因。到時會審問你的。」

曼內特醫生被這群登門造訪的不速之客弄得目瞪口呆，他手上還提著燈，彷彿變成了一座悲哀的雕像。聽完這些話他才行動起來，放下燈，走到了說話人的面前，動作還算溫和地揪住了他那件紅羊毛襯衫的寬鬆前襟，他問道：「你剛才說你認識他，但你認識我麼？」

「我認識你，醫生公民。」

「我們都認識你，醫生公民。」另外三個人說。

他茫然地將這四個人一個個看過來，停了會兒，這才放低嗓門說：「那麼，他剛才提出的那個問題，你們能否解答一下？怎麼會發生這種事的呢？」

「醫生公民，」第一個人告訴他，帶著很不情願的表情，「聖安東尼區的人告發了他。這位公民就是從聖安東尼來的。」他指著第二個進來的人。

被他指著的那人點了點頭，補充道：「聖安東尼指控了他。」

「指控他什麼？」醫生問。

「醫生公民，」第一個人還帶著之前那種不情願的表情，說道，「別再問了。既然共和國要求你作出犧牲，作為一個好愛國者你無疑就要樂於作出這樣的犧牲。共和國重於一切，人民至高無上。埃弗瑞蒙德，我們時間緊迫。」

「還有一句話，」醫生請求道，「你能否告訴我是誰告發他的？」

「這違反規定，」第一個人說，「不過你可以問問聖安東尼的這位。」

醫生轉頭看去。那人不安地走動著，抹了一會兒鬍鬚，終於說道：「不錯！的確違反規定。不過告發他的——提出嚴厲指控的——是公民德伐日夫婦，此外還有一個人。」

「還有個什麼人？」

「你還要問嗎，醫生公民？」

「是的。」

「那麼，」聖安東尼的這位說道，臉上帶著奇怪的表情，「明天你就會知道了，我現在是個啞巴！」

第八章

牌手

幸好普羅絲小姐不知道家裡新出的這樁禍事。她穿過幾條窄街，走過了新橋，心裡正計數著待會兒必須採買的東西。克朗徹先生拎著籃子走在她身邊。他們走過了沿路的大部分店鋪，東瞧瞧西望望，看見聚作一堆的人群就會警惕，遇到談得興起的路人就會避讓。那是個陰冷的夜晚，起霧的河面朦朧一片，耀眼的燈光、刺耳的噪音提示了河中駁船的存在：鐵匠都在船裡工作，為共和國軍隊製造槍械。跟軍隊玩花招的人、不擇手段謀取晉升的人要倒楣了！但願他還沒有長出鬍子來，因為「國民剃刀」會把他剃個精光。

普羅絲小姐在食品雜貨店買了幾樣小東西，買了點燈油，又想起他們還要買點酒。觀察了好幾家賣酒的店鋪後，她停在「共和古英雄布魯圖斯」的招牌下。這地方離國民宮（之前曾兩度稱為杜樂麗宮）不遠，店裡的狀況吸引了她的注意。它看起來要比他們走過的類似店鋪更安靜些，雖然也擠了一堆愛國者的紅帽子，但不如其他地方紅得厲害。普羅絲小姐問過了克朗徹先生的意見，發現他跟自己看法相同，便在這位「騎士」的陪伴下走進了「共和古英雄布魯圖斯」。

帶著略微警惕的神情，這兩位古怪的顧客走進了煙氣彌漫的燈光裡，經過了口中叼著菸斗、手裡玩著軟塌塌的紙牌或泛黃的多米諾骨牌的人，經過了一個光著上身和手臂、滿身煤灰、正在大聲讀報的工人和他的聽眾，經過了身上帶著武器或手邊放著武器的人，經過了兩三個身子向前撲倒、趴在桌上睡覺的顧客（他們穿著流行的高肩粗布黑夾克，看那姿勢，活像幾頭酣睡的熊或狗）。他倆直接走到櫃檯旁，說明他們想買的東西。

他們正打著酒，角落裡有一個人跟另一個人告了別，站起身來正要離開。這人必須跟普羅絲打個照面才能出去。普羅絲小姐一看到他的臉，立即尖叫起來，還拍著自己的手掌。

在場的所有人立刻站了起來。兩人一言不合發生爭吵導致有人被殺了是最有可能的情況，大家都以為會看見什麼人倒下，卻只見到一個男人和一個女人彼此對望著。那男人的外貌特徵就是個法國人和標準的共和派，女的很明顯是個英國人。

「共和古英雄布魯圖斯」的門徒對這個叫人掃興的結尾說了些什麼，普羅絲小姐和她的保護者即便全神貫注傾聽，也只能聽見滔滔不絕的高聲喧嚷，就跟聽希伯來語或古迦勒底語[1]一樣。他們什麼都沒聽進去，只是覺得驚訝。必須指出，不但普羅絲小姐又吃驚又激動，茫然不知所措，就連克朗徹也是大為驚詫——雖然他的驚詫似乎自有其不同的個人理由。

「怎麼回事？」那個引發普羅絲小姐尖叫的人用英語說道。語氣有些惱火和生硬（雖然聲音壓得很低）。

「啊，所羅門，親愛的所羅門！」普羅絲小姐叫道，又一次拍著手掌，「好久好久沒有看見你，也沒有收到你的消息了，我卻在這兒碰見了你！」

「別叫我所羅門。你想害死我麼？」那人說道，很詭祕、很驚恐的樣子。

「弟弟！弟弟！」普羅絲小姐哭了出來，「我怎麼對不起你了，你竟然問出這麼殘忍的問題來？」

「那就收起你那愛管閒事的舌頭吧，」所羅門說，「你想跟我說話就出來說，付了酒錢就出來。這人是誰？」

普羅絲小姐流著眼淚，搖著她那滿懷愛意卻又如此沮喪的頭，向她那個冷漠無情的弟弟做了介紹：「是克朗徹先生。」

「讓他也出來吧，」所羅門說，「他難道認為我是個幽靈麼？」

從克朗徹先生的表情來看，他的確是見到了幽靈。不過，他一句話也沒說。普羅絲小姐流著淚，在手提包裡摸索了好一陣，才掏出錢把酒錢付了。與此同時，所羅門轉向「共和古英雄布魯圖斯」的追隨者，用法語解釋了幾句，大家便坐回先前座位，繼續做自己的事去了。

「現在，」所羅門走到街角暗處停下，問道，「你想要幹什麼？」

「我對他的愛從來就沒有變過，但我這個弟弟卻對我刻薄得可怕！」普羅絲小姐叫道，「他就是這麼跟我打招呼的，那麼無情。」

「好啦，真要命，好啦！」所羅門的嘴唇輕觸了普羅絲的嘴唇，「現在你滿意了吧？」

普羅絲小姐不作聲，只是搖頭哭泣。

「如果你以為我會吃驚的話，」她的弟弟所羅門說，「其實我並不吃驚，我早就知道你在巴黎；

1 迦勒底人是西元前八世紀末到西元前七世紀末掌管巴比倫王國的古代閃族人的一員。

這兒的大多數人我都知道情況。倘若你確實不想害我——這話我有一半相信——該做什麼就趁早去做，也讓我做自己的事。我很忙的，我有公事在身。」

「我的英國弟弟所羅門，」普羅絲小姐抬起滿是淚水的眼睛，傷心地說道，「在他自己的國家本來是天資最好、最了不起的人，卻跑到外國佬裡面來做官，又遇上了這樣的外國佬！我倒寧可看到這可愛的孩子躺在他的——」

「我早說過了，」弟弟打斷她，叫了起來，「我早就知道，你是想害死我。就因為我現在正一帆風順，我的親姊姊就希望別人來懷疑我。」

「慈悲的老天爺不允許的！」普羅絲小姐叫道，「雖然我一直真心真意地愛你，永遠地愛你，親愛的所羅門，我寧可再也不見你，只要你跟我說一句好話，只要你說我倆彼此間沒有嘔氣，也沒有疏遠，我就不會再來耽誤你。」

善良的普羅絲小姐啊，說得好像姊弟倆的疏遠是她一手造成的！說得好像洛里先生並不知道這件事：多年前，在蘇豪區寧靜的街角，她這個寶貝弟弟是花光了她的錢才跑掉的！

他說了句好話，不過，態度非常勉強，帶著施捨的倨傲。兩人的優缺點和地位好像顛倒了過來（這也是常有的情形，全世界都一樣）。這時，啞喉嚨克朗徹先生拍了拍他的肩膀，提了一個出人意料的怪問題：「嗨！可以跟你請教一個問題麼？你究竟是叫約翰．所羅門，還是所羅門．約翰？」

官員所羅門朝他轉過臉來，滿臉的不信任——他之前一句話也沒說。

「來吧！」克朗徹先生說，「大聲說出來，你心裡是明白的。」（順帶說一句，所羅門自己也不太明白。）「是約翰．所羅門，還是所羅門．約翰？她叫你所羅門，她肯定是明白的，因為她是你姊姊。

而我知道你叫約翰，你明白的。這兩個名字哪個在前？至於普羅絲，情況也是一樣。在海那邊你可不是這個姓。」

「你是什麼意思？」

「噢，我也不明白我是什麼意思，因為我想不起來你在海那邊的姓氏了。」

「想不起來？」

「想不起來。不過我可以發誓，這個姓有兩個音節。」

「真的？」

「真的。另外一個人的姓只有一個音節。我認得你。你是個密探——老貝利的證人。以謊言之父也就是你爸爸的名義回答我，你那時叫什麼名字？」

「巴薩。」另一個聲音插了進來。

「就是這個名字，我敢用一千鎊來打賭！」傑瑞叫道。

插話的人是西德尼．卡爾頓。他兩手背在騎馬裝的下襬裡，就站在克朗徹先生身邊，那副漫不經心的模樣，就跟之前站在老貝利時一樣。

「不要吃驚，親愛的普羅絲小姐。我昨天晚上到洛里先生那裡時，他倒是吃了一驚；我們雙方同意在一切正常之前，或在我能夠發揮作用之前，我在哪裡都不會露面。我到這裡來是想和你弟弟稍微談一談。我希望你有一個職業比巴薩先生更好的弟弟。為了你的緣故，我真希望巴薩先生不是監獄裡的綿羊。」

「綿羊」是那時的黑話，意思是典獄長手下的密探。密探的臉變得更蒼白了，他問卡爾頓怎麼敢說出這樣的話——

「我告訴你，」西德尼說，「一個小時或更早以前，我在注視附屬監獄的高牆時偶然發現了你，你正從那裡走出來。你的臉很好認，而我又善於記住人的面孔。看到你跟監獄有那層關係，讓我不由得很是好奇。我有理由把你跟一個現在不幸落難的朋友聯想在一起（個中道理你也並不陌生）。我就跟著你的方向來了。我進了酒館，就坐在你身旁。從你毫無遮掩的談話和你的崇拜者公開散播的謠言中，我毫不費力就推斷出了你職業的性質。就這樣，我無意中介入的一件事似乎漸漸地就變成了我的目標，巴薩先生。」

「什麼目標？」密探問道。

「在街上解釋恐怕會惹出麻煩，甚至會有危險。你能否賞臉讓我占用你幾分鐘時間私下談幾句？比如說，就在苔爾森銀行的辦公室？」

「是威脅我麼？」

「嘿！我說了那樣的話麼？」

「那我為什麼要去？」

「倒也是，巴薩先生。倘若你不能去，我也不能說什麼。」

「你的意思是我不去你就不願意說，先生？」密探問道，口氣有點猶豫不決。

「你理解得很正確，巴薩先生。你不去我是不會說的。」

對於他心裡暗暗策畫的事情和要對付的人，卡爾頓這種漫不經心的神氣非常有助於表現他的機敏本領。他老練的眼光看清了這一點，並且充分利用了它。

「好了，我告訴過你不是，」密探用責備的眼光看了他姊姊一眼，「倘若因為這個惹出了什麼麻煩，那都是叫你害的。」

「走吧，走吧，巴薩先生，」西德尼大聲說道，「別不知好歹了。要不是因為我非常尊重你的姊姊，我是不會採取這麼愉快的方式，提出這個想讓雙方都滿意的小小建議的。你跟我去銀行嗎？」

「我倒想聽聽你會說些什麼。是的，我跟你去。」

「我建議先把你姊姊安全送到她住處的街角。讓我挽著你的手，普羅絲小姐。這可不是一座好城市，特別是當你沒有人保護就上街的時候。既然你的護送人認識巴薩先生，我會邀請他跟我們一起去洛里先生那裡。我們準備好了麼？那麼走吧！」

普羅絲小姐隨後就想起來，而且到死也還記得，當她按住西德尼的手臂、抬頭看著他的臉、請求他不要傷害所羅門時，她感到那隻臂膀有意地繃緊了，他眼裡也有一種鼓舞的神情。這不但抵消了他那輕鬆的態度，也改變了他，使他高大了起來。當時她一方面替那個並不值得她愛的弟弟擔心著，一方面聽著西德尼多次友善的保證，所以對自己觀察到的事並沒有足夠的留意。

他們把她留在街角後，卡爾頓便帶路去找洛里先生。那裡離此處只有幾分鐘的路程。約翰·巴薩，或者叫所羅門·普羅絲，走在他的身旁。

洛里先生剛吃完晚飯，正坐在一兩塊木頭燃起的歡快的爐火旁。也許是在火焰裡尋找當年苔爾森的那位中年人吧！在多佛的喬治王旅館裡，他也曾這麼凝視著紅色的炭火，那已是很多年前的事了。卡爾頓他們進屋裡時，老人轉過了臉，發現其中有陌生人的時候，他露出了驚訝的表情。

「普羅絲小姐的弟弟，先生，」西德尼說，「巴薩先生。」

「巴薩？」老人重複道，「巴薩？這個名字，還有這張臉——讓我想起了什麼。」

「我告訴過你，巴薩先生，你那張臉很引人注目的，」卡爾頓冷冷地說道，「請坐吧。」

「那次審判的證人。」卡爾頓皺著眉頭說道，自己找了張椅子坐下了。他為洛里先生提供了缺失的環節，老人立刻想起來了，用毫不掩飾的厭惡表情看著新來的訪客。

「普羅絲小姐認出了巴薩先生，他就是你聽說過的那個她親愛的弟弟。」西德尼說，「他也承認了這層關係。我還帶來了更壞的消息。達尼又被逮捕了。」

老人大驚失色，叫道：「你說什麼！我離開他還不到兩個小時，那時他還好好的。我正打算回他那兒去啊！」

「不管怎樣他已經被捕了。巴薩先生，這是什麼時候的事？」

「如果真的已被捕，那就是剛才的事。」

「巴薩先生的話是最權威的，先生，」西德尼說，「我是從他那兒聽來的，他在喝酒時告訴了他的一個綿羊同夥。他和報信人在監獄門口分了手，然後看著他們進去的。確切無疑，達尼已再次被捕。」

洛里先生精通業務的眼睛已看懂了說話人的表情：過多的談論是在浪費時間。雖然有些心慌意亂，但他知道某些事或許就取決於此刻的冷靜，便控制著自己不作聲，只專注地聽著。

「現在，我相信，」西德尼對他說，「明天曼內特醫生的名字和影響力還能對達尼發揮些作用——你說達尼明天會第二次出庭，是麼，巴薩先生？」

「是的，我相信是的。」

「明天或許可以像今天一樣發揮作用。但也未必。我向你承認，洛里先生，當得知曼內特醫生竟然無力阻止這次逮捕，我很震驚。」

「他可能事先並不知情。」洛里先生說。

「但這件事太讓人震驚了，我們都記得，他跟他的女婿相處得多麼融洽！」

「確實如此。」洛里先生承認說，一隻手不安地摸著下巴，眼睛不安地看著卡爾頓。

「長話短說，」西德尼說，「這是一個鋌而走險的時代，孤注一擲的牌局就要下孤注一擲的賭注。讓醫生去演贏家，我就來演輸家吧！如今的人命都不值錢。今天你被別人抬回家，但明天就可能被處死。現在，萬一發生最糟糕的情況，我決定把賭注下在附屬監獄裡的一個朋友身上。而我的對手正是巴薩先生。」

「先生，那你可得有一手好牌。」密探說。

「我要把牌捋一下，看看是什麼牌面——洛里先生，你知道我是粗人，我希望你能給我一點白蘭地。」

酒放到了他面前，他喝下了一杯，又喝下了一杯，然後若有所思地推開了酒瓶。

「巴薩先生，」他繼續往下說了，語氣確實很像一個正在看手上牌面的人，「監獄裡的綿羊、共和國委員會的特派員，一會兒是監獄看守，一會兒又是囚犯，永遠是密探和告密者。正因為是英國人，所以要有價值得多。要扮演這類角色，一個英國人被人懷疑的可能性要比一個法國人小很多。不過，你在你的雇主面前用了假名。這是一張好牌。巴薩先生，眼下你受雇於法蘭西共和政府，之前卻受雇於法蘭西和自由的敵人——英國的貴族政府。這可是一張絕妙好牌。從這個疑點出發，可以得出一個清楚的推論：巴薩先生仍然拿著英國政府的津貼，做著皮特[2]的密探，你正是大家談論得很多、卻很難發現的英國奸細，是潛伏在共和國內部的陰險狡詐的敵人。這可是一張無敵的王牌，你已經跟牌了麼，巴薩先生？」

「我不明白你的打法。」密探答道，已經有點心神不安了。

「我出一張A：向最近的地區委員會告發巴薩先生。看牌，巴薩先生，看看你有什麼牌。別著急。」

他拿過酒瓶，又倒了一杯白蘭地，一飲而盡。他看出那密探很怕他借了酒勁立即就去告發。明白了這一點，他又倒了一杯灌了下去。

「仔細看著你的牌，巴薩先生。不急著打。」

密探的牌面比卡爾頓猜想到的還要壞。巴薩先生看到了西德尼．卡爾頓根本不知情的一手爛牌。他之所以在英國丟掉了那份體面的差事，原因是很多次作偽證失敗，並不是因為那兒不需要作偽證。我們英國人誇耀自己不屑於刺探隱私的密探勾當，其實是近年來才有這樣的理智思考——他跨過海峽到法國幹起老行當，起初是在同胞中間做誘餌和竊聽，後來才逐漸滲透到法國人裡面去。他曾是被推翻的政府手下的密探，監視過聖安東尼區和德伐日的酒館，還從當值員警那裡獲取了有關曼內特醫生被監禁、被釋放的歷史資料，以便能和德伐日夫婦藉機搭話；在拿這些材料和德伐日太太套話的時候，卻碰了一鼻子灰。一想起那可怕的女人他心裡就會發慌，她跟他談話的時候一直在打毛線，一邊動著手指，一邊不懷好意地看著他。此後在聖安東尼區，他目睹她一次又一次地提交她編織好的紀錄，那些被告發的人無一例外，全都在斷頭臺上斷送了性命。

和所有幹過這種差事的同行一樣，他知道自己一直就不安全；逃走是不可能的了，自己已被困在了斧頭的陰影下。他也知道，不管自己如何竭盡全力地欺騙使詐，為統治當局的恐怖活動推波助瀾，只消一句話，那斧頭就會落到自己的頭上。一旦他被告發，因為上述問題的嚴重性，他已能想見，那個可怕的女人肯定會提交那個不利於他的要命的紀錄，粉碎他逃過一劫的最後希望——那女人的冷酷無情他已見識過很多次了。此外，幹這種祕密差事的人本來就整日擔驚受怕的，現在又攤上了這麼一手爛牌，因此可想而知，當他看清了牌面後早已嚇得面如死灰。

「你好像不太喜歡手裡的牌，」西德尼非常鎮定地說，「還玩下去麼？」

「我想，先生，」密探轉向了洛里先生，使出了最卑劣的手段，「您是宅心仁厚的老紳士，您能否跟這位比您年輕得多的先生說說，請他無論如何高抬貴手，不要打出他說的那張A了。我承認我是密探，這個身分的確很不光彩——雖然這個行當總得有人做。而這位先生並不是密探，又何必自降身分去做同樣的事呢？」

「再過幾分鐘，巴薩先生，」卡爾頓看看自己的手錶，作出了回答，「我就會毫無顧慮地打出我的A了。」

「我真的希望，」密探一直想說動洛里先生加入談話，「兩位能考慮到對我姊姊的尊重——」

「為了證明我對你姊姊的尊重，讓她最終擺脫這樣一個弟弟恐怕是再好不過的辦法了。」西德尼·卡爾頓說。

「你這樣認為麼，先生？」

2 小威廉·皮特（一七五九—一八〇六），在一七八三—一八〇一年（也就是故事發生期間）擔任了英國首相。

「對這件事，我已下定了決心。」

密探的圓滑態度與他故意穿上的那身粗劣服裝顯得出奇地不協調，可能與他平日裡的舉止態度也不協調。像他這麼圓滑的人卻在高深莫測的卡爾頓面前碰了個釘子——在比卡爾頓更聰明、更誠實的人面前，他都是個難解之謎呢！——密探過不了卡爾頓這一關，顯得很是猶豫。

他正不知所措的時候，卡爾頓又恢復了之前玩牌的神氣：「我現在又想了想，的確，我這兒還有其他好牌沒說呢——讓我印象深刻的牌。你那位綿羊同夥朋友、他說自己在鄉下監獄裡做事的，那人是誰？」

「法國人，你不認識的。」密探趕緊說。

「法國人，哦？」卡爾頓重複道，口中雖然在回應密探的話，卻似乎根本沒有留意他，自顧自在尋思，「嗯，也許是吧。」

「的確是，我向你保證，」密探說，「雖然這並不重要。」

「雖然這並不重要，」卡爾頓以同樣的機械方式重複道，「雖然這並不重要——確實不重要，不重要。但那張臉我卻是認識的。」

「我看未必。我確信你不會認識。不可能。」密探說。

「不——可——能，」西德尼．卡爾頓回想著，無聊地轉著空酒杯（幸好是個小杯子），「不——可——能。法語說得很好。但我覺得，他還是像外國人。」

「是外省口音。」密探說。

「不，是外國口音，」卡爾頓心頭劃過一道光亮，另一隻手拍在了桌面上，「是克萊！化了裝，但還是同一個人。我們在老貝利見過他。」

「那你就太草率了，先生，」巴薩說，他笑了起來，那個鷹鉤鼻變歪了，「你可讓我占了上風。事隔多年，我就毫無保留地承認了，克萊確曾是我的搭檔，但他已經死了好幾年了。他最後生病的時候我還照料過他。他葬在倫敦鄉下聖潘克拉斯教堂的墓地。那時無賴鄉民很不歡迎他，我沒能親眼見他入土，但我也出過力，將他的遺體裝入了棺材。」

這時，洛里先生發覺面前的牆壁上出現了一個魔怪般的影子，打眼看去卻發現是克朗徹先生。影子原來是克朗徹頭上豎直起來的鐵蒺藜頭髮。

「咱們還是理智一些，」密探說，「說些公道話吧。為了讓你知道你錯得多嚴重，你的假想多麼沒有事實根據，我會給你看一張克萊的入葬證明，從那以後我正好一直把它夾在筆記本裡，」他匆忙找出了那紙證明，把它展開了。「就在這兒。啊，你看看，好好看看！你可以拿在手裡看，這可不是偽造的。」

這時，洛里先生發覺牆上的影子拉長了，克朗徹先生站起身走了過來，即使他那時在傑克造的屋子裡戴了個彎角母牛的頭飾[3]，他的頭髮也不會豎得比現在更直了。

克朗徹站在密探巴薩的身邊，像個冥界差官一樣碰了碰他的肩膀。巴薩之前沒注意到他。

「那個羅傑．克萊，老爺，」克朗徹先生板著臉，言簡意賅地問道，「是你把他放進棺材裡的

3 出自當時英國流行的一個繞口令童謠〈這是傑克造的房子〉，其中有一句重複出現：「這是一頭有彎彎角的母牛」。

麼？」

「是我。」

「那又是誰把他弄走的呢？」

巴薩往椅背上一靠，結結巴巴地問道：「你，是什麼意思？」

「我的意思是，他根本就沒有進過棺材。不，他不在裡面！倘若他進過棺材的話，你可以把我的頭砍下來。」

密探轉頭看著在場的兩位紳士，洛里先生和卡爾頓都望著傑瑞，臉上露出了無以名狀的驚訝表情。

「我告訴你，」傑瑞說，「你在那具棺材裡放的是鋪路石和泥土。別再跟我說什麼你埋了克萊了。那是個騙局。我和在場兩位先生都知道這一點。」

「你們怎麼會知道的？」

「那和你有什麼關係？別糊弄人了！」克朗徹吼了起來，「我跟你有一筆舊帳要算。你欺騙生意人，真他媽不要臉！我拿半克朗打賭，我一定會抓住你的喉嚨掐死你。」

對這個變化，西德尼．卡爾頓和洛里先生都大感意外，困惑不解。他們要求克朗徹先生控制情緒，然後給個解釋。

「下回吧，先生，」克朗徹避開了這個話題，回應道，「此刻不方便解釋。我要堅持的是，他明明知道克萊從沒進過棺材。要是他敢這麼說，哪怕就說一個字，我拿半克朗打賭，我一定會抓住他的喉嚨掐死他，」克朗徹先生認為這是相當寬容大度的提議，「否則的話，我就出門去告發他。」

「哼，我明白了一件事，」卡爾頓說，「我手上又多了一張新牌，巴薩先生。你跟貴族政府的另一個密探有聯繫，此人與你的經歷相同，而且還多了一份神祕，假死過一次，然後又活了過來！一個在監獄裡密謀反對共和國的外國人！在憤怒的巴黎，此時空氣裡彌漫了懷疑的氣氛，你一旦被人告發，就不可能活下來的。一張王牌——肯定能把你送上斷頭臺！你還打算玩下去麼？」

「不！」密探回答，「我認輸。我承認我們很不受那些凶蠻暴民的歡迎。我是冒著被人按在水裡淹死的危險逃離英格蘭的。克萊也是到處被人搜捕，倘若不搞這一齣假死，他肯定逃不掉。不過，此人是怎麼知道這個騙局的，對我來說這實在太讓人驚訝了。」

「你們別再跟這個傢伙費腦筋了，」愛爭辯的克朗徹先生反駁道，「你們跟這位先生打交道只會給自己招來麻煩。聽著！我再說一次！」——克朗徹先生忍不住又要誇耀他的寬容豪氣了：「我拿半克朗打賭，我一定會抓住你的喉嚨掐死你。」

監牢綿羊從他那裡轉向了西德尼．卡爾頓，下了更大的決心說道：「事情已經告一段落了，我馬上要去點卯開工，我不能逗留很長時間。你剛才說你有一個建議，是什麼建議呢？現在，對我提出過高的要求並沒有用。倘若要我拿自己的腦袋去冒特別大的風險，我寧可豁出性命去冒拒絕的風險，而不是同意的風險。總而言之，我的選擇就是這樣。你談到了鋌而走險，在這兒我們都是在鋌而走險。記住！如果我認為適當的話，我也會告發你們的，我可以憑賭咒發誓走出那道石頭高牆，別的人也可以。現在說吧，你要我幹什麼？」

「要你幹的並不太多。你在附屬監獄管牢房鑰匙麼？」

「我跟你說白了吧，逃跑是完全不可能的。」密探口氣堅決地說。

「我沒有要求你做的事，你為什麼要回答？你在附屬監獄管牢房鑰匙麼？」

「有時是管的。」

「你隨便挑哪個時間都可以進去？」

「我隨時都可以進出。」

西德尼·卡爾頓又斟滿了一杯白蘭地，慢慢地把酒倒進了壁爐，看著酒液滴落在炭火上。全部倒完後，他站起身說：「到目前為止，我們都是在這兩位面前說話，因為我這手牌的效用不應該只有你我兩人知道。到這邊的黑屋子裡來吧，我倆最後再單獨說一句話。」

第九章
定局

西德尼．卡爾頓和監獄綿羊在隔壁的黑屋子裡談話，音量壓得很低，外面一點也聽不見。這時，洛里先生正以極其懷疑和不信任的目光打量著傑瑞。那位誠實的生意人承受這目光的模樣讓人更加難以信任了。他頻繁換腿站立，彷彿長了五十條腿要一條條全部試個遍似的。他仔細查看著自己的手指甲，那副專心投入的模樣也很是可疑。每回他碰上洛里先生的目光，就會把手攏在嘴上短促地咳嗽起來，這也非常奇怪。據說心胸坦蕩的人很少會染上這種疾病。

「傑瑞，」洛里先生說，「到這兒來。」

克朗徹先生一邊肩聳在前面、歪著身子走了過來。

「你除了送信還幹過什麼？」

克朗徹先生想了一會兒，又仔細看著他的雇主，忽然得到一個明確的靈感，他答道：「是某種農事！」

「我心裡很擔心啊，」洛里先生生氣地朝他擺著一根食指，「擔心你借了受人尊敬的偉大的苔爾森銀行的招牌去幹很丟人的違法營生。倘若你已經幹了，回英國後就別指望我還會把你當朋友，也別想我為你保密。苔爾森銀行絕不容忍欺騙。」

「先生，」克朗徹先生一臉窘迫地辯解道，「我很榮幸能為像您這樣的紳士做點事，一直做到人變老、頭髮變白。我希望您會重新考慮一下這件事對我的損害，就算我這麼做過——我沒說真的做過，只是說就算做過。就算做過了，即便是那樣，也得考慮到事情不是只有一個方面，而是有兩個方面的。比如現在這個小時裡，醫生[1]就能賺一個金幣，但在同樣的地方，某個誠實的生意人卻連一個銅板也撈不到！——一個銅板，不，連半個銅板也撈不到——半個銅板！不，連四分之一的銅板也撈不到！——醫生一溜煙跑進了苔爾森銀行，斜過眼睛偷偷瞅了生意人一眼，在自家馬車裡鑽出又鑽進——啊，那馬車跑起來也是一溜煙，倘若不是更快的話。這不也是在欺騙苔爾森麼？因為你吃鵝的時候，不能只給母鵝蘸醬，卻不給公鵝蘸醬吧！還有克朗徹太太，一有理由就跪下來禱告，反對他做生意，弄得他霉運連連——簡直倒楣透頂！至少以前在英國的時候是這樣，今後還會這樣。而醫生的老婆卻不會禱告——你見過她們禱告麼！即使禱告了，她們也是在祈禱多來一些病人吧。你怎麼能說這個就對，那個就不對呢？然後就算賺了點錢吧，還有殯儀館的人、教區的執事、教堂司事和私家守夜人，他們全都要錢，全都貪得無厭，他也就賺不了多少了。就算賺了一點，洛里先生，他也是發不了大財的。他也不是沒有撈到好處，但要是能找到出路的話，他早就不想幹了，然而他已經幹了——就算已經幹了。」

「啊，」洛里先生叫道，不過，口氣已相當和緩了，「我現在一看見你就有氣。」

「我想恭恭敬敬地向您提個建議，」克朗徹先生接下去說，「就算真的有那回事，我不是說真有這事——」

「不要再顧左右而言他了。」洛里先生說。

「不，我不會了，先生，」克朗徹先生回答，好像沒有比這離他的想法或行為更遠的事了，「我絕不顧左右而言他。我要恭恭敬敬向您提出的建議是這樣的：就讓我的孩子坐在海那邊柵門的板凳上吧，等他長大成人，就給您跑跑腿、送送信，替您辦些雜事，一直到您長眠於地下，只要您願意要他。就算我做過了，我仍然不會說自己真的做過了（因為我不會對您顧左右而言他的，先生），就讓那孩子接替他爹的位子，照顧他的媽媽吧。求您不要就此毀了孩子他爹的前程，千萬不要，先生，就讓他爹去當個正經的挖墳人，對當初挖墳把死人弄出來這事作個補償（倘若有過的話）；讓他一心一意地挖墳，往裡面埋人，相信他以後會把他們埋得妥妥當當的，」克朗徹先生一面這麼說著，一面用手臂擦著額頭的汗，好像在宣告他的發言已到了結論部分，「先生，我要恭恭敬敬向您提出的建議就是這個。現在在這裡，看到身邊發生了這麼可怕的事，天吶，那麼多的人頭落了地，多得連搬屍人的費用都跌了價，見了這陣勢誰都會認真考慮一番的。我要說的就是這些了，就算我做過那樣的事，我懇求您記住我剛才說的話——我本可以隱瞞不說的，但我出於好意還是說了出來。」

「這倒是實在話，」洛里先生說，「現在不要再說了。我還會把你當作朋友，倘若你夠資格的話。倘若你悔改了，也有實際的行動——但不要只是口頭說說而已，我不想再聽你多說什麼話了。」

克朗徹先生用指關節敲著自己的額頭，這時，西德尼・卡爾頓和密探從黑屋子走出來了。「再

1 此處指私下收買屍體以供解剖之用的醫生。

見，巴薩先生，」卡爾頓說，「咱們就這樣說定了，你不用害怕我什麼了。」

他在壁爐前的一張椅子裡坐了下來，正對著洛里先生。屋裡只剩他們兩人時，洛里先生就問他剛才做了什麼。

「沒做什麼。倘若事態發展對囚犯不利，我確保能接近他，就一次。」

洛里先生的臉沉了下來。

「我只能做到這一步了，」卡爾頓說，「要求太多的話，巴薩先生的腦袋就要挨斧頭了。就像他自己說的，即使被人告發了，情況也不會比這更糟糕。很明顯，我們的處境很不利，一點辦法也沒有。」

「可是，倘若法庭上出了問題，」洛里先生說，「光見面也救不了他。」

「我並沒有說這樣救得了他。」

洛里先生的目光慢慢轉到了爐火上。對摯愛友人的同情以及對友人第二次被捕的極度失望讓他的目光漸漸黯淡了下來。現在他完全就是一個老人了，近來發生的事已讓他極度焦慮，他流下了眼淚。

「你是善良的人，也是真誠的朋友，」卡爾頓說，改變了語氣，「請原諒我注意到了你的感傷。我不能坐視我的父親流淚而無動於衷。倘若你是我的父親，我對你的悲傷也只能尊重到這種程度了。可是，你和眼前這場不幸其實並沒有關係。」

儘管他說出最後一句話時又恢復了慣常的態度，但他的語氣與舉止中都帶了真正的感情和尊重。洛里先生從沒見過他較為良善的一面，覺得很出人意料，便向他伸出了手，卡爾頓輕輕地握了一握。

「還是談談可憐的達尼吧，」卡爾頓說，「請不要將這次見面或這個安排告訴露西。這辦法並不能讓她見到達尼。她可能以為這辦法是為了在大勢已去的時候給他送某種工具過去，讓他在行刑前自洛里先生沒有想到這一層，他馬上看著卡爾頓，想確認他是否真有那種意圖。好像是真的。卡爾頓回看了他一眼，顯然明白了他的想法。

「她可能會思慮過度，」卡爾頓說，「任何一個念頭只會讓她更加心煩意亂。不要跟她提到我。我剛到時就告訴過你，我最好還是不要跟她見面。不見面我也會出手的，會在力所能及的範圍內為她做一點有用的事情。我希望你能去看看她，今天晚上她一定很悲傷！」

「我現在就去，馬上。」

「聽你那麼說我很高興。她是那麼依賴你和信任你。她現在怎麼樣？」

「很著急、很悲傷，但依然美麗。」

「啊！」

這一聲叫喊又悠長又哀傷，像是一聲長歎，又像是嗚咽，讓洛里先生不由凝視著卡爾頓的臉龐；卡爾頓面對著爐火，他臉上閃過了一道光亮，或是一道陰影（老人有點分辨不清），有如狂風乍起的晴朗白天掠過山坡的雲翳。他抬起一隻腳，將一塊滾落到前面的燒著的小木柴踢了回去。他穿著流行的白色騎馬裝，腳上是一雙長統靴。在火光的照映下，他的臉看起來非常蒼白，完全不曾打理的棕色長髮鬆鬆地披垂在兩邊。他用腳撥弄爐火的滿不在乎的樣子實在太引人注目了，洛里先生忍不住提醒了他一句；此時燃燒的柴塊雖然已被踩碎，他那雙靴子卻還踏在那堆熾熱的餘燼上。

「我忘了。」他說。

洛里先生又一次凝視著他的臉。他注意到那張生來英俊的面龐上籠罩了一層憔悴的暗影，還帶著囚犯才有的表情，這種表情，老人至今還清晰地記得。

「你在這兒的公事辦完了麼，先生？」卡爾頓轉過身去對他說。

「是的。我終於做好了我在這兒能做好的事。昨晚我正要這麼告訴你的時候，露西突然跑了進來。我希望把一切處理得安全妥帖，然後離開巴黎。我有個假期，正準備去度假。」

兩人都沉默了。

「先生，你這麼高壽，一定有很多的回憶吧？」卡爾頓若有所思地問道。

「我七十八歲了。」

「你這輩子做了很多事，一直踏踏實實地工作著，受人信任和尊敬，也被人看重。」

「自成年以來我就是個業務代理人了。事實上，可以說從孩童時代起我就是個業務代理人了。」

「你看哦，七十八歲的你處在一個多麼重要的地位，你離開後會有多少人想念你呀！」

「想念一個孤獨的老單身漢麼！」洛里先生答道，搖了搖頭，「沒有人會為我哭泣的。」

「你怎麼能說那樣的話？她難道不會為你哭泣麼？她的孩子難道不會麼？」

「會的，會的，謝謝上帝。我沒有把我的意思說清楚。」

「這是一件應該感謝上帝的事，是吧？」

「當然，當然。」

「今天晚上，倘若你能面對自己孤獨的內心說出這樣的實話，『我從來不曾贏得任何人的愛意、眷戀、感激和尊重，不曾在任何人心裡喚起過柔情，沒有做過任何能被人記住的善事或有益的事！』那麼，你活過的七十八年是不是就會變成七十八個沉重的詛咒？」

「你說得對，卡爾頓先生。我想會這樣的。」

西德尼又將目光轉向了爐火，沉默了好一會兒才說道：「我很想問問你——你的童年時代是不是看起來很遙遠？你坐在母親膝上的日子是不是很久遠以前的事了？」

洛里先生回應了卡爾頓的溫情探問，答道：「二十年前是覺得很遠，到了我這個年齡，反倒不覺得遠了。因為我是在做圓周運動，越是靠近終點，也就越來越靠近起點了。這好像是在為踏上最終路途靜靜地準備。現在，我的心常常會被許多長期沉睡的回憶所感動，有些回憶來自我那年輕美麗的母親（而我已那麼老了！）。我也想起了往昔，那時我們所謂的這個世界對我來說還是那麼虛幻不實，我的缺點也沒有定型。」

「我理解這種感覺！」卡爾頓叫了起來，激動得臉都紅了，「這樣你感覺更好了麼？」

「我希望如此。」

說到這裡，卡爾頓停下了話頭，站起身幫老人穿上了外衣。「可是你還年輕。」洛里先生又重提了這個話題。

「是的，」卡爾頓說，「我還不老。但我這種年輕的日子不值得延續下去。我活夠了。」

「我才活夠了呢，我相信，」洛里先生說，「你要出去麼？」

「我陪你一起步行到她家門口。你知道我的這種流浪漢習慣，到哪兒都待不住。如果我在街上晃很久，你也不用擔心。早上我又會出現的。你明天要去法庭麼？」

「要去的，很遺憾。」

「我也會去的，但只是去當聽眾。我的密探會給我找個位置的。扶住我的手臂，先生。」

洛里先生扶住他，兩人下樓走到了街上。幾分鐘後他們來到了洛里的目的地。卡爾頓在那裡和他分了手，然後隔了一點距離，就在附近徘徊著。等大門關上後他又折了回來，摸了摸門。他已聽說她每天都會去監獄。「她從這兒出來，」他四面看看，自言自語說，「然後會往這邊走，她一定常常踩在這些鋪路石上。我就跟著她的腳步走吧。」

夜裡十點鐘時，他在拉福克監獄前露西曾來過數百次的地方站住了。那小個子鋸木工已關上了鋪子，正坐在店門口抽菸斗。

「晚安，公民。」卡爾頓經過時停下來打了招呼，因為那人正好奇地看著他。

「晚安，公民。」

「共和國情況如何？」

「你是說斷頭臺吧。狀況好著呢！今天是六十三個。馬上就升到滿一百了。參孫和他那幫傢伙有時候也會抱怨，因為實在太累了。哈，哈，哈！那個參孫可真搞笑。好一個剃頭匠！」

「你經常去看那個剃頭匠──」

「看他剃頭？經常去的，每天都去。好一個剃頭匠！你見過他剃頭麼？」

「沒有。」

「在他最忙的時候去看看吧。你自己想想這場面，公民。今天他兩袋菸工夫不到就剃了六十三個頭！兩袋菸工夫不到。絕對的真話。」

小個子咧嘴笑著拿菸斗比劃起來，解釋他是怎樣替劊子手計算時間的。卡爾頓聽得心頭火起，恨不能一拳揍死他。他轉身打算離開了。

「不過你不是英國人吧？」鋸木工問，「雖然你穿得像英國人。」

「是英國人。」卡爾頓再次停下腳步，回頭答道。

「你說話像法國人呢。」

「我在法國讀過書。」

「啊哈！道地的法國人！晚安，英國人。」

「再見，公民。」

「你得去看看那搞笑玩意兒，」小個子在他背後叫道，「記得帶個菸斗去！」

西德尼走出他的視線沒多遠，便在街中央站住了。他就著路燈的微光在一張紙條上用鉛筆寫了幾個字，然後邁著堅定的步伐，熟門熟路地穿過了幾條暗黑髒汙的街道——這些街道比平時更髒了，因為在那段恐怖時期就連通衢大道也一直沒人打掃——他在一家藥店門前停住了。店老闆正要關門。那是開在彎曲的上坡路邊一家有點詭異的昏暗小店。店老闆是個有點詭異的昏頭昏腦的小個子。

西德尼走到櫃檯前，同樣招呼了老闆一聲，然後把紙條放在他面前。「喲！」藥店老闆看過紙條，輕輕吹了聲口哨，「嘿！嘿！嘿！」

西德尼．卡爾頓沒搭理他。藥店老闆又問：「是你用麼，公民？」

「是我自己用。」

「你得小心，公民，一定要單獨服用。你知道合用的後果麼？」

「當然知道。」

幾份藥分別包好後遞給了他。他一包一包放進了大衣的內口袋裡，數好錢付了帳，小心地離開了藥店。「明天到來前，沒有別的事要做了。」他抬頭望望月亮，自言自語著，「但我不能睡覺啊。」

他大聲說出這些話的時候，頭頂的流雲正快速飄移。他不再是之前那種魯莽的態度了，也不是疏忽隨便多於輕蔑，而是表現了一個厭倦者的決心。他徬徨過、抗爭過，也迷茫過。但他最終找到了自己的路，看到了終點。

很久以前，在他作為一個前程遠大的青年在競爭者中初獲名聲的時候，曾跟隨父親的靈柩來到墓前（他母親幾年前已去世了）——此刻，月亮和流雲正在頭頂飄移，當他沿著黑暗的街道在重重陰影裡走著的時候，昔日在父親墓前誦讀的這些莊嚴詞句忽然湧上心頭：「主說，復活在我，生命也在我，信我的人雖然死了，也必復活；凡活著信我的人，必永遠不死。」[2]

這個孤獨的夜晚，在這個由斧頭統治的城市裡，他心裡不禁為當天被處決的那六十三個人，也為明天和過後很多天裡在監獄裡等待著死亡的無數人感到黯然神傷。這一連串聯想令他回想起了當年的詞句，有如一條鐵鍊，順著它很容易就可以從深海裡拔起生鏽的舊船錨。但他沒有沉湎往事，只是反覆念誦著，繼續往前走去。

懷著嚴肅的興趣，西德尼・卡爾頓望著燈火閃爍的窗戶，窗裡的人要休息了，幾小時的平靜睡眠便會讓他們忘卻周遭的恐怖；他望著教堂的塔樓，那兒已沒有人作祈禱，因為很多年來那些披著牧師外衣的騙子、盜賊和花花公子已導致了它的自我毀滅，引發了民眾的極度反感；他望著遠處的墓地，墓地大門上標明了這裡將預留給那些「永久安眠者」；他望著人滿為患的監獄，也望著街道，那六十幾個囚犯就是從這裡坐著囚車走向了死亡，而死亡已變得如此司空見慣，即便是血腥的斷頭臺，亦不會在世人之中喚起冤魂不散的悲傷故事。他懷著嚴肅的興趣觀察著這個進入夜間短暫休眠的狂暴城市，觀察著它的生命與死亡。他再次走過塞納河，踏進燈火明亮的街市。

街上馬車稀少，因為坐馬車很容易招人嫌疑。上流社會的人將腦袋藏在紅睡帽之下，穿著沉重的鞋，步履艱難地走著。不過，劇院裡仍然擠滿人，他經過的時候，人群正興高采烈地往外湧出，談笑著往家裡走去。劇院大門前，有個小姑娘和她媽媽正要踩著泥濘穿過街去，於是他把孩子抱過了街。當孩子怯生生的手臂鬆開他的脖子時，他讓她親了他一口。

「主說，復活在我，生命也在我，信我的人雖然死了，也必復活著；凡活著信我的人，必永遠不死。」[2]

此時，街道靜寂，夜已深沉，聖經的詞句在空中迴響著，應和著腳步聲的回音。他內心平靜、步履沉穩地走著，嘴裡不時複誦，而那些詞句一直縈繞在他的耳畔。

夜色漸漸淡去，他站在橋頭，諦聽著河水拍打巴黎島[3]河堤的聲音，堤邊的屋宅與大教堂在月光下泛著白光，融匯成一幅朦朧美麗的圖畫。淒冷的白晝到來了，空中彷彿出現了一張死人般的臉。之後，夜晚、月亮和星星變得灰白，消逝了。一時間，天地萬物彷彿已交給死神來統治。

可是，燦爛的朝陽升起來了，它的耀眼光芒彷彿已將夜間縈繞的詞句直接送入了他的心房，讓人倍感溫暖。他滿懷敬意地半遮住眼睛，望著日光的方向，看到一道光橋出現在前方的天空裡，陽光

2 這段話是基督教的安葬禱文。見新標點和合本聖經中〈約翰福音〉第十一章第二十五—二十六節。

3 塞納河中有兩座自然島嶼，一名聖路易斯島，一名西堤島。此處指西堤島，自中世紀時代起，這裡就是巴黎城的中心，有很多宗教建築，最為著名的就是巴黎聖母院。直至十九世紀五〇年代，它一直是居住區和商業中心。

下，河水閃著粼粼的波光。

清晨的靜謐中，奔湧的潮水如此迅疾，如此深沉，又如此確定，彷彿是一個意氣相投的友人。他遠離了屋宅，沿著河邊一路走去，最後竟然沐浴著明亮溫暖的陽光，躺倒在岸邊睡著了。醒來後，他站起身子，仍在那兒逗留了一會兒，他看著一個漩渦漫無目的地旋捲著、旋捲著，直到流水將它吸沒，一路帶去了海洋——「就跟我一樣！」

一艘商販小艇，掛著一面褪色枯葉般的風帆，緩緩進入了視線，在他身前通過後，又漸漸遠去了。當小艇的水中尾跡無聲地消失時，他不由在心裡默默祈禱，祈求上帝能慈悲對待他所有的無知與錯誤。那祈禱的結尾是：「復活在我，生命也在我。」

他回到銀行時，洛里先生已經出門了。這個善良老人的去向不難猜測。西德尼．卡爾頓只喝了點咖啡、吃了些麵包，梳洗一遍，換上衣服，恢復了精神，就出發去法庭了。

法庭裡一片喧嘩與騷動。那隻黑綿羊（許多人一見他，便嚇得趕緊躲開）把他塞進了人群中的一個隱蔽角落。他在那兒看到了洛里先生、曼內特醫生；還有她，就坐在她父親的身邊。

她丈夫被帶進來時，她向他轉過了眼，目光是那麼執著、那麼鼓舞人心，充滿了欣賞的愛意與憐惜的柔情，為了他卻又表現得如此的勇敢。她的目光讓達尼的臉龐恢復了健康的血色，讓他的目光明亮了起來，也讓他的心重現了生機。此時，倘或有人注意到露西的目光對西德尼．卡爾頓的影響，就會發現她對他也產生了同樣的效果。

在那個不公正的法庭面前，很少有確保被告進行合理申訴的程序規則，或者說根本沒有。革命的自毀性的報復行為將所有的法律、形式和儀式拋到了九霄雲外，倘若當初這些東西不曾遭到恣意的踐踏，那麼眼前的這場革命根本就不可能發生。

每一雙眼睛都轉向了陪審團。陪審團成員和昨天、前天、明天、後天、大後天一樣——都是堅定的愛國者、優秀的共和派成員。其中有一位最是突出，此人熱切難耐、滿臉渴望，手指不停地在嘴邊抓撓，他的出現大大滿足了在場觀眾的好奇心。那是聖安東尼區的雅克三號，一個嗜殺成性、心地險惡、食人族般的陪審員。整個陪審團有如為審判麋鹿而挑選出來的一群惡狗。

每一雙眼睛又轉向了五位法官和公訴人，今天的這撥人完全沒有任何有利的傾向，全都是一副凶狠可怖、毫不留情、殺氣騰騰、公事公辦的神氣。每一雙眼睛又轉向了人群中的另一雙眼睛，滿意地向對方眨眨眼、點點頭，然後再往前望去，緊張不安地注視著。

查爾斯·埃弗瑞蒙德，又名達尼。昨日開釋，當晚再次受到指控，重新被捕。起訴書昨夜已送達了被告。該犯因為共和國的敵人、貴族、暴虐家族的成員之一的嫌疑受到告發，其所屬家族因使用現已廢除的特權無恥欺壓人民而被褫奪了公民權。依據該條褫奪權利的法令，查爾斯·埃弗瑞蒙德，又名達尼，依法當處以死刑，絕不寬貸。

公訴人的發言極為簡短，大意就是如此。

庭長發問了，被告是被公開告發，還是祕密告發？

「公開告發，庭長。」

「誰是告發人？」

「有三個人告發。歐尼斯特·德伐日，聖安東尼區的酒店主。」

「好。」

「特雷茲．德伐日，德伐日的妻子。」

「好。」

「亞歷山大．曼內特，醫生。」

法庭裡爆出一片騷動聲，曼內特醫生從座位裡站了起來，面色蒼白，渾身發抖。

「庭長，我向你提出憤怒的抗議。這是偽造，是欺騙。你知道被告是我女兒的丈夫，而我的女兒和她所愛的人對我來說比我自己的生命還要寶貴。這位說我告發了我女婿的人是誰？他在哪兒？」

「曼內特公民，請安靜。不服從法庭的權威會讓你失去法律的保護。至於說比你自己的生命更寶貴麼，對於一個好公民而言，沒有什麼能比共和國更寶貴的了。」

這番申斥贏得了高聲的喝彩。庭長搖鈴要求肅靜，然後激動地講了下去。

「即使共和國要求你犧牲你的女兒，你也只能盡犧牲她的義務。繼續往下聽！與此同時保持肅靜！」

瘋狂的歡呼聲再次響起。曼內特醫生坐了下來，眼睛四面張望著，嘴唇在發抖。他的女兒更加貼緊了他。陪審團裡，那個滿臉渴望的傢伙搓著雙手，又像往常那樣抓耳撓腮起來。

德伐日出庭了。當法庭肅靜到能聽清楚他的發言時，他扼要敘述了醫生被囚禁的前情提要，講到他從孩提時代起就在醫生家工作，講到醫生的獲釋以及此後醫生被交給他時的狀態。他的陳述隨後受到了簡短的查問，因為這個法庭的工作一向雷厲風行。

「你在攻占巴士底獄時表現良好，是麼，公民？」

「我想是的。」

這時，人群中傳來了一個女人的激動尖叫聲：「你在巴士底是最出色的愛國者，你為什麼不說？你那天是個炮手，在那可惡的堡壘被攻陷時，你是最先衝進去的。各位愛國者，我說的是真話！」

這是「復仇女神」，在觀眾的熱烈讚揚聲中，她就這樣推進了審訊過程。庭長搖鈴了，受到鼓勵的「復仇女神」又一次興奮地尖叫起來：「我才不理你那鈴聲呢！」為此，她也同樣受到了眾人的讚揚。

「向法庭報告那天你在巴士底裡面做的事吧，公民。」

「我知道，」德伐日低頭看了看他那站在證人席的臺階下面目不轉睛地注視著他的妻子，「我知道我所說的囚犯被關在一間叫作北塔一零五的單人牢房裡，我是聽醫生親口跟我說的，當時是由我來照顧他的，他只知道做鞋子，只知道自己叫北塔一零五。炮擊巴士底的那天我已下定了決心，攻下這個地方後，我一定要去檢查那間牢房。我跟一位公民朋友（那位公民現在就是陪審團的一員）由一個看守帶路登上了牢房。我仔細檢查了那裡。我在一個煙囪洞口裡發現了一塊被取下後又重新放好的石頭，在裡面找到了一份手稿。這就是那份手稿。我曾查驗過曼內特醫生的筆跡，把這看作了自己的職責。它確實是曼內特醫生的筆跡。我現在就把曼內特醫生的這份手稿呈交庭長處理。」

「請宣讀手稿。」

死一般的沉默和寂靜。受審的囚犯滿懷愛意地看著他的妻子，他的妻子焦慮地望著他，然後又望著自己的父親，曼內特醫生一直注視著朗讀者，德伐日太太目不轉睛地盯著囚犯，盡情欣賞著這一幕，德伐日則目不轉睛地看著他的妻子，法庭上其他人的眼睛全都專注地看著醫生，而醫生對他們完全視若無睹。法庭宣讀了那份手稿，全文如下。

第十章
陰影的實質

「我，不幸的醫生亞歷山大．曼內特，博韋人，此後居於巴黎，於一七六七年最後一個月，在巴士底獄的陰暗牢房裡寫下這份悲慘的紀錄。我打算把它藏在煙囪牆壁裡——我費了很大的功夫才慢慢弄出了這個隱藏之處。在我和我的不幸遭遇都歸於塵土之後，或許會有人懷著憐憫之情在這裡找到它。

「我在被囚禁的第十年的最後一個月，用生鏽的鐵尖蘸著從煙囪刮下來的煙灰和木炭碎屑再拌了我的血，很艱難地寫下這些文字。我心裡已不再抱存希望。我已從自己身上出現的可怕徵兆看出，我的理智很快就會受到損傷。但我鄭重聲明，在現在這個時候，我的神志絕對正常，我的記憶準確無誤、詳盡無遺，而我所寫的全是事實，在永恆審判的席位上，我將為我寫下的最後紀錄負責，無論是否有人會讀到它。

「一七五七年十二月第三週的一個多雲的月夜（我想那天是二十二號），我在塞納河邊的一處僻靜碼頭散步，想呼吸一下霜凍天裡的新鮮空氣。那裡距我在醫學院街的住處有一小時路程。這時，我身後馳來了一輛馬車，速度非常快，我擔心被撞傷，連忙閃到路邊讓它通過，車窗裡卻探出一個頭來，一個聲音命令車夫停下。

「車夫一收馬勒，車就停下了，剛才那個聲音叫著我的名字，我回應了。這時馬車已跑在我前面很遠的地方，等我走到車前時，兩位紳士已開門下了車。

「我注意到他倆都裹緊了斗篷並排站在車門邊，似乎不願讓別人認出來。我也注意到他們看起來和我年紀相仿，或許更加年輕一些，而且兩人的身材、舉止、聲音和面貌（就我所能看到的部分而言）也都非常相像。

「『你是曼內特醫生麼？』一個說。

「『是的。』

「『曼內特醫生，以前住在博韋，』另一個說，『年輕的內科醫生，最初是外科專家，近一兩年在巴黎名氣越來越大，是麼？』

「『兩位先生，』我回答道，『我就是曼內特醫生，你們過獎了。』

「『我們去過你家了，』第一個說，『很不巧沒能碰上你。我們聽說你可能往這個方向走，就跟著來了，希望能趕上你。請上車吧！』

「兩個人態度都很蠻橫，一邊這麼說著，一邊就走上前來，把我夾在他們和馬車車門中間。他倆都帶著武器，我卻沒有。

「『兩位先生，請諒解，』我說，『把我叫去出診的時候，我通常都會詢問是誰要請我幫忙，也會瞭解病人的情況。』

「第二個開口說話的人回答了這個問題。『醫生，請你去的是有身分的人。至於病人的情況嘛，我們信任你的醫術，因此我們相信，你自己就會查明情況的，好過讓我們來介紹一番。可以了，請上車吧！』

「我無可奈何，只好答應，於是一言不發地上了車。他們倆也跟著上來了——第二個人是收了踏腳板後跳上來的。馬車掉了個頭，又像之前那樣飛馳而去。

「我依照實際情形複述了這次談話，字字如實，對此我毫不懷疑。我準確描述了所發生的一切，集中我的思想，不讓它偏離我的工作。我在此處劃上停頓號，暫時擱筆，然後會把我寫下的這份文件藏起來。」

****

「馬車將街道拋在後面，穿過北門關卡駛入了鄉間道路。離開關卡三分之二里格時——那時並沒有估計距離，我是在下次通過時估計的——馬車離開了大路，不久就在一棟獨立的大宅前停下了。我們三人下了車，沿著花園潮溼鬆軟的小徑走去。那兒有一個噴泉，由於無人管理，水已經滿溢出來，流到了屋宅門口。拉了門鈴但沒有人馬上來應門，等到門開了，帶我來此的其中一人用他那副厚重的騎馬手套扇了開門者一個耳光。

「這個舉動並沒有引起我特別的注意，因為我常常看見普通百姓像狗一樣挨打。可是，另一個人也生氣了，伸出手臂又揍了那人一下。兩人的樣貌和舉止是如此地相像，這時我才第一次發現他們是孿生兄弟。

「從我們在院落大門前下車時起，我就聽見樓上屋裡傳來了哭喊聲（這扇外門鎖著。兩兄弟之一開了門讓我們進去，然後又反鎖上了）。我們上樓梯的時候，哭叫聲越來越大了。我被直接帶到那間屋子裡。我發現一個病人躺在床上，正發著高燒。

「病人是個極美麗的女子，很年輕，應該才二十歲出頭。她頭髮蓬鬆散亂，兩隻手臂被人用腰帶和手帕綁在了身體兩側。我注意到捆綁她的這些東西都是男人的衣飾物品。其中有一條是配正式禮服用的帶流蘇的圍巾。我在圍巾上看見了一個貴族紋章和字母E。

「我是在觀察病人的第一分鐘裡發現這個的。因為病人在不安掙扎時翻轉了身子把臉貼在了床邊，圍巾的一角堵在嘴裡，隨時會窒息。我的第一個動作是伸出手讓她可以正常呼吸；拿掉圍巾的時候，我看到了巾角上的刺繡圖案。

「我把她慢慢地翻過身來，雙手按在她胸口讓她平靜下來，然後看著她的臉。她瞪大了眼睛，目光狂亂，不停地發出刺耳的尖叫，重複著這些話：『我的丈夫，我的爸爸，我的弟弟！』接著便從一數到十二，然後說：『噓！』之後有一個片刻，她會停下來傾聽，然後，又開始刺耳地尖叫，繼續重複之前的呼告，然後會從一數到十二，然後會說：『噓！』順序不變，方式也不變。她無休止地發出那些聲音，除了中間有規律的片刻停頓。

「『這種情況持續多久了？』我問。

「為了區別兩兄弟，我把他倆分別叫作哥哥和弟弟。我把那更有權威的叫作哥哥。哥哥回答道：『大約從昨天晚上這時候開始的。』

「『她有丈夫、父親和弟弟嗎？』

「『有一個弟弟。』

「『我不是在跟她的弟弟說話吧？』

「他非常輕蔑地答道：『不是。』

「『她近來有什麼事是跟數字十二有關的？』

「弟弟不耐煩地插嘴道：『是十二點鐘麼？』

「『你們看，兩位先生，』我說道，手仍然按在她的胸口上，『你們這樣把我帶了來，我實在無能為力！倘若知道是什麼病，我本可以作好相應的準備。像現在這樣，肯定會浪費時間。在這個偏遠的地方是弄不到藥品的。』

「哥哥看了弟弟一眼，弟弟傲慢地說：『有個藥品箱。』他從一間小屋子裡取來藥箱，把它放在桌上。」

＊＊＊

「我打開幾個藥瓶，嗅了嗅，嘴唇碰了碰瓶塞，除了本身含有毒性的麻醉劑，這些都是我可用可不用的藥。

「『你懷疑這些藥麼？』弟弟問。

「『你看，先生，我會用的。』我回答，不再說什麼了。

「我費了很大的勁，試了許多次才讓病人把我要用的藥吞了下去。因為過會兒還得用藥，此外也要觀察療效，於是我就在床邊坐了下來。那裡有個膽小的縮手縮腳的婦人在服侍（她是樓下那人的妻子），此刻已退到了角落裡。那房子非常潮溼破敗，家具簡陋——顯然是最近才臨時使用的。窗戶上釘了些很厚的舊布簾，想要阻隔裡面的聲音。病人繼續有規律地發出尖叫聲：『我的丈夫，我的爸爸，我的弟弟！』數到十二，然後是『噓！』的一聲。病人異常狂躁，我沒有解開捆縛她兩臂的帶子，但也檢查了一下，設法不弄疼她。在此情況下，唯一令人鼓舞的跡象是我放在患者胸前的手產生了撫慰的效果，有時能讓她的軀體平靜個幾分鐘，可是，對尖叫聲卻毫無作用：它簡直比鐘擺還有規律。

「因為自以為我的手有這種效果，我在床邊坐了半個小時，兄弟倆就在旁邊看著。後來哥哥又說：『還有一個病人。』

「我吃了一驚，問他：『病情嚴重麼？』

「『你最好還是自己去看看。』他漫不經心地回答，說時拿起了一盞燈。」

****

「另一個病人在另一道樓梯後面的房間裡。那房間是那種搭在馬廄上方的閣樓，一部分有個抹了灰泥的低矮天花板，餘下部分露出了鋪瓦屋頂下的橫樑。這裡是貯存麥稈和乾草的地方，也放了燒火木柴，還有一堆埋在沙裡的蘋果。我穿過那裡來到閣樓另一邊。我的記憶是確切無誤的。我用這些細節來檢驗我的記憶力。在我被關押快滿十年的此刻，在巴士底獄我這間牢房裡，那天晚上我所見到的景象全都歷歷在目。

「一個英俊的農村少年躺在地上的乾草裡，頭下枕著一個扔在地上的墊子。他看起來頂多只有十七歲。他仰面躺著，咬緊了牙齒，右手握拳捂在胸口上，兩眼瞪視著頭頂。我在他身邊單膝跪下，卻看不見他的傷口在哪裡。但我可以看出他被銳器刺傷，快要死去了。

「『我是醫生，可憐的朋友，』我說，『讓我檢查一下吧。』

「『我不需要檢查，』他回答，『隨它去。』

「傷口在他捂住的地方，我勸說他挪開了手。是劍傷，受傷時間大約在二十至二十四小時以前。可是，即便他當時立即得到治療也已回天乏術。他很快就會死去。我轉過眼去看雙胞胎兄弟中的那個哥哥，只見他低頭看著這個垂死的英俊少年，好似他是一隻受了傷的鳥雀或兔子，而不是人類。

「『這是怎麼回事，先生？』我問道。

「『一條不起眼的小瘋狗！一個農奴！逼著我弟弟動了手，然後就倒在我弟弟的劍下——倒像個貴族一樣。』

「那句話裡面沒有一丁點的憐憫、歉疚，或身為同類的仁慈心。說話人似乎承認，讓這個不同階層的賤民死在這兒實在是不太方便，最好還是像蟲子那樣悄無聲息地死去。對於少年和他的命運，他根本就沒有表露出任何的同情。

「他說話的時候，那少年的眼睛慢慢轉向了他，現在又慢慢轉向了我。

「『醫生，這些貴族非常驕傲。但我們這些不起眼的狗有時也會很驕傲。他們掠奪我們、侮辱我們、毆打我們、殺死我們，但我們有時也還留了點自尊心。她——你見到她了麼，醫生？』

「在那兒還能聽到尖叫聲，雖然因為距離的原因聲音已低落很多。他所指的就是尖叫聲，彷彿她就躺在我們身邊。

「我說：『我見到她了。』

「『她是我姊姊，醫生。多少年來，這些貴族對我們的姊妹的貞操德行擁有一項可恥的權利，但我們也有好姑娘。這我知道，也聽我爸爸這麼說過。她就是個好姑娘，她也跟一個好青年訂了婚；她的未婚夫就是站在旁邊的那個傢伙的佃戶。我們都是他的佃戶。另一個是他的弟弟，是這個卑劣家族中最卑劣的一個。』

「那個少年極其艱難地集中了全身的力量才說出上面這些話來，但他的神情無疑強化了他的譴責。

「『那些上等人一直在搶劫我們這些不起眼的狗。站在那邊的那個傢伙也這樣對待我們，毫不留情地逼我們交稅，強令我們為他們做事，卻分文不給，還只准我們到他的磨坊去磨麵。他養的很多家禽一直在吃我們少得可憐的莊稼，他卻不允許我們飼養一隻雞鴨。他把我們壓榨到那種程度，我們偶爾有點肉吃的時候，只好門上門、關上窗，提心吊膽地吃，這樣就不會被他手下的嘍囉看見然後搶走了——哎，我們給搜刮、壓迫得太窮太苦了，以致我爸爸曾對我們說將孩子帶到這個世界來是很可怕的事，我們最好祈禱我們的婦女不要生育，讓我們這個悲慘的家族就此滅絕！』

「以前我從來沒見過被壓迫者怒不可遏突然爆發的樣子。我原以為這種被壓迫的怒意會一直潛藏在人的內心深處，直到現在，我才在這個即將死去的少年身上第一次看見了。

「『醫生，不管怎樣，我姊姊也結婚了。她的戀人，那可憐的人正在生病，她卻嫁給了他。她想在我們的農家屋（這傢伙把它叫作了『狗窩』）照顧他、安慰他。她結婚才幾個星期，這傢伙的弟弟就看中了她，要這傢伙把姊姊借給他使用——在我們這種人當中，丈夫又算得了什麼！這傢伙倒是很樂意，但我姊姊是那麼善良、貞潔，跟我一樣對這傢伙的弟弟懷著強烈的仇恨。為了逼迫我的姊夫對姊姊施加影響，讓她同意，這對兄弟之後都幹了些什麼啊！』

「少年的眼睛之前一直看著我，這時慢慢轉向了身邊那個旁觀者。觀察這兩人的面部表情就可以判斷出，少年剛才所說的事都是真的。即便此刻在巴士底獄裡，我也能看到那兩種彼此針鋒相對的驕傲。一面是貴族的驕傲，那麼漫不經心和冷漠；另一面是農民的驕傲，因為長期被踐踏，充滿了強烈的復仇情緒。

「『你知道，醫生，這些貴族是有權把我們這些不起眼的狗套在車轅上驅使的。他們就這樣驅使了我姊夫。你知道，他們也有權讓我們在他們的地裡通宵處理那些呱呱亂叫的青蛙，以免牠們打擾大人高貴的睡眠。在晚上，他們讓我姊夫暴露在有害健康的霧氣裡，到了白天又命令他回來幹活。但我姊夫仍然不聽他們的。不聽！一天中午，他好不容易得個空停下來吃東西——倘若他還能找得到吃的東西的話——他嗚咽了十二聲，每一聲嗚咽正好伴隨了一記鐘聲，然後就死在了我姊姊的懷裡。』

「若不是少年決心要傾訴所有的冤屈，他肯定撐不下去。他的右手一直緊握著捂住傷口，逼退了死亡漸漸暗沉的陰影。

「『然後，那弟弟得到了這個傢伙的許可甚至幫助，把我姊姊給帶走了，儘管她告訴了他一件事——我知道她一定會告訴他的，這件事倘若你現在還不知道，很快也會知道的。他弟弟把我姊姊帶走了。他拿她尋開心，消遣了一段時間。我在路上看見她從我身邊經過，把這個消息帶回去告訴了家裡，我爸爸便心力交瘁死去了。他縱有滿腹的冤屈，卻一個字也沒來得及說出來。我把我的小妹妹（我還有個妹妹）帶到了這個傢伙找不到的地方，在那兒她至少永遠不會變成他的奴僕。然後我便跟蹤他的弟弟來到這裡，昨天晚上翻進了院子——一條不起眼的狗，手裡卻握了一柄劍——閣樓的窗戶在哪兒？就在這附近麼？』

「在他眼中，屋子已暗了下來，周圍的世界正在縮小。我環顧四周，看到地板上的麥稈和乾草被踩得很亂，似乎這裡曾發生一場打鬥。

「『我姊姊聽見我的聲音，跑了進來。我告訴她，在我殺掉那傢伙之前不要靠近我。他進來了，起先扔給我一些錢，然後就用鞭子抽我。而我——雖然是一條不起眼的狗——就將手裡的劍刺向他，逼他跟我決鬥。他拔出劍來保護自己——為了保住性命，他使出了渾身解數——他的劍染上了我不起眼的血，而我把他的劍砍成了幾段。』

「之前我在乾草堆裡瞥見過一把折成幾段的劍。那是貴族的佩劍。在另一個地方，還有一把老式的劍，似乎是士兵所用的武器。

「『現在，扶我起來吧，醫生，扶我起來。他在哪兒？』

「『他不在這兒。』我說，扶少年坐了起來，心想他指的是那個哥哥。

「『他！這些貴族如此自負，他卻害怕看見我。剛才在這兒的那個人呢？把我的臉轉向他。』

「我照辦了，讓少年的頭靠在我的膝蓋上。可是，少年此刻卻投入了異乎尋常的體力，竟完全站直了身子，我不得不也跟著站了起來，要不然我就扶不住他了。

「『侯爵，』少年瞪圓了兩眼向他轉過身去，舉起右手，『等到清算這一筆筆血債的時候，我會讓你和你的後代，直到你這個卑劣家族的最後一個人為這一切接受懲罰。我對你畫上這個血十字，記下我的籲求。等到清算這一筆筆血債的時候，我會讓你的弟弟、你那卑劣家族中最卑劣的傢伙，單獨為此接受懲罰。我要對他畫上這個血十字，記下我的籲求。』

「前後兩次，他將手放到胸前的傷口上蘸了血，然後用食指在空中畫著十字。他舉著手還站了一會兒，等到手落下時，人也跟著倒下了。我讓他躺了下來，他已經死了。」

***

「我回到那年輕女子身邊時，發現她仍在按剛才的順序繼續說著胡話。我知道這種情形會延續很久，很可能在死亡的靜默中才會結束。

「我又讓她服了之前的藥，然後在床邊一直坐到了深夜。她的尖叫聲仍然很刺耳，她的口齒仍然很清晰，順序也沒有改變。總是『我的丈夫，我的爸爸，我的弟弟！一，二，三，四，五，六，七，八，九，十，十一，十二。噓！』

「從我初見她那時算起，她已連續喊叫了二十六個小時。其間我離開過兩次。在我重又坐回她身邊時，她開始虛弱了下來。我竭盡所能地幫助她，希望她有所轉機，可是不久過後她就陷入昏睡，像死人一樣躺著。

「彷彿一場漫長而可怕的暴風雨終於平靜了下來，風停了，雨也止了。我放下她的雙臂，叫那個僕婦幫我整理好她的儀容衣衫。直到那時，我才發覺她已有身孕，本來很有希望成為母親。也是在那時，我對她抱有的一點點希望也終於破滅了。

「『她死了嗎？』侯爵問，我還是把他稱作哥哥吧。他剛剛下了馬，穿著靴子進到了屋裡。

「『還沒有死，』我說，『但看起來是快了。』

「『這些不起眼的傢伙生命力很頑強啊！』他低頭看著她說，帶了某種好奇。

「『悲傷和絕望之中存有驚人的力量！』我回答他。

「他聽了這話起先笑了笑，然後就皺起了眉頭。他用腳將一把椅子踢到我的近旁，命令那僕婦離開，然後壓低聲音說道：『醫生，在發現我弟弟跟這些鄉巴佬有了麻煩之後，我推薦了你來幫忙。你很有名氣，作為一個前程遠大的青年，你或許懂得顧及自己的利益。你在這兒看到的一切，是只可以看而絕不能外傳的。』

「我聽著病人的呼吸聲，避而不答。

「『可否請你留意一下我說的話，醫生？』

「『先生，』我說，『在我這一行，與病人的任何交流都是保密的。』我的回答很謹慎，因為我的所見所聞讓我心裡感覺很不安。

「她的呼吸聲已很難捕捉，我小心地探了探她的脈搏，摸了摸她的心口。還活著，但也只是活著而已。我坐回到座位上，轉頭看去，發現那兩兄弟都注視著我。」

****

「我寫得很吃力，天氣也很冷，我非常害怕被人發現後給丟到暗無天日的地牢裡去，因此，我得壓縮我的敘述。我的記憶沒有錯亂，也沒有失誤。對於我和那兩兄弟之間的對話，我能回想起每一個字的細節。

「她拖了一個禮拜，在她臨終前，我把耳朵貼近她唇邊，能聽懂她對我說出的一些音節。她問我她在哪兒，我告訴了她；她問我是誰，我也告訴了她。我問她姓什麼，她卻沒有回答。她在枕上略微搖了搖頭，和那個少年一樣保守了祕密。

「我告訴兩兄弟她的病情已急劇惡化，已經活不到第二天了。直到那時，我才有機會問她問題。此前，她並沒有意識到除了那個僕婦和我之外，還有別人在場。而只要我在她身邊，那兩兄弟中總有一個會充滿猜忌地坐在床頭的簾子背後。可是，自從我這麼說過之後，他倆對我跟她之前可能會說些什麼似乎已經不太在意了。我心裡閃過一個念頭：好像是我也快要死了。

「我一直留意到，他們倆都將弟弟曾跟農民（而且還是少年）拔劍決鬥視為奇恥大辱。他們心裡似乎只有一個考慮，這件事非常荒謬可笑，已經讓家族蒙了羞。每當我遇上那弟弟的目光時，都會產生一種感覺，他已經非常嫌惡我，因為我聽見了少年所說的話，知道了許多內情。他對我要比他哥哥更加圓滑些、客套些，但我仍然察覺到了這一點。我也明白，我現在已成了那哥哥的一塊心病。

「我的病人在午夜前兩小時死去了——我看了手錶，與我初見她的時刻幾乎分秒不差。當年輕又孤苦伶仃的她將頭慢慢地歪向一邊，結束了她在人世間的冤屈與苦痛時，只有我一個人陪在她身邊。

「那兄弟倆在樓下一個房間裡不耐煩地等著，他們急著要騎馬離開。我一個人坐在床邊的時候就聽見他們的動靜了，他們不時用馬鞭抽打著靴子，來來回回地踱步。

「我剛一進屋，那哥哥便問：『她終於死了麼？』

「『她死了。』我說。

「『祝賀你，我的弟弟。』他轉過身去的時候竟然說出了這樣的話。

「此前他要給我錢，我都拖延著沒有接受。現在他又遞給我一捲紙筒金幣，我從他手裡接下，卻放回了桌上。我已考慮過這個問題，決定一分錢也不收。

「『請原諒，』我說，『在目前情況下，我不能收。』

「兄弟倆交換了一下眼色，不過，當我跟他們點頭示意時，他們也對我點了點頭。我們就此別過了，彼此間都沒有再說別的話。」

* * * *

「我很疲倦，很疲倦，很疲倦——痛苦折磨得我筋疲力盡。我無法讀完我用這隻瘦骨嶙峋的手寫下的文字。

「第二天一大清早，那捲金幣又裝在一個小盒子裡放在我的房門口，外面寫著我的名字。從一開始我就焦慮不安地思考著該怎麼辦。那天，我決定私下給大臣寫一封信，將我接手診治的這兩位病人的性質和出診地點告訴他。事實上，要把所知情況全都講出來。我知道宮廷的勢力有多大，知道貴族享有什麼豁免權，也根本不指望這件事會有人知道，我只不過是想消除良心上的不安。我對這件事嚴格保密，連我妻子也不知道。我決定把這一點也寫在信裡。我並不明白自己會面臨何種危險，但我已經意識到，倘若別人知道了我知道的事，他們就會受到牽連，可能也會遇到危險。

「那天我非常忙碌，晚上沒來得及寫完信。第二天早上，我比平日提早很多時間起床，把它寫完了。那是一年裡的最後一天。我剛剛寫好，信還擱在我面前的時候，門房通報說有一位夫人正等著要見我。」

****

「要完成這個我給自己設定的任務，我越來越力不從心了。天氣那麼冷，牢房那麼暗，我的知覺是那麼麻木，籠罩我頭頂的陰雲是那麼的可怖。

「那位夫人年輕、美麗、端莊，但這樣的顏容也不會保持太久。她十分激動，向我介紹自己，說她是聖・埃弗瑞蒙德侯爵的妻子。我把農村少年稱呼那哥哥的頭銜與繡在圍巾上的首字母串在一起，就不難得出結論了：不久前我見到的就是那位貴族。

「我的記憶仍然很準確，但是我不能把我跟侯爵夫人的談話全都寫出來。我懷疑自己受到了更加嚴密的監視，但我又不知道什麼時候會受到監視。侯爵夫人部分靠猜想、部分靠發現，瞭解了那樁殘暴事件的主要事實，也知道她丈夫在其中扮演的角色和請我前去治療的情況。她並不知道那姑娘已經死了。她非常痛苦地說，她希望能私下向那位姑娘表示一個女人的同情。這個家族長期以來一直遭到許多受苦民眾的憎恨，她希望能避免招致天譴。

「她有理由相信這戶人家還有一個小妹妹活著。她最大的願望就是幫一幫那個孩子。我只能告訴她確實有這麼一個妹妹，除此以外的其他情況我就不清楚了。她之所以來找我，是希望我能夠信任她，把那個女孩的名字和住處告訴她。然而，直到眼前這不幸的時刻，我對這兩者卻仍然一無所知。」

****

「這些零碎紙片不夠用了。昨天看守從我這兒拿走一張，還警告了我。今天，我必須寫完我的紀錄。

「她是個很有同情心的好太太，婚姻很不幸福。她怎麼可能幸福呢！小叔子不信任她，不喜歡她。他處處都跟她作對。她一直害怕他，也害怕她的丈夫。我送她下樓來到門口時，她的馬車裡有一個孩子，一個大約兩三歲的漂亮男孩。

「『為了孩子的緣故，醫生，』她流著眼淚指著孩子說，『我會盡自己所能作一點微不足道的彌補。否則他繼承得來的東西對他不會有什麼益處。我有一種預感，倘若對這次事件沒有加以善意的補償，將來有一天這孩子就得承受後果。我還留了一點可以稱作我私人擁有的東西——只是一些不怎麼值錢的珠寶首飾——倘若能找到那小女孩，我交給孩子的生平第一個任務就是把這點珠寶連同他已去世的母親的同情與哀悼，贈送給那個飽受傷害的家庭。』

「她吻了那個男孩，撫摸著他，口中說道：『那可是為了你自己好啊。你會守信用麼，小查爾斯？』那孩子勇敢地回答道：『會的！』我吻了夫人的手與她告別，她抱起孩子就離開了。此後我再也沒有見過她。

「因為她相信我知道她丈夫的姓名，所以提到了它。而我在信裡並沒有提及。我封好了信，不放心交由他人，那天就自己親手投遞了出去。

「那天晚上，也就是那年除夕的晚上九點鐘，一個黑衣人拉響了我家的門鈴，說是要見我。他輕手輕腳地跟在我年輕的僕人歐尼斯特・德伐日身後上了樓。我的僕人走進屋子的時候，我跟我的妻子正坐在一起——啊，我的妻子，我心裡最愛的人！我年輕美麗的英國妻子！——我們看見那個人默不作聲地站在德伐日的身後，而他本該留在門外等候的。

「他說在聖奧諾雷街有個急症病人，不會耽誤我多少時間。他有一輛馬車正在外面等著。

「那輛馬車把我帶到這裡，將我送進墳墓。我剛剛踏出家門，一條黑圍巾就從身後勒住了我的嘴，我的兩隻手臂也被反綁了起來。那兄弟倆從對街一個黑暗角落裡走出來，打了個手勢，表示已確認了我的身分。侯爵從口袋裡掏出我寫的那封信，讓我看了看，就湊在舉起的防風燈上點著燒掉了，然後又用腳踩滅了灰燼。他一句話也沒有說。於是，我被帶到這裡，被推進了我的墳墓。

「在這些可怕的歲月裡，倘若那鐵石心腸的兄弟倆曾做過一件讓上帝滿意的事，倘若他們中的任何一個曾給過我消息，哪怕是一句話——讓我知道我最親愛的妻子究竟是死是活——我也會認為上帝還沒有完全拋棄他們。而現在，我相信那個血十字已決定了他們的命運，他們絕不會得到上帝的寬赦。我，亞歷山大・曼內特，不幸的囚犯，在一七六七年的最後一夜，在無法承受的極度痛楚中，向他們和他們的後代，直到他們家族的最後一人，發出我的控訴。我向蒼天和大地控訴他們。時日一到，所有這些罪孽必將受到清算。」

這份手稿剛剛讀完，全場就響起了一片可怕的聲音。這是渴望與急切的喧囂聲，除了一個「血」字之外，別的什麼都聽不清楚。這番敘述喚起了那個時代最強烈的復仇的激情。在這個國家，它所席捲之處，沒有一個人頭不會落地。

當初在巴士底獄，那些被繳獲的紀念物品都曾被抬著遊行，德伐日夫婦沒有將這份手稿公之於眾，而是私下保存下來，一直在等待著時機。這其中有什麼緣由？在那個法庭和那樣的觀眾面前，這一點無須深究。這個受人憎恨的家族的名字長久以來就受到聖安東尼的詛咒，而且被列入了死亡名單，這一點同樣無須深究。在那一天、在那個地方，任何人都無法抵擋那個控訴的衝擊，不管他有著怎樣崇高的德行和功績。

對這個在劫難逃的人來說，最糟糕的是，控訴他的人是一位很有名望的公民，是他自己的親密朋友、他妻子的父親。民眾素來有很多瘋狂的傾向，其中之一便是效仿那種頗為可疑的古代道德，在人民的聖壇奉上犧牲與獻祭。因此，庭長宣布說（否則，他自己肩上的那顆腦袋也會保不住），共和國的這位好醫生會因為根除了一個令人憎惡的貴族家庭而更加受到大家的尊敬，並且毫無疑問，他會因為把他的女兒變成寡婦、把她的孩子變成孤兒而感到一種神聖的喜悅和快樂。話音剛落，全場洋溢了一片狂躁激動和愛國熱情，而人類的同情心已蕩然無存。

「那位醫生不是對周圍的人很有影響力麼？」德伐日太太微笑著，低聲對「復仇女神」說道，「現在你來救他啊，醫生，來救他啊！」

陪審團每投一票，就跟著響起了一陣喧囂。一票又一票；喧囂又喧囂。

全票通過。這個從心靈到血統的貴族、共和國的敵人、臭名昭著的壓迫人民的罪犯，即刻押回附屬監獄，二十四小時之內執行死刑！

第十一章

黃昏時分

無辜者就這樣註定要死去，他那可憐的妻子一聽到判決就倒下了，彷彿遭受了致命的一擊。可是，她卻不作一聲；她心裡有一個堅強的聲音在提醒：在他最痛苦的時刻，全世界只有她必須給予無條件的支援，她絕不能再增加他的痛苦。這個念頭讓她承受住沉重打擊，迅速站了起來。

法官都得走出大門去參加公開遊行，接下來的庭審延後了。法庭裡的人從幾個通道迅速往外湧去。喧鬧聲尚未消停，露西便站了起來，她向丈夫伸出雙臂，臉上沒有別的表情，只有滿溢的愛意和安慰。

「我能不能碰一碰他！我能不能再擁抱他一次！啊，善良的公民，希望你們能對我們報以同情！」

人全都跑到外面街上看熱鬧去了，法庭裡只剩下一個看守、昨晚帶走達尼的四人中的兩個，還有一個巴薩。巴薩向剩下的人建議說：「就讓她抱抱他吧，也就一下子。」沒人答話，大家都默許了。他們讓她穿過法庭座位來到一個高出地面的檯子，在那裡，囚犯可以從被告席傾過身子，將他的妻子抱入懷中。

「再見了，我靈魂中最心愛的人。這是我給愛人的告別的祝福，在疲倦的世人長眠的地方我們還會再次相見的！」[1]她丈夫把她摟在胸前，這麼說道。

「我承受得住，親愛的查爾斯。我有上天的眷顧，不要因為我而痛苦。也給我們的孩子一個告別的祝福吧！」

「你來替我祝福她。你來替我親吻她。你來替我跟她告別。」

「我的丈夫。不。不！再待一會兒！」他正要鬆脫擁抱她的臂膀。「我們不會分開太久的。我預感到不久過後我就會為了這個心碎而死；但只要我能做到，我便會盡我的職分，等我離開女兒的時候，上帝會為她聚合起朋友來，如同祂曾為我做過的一樣。」

她父親已跟了上來。他幾乎要在他們兩人面前跪下了，達尼伸出一隻手將他拉住了，口中叫道：「不，不！您做了什麼、您做了什麼，以至於要向我們倆跪下啊！我們到現在才明白，您當年經歷了怎樣的苦苦掙扎。我們到現在才明白，在您懷疑並且知道了我的家世後忍受了什麼。我們到現在才明白，為了心愛的她，您與本能的憎惡感作了怎樣的抗爭，並且克服了它。我們用整個的心、全部的愛和責任感謝您。願上天保佑您！」

醫生用雙手扯著自己的滿頭白髮，痛苦地哀叫起來。這是他的唯一回答。

「不可能有其他的結果，」囚犯說，「目前的結局是各種因素合力造成的。為了完成亡母的遺願，我一直努力卻徒勞無功，最初就是這個動機命中註定把我帶到了您的身邊。那樣的惡因是結不出

1 出自《聖經．舊約．約伯記》第三章。

善果的，事實上，不幸的開始不可能有幸運的結尾。放寬心，並且原諒我吧！上天保佑您！」

他被帶走了。他的妻子鬆開了手，站在那兒目送著他，她雙手合十，做出了祈禱的姿勢，臉上閃著某種奇異的光彩，甚至露出令人欣慰的微笑。達尼從囚犯進出的門道走出去後，她轉過身來，頭輕柔地靠在父親的胸前，想要跟他說說話，卻暈倒在他的腳下。

西德尼·卡爾頓此前一直待在隱蔽的角落裡，這時，他走上前來扶起她。當時只有她父親和洛里先生跟她在一起。他托住了她的頭，手臂顫抖著。不過，他臉上並非只有憐憫，其中也帶著驕傲的紅暈。

「我可以把她抱上馬車麼？我不會覺得她沉的。」

他輕輕地抱起她，來到門外，輕柔地讓她躺在馬車裡。她父親和他們的老朋友也上了車，卡爾頓坐在車夫的身邊。

他們來到住所的門前——幾個小時前，他曾在黑暗中停留此地，想像過街道上哪些粗糙的鋪路石是被她的腳踩過的——他又一次抱起她，上樓走到房間裡，將她放到長榻上。她的孩子和普羅絲小姐在她身邊哭了起來。

「別把她叫醒，」他輕聲對普羅絲小組說，「她最好這樣再躺一下。她只是昏過去了，不要讓她馬上恢復知覺。」

「啊，卡爾頓、卡爾頓，親愛的卡爾頓！」小露西哭叫著跳起來，張開兩臂緊緊地摟住了他的脖子，「因為你來了，我想你會做點什麼幫媽媽救出爸爸的！啊，看看她，親愛的卡爾頓！你也是愛著她的人，你能眼睜睜看著她這樣麼？」

他向孩子彎下腰去，臉貼著她那嬌嫩的臉頰，然後輕輕放開她，看著她那個無知覺的母親。

「在我離開前，」他說，言語間有些躊躇——「我可以親親她麼？」

事後他們記得，當他俯低身子雙唇碰著她的臉時，曾輕聲說了幾個字。當時離他最近的孩子後來告訴他們，她聽見他說的是「你愛著的一個生命」。這句話在她自己做了祖母後也還經常講給兒孫輩聽。

卡爾頓走出屋子來到隔壁房間，洛里先生和她的父親也跟了出來。他突然轉過身對他們說道：

「除了昨天，你一直很有影響力，曼內特醫生；至少還可以試一試。法官和掌權的那些人對你都很友善，也非常認可你的貢獻，是不是？」

「和查爾斯有關的事他們從來沒有隱瞞過我，我曾非常確信我能救他，而我的確也救出過他。」他極其艱難而緩慢地回答道。

「再試試吧。從現在到明天下午時間已經不多了，但還是要努力一下。」

「我想要努力的，我一刻也不想浪費。」

「那就好。以前我見過像你這樣有能力的人做出過了不起的大事——儘管，」他笑了笑，歎了口氣，又補了一句，「儘管從沒有做過像這樣的了不起的大事。不過，試試吧！我們不去恰當地使用生命，生命就沒有價值，在這方面作些努力，它就是值得的。即使行不通，也不會有什麼損失。」

「我馬上去找公訴人和庭長，」曼內特醫生說，「還要去找別的人。他們的名字暫時還是不說出來為好。我還要寫信——且慢！街上在辦慶典，天黑之前恐怕一個人也找不到。」

「的確如此。好了！這事原本希望就很渺茫，就算拖到天黑也不見得就會更加渺茫。我很想知道你進展如何；不過，請注意！我不抱奢望！你什麼時候可以見到這些可怕的權勢人物，曼內特醫生？」

「我希望天一黑馬上就見到。從現在算起，過一兩個鐘頭左右。」

「四點鐘過後，天就黑了。我們不妨再延長一兩個小時。倘若我九點鐘趕到洛里先生那兒，能從他那裡或者你自己那裡聽到你的進展麼？」

「可以。」

「祝你成功！」

洛里先生跟著西德尼來到外面的大門口，在西德尼正要離開時拍了拍他的肩頭，讓他轉過身來。

「我不抱希望。」洛里先生放低了聲音，悲傷地說道。

「我也不抱希望。」

「即使這些人裡有人打算饒恕他，甚至所有人都想要饒恕他——這是在妄自猜測，因為對他們來說，他的命或是任何人的命算得了什麼！——在法庭的那種集會場面之後，我懷疑他們是否有膽量那樣做。」

「我也懷疑。我在那片喧囂聲中聽到了斧頭落下的聲音。」

洛里先生一隻手扶住門框，臉伏低了靠在手臂上。

「別灰心，」卡爾頓溫柔地說道，「別難過。我用這個想法鼓勵了曼內特醫生。因為我覺得，將來有一天這對露西來說可能是一種安慰。否則，她會認為達尼的生命是被人拋棄與浪費了的，她會為此飽受折磨。」

「是的，是的，是的，」洛里先生擦乾了眼淚，回答道，「你說得很對。但他會死的，真正的希望並不存在。」

「是的，他會死的，真正的希望並不存在。」卡爾頓隨聲附和，然後就邁著堅定的步伐走下了樓。

第十二章

夜幕

西德尼．卡爾頓在街頭站住了，不是很清楚要去哪裡。「九點鐘在苔爾森銀行大樓見面，」他暗暗想道，「我在這個時候去露個面好不好呢？我覺得可以。最好讓這些人知道這兒有一個像我這樣的人。這是合理的預防措施，或許也是必要的準備。但是要小心，小心，小心為好！讓我再仔細想想！」

他正往一個目標走去，又站停了，他在已經暗下來的街上拐了一兩個彎，心裡計算著這個想法的可能後果。他確認了自己的第一個直覺。「最好是，」他自言自語著，終於下定了決心，「讓這些人知道這兒有一個像我這樣的人。」於是他掉了個方向，往聖安東尼區走去。

那天德伐日曾說自己是聖安東尼區的酒館老闆。熟悉那座城市的人不必打聽，很容易就能找到那個酒館。弄清了它的具體方位後，卡爾頓再次從這些狹窄街道走出來，在一家小吃店吃了晚飯，吃完後酣睡了一陣。多少年來，他這是頭一次沒有喝烈酒。從昨晚以來，他只喝了一點低度的淡酒。昨天晚上他就像一個要戒酒的人那樣，把白蘭地慢慢倒進了洛里先生的壁爐裡。

他一覺睡到七點鐘才醒來，恢復了精神。他再次走上街頭。在去聖安東尼的路上，他在一家商店的櫥窗前站停了一會兒。那兒有一面鏡子，他略微理了理鬆垮垮的圍巾、外套衣領和蓬亂的頭髮，之後便直接來到德伐日酒館，走進店裡。

店裡碰巧沒有其他顧客，只有那個手指不停抓撓的啞喉嚨雅克三號。這個人他在陪審團裡見過，此時正站在小櫃檯前喝酒，跟德伐日夫婦聊著天。「復仇女神」也像這家酒館的正式成員一樣參與了談話。

卡爾頓在店裡找了個座位坐下，用很蹩腳的法語點了一小杯酒。德伐日太太很隨意地瞥了他一眼，然後開始仔細打量著他，她又看了會兒，最後索性親自走到他面前，問他點了什麼。

他重複了一遍之前說過的話。

「英國人？」德伐日太太抬起她烏黑的眉毛，好奇地問道。

他看著她，彷彿連一個法國字也要費好大功夫才能聽懂，然後，帶著之前那種濃重的外國口音回答道：「是的，太太，是的，我是英國人。」

德伐日太太回到櫃檯去取酒。他拿起一張雅各賓黨的報紙，裝作仔細閱讀的模樣，正費神猜解著它的意思，這時，他聽見她說：「我跟你們發誓，長得真像埃弗瑞蒙德！」

德伐日給他送上了酒，說了聲「晚上好」。

「什麼？」

「晚上好。」

「啊！晚上好，公民。」他往杯子裡斟酒，「啊！好酒。為共和國乾杯。」

德伐日回到櫃檯邊說道：「確實有點像。」德伐日太太一臉嚴肅地反駁：「我跟你說過，是非常像。」雅克三號試圖打圓場，評論道：「你瞧，老闆娘，你心裡老想著那個人。」和藹可親的「復仇女神」笑著補了一句：「是的，我相信就是這樣！你滿心歡喜地盼著明天再跟他見一面呢！」

卡爾頓帶著一副專心致志的表情，手指指著報紙，慢慢地逐字逐行地讀著報紙。那幾個人手臂靠在櫃檯上，湊在一起低聲交談著。他們看著他，沒有打擾他對雅各賓派報紙社論的關注，沉默了一會兒，繼續交談起來。

「老闆娘說得對，」雅克三號說，「我們幹嘛要收手？還有很多地方可以發力，幹嘛要收手？」

「好了，好了，」德伐日勸解道，「總得有個限度吧！問題還是一樣，我們該在什麼地方收手呢？」

「直到斬草除根為止。」老闆娘說。

「對極了！」啞喉嚨雅克三號附和說，「復仇女神」也非常贊成。

「斬草除根這個說法不錯，老婆，」德伐日說道，顯得很不安，「大體說來我也並不反對。可是，這位醫生受了太多苦，今天你看見他的，宣讀手稿的時候，你觀察過他的臉。」

「我觀察過他的臉！」德伐日太太氣憤地重複著，輕蔑地說道，「是的，我觀察過他的臉。我觀察的結果是，他那張臉並不是共和國的真正朋友的臉。他還是小心為好！」

「老婆，」德伐日懇求道，「你也看到了他女兒有多痛苦，這對醫生來說一定也是可怕的折磨！」

「我看到了他的女兒，」德伐日太太重複他的話，「是的，我看到了他的女兒，看到過不止一次。我今天觀察過她，其他時候也觀察過她。我在法庭裡觀察過她，在監獄旁的街道上也觀察過她。我只要舉起一個指頭——」她似乎舉起了指頭（旁聽者的眼睛一直看著報紙），「啪」地一聲敲在面前的擱架上，彷彿斧頭砍了下來。

「了不起的女公民！」陪審員啞著嗓子說道。

「她是天使！」「復仇女神」說完後，還擁抱了她。

「至於你麼，」老闆娘不放過她丈夫，繼續往下說道，「幸好這事不由你來決定，倘若由著你的性子來，你恐怕現在就會去救那個人的。」

「不！」德伐日抗議，「哪怕舉起這個杯子就可以救他，我也不會的！但我會把這件事放在一邊。我是說，該收手了。」

「你來看看，雅克，」德伐日太太憤怒地說道，「你也看看，我的小『復仇女神』。你們倆都來看看！聽著！我還記錄了這個家族長久以來殘害百姓的其他罪行，它註定會毀滅，絕對要斬草除根。你們問問我丈夫，是不是這樣。」

「是這樣。」德伐日不問自答。

「偉大的日子剛剛開始，攻陷巴士底獄的時候，他找到了今天的那份手稿，把它帶回家；等到半夜裡，關了店門沒有旁人的時候，我們就是在這裡、在這盞燈下一起讀的。問問他，情況是不是這樣。」

「是這樣。」德伐日承認。

「那天晚上，讀完手稿，油燈也燒盡了，百葉窗和鐵格柵外面，天色已經濛濛亮，那時我曾對他說，我要告訴他一個祕密。問問他，是不是這樣。」

「是這樣。」德伐日再次承認。

「我把那個祕密告訴了他。我像現在這樣用這兩隻手捶打著胸口，我告訴他說：『德伐日，我是在海邊的漁家長大的。巴士底獄手稿上描寫的被埃弗瑞蒙德兄弟殘害的那個農民家庭就是我的家庭。

德伐日，那個受了致命傷、躺在地上的少年的姊姊，就是我的姊姊，那個丈夫就是我姊姊的丈夫，那個還沒出生的孩子便是他倆的孩子，那個弟弟就是我的哥哥，那個父親就是我的父親，這些死去的人就是我的親人，那血債血還的召喚就落在了我身上！』問問他，是不是這樣。」

「是這樣。」德伐日又一次承認。

「那就告訴風和火該在哪裡收手吧，」德伐日太太回敬道，「可是，別再跟我廢話。」

她那兩個擁躉從她無所顧忌的憤怒中獲得了一種令人恐怖的享受，他倆都高度贊同——旁聽者雖然沒有看著她，也能感覺到她的臉已變得煞白。德伐日成了微弱的少數派，不時說著「應當記住侯爵夫人很有同情心」之類的話，而他的妻子只是在重複她最後的回答：「那就告訴風和火該在哪裡收手吧，別再跟我廢話！」

有顧客走進店裡，這群人就散開了。英國顧客結了酒帳，費勁地數完找回的零錢，又像異鄉人那樣打聽去國民宮的路。德伐日太太帶他走到門口，一隻手抓住他的手臂，給他指好了路。英國顧客並非沒有這樣考慮過：倘若抓住她那條手臂往上一抬，再深深扎進一刀，可能也是一樁善舉。

不過，他還是出發了，很快就消失在監獄高牆的黑影中。到了約定的時刻，他才走出陰影，再次出現在洛里先生的房間裡。他發現老先生正焦慮不安地在屋裡來回踱著步。洛里先生說他一直陪著露西，幾分鐘前才離開她趕來這邊赴約。露西的父親四點鐘以前離開了銀行，一直沒有回來。露西寄望於他的斡旋能救出查爾斯，但希望非常渺茫。他已經離開五個多小時了，他可能去了哪裡呢？

洛里先生等到十點，曼內特醫生仍然沒有回來，他不想離開露西太久，於是作好了安排：他先回露西那兒去，到午夜時再回銀行來。在此期間，卡爾頓就一個人坐在爐火前等著醫生。

他等了又等，時鐘已敲了十二下；但曼內特醫生還沒有回來。洛里先生卻返回了，他也沒聽到醫生的任何消息。醫生可能去了哪裡呢？

他們正在討論這個問題，因他遲遲不歸幾乎燃起了幾分希望，這時卻聽到了醫生上樓的腳步聲。他一踏進房間，結果已顯而易見：一切都完了。

那段時間他是否真的去找過誰，還是一直在街上晃蕩，從來沒有人知道。他站在那兒瞪著他們，他們也沒有問他任何問題，因為他臉上的表情已說明了一切。

「我找不到了，」他說，「我一定得找到它。它在哪兒啊？」

他沒戴帽子，敞著領口，帶著一副無助的表情，眼睛朝四周張望著。他脫掉外衣，任由它掉落在地板上。

「我的凳子呢？我到處都找過了，但就是找不著。他們把我的工具弄哪兒去了？時間緊迫，我一定得做完那些鞋。」

另外兩人對看了一眼，徹底死了心。

「好了，好了！」他說道，帶著一種痛苦的哭腔，「讓我開始工作吧。把我的工具給我。」

因為沒有人應答，他就又扯頭髮又頓腳，像一個心煩意亂的孩子。

「不要折磨一個可憐的孤老頭子了，」他哀求著他們，帶著一種可怕的哭叫聲，「只要把工具給我！倘若今天晚上做不完那些鞋子，我們該怎麼辦？」

完了，絕對完了！

跟他講道理，或是嘗試讓他恢復神志，顯然都無濟於事。他倆彷彿約好了一樣，一人伸出一隻手放在他肩上，答應他馬上就找來工具，這才勸說他在爐火前坐下。醫生癱倒在椅子裡，呆呆望著燒剩的餘燼，流下眼淚。彷彿閣樓時期之後發生的一切只是短暫的幻覺，洛里先生眼看著他重又變成了當初德伐日照顧他時的模樣。

儘管這種心靈毀滅的場景讓他們兩人感到了深深的恐懼，現在卻不是沉溺於此類情緒中的時候。他那孤苦伶仃的女兒已失去了最後的希望和可倚重的人，此刻亟需得到他們的幫助。兩人再度展現出默契，他們對看一眼，臉上表露了同一個意思。卡爾頓先開口了：「機會本來就很渺茫，現在最後的機會已沒有了。是的，最好還是把醫生帶到露西那裡去。可是，在你離開之前，能否花點時間仔細聽我講一講？我會提出一些約定條件，你還非得答應我——別問我理由，我自有理由，一個充分的理由。」

「我一點也不懷疑，」洛里先生回答，「說下去！」

兩人之中坐在椅子裡的那個人，始終在單調地來回搖擺著、呻吟著。兩人就像夜間陪護在病床邊的人那樣交談了起來。

卡爾頓彎下腰，拎起醫生掉在地上的外衣——它幾乎纏住他的腳。他這麼做的時候，一個小盒子輕輕滑落到地板上，盒子裡裝著醫生記錄每日診療工作的單子。卡爾頓把盒子撿了起來，其中有一張折好的紙條。「我們應該看看這個！」他說。洛里先生點頭同意。卡爾頓展開紙條，驚叫道：「感謝上帝！」

「是什麼？」洛里先生急忙問道。

「稍等片刻！這個我到時候再說，」他把手伸進自己的衣服口袋，掏出另一張紙條，「首先，這是我的通行證，可以讓我順利離開這個城市。瞧，西德尼．卡爾頓，英國人，你來看看是不是這麼寫著？」

洛里先生捧著展開的紙條，注視著卡爾頓那張誠摯的臉。

「替我把通行證保留到明天。我明天要去探望查爾斯，你記得的，我最好不要把它帶進監獄。」

「為什麼不帶去？」

「我不知道，我想還是不帶的好。現在，你拿好曼內特醫生隨身攜帶的這張紙條。這是一份類似的通行證，憑了這個，他自己、他的女兒和外孫女就可以隨時通過路障和邊境！你看清楚了麼？」

「看清楚了！」

「他也許是昨天弄到這張證明的，是他預防不測的最後手段。標注日期是哪一天？不過沒有關係，不用看了；把它跟你我兩人的通行證一起小心保存好。現在，請注意！在一兩個鐘頭以前我一直相信他已經弄到或是能夠弄到這樣的證明文件。通行證在被吊銷之前還是有效的。不過。也許很快就會被吊銷，而且我有理由相信這必然會發生。」

「他們不會有危險吧？」

「他們非常危險。他們很可能會被德伐日太太告發。我親耳聽她這麼說。今天晚上我偶然聽到了那個女人的話，馬上就強烈意識到了他們所處的危險。我沒有浪費時間，之後就去找了密探，他也證實了我的判斷。他知道德伐日夫婦控制著一個鋸木工，此人就住在監獄圍牆附近。德伐日太太已經跟他排練過了，他會作證說，他曾看見她跟囚犯打手勢、發暗號，」——他從來不提露西的名字——「很容易就可以預見，會是一個很平常的罪名藉口：策畫越獄。那會給她帶來殺身之禍，或許連同她的孩子、她的父親都保不住，因為告發者在那個地方曾看見他們兩個和她站在一起。不要這麼滿臉驚惶的樣子，你可以把他們救出來。」

「但願上天保佑我可以做到，卡爾頓！但我該怎麼救啊？」

「我會告訴你怎麼去救的。這就要靠你了，沒有比你更可靠的人了。這次新的告發肯定要在明天過後才會發生，或許會在兩三天之後，更有可能是在一週以後。你知道的，對斷頭臺的刀下鬼表示哀悼或是同情，那可是死罪。毫無疑問，她和她父親肯定會被指控這樣的罪名，而這個女人（她這個頑固不化的嗜好實在難以描述）會等待時機把這條加上去，確保自己達成目標。你明白我的意思麼？」

「我聽得非常認真，也很相信你的話，一時間都忘了這個悲傷的人。」洛里先生一邊這麼說著，一邊碰了碰醫生的椅背。

「你手頭有錢，可以雇到交通工具，之後你們要盡快趕到海岸邊。你之前已花了幾天時間，作好了回英格蘭的準備。明天一大早你就把馬車備好，這樣他們下午兩點鐘就可以出發上路了。」

「一定會準備好！」

卡爾頓如此古道熱腸，令人鼓舞，洛里先生也被他的熱情點燃了，爽快得有如年輕人。

「你心地高貴，我不是說過沒有比你更可靠的人麼？今天晚上你就把知道的情況告訴她：不但她自己已有危險，還會波及她的孩子和父親。要強調這一點，因為她會心甘情願地將自己美麗的頭顱與她丈夫的靠在一起。」他遲疑了片刻，像剛才那樣繼續說了下去，「你要勸服她，為了她的孩子和父親的安全起見，她必須在那個時候帶著他倆和你一起離開巴黎。告訴她，這是她丈夫作出的最後安排。告訴她，此舉可能會產生她不敢相信、也不敢期望的後果。你認為她父親即便在目前這種痛苦的狀態下也會服從她麼？」
「我相信會的。」
「我也相信。悄悄鎮定地作好所有的準備吧！你就等在這兒的院子裡，甚至可以直接坐在馬車座位上。等我一到，把我帶上車，然後就出發。」
「你的意思是，在任何情況下我都要等你麼？」
「你知道，你手上有我和其他人的通行證，你要給我留好座位。別的什麼都不用管，一等到我的座位坐上了人，馬上就返回英格蘭！」
「唉，這麼說來，」洛里先生抓住了卡爾頓熱切而堅定的手，說道，「這事就不是光靠一個老頭子了，我身邊還會坐了一個熱情的青年呢！」
「有上天助佑，你會的！請向我莊嚴保證，我倆現在互相承諾完成的進程不會受到任何影響而改變。」
「我保證，卡爾頓。」
「明天請牢記這句話：不管什麼原因，只要改變了進程，或是拖誤了時間，那就誰也救不了了，會犧牲好幾個人的性命。」
「我都記住了。我希望能忠實地盡到自己的職責。」
「我也希望盡到自己的職責。再見！」
說出那句話的時候，他雖然帶了一種嚴肅誠摯的微笑，甚至還將老人的手放到唇邊吻了吻，之後卻沒有馬上離開。他幫忙洛里先生喚醒了那個坐在壁爐前來回搖擺的人，給他穿上斗篷、戴上帽子，然後就哄他一起出門去找那個藏著板凳和做鞋工具的地方，因為醫生還在苦苦哀求著。他走在醫生的另一邊，護送他來到另一座樓房的院子裡。在那兒，一顆備受折磨的心正守望著可怕的漫漫長夜——在一個值得銘記的日子裡，他曾向那顆心袒露過自己孤寂落寞的心事，曾如此地幸福。他走進院子，在那兒獨自逗留了一會兒，抬頭望著她屋裡的燈火。離開前，他向那扇窗戶低聲祝福，作了告別。

第十三章
五十二個

附屬監獄的黑牢裡，當天的死刑犯靜候著他們的命運。他們的數目跟一年裡的星期數相同。那天下午，五十二個人將隨著巴黎城的生命潮汐漂入那無邊無涯的永恆之海。他們的牢房還沒有騰空，新房客卻已經指派好了；他們的血還沒有跟昨天的血匯流到一起，明天要跟他們的血混合的血卻已經選定。

五十二個人被點了名，從七十歲的租稅承包商到二十歲的女裁縫。前者的全部財富買不回他的命，後者的貧窮低賤也救不了她。生理的疾病產生於世人的惡習和疏忽大意，病人不分階層等級都會受到它的侵害。可怕的道德紊亂產生於無處告白的苦難、不堪忍受的壓迫和無情的冷漠，也會實行無差別的同等打擊。

查爾斯·達尼被單獨關在一間牢房裡。自從離開法庭來到這裡，他就不曾用幻想糊弄過自己。在每一行控訴陳詞裡，他都聽到了對自己的嚴厲譴責。他已充分理解，任何個人的影響力都救不了他的命。事實上，是數百萬的民眾宣判了他的死刑，區區幾個人的努力顯然徒勞無益。

然而，在他的眼前，心愛妻子的面容依然那麼鮮活，這讓他很難平心靜氣地接受命運的擺布。他對生命是如此執著，要就此放手實在是太難太難了。好不容易這邊一步步地慢慢放開，那邊卻抓得更緊了；他把力氣用到那隻手上，逼得它鬆開，這隻手卻重又握緊了。萬千思緒中，他的內心活動是如此地焦灼、狂暴和激烈，他無法做到聽天安命。即使他確實順從了一會兒，在他死後還要活下去的妻女似乎又提出了抗議，把那順從叫作自私。

不過，這只是最初的狀態。不久過後，想到自己必須面對的命運中並沒有什麼可恥的地方，想到還有無數蒙冤受屈的人也曾走過同一條路，而且每天都有人堅定地走過，便也鼓起了勇氣。接著又想到，要讓他的親人將來能有一個平和的心境，自己必須有安定下來的毅力，這樣，他才逐漸鎮定下來，心態也好了些，這時，他就能站在更高的角度來思考問題，心裡也變得踏實了。

在他被定罪的當天晚上，天黑之前，他對自己的最後處境已有了上述的考慮。他可以買紙筆和蠟燭，於是就坐下來寫信，一直寫到了牢裡規定的熄燈時間。

他給露西寫了長信，作了一番說明：在她告訴他之前，他並不知道她父親被監禁的情況，而在宣讀那份手稿之前，他跟她一樣並不知道自己的父親和叔父對這場慘劇所負的責任。他向她解釋，他之所以沒有告訴她自己已放棄的那個姓氏，是因為那是她父親對他倆訂婚提出的唯一附加條件，也是他們結婚那天早上他所要求的唯一承諾——現在看來這要求是完全可以理解的。他請求她，為她父親著想，永遠不要去打聽他父親是否已忘記了這份手稿，也不要去打聽，多年以前那個星期天在花園裡的梧桐樹下談到倫敦塔時，是否暫時或永久地喚起了他對那份手稿的記憶。倘若他還確切記得那份手稿，無疑也是認為它已隨著巴士底獄一起毀掉了，因為他發現，在民眾找到的、後來又向所有人公布的巴士底獄囚犯的遺物中，並沒有提到這件東西。他懇求她——雖然他又補充說，其實用不著他來提醒——用她能夠想出的每一種委婉的辦法去安慰父親，讓他明白一個事實：他並沒有做過任何應當自責的事，而是一直為了這個共同的家忘卻了自我。最後，他希望她牢記自己對她充滿感激的愛與祝福，希望她走出傷痛，全心養育他們親愛的孩子。他要她安慰她的父親，說他們必會在天堂重逢。

他用同樣的口吻給她父親寫了一封信，告訴他，他將自己的妻女特別委託他來照顧。他還告訴他，他特別希望他能夠振作起來，不要沮喪頹唐，不要沉湎於回憶往事——他預料到他會出現這種危險的傾向。

他把全家人都委託了洛里先生照顧，交代了自己的世俗事務。寫完這些，他又添上許多句話作為結束，對彼此間的溫暖情誼表示感謝。他沒有想到卡爾頓。他心裡只顧著其他人，一次也沒有想到他。

熄燈前，他寫完了這幾封信。當他在草墊上躺下時，感覺已完成了與這個世界的告別。

但這個世界卻在睡夢中將他召喚回來，呈現了一個光明美好的景象。不知怎麼回事，他已被釋放，重獲自由，他輕鬆愉快地和露西一起回到了蘇豪老宅（雖然那屋子跟它真實的模樣一點也不像）。她告訴他，這一切只是一場夢，他從來就沒離開過家。之後是一陣昏沉，他已受刑就戮，死後平靜地回到了她的身邊，他內心的感覺卻沒什麼不同。又一陣昏沉，他在幽暗的黎明醒了過來，一時間不知道自己置身何處或是發生了什麼，直到突然一閃念想了起來：「今日是我的死期！」

他就這樣挨過了這幾個小時，來到了五十二個人頭就要咔嚓落地的日子。此時他心情平靜，只希望自己能夠無聲而勇敢地迎接死亡。但很快，他清醒的頭腦裡開始出現難以抑制的新活動。

他還從來沒有見過那部即將終結他生命的機器。它離地面有多高？它有幾級臺階？他會被押到什麼地方站住？別人會怎樣觸碰他？觸碰他的那隻手會不會被鮮血染紅了？他的臉會朝向哪邊？他會不會排到第一個？或許是最後一個？這些疑問，還有許多類似的疑問，反覆不斷地出現，無數次不受意識控制地闖進他的心裡。這些思緒都和恐懼沒有關係；他一點也不恐懼。毋寧說，它們源自於一種奇怪的不斷糾纏的願望，他很想知道到時候該做些什麼。它進行的時間是如此短促，而他的願望卻是如此強烈，兩者的比例極不相稱；這種疑惑不像是產生於他自己，而是產生於他內心的另外某個部分。

時間一小時一小時地在流逝，他不停地走來走去。鐘聲報著他以後再也不會聽見的時辰。九點鐘永遠過去了，十點鐘永遠過去了，十一點鐘永遠過去了，十二點鐘馬上就要來到然後過去。與剛才困擾著他的那種反常的思想活動作了一番艱難鬥爭後，他終於戰勝了它們。他不停地走來走去，輕聲喚著親人的名字。最嚴重的內心衝突已經結束了。他來回走動著，擺脫了紛亂的雜念，專心為自己、為親人祈禱著。

十二點鐘永遠過去了。

他已經被告知，最後的時辰是三點。他知道押送的時間會提早一點，因為死囚車還得在街道上緩慢、沉重地顛簸一陣呢！所以，他決定把兩點鐘記在心裡作為出發的時間點。這樣，在此期間他才能夠讓自己堅強起來，然後才可以去鼓勵其他的人。

他雙臂合抱在胸前，步履均穩地走著，與之前那個在拉福克監獄踱來踱去的囚犯已迥然不同了。他聽見一點鐘敲響，離開他而消逝，並不感到驚訝，這一小時跟別的一小時感覺一樣正常。他為自己恢復了自制力而衷心感謝上天，想道，「只有一個小時了」，於是又走了起來。

牢門外的鋪石通道上傳來了腳步聲，他駐足靜聽著。

鑰匙插進了鎖孔，轉動起來，門還沒有開或正要開的時候，他聽見有人在低聲說話，說的是英語：

「他從沒有在這兒看到我，我一直避開他的。你一個人進去吧，我就在附近等著，不要浪費時間。」

門迅速打開又關上了。面對面站在他眼前，臉上輕鬆地笑著，無聲注視著他，一根手指警示性地舉在嘴唇前的那個人，正是西德尼．卡爾頓。

他的樣子是那麼生氣勃勃、那麼惹人注目，以至於囚犯剛見到他時簡直懷疑自己看到了一個想像中的幽靈。可是，他開口說話了，確實是他的聲音。他抓住了囚犯的手，那確實是他的手。

「全世界所有人裡面，你最想不到會見到我吧？」卡爾頓說道。

「我簡直無法相信會是你。現在也幾乎無法相信。你不會是，也坐牢了吧？」囚犯突然擔心了起來。

「沒有。我只是很偶然地控制了這兒的一個看守，藉此機會才站到你面前。我是從她——你的妻子——那兒來的，親愛的達尼。」

囚犯絞著自己的手。

「我給你帶來了她的一個請求。」

「什麼請求？」

「一個最誠摯、最迫切、也最堅決的請求。是你最難忘的最親愛的人，用最悲傷的語調提出的請求。」

囚犯把臉略微轉到一邊。

「你沒有時間了，別問我為什麼帶來了這個請求，也別問它是什麼意思，我沒有時間告訴你。你必須照辦——脫掉你腳上的那雙靴子，然後穿上我的。」

牢房裡靠牆擺著一把椅子，就在囚犯的身後。卡爾頓往前逼上幾步，已經像閃電一樣把達尼按在了椅子裡，他光著腳站著，低頭看著囚犯。

「穿上我的靴子。用手抓牢，使勁拉。快！」

「卡爾頓，逃不出這個地方的。根本不可能。你只會跟我一起死去。簡直發瘋了。」

「如果我叫你逃跑，那才真是發瘋了。但我這麼說了麼？我叫你走出那道門的時候，再說我發瘋了也不遲，你還可以待著不走呢！把你的領結跟我的領結交換一下，上衣也跟我換過來。你換衣服的時候，讓我從你頭上取下這根髮帶，把你的頭髮披散，就跟我的一樣。」

卡爾頓動作神速。彷彿憑藉了一種超自然的意志力和行動力，卡爾頓強迫達尼迅速改換了裝束——囚犯在他手裡簡直像個小孩子。

「卡爾頓，親愛的卡爾頓！簡直發瘋了。這是辦不到的，根本不可能。有人企圖這麼做過，但全都失敗了。我求你，別在我的痛苦之上再添上你這條命了。」

「親愛的達尼，我叫你走出那道門沒有？我叫你這麼做的時候，再拒絕不遲。桌子上有筆，有墨水，有紙。你的手還能捉穩筆桿寫字麼？」

「你進來的時候，我的手倒是握得很穩的。」

「那就再捉穩筆桿，照我口述的內容寫吧！快，朋友，快！」

達尼困惑地摸著自己的頭，在桌前坐了下來。卡爾頓將右手插在前襟裡，貼近他站著。

「照我說的寫。」

「我這是寫給誰？」

「不給誰。」卡爾頓的手仍然插在前襟裡。

「我要寫日期麼?」

「不寫。」

囚犯每問一個問題都會抬頭看一下。卡爾頓一隻手插在前襟裡,低頭看著他。

「『倘若你還記得我倆很久以前說過的那些話,』」卡爾頓口授道,「『見到這封信,你很快就會理解此中的用意。我知道,你肯定記得那些話。依照你的天性,你是不會忘記的。』」

他正要從前襟中抽出手來;囚犯寫到中途感到可疑,恰好抬頭看了看。那隻手停住了,握著某個東西。

「寫完『忘記』了麼?」卡爾頓問。

「寫完了。你手裡那個是武器麼?」

「不是。我沒帶武器。」

「那你手裡拿著什麼?」

「你馬上就會知道的。繼續寫,只有幾個字了。」他重又開始口授:「『我感覺很欣慰,終於等到了這個時機,我將得以證明自己所說的話。我採取這個行動,沒有任何遺憾或悲傷。』」說著這些話的時候,他的眼睛盯著寫信人,他的手慢慢地、輕輕地移近到達尼的面前。

筆從達尼的指間落到了桌面上,他迷迷糊糊地看著自己的周圍。

「那是什麼霧氣?」他問。

「霧氣?」

「有什麼東西在我面前飄過麼？」

「我什麼也沒發覺；不可能有什麼東西。拿起筆寫完吧！快，快！」

好像記憶力已受損，或是知覺官能出現了紊亂，囚犯正試圖恢復自己的注意力。他看著卡爾頓，目光昏沉，呼吸也改變了。卡爾頓注視著他，手又一次伸進了前襟。

「快，快！」

囚徒又一次低下頭開始寫信。

「『要不然，』」卡爾頓的手又一次警惕地、輕輕地偷偷往下移動，「『我就無法從容利用這個時機了。要不然，』」那隻手伸到了囚犯的面前，「『我就會背負非常重大的責任了。要不然——』」卡爾頓看著達尼手中的筆，筆下拖帶出的字跡已完全不可理解了。

卡爾頓的手再也沒有縮回到前襟裡。囚犯跳了起來，臉上露出責備的表情；而卡爾頓的右手已貼近捂住了他的鼻孔，左手已摟住了他的腰。囚犯無力地與前來為他獻出生命的人掙扎了幾秒鐘，可是不到一分鐘，他已失去知覺倒在地上。

卡爾頓的兩手跟他的心一樣急於達到目的，他迅速穿上囚犯脫在一旁的衣服，又把自己的頭髮往後梳，用囚犯的那根髮帶束住，然後輕聲叫道：「到這兒來！進來！」然後密探就進來了。

「你看見了麼？」卡爾頓單腿跪在昏迷者的身邊，將寫好的紙條塞進了達尼的上衣口袋，抬起頭來，「你的風險大不大？」

「卡爾頓先生，」密探膽怯地打了一個響指，答道，「現在這裡是最忙亂的時候，只要按照之前談好的辦法去做，我的風險並不大。」

「別擔心我。我是到死都會信守諾言的。」

「倘若要讓五十二個人的故事完整無缺，你確實得信守諾言，卡爾頓先生。你只要穿上這身衣服去頂數，我就無須擔心。」

「別擔心！我很快就不會麻煩你了，他們也會馬上離開此地的。如果上帝庇佑的話！現在，找人來幫忙，把我抬到馬車裡去。」

「你？」密探緊張地問。

「抬他，兄弟，我已經跟他調換了啊。你是從帶我進來的那個大門出去吧？」

「當然。」

「你帶我進來的時候，我已經虛弱頭暈了。現在你帶我出去的時候我就更虛弱了。我忍受不了生離死別。這兒經常會發生此類情況，實在是太稀鬆平常了。你的性命由你自己掌握。快！找人來幫忙！」

「你發誓不會出賣我麼？」密探在最後一刻有些遲疑，聲音顫抖地問道。

「兄弟，兄弟！」卡爾頓跺著腳說，「我不是早就鄭重發誓，一定會把這件事做到底的麼？你現在是在浪費寶貴的時間！那院子你是知道的吧，你把他帶到那個院子，抬進馬車裡，當面交給洛里先生；你親口跟洛里先生講，只須給他新鮮空氣，別給他用解藥；你叫他記住昨晚我說過的話還有他自己的承諾，馬上就走！」

密探出去了，卡爾頓自己在桌邊坐了下來，托著額頭。密探很快就帶了兩個人回來了。

「怎麼回事啊？」兩人中的一人看著倒地的昏迷者說道，「知道他朋友抽中了斷頭臺彩票的頭獎，他就這麼痛苦麼？」

「倘若這貴族沒抽中什麼獎，」另一個人說，「一個優秀的愛國者也不會比他更痛苦的。」

帶來的擔架就放在門口，他們抬起失去知覺的達尼，把他弄進擔架，彎下腰準備抬走。

「時間不多了，埃弗瑞蒙德。」密探用警告的口氣說道。

「我當然明白，」卡爾頓回答，「你小心照顧我的朋友，去吧。」

「來吧，兄弟們，」巴薩說，「把他抬起來，走！」

門關上了，只留下了卡爾頓一個人。他全神貫注，留心諦聽著任何顯示懷疑或警訊的聲音。沒有。鑰匙轉動，門碰上了，腳步聲已到達了遠處的通道！似乎沒有異乎尋常的叫喊聲或忙亂聲。不久過後，他呼吸得更暢快了些，便在桌邊坐下來繼續傾聽著，一直到鐘聲敲響兩點。

然後開始聽到了一些響動聲，他並不覺得害怕，因為預先就知道那意味著什麼。幾道門依次打開，最後，他自己這間牢房的門也打開了。一個看守手裡拿著名單，往門內看了看，只說了一句「隨我來，埃弗瑞蒙德！」，他便跟隨著來到了遠處的一間大黑屋裡。這是個陰沉的冬日，因為室內光線昏暗，外面也是光線昏暗，他看不清楚綁著手臂被帶來這裡的其他犯人。有的人站著，有的人坐著；有人在痛哭，有人焦躁不安地走動著，不過這樣的人是少數，絕大部分的人都靜默地站立著，眼睛呆木地看著地面。

他站在一個黑黝黝的牆角裡，五十二人中有些人在他之後被帶了進來。有個人因為認識達尼，路過的時候停下來擁抱了他。他不由緊張起來，很怕被人看出破綻，不過，那人繼續往前走了。之後過了一會兒，一個年輕婦人從座位上起身，走過來跟他說話（剛才他看見她坐在那兒的）。她體型纖弱得就像個少女，那張瘦削而溫和的臉上沒有一絲血色，眼睛睜得很大，目光流露出默默隱忍的神情。

「埃弗瑞蒙德公民，」她用冰涼的手碰碰他說，「我是個可憐的小裁縫，曾和你一起關在拉福克。」

他回答時聲音很含糊：「是的。我有點忘了，你是被指控了什麼罪名？」

「說我搞陰謀。雖然公正的上天知道我完全是無辜的。這可能麼？像我這樣弱小的可憐人，誰會想到跟我搞陰謀呢？」

她說話時流露出的絕望微笑觸動了卡爾頓，他眼裡湧出淚水。

「我並不怕死，埃弗瑞蒙德公民，但我什麼也沒做啊！替窮人做了那麼多好事的共和國倘若因為我的死能得到益處，我也心甘情願去死。但我不明白這能有什麼好處，埃弗瑞蒙德公民，我是這麼個弱小的可憐人！」

這是塵世間最後一個會讓他心生感動的人了吧，他由衷地同情這個可憐的姑娘。

「我聽說你已經被釋放了，埃弗瑞蒙德公民。我希望那是真的，是麼？」

「是真的。不過，我又被抓了回來，而且判了死刑。」

「埃弗瑞蒙德公民，倘若我跟你坐同一輛囚車，你能讓我握住你的手麼？我並不害怕，可是我是一個弱小女子，這麼做可以給我更多一點勇氣。」

她抬起那雙默默隱忍的眼睛看著他的臉；他發現她的目光中突然閃現了一絲疑惑，然後是驚訝。他握住了她那因飢餓辛勞而變得如此粗糙的年輕的手指，將之貼在自己的嘴唇上。

「你是要替他去死麼？」她低聲說道。

「也為了他的妻子和孩子。噓！是的。」

「啊，陌生人，你願意讓我握住你勇敢的手麼？」

「噓！是的，我願意，可憐的妹妹；直到最後一刻。」

正午過後的同一時刻，落在監獄上的陰影也落在了出城路障上，那兒聚集了一大群人。一輛馬車駛出巴黎城，正要接受盤查。

「是誰？車裡是什麼人？證件！」

證件遞了出來，官員都仔細讀過。

「亞歷山大·曼內特，醫生，法國人。他是哪個？」

就是他。這個口齒不清地嘀咕著、神志恍惚的無助老頭被指了出來。

「醫生公民的精神狀態顯然不大正常啊，是不是？革命的高燒讓他吃不消了麼？」

太吃不消了。

「哈！很多人都得了這病。露西，他的女兒，法國人。她是哪個？」

就是她。

「顯然是她。露西，埃弗瑞蒙德的老婆，是麼？」

是的。

「哈！埃弗瑞蒙德另案處理了。露西，她的女兒，英國人。這就是麼？」

就是她本人。

「親親我，埃弗瑞蒙德的孩子。現在，你親了一個優秀的共和派。記住啊，這可是你家的新鮮事！西德尼·卡爾頓，律師，英國人。他是哪個？」

他在這兒，躺在車廂的這個角落裡。「卡爾頓」也被指了出來。

「這位英國律師顯然是昏過去了，是不是？」

希望新鮮空氣能叫他恢復清醒。他的身體本來就不太好，剛剛和一個共和國不喜歡的朋友告了別，很傷心的。

「這就昏過去了？那算不了什麼啊！共和國不喜歡的人多著呢，全都趴在小窗口往外瞧呢。賈維斯·洛里，銀行家，英國人。他是哪個？」

「肯定是我了，因為是最後一個。」

前面的查問都是由賈維斯·洛里一一作答的。他下了車，一手扶住車門，回覆了一群官員的提問。官員慢吞吞地繞著馬車兜了一圈，又慢吞吞地爬上了車廂，查看了車頂上攜帶的少量行李。鄉下人也圍了過來，靠近車門，貪婪地往裡瞧。一個被抱在媽媽懷裡的小孩伸出短短的手臂，想要去觸碰一個上了斷頭臺的貴族的妻子。

「看看你們的證件吧！賈維斯·洛里，已經簽過字了。」

「可以離開了麼，公民？」

「可以離開了。往前走吧，車夫，一路順風！」

「向你們致敬，各位公民。——總算闖過了第一道危險關口！」

之後賈維斯·洛里又補了一句話，這時，他緊扣了雙手，眼睛向上望著。馬車裡的人驚魂未定，有哭泣聲，還有昏迷旅客的沉重呼吸聲。

「我們是不是走得太慢了？能不能叫他們再走快點？」露西緊靠了老人說道。

「快了看起來就像在逃跑，親愛的。我不能把他們催得太急，否則會引起懷疑。」

「看後面，看後面，是不是有人在追我們？」

「路上空空蕩蕩，親愛的。到目前為止，沒有人在追我們。」

在我們身邊閃過了三三兩兩的農舍、孤零零的農莊、坍塌的建築物、染坊和皮革作坊之類的地方，還有空曠的田野，行道樹葉子落盡的大道。我們下面是高低不平的硬路，兩邊是深深的淤泥。有時候，為了繞開石頭、避免顛簸，會駛進路邊的泥坑裡；有時候，會陷在車轍和泥淖中；我們如此地苦惱急躁，驚慌忙亂，只想趕快脫身，逃跑躲藏起來。我們什麼都願意做，只要不停下。

走出了空曠的田野，又走過了坍塌的建築物、孤零零的農莊、染坊和皮革作坊之類的地方、三三兩兩的農舍、行道樹葉子落盡的大道。車夫都騙了我們，要把我們從另一條路帶回去麼？這地方是不是走過兩遍了？謝天謝地，沒有。前面是一座村莊。看後面，看後面，是不是有人在追我們？噓！驛站到了。

我們的四匹馬給慢吞吞地牽走了。慢吞吞地停在小街上的車廂，沒有了馬匹，就不可能再移動一步了。新的驛馬一匹又一匹慢吞吞地進入了視線。新的車夫慢吞吞地跟在後面，先用嘴吮了吮，然後編起了鞭梢。原來的車夫慢吞吞地數著錢，因為算錯了總數，滿臉的不高興。這段時間裡，我們過度焦慮的心一直在狂跳，速率比世界上跑得最快的馬還要快。

新的車夫終於坐上了駕駛座，原來的車夫留在後面。我們穿過了村莊，上了山坡，又下了山坡，來到了空氣潮溼的低地。突然，兩個車夫打著手勢爭論起來，馬匹一下被勒停，幾乎一屁股坐在地上。有人在追趕我們麼？

「嚯！車裡的客人，答句話！」

「什麼事？」洛里先生從車窗往外看，問道。

「他們有沒有說是多少個？」

「我不明白你的意思。」

「在剛才那個驛站裡，他們說今天有幾個人上斷頭臺？」

「五十二個。」

「我就說嘛！極好的數字！這位公民老兄非說是四十二個。再加十個腦袋是應該的。斷頭臺幹得真漂亮，我喜歡它。嗨，往前走呀。駕，駕！」

夜幕漸漸降臨，天黑了下來。昏迷者動了起來，他已開始甦醒，話也說得清楚了。他以為他們倆還在一起，他叫著卡爾頓的名字，問他手裡拿著什麼。啊，仁慈的上天，憐憫我們，並且幫助我們！小心，小心，看看是不是有人在追我們。

風在我們身後猛颳，雲在我們身後飛馳，月亮在我們身後撲將下來，整個狂野的夜在我們身後緊追不捨。不過，到目前為止，並沒有其他人在追趕我們。

第十四章

編織完成

五十二個人等待著自己命運的同時，德伐日太太召集「復仇女神」和革命陪審團的雅克三號開了一個居心不良的祕密會議。但德伐日太太與這兩位助手會商的地點不在酒館，而是在過去的修路工、現在的鋸木工的棚屋裡。鋸木工並沒有參加會議，他像個外太空的衛星一樣留在稍遠的地方，被人問到才開口說話，受到邀請才發表意見。

「但我們的德伐日，」雅克三號說，「毫無疑問是個優秀的共和派，是吧？」

「在法國沒有比他更優秀的了。」健談的「復仇女神」尖聲尖氣地斷言。

「安靜，小『復仇女神』，」德伐日太太微微皺眉，伸手按住了她的助手的嘴，「聽我說，公民朋友，我丈夫是優秀的共和派，也是勇敢的人，他值得共和國的尊重，也獲得了共和國的信任。但我丈夫自有他的弱點，他對這個醫生太心慈手軟。」

「很遺憾，」雅克三號聲音嘶啞地說，滿懷疑慮地搔著腦袋，殘忍的手指在嘴邊抓撓著，「那就不像個好公民了，這事真讓人遺憾。」

「你們要明白，」德伐日太太說，「我不關心這個醫生。對於他掉不掉腦袋，我沒有任何興趣。

可是，埃弗瑞蒙德一家可得要斬草除根，老婆和孩子必須跟著丈夫和爸爸一起上路。」

「她可是有一顆漂亮的腦袋呢，」雅克三號聲音嘶啞地說，「我在這兒見過不少藍眼睛、金頭髮的腦袋，參孫把它們提拎起來的時候，那模樣可真迷人。」他這個吃人的魔鬼，說話的口吻卻像個美食家。

德伐日太太低下頭來，沉思了一會兒。

「那孩子也是金頭髮、藍眼睛，」雅克三號說道，帶了享受的神情思考著自己的話，「我們在那兒很少看見孩子。多美妙的景象！」

「總而言之，」德伐日太太從短暫思索中回過神來，說道，「在這件事上我信不過我丈夫。從昨天晚上起我就覺得，不但不能把我計畫的細節透露給他，而且絕不能延誤，否則他很可能通風報信，讓他們逃走。」

「絕不能讓他們逃走，」啞喉嚨雅克三號說，「一個也不能。照目前情形來看，人數還不及一半呢。我們應該每天處死一百二十個。」

「總而言之，」德伐日太太繼續往下說，「我丈夫不理解我要把這一家人斬草除根的道理；而我也想不通他對這個醫生網開一面的原因。因此，我必須親自採取行動。到這邊來，小公民。」

鋸木工對她簡直怕得要命，恭順服從得很，他用手碰了碰紅便帽，走上前來。

「小公民，你今天就可以出庭作證，」德伐日太太嚴厲地問道，「證明她曾跟囚犯傳遞那些暗號麼？」

「唉，唉，沒問題！」鋸木工叫道，「不管天氣如何，每天從兩點到四點，一直在那兒發暗號，有時帶著小傢伙，有時沒帶。我知道自己知道些什麼。我是親眼看見的。」

他說話的時候打著各種各樣的手勢，彷彿偶然學到了幾個他從沒見過的複雜暗號。

「顯然在搞陰謀，」雅克三號說，「再清楚不過了。」

「陪審團那裡不會有疑問吧？」德伐日太太將目光轉向他，露出陰沉的微笑，詢問道。

「請相信愛國的陪審團吧，親愛的女公民，我可以替我陪審團的那些弟兄保證。」

「現在，讓我想一想，」德伐日太太又沉思起來，「再想一想吧！為了我丈夫，我能不能放過這個醫生呢？放過還是不放過，我其實都無所謂。我能放過他麼？」

「他也算是一個腦袋呢，」雅克三號低聲說，「我們現有的腦袋真的還不夠，我覺得呢，放過了很可惜的。」

「我見到那女人的時候，醫生也跟她一樣在發暗號呢！」德伐日太太陳述了理由，「我不能只談這個卻不談那個，我不能默不作聲，把這個案子全都交給小公民去辦。因為，我做起證人來也不差。」

「復仇女神」和雅克三號彼此爭先恐後地表態，誇她是最可敬、也最了不起的證人。小公民不甘落後，也說她是舉世無雙的證人。

「不，我不能放過他！」德伐日太太說，「他得去試試自己的運氣了！你們定好了三點鐘，要去看今天處決的這一批——你也會去？」

這話問的是鋸木工。鋸木工連忙作出了肯定的回答。還抓住機會補充說，他是最積極的共和派，倘若有什麼事妨礙了他享受那份快樂，讓他不能一邊抽午後菸、一邊觀看國家級剃頭匠的有趣表演，事實上他就會變成最孤獨的共和派了。這番表白讓人不由起疑：他似乎每時每刻都在擔心自己的人身安全。他也許已經遭到懷疑了，因為德伐日太太的一雙黑眼睛正輕蔑地看著他。

「我同樣也會去那兒。」德伐日太太說，「結束之後——就在八點吧——你們就來聖安東尼找我，我們要在我那個區放出對這些人不利的消息。」

鋸木工說，能夠陪伴女公民，他深感驕傲和榮幸。女公民看了他一眼，他變得很尷尬，像小狗一樣躲著她的目光，他回到木柴堆裡拉起鋸子來，藉以掩飾自己的窘迫。

德伐日太太招呼陪審員和「復仇女神」往門邊來一點，向他倆說明了她更深一層的見解：「她現在一定會待在家裡，等著他死去的時刻。她會哀悼，會悲傷，心裡一定會質疑共和國的公正，她會對共和國的敵人滿懷同情。我要到她那兒去。」

「多麼可敬的女人，多麼可愛的女人！」雅克三號興奮地喊道。「啊，我的心肝寶貝！」「復仇女神」叫了起來，擁抱了她。

「你把我的編織活兒拿去，」德伐日太太把毛線交到助手的手裡，「把它放在我平時的座位上，占好椅子。你馬上就去，因為今天去的人很可能會比平時多。」

「我樂意聽從長官的命令，」「復仇女神」欣然作答，親了親她的面頰，「你不會遲到吧？」

「行刑開始前我一定到。」

「囚車到達前，你一定要在那邊，我的寶貝，」「復仇女神」望著她的背影說，因為德伐日太太已轉身走到街上，「囚車到達之前！」

德伐日太太微微揮了揮手，表示她聽見了，一定會及時到達，然後便穿過泥濘、繞過了監獄高牆的拐角。「復仇女神」和陪審員看著她離開，對她健美的身形和不凡的道德天賦表示了高度的讚賞。

那時的許多婦女都遭受了時代的可怕摧殘，可是，她們之中沒有一個能比現在走在大街上的這個無情的女人更可怕了。她有堅強無畏的性格、精明敏銳的頭腦，和無比的決心。她似乎別具一種美，這不但賦予了她堅定的嫉惡如仇的性格，還會讓人自然而然地讚賞這樣的性格。無論如何，那個「動盪的時代」是必然會讓她脫穎而出的。可是，她自童年時代起就長久生活在屈辱中，對另一個階級形成了根深柢固的仇恨，時機一到，她就變成了母老虎。她完全沒有任何同情心。即使心裡曾經有過這一美德，也早就徹底泯滅了。

一個無辜的人，因為父輩的罪行要被處死，這在她眼裡根本不算什麼。她看到的不是他本人，而是他的父輩。他的妻子會變成寡婦，女兒會變成孤兒，這在她眼裡也不算什麼。這樣的懲罰仍嫌不夠，因為她們是她天生的敵人，也是她的獵物，本來就沒有活下去的權利。懇求她回心轉意是毫無希望的，因為她沒有任何憐憫心，即便對自己也是如此。倘若她在之前參加過的遭遇戰中倒在了街頭，她也不會顧惜自己的；倘若明天她就要被處死，也不會表現出任何軟弱，她只會抱有強烈的願望，要讓那個送她上斷頭臺的人跟她互換位置。

在德伐日太太的粗布袍子裡面跳動著的就是這樣的一顆心。她隨意穿著的那件布袍，感覺很怪異，卻很合身。她那頭黑髮在粗糙的紅便帽下顯得很濃密。她在胸前藏了一把上了膛的手槍，在腰間插了一柄鋒利的匕首。全副武裝的德伐日太太就這樣邁著自信的步伐，在大街上走著：她是如此地靈活而自由，彷彿還是當年那個習慣光著腿、赤著腳在褐色的海岸沙灘上行走的少女。

此時，那輛旅行馬車正整裝待發。昨天晚上，洛里先生為普羅絲小姐是否隨車同行曾大費腦筋。不是僅僅想讓馬車避免超重，而是要盡量縮短檢查馬車和乘客的時間，因為他們是否能夠及時逃脫，很可能就取決於在這裡那裡省下的分分秒秒。經過一番緊張的考慮，他終於決定讓普羅絲小姐和傑瑞去坐那個年代很有名的最輕便型馬車，在三點鐘出發離城，因為他們可以自由出入巴黎。他們沒有行李的負擔，可以很快趕上前面那輛驛車，而且還可以趕到前面去，預先雇好替換的馬匹，以便讓驛車在寶貴的夜間時段裡迅速前進——因為夜裡是最怕耽誤的。

在這項安排中，普羅絲小姐看到了自己在此危急時刻發揮真正作用的希望，高興地表示贊成。她和傑瑞看著馬車出發，看清楚了所羅門帶來的人是誰，提心吊膽地又忙了十來分鐘，現在已作好了追趕驛車的最後準備。此時，德伐日太太正穿過街道走來，越來越接近這個寓所——這裡已人去樓空，只有他倆還在屋子裡商議著。

「現在，克朗徹先生，你覺得怎麼樣？」普羅絲小姐問道。她激動得話也說不順暢了，站也不是，走也不是，都不知道該怎麼活下去了。「倘若我們不從這個院子出發，你覺得怎麼樣？今天已經從這兒走了一輛馬車，再走一輛會讓人起疑心的。」

「我認為你說得對，小姐，」克朗徹先生回答，「而且我總會支持你的，不管是對還是錯。」

「我太心煩意亂了，為我們關心的那幾個人又是擔心、又抱著希望，」普羅絲小姐大聲哭了出來，「我什麼主意都沒有了。你能想出個辦法來麼，我親愛的好心的克朗徹先生？」

「要說將來怎麼生活，我大概還能出點主意，小姐，」克朗徹答道，「現在，要我開動這上帝保佑的老腦袋瓜，我也沒什麼轍了。在眼下這個危急時刻，我想作出兩個保證，發兩個誓，你能幫我記一下麼，小姐？」

「哦，天哪！」普羅絲小姐叫道，一邊還在號哭著，「我馬上記住，不過你得像個出色的男子漢那樣說到做到。」

「第一個保證是，」克朗徹先生渾身發抖，說話時面如死灰，神情嚴肅，「只要那幾個可憐的人能平安脫險，我以後不會再幹那種事了，絕不會再幹了！」

「我很確信，克朗徹先生，」普羅絲小姐回答，「你以後絕不會再幹了，不管那件事是什麼。我懇求你，你沒必要特別說明那是什麼。」

「不會的，小姐，」傑瑞回答，「我是不會告訴你的。第二個保證是，只要那幾個可憐的人能平安脫險，我再也不會干涉克朗徹太太跪下來作祈禱了。再也不會了！」

「不管是什麼家務事，」普羅絲小姐擦乾眼淚，努力讓自己鎮定下來，「我都相信，最好還是完全交給克朗徹太太自己去管吧。噢，我那些可憐的寶貝啊！」

「而且，我甚至還要再多說一句，小姐，」克朗徹先生繼續講下去，他那個樣子很叫人吃驚，好像正站在布道臺上發表演說，「請你記下我的話，並且轉告克朗徹太太，我對作禱告這件事已經改變看法了。眼下這節骨眼，我心裡唯一的指望，就是克朗徹太太能為我們跪下來作禱告！」

「嗨，嗨，嗨，我希望她在作禱告，親愛的，」心煩意亂的普羅絲小姐叫道，「而且還希望她的禱告能夠應驗！」

「千萬別應驗，」克朗徹先生繼續說道，語調嚴肅而緩慢，看樣子還打算翻來覆去地說，「現在，可不能讓我說過的話、幹過的事報應在我為這些可憐人許下的願望上！別應驗，我們不是應當跪下來（倘若方便的話），祈禱他們能逃出這個危險的地方嗎?!別應驗，小姐！我要說的是，別——應——驗！」克朗徹先生費了很久工夫，好不容易才得出這麼一個結論。

這時，德伐日太太正沿著大街走來，越來越近。

「你說得很感人，」普羅絲小姐說，「倘若我們能回到家鄉，請相信我，我一定會把我能記住並且也聽懂了的話轉告克朗徹太太。而且，不管怎樣你都可以相信我，我會為你在這個可怕時刻的誠摯態度作證。現在，請讓我們好好想一想！我可敬的克朗徹先生，讓我們好好想一想！」

這時德伐日太太還在沿著大街走來，越來越近。

「倘若你能先走一步，」普羅絲小姐說，「叫馬車別到這兒來，另外找個地方等我，是不是最好這麼做？」

克朗徹先生認為最好是這麼做。

「你在什麼地方等我呢？」普羅絲小姐問。

克朗徹先生一臉困惑。除了聖殿柵門，他想不出別的地點。哎呀！聖殿柵門遠在千里之外，而德伐日太太正越來越逼近了。

「在大教堂門口吧，」普羅絲小姐說，「我在那地方上車不會太繞道吧？在大教堂兩座塔樓之間的門口？」

「不繞道，小姐。」克朗徹先生答道。

「那麼，像個最棒的男子漢那樣，馬上去驛車站，把路線給改了。」普羅絲小姐說。

「離開你我有點不放心，」克朗徹先生猶豫起來，搖著頭說道，「你看，我們不知道會發生什麼情況。」

「上天自有安排，」普羅絲小姐回答，「別為我擔心。三點鐘到大教堂來接我，或者盡可能提早一點。我相信那要比從這兒出發好得多，我對此很有把握。嗨！上帝保佑你，克朗徹先生！別為我擔心，想著我們要救的那幾條性命吧！」

這一番言辭，再加上普羅絲小姐的苦苦請求（她的兩隻手攥緊了他的手），終於讓克朗徹先生下定決心。他點了一兩下頭表示鼓勵，立刻出門去更改行車路線了，留下她一個人，按她提議的那樣過後再與他會合。

想出了這個預防措施，並且已經付諸執行，普羅絲小姐大大鬆了一口氣。她必須讓自己表現得很平靜，這樣在街上就不會特別引人注意了，這也使她安定了下來。她看看手錶，兩點二十分。她不能再浪費時間了，必須馬上準備停當。

空蕩蕩的屋子只剩了自己一個，每一扇打開的門背後彷彿都有面孔在窺視，她心裡極度地不安和害怕。普羅絲小姐打了一盆冷水，開始洗自己紅腫的眼睛。她滿懷恐懼，生怕落到眼睛上的水滴暫時遮擋了視線，因此不時停下來，四面觀瞧有沒有人在看她。她又停下來看了一次，嚇得往後一退，大聲驚叫起來，因為她見到一個人影正站在屋裡。

臉盆落到地下摔碎了，水流到了德伐日太太的腳邊——曾在血泊中走過、步伐異常堅定的那雙腳。

德伐日太太冷冷地看著她，問道：「埃弗瑞蒙德的老婆，她在哪兒？」

普羅絲小姐一閃念突然想到，所有的門都還開著，這會讓人聯想到逃跑。她的第一個動作就是把門關了起來。屋裡有四道門，她全都關上了。然後，她站在了露西那個房間的門口。

德伐日太太烏黑的眼睛注視著她的快速行動，等她忙完，那目光就落到了她身上。普羅絲小姐長得一點都不漂亮，歲月並不曾馴服她的野性，也不會軟化她的強硬外表。但她也是一個有決斷力的女人，雖然路數很不一樣。她也用眼睛打量著德伐日太太身上的每一部分。

「別看你外表長得像路西法的老婆，」普羅絲小姐喘著氣說道，「不過，你鬥不過我的，我可是英國女人。」

德伐日太太輕蔑地看著她，然而，她跟普羅絲小姐的感覺一樣；她們倆這回是陷入僵局了。德伐日太太看到面前站了一個嚴厲、強硬、健壯的婦人，和很多年前洛里先生看到的那個強壯婦人的形象一樣。她很清楚，普羅絲小姐是這家人的忠實朋友；普羅絲小姐也很清楚，德伐日太太是這家人的凶惡敵人。

「我要到那邊去，」德伐日太太往那個處刑地點的方向略微指了指，「她們在那兒為我保留了座位和我的毛線活兒。我就順道過來問候她。我希望見一見她。」

「我知道你用心險惡，」普羅絲小姐說，「不過請放心，我不會讓你得逞。」

兩個人都說著自己的母語，誰也聽不懂誰的話，兩個人都很警惕，都想從對方的表情舉止中推斷出那些話的意思。

「眼下這時節，她躲起來不見我，對她可沒有任何好處，」德伐日太太說，「優秀的愛國者都會明白那意味著什麼。讓我見見她。去告訴她我希望見到她。你聽見了沒有？」

「倘若你那雙眼睛是床邊的升降曲柄，」普羅絲小姐回答，「那我就是一張英國的四柱大床，任你眼睛怎麼轉，你休想動我一分一毫。不，你這個邪惡的外國女人，我今天就跟你槓上了。」

德伐日太太不大可能聽懂這些俚俗習語的具體含義，不過，她很清楚地感覺到了一點：對方根本沒把自己放在眼裡。

「蠢豬一樣的女人！」德伐日太太皺著眉頭說道，「我不要聽你回答，我要求跟她見面。要麼告訴她我要見她，要麼就別擋在門口，讓我自己進去找她！」說出這話的時候，她怒氣沖沖地揮起了右手臂，試圖解釋自己的意思。

「我懶得搭理你，不想聽懂你那種胡言亂語的外國話，」普羅絲小姐說，「不過，為了知道你是否猜到了真相（或是猜到了一部分），我倒願意奉獻我的一切——除了我穿的這身衣服之外。」

兩個人眼對眼盯視著，一刻也不放鬆。從普羅絲小姐發覺她來到之後，德伐日太太就一直站在原地沒動，但現在，她往前踏了一步。

「我是不列顛人，」普羅絲小姐說，「我豁出去了，我不在乎自己這條不值兩便士的命。我知道我把你拖在這裡的時間越長，我那小鳥兒就越有希望。你要是敢碰我一指頭，我就把你那頭黑髮拔得一根不剩！」

就這樣，普羅絲小姐每說出一句急話，就會搖一搖頭，瞪一瞪眼睛，每說出一句急話，就會喘上一口大氣。她就這樣開始了戰鬥——她這輩子可是從沒跟人打過架的。

可是，她的勇氣卻帶有感情衝動的性質，她的眼睛抑制不住地噙滿了淚水。德伐日太太不太理解她這種勇氣，誤以為這是軟弱的表現。「哈！哈！」她笑了，「你這個可憐的傢伙！你可真行啊！我要找那個醫生說話。」然後她就扯開嗓門叫了起來：「醫生公民！埃弗瑞蒙德太太！埃弗瑞蒙德家的孩子！除了這個可悲的笨蛋，有沒有人來跟女公民德伐日答話？」

或是由於隨之而來的靜默，或是由於普羅絲小姐的表情無意中洩露了，或許與兩者無關，而是由於某種突然的起疑，總之德伐日太太察覺出他們已經走掉了。她很快就打開了三扇門，往裡面觀瞧。

「三間屋子都亂糟糟的，有人匆忙打點過行李，地上都是些零碎雜物。你身後的屋裡也沒有人了吧！讓我看看！」

「休想！」普羅絲小姐說道，她完全明白德伐日太太的要求，正如德伐日太太完全明白她的回答一樣。

「他們倘若不在那屋裡，那就是逃跑了。還可以派人去追，把他們抓回來。」德伐日太太自言自語說著。

「只要你搞不清楚她們是否在這屋裡，你就無法確定該做什麼，」普羅絲小姐自言自語說著，「倘若我不讓你搞清楚，你就肯定搞不清楚。不管你清楚還是不清楚，只要我能拖住你，你就別想離開這裡。」

「我從小就在街頭混，沒有什麼可以阻擋我。我會把你撕成碎片，不過我非得把你從門口弄走。」德伐日太太說。

「在一個獨立院落裡的高樓頂上，只有我們兩個，不可能會有人聽見我們的動靜。我祈禱上帝給我體力可以把你拖住，你在這兒的每一分鐘對我的寶貝兒來說都值十萬金幣呢！」普羅絲小姐說。

德伐日太太撲向了房門，普羅絲小姐出於瞬間的本能，伸出兩隻手臂攔腰抄住，緊緊抱住她不放。德伐日太太又是掙扎又是毆打，但一點都沒有用。普羅絲小姐自有一股執著的愛的力量，把她抱得很緊——愛永遠比恨更為強大——在兩人的爭鬥中，她甚至把德伐日太太抱離了地面。德伐日太太的兩隻手連續擊打、抓扯她的臉，可是，普羅絲小姐低下頭、抱住了她的腰，比一個溺水的女人抱得還緊。

過了會兒，德伐日太太停止毆打，伸手往她被抱緊的腰間摸去。「你那玩意兒在我的手臂底下呢，」普羅絲小姐憋著氣說道，「你休想拔出來。我的力氣比你大，為此我要感謝老天爺。我會一直抱住你，直到我們之間有人昏過去或是死掉！」

德伐日太太的手在自己胸前摸索著。普羅絲小姐抬頭一看，看清了那是什麼東西，朝它一拳打了過去，結果打出一道閃光、一聲轟響，之後她一個人站在那裡——被硝煙弄得什麼都看不見了。

所有這一切都發生在須臾之間。硝煙散去後，餘留了一種可怕的寂靜。硝煙就像那個狂暴婦人的靈魂一樣在空氣裡消散了，她躺倒在地上，已經死了。

普羅絲小姐起先被這意外情況嚇壞了，她盡可能離那屍體遠遠的，然後就往樓下跑，想去找人來幫忙。幸好她想起了自己所做事情的後果，及時止步又跑了回來。她十分害怕再次跑進門裡面；可是，她終究進去了，甚至還貼近屍體身邊走過，拿到她必須穿戴的軟帽和其他衣物。穿戴整齊後，她來到樓梯口，關了門，上了鎖，取下鑰匙。之後她坐在樓梯上喘了一會兒氣，哭了一會兒，這才站起身來匆匆離開。

幸好她戴了一頂有面紗的帽子，否則她走在路上會被人攔停下來盤問。也幸好她天生外表奇特，不至於像別的女人那樣會給人留下儀容不整的印象。她需要這兩個有利條件，因為她臉上留下了深深的指甲印，頭髮散亂不堪，衣服也給生拉硬拽弄得亂七八糟，只是用手匆忙作了一番整理。

走過橋面時，她把大門鑰匙扔進河裡。她比她的護衛者早幾分鐘到了大教堂，等待的這段時間裡，她想了很多很多：倘若那把鑰匙被漁網兜住了會怎麼樣？倘若被人認出是哪家的鑰匙會怎麼樣？倘若門被人打開，遺體被發現了會怎麼樣？倘若她在城門口被扣下來，送去監獄，控告她殺人又會怎麼樣？她正沉浸在這些紛亂的想法中時，她的護衛者出現了，讓她上了車，然後就帶著她出發了。

「街面上有聲響沒有？」她問他。

「有平常的聲響。」克朗徹先生答道，對這個詢問和她那副模樣，他顯得十分驚訝。

「我聽不到你的聲音，」普羅絲小姐說，「你說了什麼？」

克朗徹先生重複了剛才的話，可是沒有用，普羅絲小姐仍然聽不見。「那我就點頭吧，」克朗徹先生想道，很是吃驚，「這樣她無論如何都能領會的。」她的確領會了。

「街面上現在有聲響沒有？」普羅絲小姐不久又問。

克朗徹先生再次點了點頭。

「但我聽不見。」

「才一個小時，耳朵就聾了？」克朗徹先生說道，他沉思著，心裡覺得很不安，「她出什麼事了？」

「我感覺，」普羅絲小姐說，「好像有一道閃光，還有一聲轟響，那一聲轟響就成了我這輩子聽見的最後的聲音了。」

「上帝保佑，她可不要是這種怪模樣！」克朗徹先生越來越不安了，「為了給自己壯膽，她都喝了什麼東西呀？聽！那些可怕的囚車正搖搖晃晃地駛過！你能聽見那車聲麼，小姐？」

「我什麼也聽不見，」普羅絲小姐看見他跟她說話，便如此回答，「啊，我的好人，先是一聲轟響，然後就是一片寂靜。這寂靜似乎就這樣固定不變了，我這輩子再也不會有什麼聲音來打破它了。」

「現在囚車馬上就要到達終點了，倘若她連那些恐怖囚車的隆隆聲都聽不見，」克朗徹先生說道，轉過頭來看了一眼，「在我看來，她確實是再也聽不見這個世界的其他聲音了。」

她的確是再也聽不見了。

第十五章

永遠消失的腳步

死亡之車在巴黎街頭隆隆駛過，聲音空洞而刺耳。六輛死囚車為斷頭臺小姐送去了當日的美酒。所有與不知饜足的貪婪惡魔有關的想像，自從其誕生以來，已全部融合在一個現實物中了，那就是斷頭臺。在土壤和氣候環境豐富多樣的法蘭西，一棵草、一片葉、一道根鬚、一段枝條、一粒胡椒籽的生長成熟的條件存在了很大的不確定性，可是，產生這個恐怖刑具的條件卻一成不變。用類似的鐵錘再次將人類砸得變了形，它仍然會歪歪扭扭地長成同樣的扭曲模樣。倘若再一次播下的仍然是縱容貪暴與壓迫的種子，那麼依據自然法則，肯定還會結出同樣的貪暴與壓迫的果實。

六輛死囚車沿著大街隆隆駛過。時間，法力強大的魔術師，倘若你讓死囚車恢復本來面目，它們的前身分明就是專制君主的御輦、封建貴族的車駕、招搖的耶洗別[1]的梳洗間，是成了賊盜巢穴而非我主聖域的教堂和千百萬飢餓農民的棚屋！不，時間這個偉大的魔術師，莊嚴地制定了造物主的既定秩序，從來不曾逆轉它的變化。「倘若上帝的意志讓你變成這種模樣，」在智慧的阿拉伯故事中，先知對那些被施了魔法的人說，「那你就保持原樣！可是，倘若你這形象只是一時中了魔法，那就恢復你的本來面目吧！」沒有變化，也沒有希望，死囚車繼續隆隆地前進。

六輛死囚車的陰暗輪子滾動著，似乎在街上的人群中翻出了一條長而彎曲的犁溝。犁鏵穩定地犁過，人臉的溝脊便向左右兩面翻開。樓房裡的普通居民太熟悉這場面了，很多窗戶前都沒有人，有些窗戶裡開窗人的手還搭在窗戶上，眼睛俯看著囚車上的面孔。這裡那裡，有些住戶還讓家中的訪客來看熱鬧，主人帶著博物館館長或權威代表的得意神情，用手指點著這一輛車和那一輛車，似乎在解說昨天是誰坐在這兒，前天又是誰坐在那兒。

在死囚車上，有的人注意到了最後路途上的這一幕，表情木然地呆望著；有的人表現出對生命和人間的依戀；有的人低下頭坐著，陷入無言的絕望；此外，也有人很注意自己的樣貌，照他們在劇院或圖畫裡見到的那樣向旁觀的人群投去目光；有幾個人正閉目沉思，試圖整理自己紛亂的思緒。只有一個人出現了瘋狂的徵象，那個可憐的傢伙完全被恐懼擊垮了，如醉酒一般唱起了歌，還打算跳舞。全部五十二個死囚中，沒有一個人用目光或手勢向人乞求憐憫。

由雜牌騎兵組成的衛隊伴隨囚車騎行著。人群中不時有人抬起頭來向他們提問。問的問題似乎總是同一個，因為問過之後，大家總會往第三輛囚車擠過去。與那輛囚車並排而行的騎兵常常會用馬刀指著車上的一個人。大夥兒的好奇心主要就是要把他認出來。那人站在囚車的後面，正低著頭跟一個姑娘談話，那姑娘坐在囚車的一側，握住他的手。他對周圍的場景並不好奇，也不在意，一直跟姑娘

1 耶洗別是西元前九世紀以色列國王亞哈王的妻子，她建造崇拜異教神的廟宇，殺害上帝的眾先知，迫害先知以利亞。故事出自《聖經．舊約．列王紀》。耶洗別常被喻指無恥惡毒的女人。

說著話。在聖奧諾雷長長的街道上，不時有人高聲叫喊譴責他。即便這譴責聲觸動了他，他也只是淡然一笑，將落到臉上的頭髮稍微甩開一點。他無法碰觸自己的臉，因為他的手臂被捆綁著。

密探兼監獄綿羊在某個教堂的臺階上等著囚車到來。他觀察了第一輛，不在車裡。他觀察了第二輛，不在車裡。他已經在問自己：「他拿我作了犧牲品？」當看到第三輛時，他臉上露出了釋然的表情。

「哪個是埃弗瑞蒙德？」他身後有人問。

「那個。後面的那個。」

「被姑娘握住手的那位？」

「是的。」

那人叫道：「打倒埃弗瑞蒙德！把全部貴族都送上斷頭臺！打倒埃弗瑞蒙德！」

「噓，噓！」密探怯怯地懇求他。

「為什麼不能叫，公民？」

「他是去償命的，過五分鐘就要償命了。讓他安靜會兒吧。」

但那人繼續高聲叫嚷著：「打倒埃弗瑞蒙德！」埃弗瑞蒙德把臉朝他轉過去了一會兒，然後就看見了密探，他正眼瞧了一下，又看向前方。

時鐘敲響了三點，人群中翻出的犁溝轉了個彎，來到終點的刑場。人臉的溝脊向兩邊分開，現在又合攏了，緊跟在最後的犁鏵後面往前走——大家走向了斷頭臺。斷頭臺的前面，有幾個婦人坐在椅子上，手裡正織著毛線，彷彿是在某個公共遊樂園裡。「復仇女神」站在最前排的一張椅子上，正在尋找她的朋友。

「特雷茲！」她尖著嗓子叫道，「有誰見過她？特雷茲．德伐日！」

「她之前從來沒有錯過。」姊妹同胞中，一個織毛線的婦女說道。

「不會的，她這回也不會錯過，」「復仇女神」脾氣暴躁地叫道，「特雷茲！」

「聲音再大一點。」那女人建議說。

唉，聲音大一點，「復仇女神」，再大一點，但她仍然聽不見你的聲音。聲音再大一點，「復仇女神」，再加上幾句咒罵。但她仍然沒有出現。分派其他女人到各處去找她吧！到什麼地方去看看。問題是，去找的人未必願意走出很遠去找她，儘管她們做過許多可怕的事！

「倒楣！」「復仇女神」在椅子上跺腳大叫，「囚車到了！埃弗瑞蒙德馬上就要被處死了，她卻不在這兒！你看，她的空椅子給她留好了，她的毛線活兒還在我手裡。氣死了，太失望了，我要大叫！」

「復仇女神」從椅子上跳下來大叫時，囚車已開始放下它的囚犯了。聖徒斷頭臺的侍者已經穿上了劊子手的長袍，作好準備。咔嚓——一個腦袋被提拎了起來，那腦袋還能思想、還能說話的時候，織毛線的女人都沒有抬眼看一下，只是數著：「一。」

第二輛囚車下完了人離開了，第三輛跟了上來。「咔嚓」——織著毛線的女人沒有一絲猶豫，也沒有停下手中的工作，數著：「二。」

以假換真的埃弗瑞蒙德下了車，女裁縫跟在他後面也被推了下來。他在下車的時候也沒有鬆開她那隻默默隱忍的手，一直照之前允諾的那樣握住了它。他體貼地讓她背對著那臺正「咔嚓咔嚓」響著的刑具——它持續不停地呼嘯著，正升起又落下。她看著他的臉龐，表示了感謝。

「倘若沒有你，親愛的陌生人，我不會這麼鎮定，因為我天生是個可憐的小東西，膽子很小。倘若沒有你，我也不會想到被處死的耶穌，祈求祂今天給予我們希望與安慰。我覺得你是上天派來我身邊的。」

「你也是上天派來我身邊的，」西德尼．卡爾頓說，「眼睛只看定我，親愛的孩子，別的什麼都不要去想。」

「握住你的手，我就什麼都不想了。倘若他們很快的話，我放手之後也可以做到完全不想。」

「他們會很快的。別害怕！」

兩人站在迅速減少的死囚犯之中，說起話來卻好像旁若無人。他們彼此凝望著，聲氣相應，手拉著手，心貼著心。大地母親的這一對兒女原本相距遙遠，彼此很不相同，現在，卻在這條黑暗大路上走到了一起，他們將一同回家，安息在母親的懷抱中。

「勇敢而大度的朋友，你能讓我提最後一個問題嗎？我很無知，這問題讓我有些煩惱——只有一點點煩惱。」

「告訴我是什麼問題。」

「我有一個表妹，是我唯一的親戚，跟我一樣，她也是孤兒。我非常愛她。她比我小五歲，住在南方鄉村一戶農民的家裡。我們是因為受窮才分開的，她對我的命運一點都不瞭解，因為我不會寫信。倘若我能寫，我該怎麼告訴她呢！那總比現在這樣好吧！」

「是的，是的，比現在要好一些。」

「我們來這裡的時候我就一直在想，現在，當我望著你那友善堅強的臉，感覺你給了我很大的支持。我仍然在想的問題是這樣的：倘若共和國真的為窮人辦好事，讓窮人少挨一些餓、少受一些苦，那麼我的表妹就可以活很長一段時間，甚至可以活到很老。」

「然後呢，我溫柔的妹妹？」

她那雙毫無怨恨、默默隱忍的眼睛裡噙滿了淚水，她的嘴唇略微張開，顫抖著：「我會在一個更好的世界裡等著她，在那兒，我相信你和我都會受到仁慈的保護。你認為我會不會等太久？」

「不會的，我的孩子。那裡沒有時間，也沒有煩惱。」

「你給了我很多安慰！我太無知了。現在我能跟你吻別麼？時間到了麼？」

「是的。」

她吻了他的嘴唇，他也吻了她的嘴唇，兩人彼此鄭重地祝福。他放開的時候，那隻消瘦的手並沒有發抖。那張默默隱忍的臉龐上沒有別的糟糕表情，唯有甜蜜與光明的堅定。她排在他前面一個——她去了；織毛線的女人數道：「二十二。」

「主說，復活在我，生命也在我，信我的人雖然死了，也必復活；凡活著信我的人，必永遠不死。」

很多人在竊竊私語；很多張臉抬了起來；許多腳步從周圍往裡面擠，一大堆人向前湧來，有如起伏的海水。一切又轉瞬即逝。二十三。

那天晚上，巴黎城的人都議論紛紛，他們說他的面孔是在那裡見到過最平靜的面孔。很多人還說，他看起來超凡脫俗，就像先知。

死在同一把利斧之下的受難者中，有一位女子[2]最為引人注目——不久之前，在同一個斷頭臺的腳下，她曾要求寫下鼓舞過她的那些想法。倘若卡爾頓能夠表達他的思想，而他的思想又具有先知般的力量，那麼，他會這樣來陳述：

「我看見巴薩、克萊、德伐日、『復仇女神』、陪審員、法官，這些新的壓迫者排成了一個長長的佇列，在這個被摧毀的舊世界上挺身站起，在徹底停止使用這個懲罰工具之前，他們又將被它吞噬消滅。我看見一座美麗的城市和一個優秀的民族從這個深淵中升起。在他們贏得真正自由的奮鬥中，在他們的勝利與失敗之中，在未來的漫長歲月中，我看見這個時代的邪惡和過往時代的邪惡（前者是後者的自然結果）將逐漸贖去自身的罪孽，並最終消亡。

「我看見我為之獻出生命的那些人在英格蘭過著平靜、有所作為、成功而幸福的生活——我是再也見不到英格蘭了。我看見露西胸前抱著一個以我的名字來命名的孩子。我看見她的父親衰老了、背駝了，其他方面卻完全復原了，在他的診所裡忠實地服務所有人，過著安寧的日子。我看見他們多年的好友，那個善良的老人，十年之後將他的所有財產都贈予他們，平靜地離開人世，升到天國，得到他應得的報償。

「我看見自己在他們和他們無數後代的心中占有神聖的位置。我看見露西變成老婦，在我的忌日為我哭泣。我看見她和她的丈夫結束了生命的旅程，彌留之際躺在同一張床榻上。我知道他們倆彼此在對方的靈魂中占有可敬而崇高的地位，而我在他們倆的靈魂中的地位會更加可敬、更加崇高。

「我看見躺在她懷裡的那個以我的名字命名的孩子已長大成人，他在我曾走過的生活道路上奮勇前行。我看見他非常成功，我的名字將因為他而變得異常耀眼。我看見我染在那個名字上的汙跡慢慢地褪去了。我看見他站在了公平正直的法官和言行可敬的人群的最前列。我看見他帶了又一個以我的名字命名的孩子來到此地。到那時，這裡將呈現一幅美好的景象，今日的扭曲與醜陋已不見蹤影。那孩子有一個我很熟悉的前額，還長了一頭金髮。我聽見他滿懷深情、聲音顫抖地把我的故事告訴了孩子。

「我現在所做的事，遠比我做過的一切都更加美好；我將獲得的休憩，遠比我知道的一切都更加安逸。」

2　此女子指羅蘭夫人，法國大革命時期吉倫特派的領袖之一，此後被捕入獄，一七九三年十一月被送上了斷頭臺。她在臨刑前說出了那句名言：「啊，自由，多少罪惡假汝之名以行！」

譯後記

《雙城記》譯成後，尚有一些感發餘緒，遂略加拾掇，付諸於〈譯後記〉。

第一個感想，想強調一下《雙城記》的文學價值。

二十世紀的現代主義各種流派，歷經了一整個世紀的創作累積，聲勢不可謂不盛大，很多作家、作品經由各種機制而被封聖，似乎已有足可驕傲於前代的資本；對比之下，十九世紀的作家貌似已落潮，被貼上「落伍」的標籤，除了充滿世俗因素、一直暢銷不衰的珍·奧斯汀。然而，依筆者愚見，這是當代文學評價體系（因學術界和媒體界共謀而產生）的錯覺，很可能遮蔽了一個重要事實：即無論何種時代，都只有平庸作品與優秀作品之分野，而絕無後代覆蓋前代之說。在文學的場域裡，沒有進化論立足的空間。哈洛·卜倫在《西方正典》〈哀傷的結語〉一章中有犀利的判斷：「藝術並不是以進步為鵠的。」的確如此。於我的觀察，在七〇年代結構主義哲學影響下的「新小說」窮盡了各類實驗手段，將「主觀之我」驅離文學領域後，形式主義的狂飆突進就自我終結了。九〇年代後，隨著全球化進程的加速，歐美文學界已進入普遍平庸的階段。

在十九世紀的經典作家中，寫下《雙城記》的狄更斯和寫下《白癡》與《卡拉馬助夫兄弟們》的杜斯妥也夫斯基，是我一直喜愛並努力學習的對象。與該世紀其他經典作家相比，他們都有特異處。憑藉超乎尋常的感知力，他們兩人很早就深入了現代世界的幽暗面，揭示出人類易受暴力蠱惑的傾向。在思想形態方面，他們一個是皈依了基督教（英國聖公會），一個從屬於俄國東正教，各自都處在本國宗教傳統的庇護和限制中。這為他們提供了一個思想張力的內在尺度。無獨有偶，在人性洞察力和社會批判性上，他們亦都有突出的表現，狄更斯偏好披上俗世的外衣（這使他有時會沾沾自喜於自己的說故事能力），而杜斯妥也夫斯基更專注於描繪邊緣的畸零人的內在悖論。在寫作技巧層面，這兩位作家也是超前而先鋒的。單論狄更斯的話，他的敘事組織和結構布局的能力，依然可以傲視現如今的大部分作家。這次動手譯《雙城記》，對狄更斯的語言能力有了直接體會，在我看來，即便放在今天的文學與媒體背景中，狄更斯的英語也是最為精簡、生動而有力的。他一邊辦刊，一邊寫小說、時評，參與戲劇，在他所生活的年代，可以說充滿了自主的活力。

二十世紀的歐洲小說家中，卡爾維諾的早期和中期作品，薩拉馬戈的絕大部分作品都繼承了這些特質。但這個話題並不是此文的焦點，故而暫且略過。

第二個感想是，不同於狄更斯的其他作品，《雙城記》自有其溢出文學範疇以外的特殊意涵。《雙城記》是狄更斯這個倫敦佬唯一一部走出倫敦城，描繪更廣闊題材領域的作品。並且，因為這部小說優異的文學特質，還有力地強化了它的內容主題：他直接呈現了一七八九年法國大革命的具體情態，同時給出了狄更斯式的犀利評判。雖然經由安德魯．朗格的導讀的介紹，我們已知道狄更斯出生於一八一二年，並沒有親歷這個歷史大事件，而他的創作資材，大部分來自英國歷史學家托馬斯．卡萊爾的《法國大革命：一部歷史》。卡萊爾出生於一七九五年，也只能說是法國大革命之後的一代。因此，我們或也可以說，《雙城記》是一部孕生於歷史著作的小說，本身就是歷史敘事和文學想像的綜合產物。它不求準確合乎事實，借了「浪漫傳奇」（romance）的外殼（**狄更斯所擅長的敘事技能**），對歷史進程中諸種動力，尤其是人性的面貌，予以清晰描繪。

我們讀完《雙城記》這部小說，對小說的人物群像已有一定印象。儘管卡爾頓自我犧牲的行為和心理動機總是會引發讀者或懷疑或肯定的傾向，但我認為，真正有意義的一組人物，乃是作為小說情節動力來源而出現的德伐日夫婦。夫婦兩人被狄更斯塑造成革命爆發前的祕密策動者、抵抗運動分子，在革命啟幕後逐漸失控的暴力行為中，他們又作為「反面人物」而出現。尤其是精神強韌的德伐日太太，她幾乎成為復仇女神的化身。敏銳的讀者會發現，狄更斯作為技巧高明的小說家，又為德伐日塗抹了不同於其妻子的性格色彩：他身上體現了不同尋常的勇氣、忍耐和正義感，同時又有被群體暴力裹挾時的無奈，以及面對人倫危機時的矛盾猶疑，在他身上，凸顯了在此大變局中具體個人的道德兩難抉擇。他所面臨的這個道德困境，不妨就叫做「德伐日困境」。

此外，法國大革命與其說是《雙城記》的時代背景，不如說是一個隱形的真正主角。在多種意義上，它是世界近現代史的開端，也是歷史學、歷史哲學的熱點議題。

大哲學家黑格爾是法國大革命的同時代人，他對法國大革命的評價是唯理主義的，同時包含了贊同和懷疑的兩個面向，他將其描述為「唯智主義的解放企圖」。

除了狄更斯據以敷衍出小說的卡萊爾的歷史專著，後世還有另外幾部重要的專著：阿克頓勳爵的

《法國大革命講稿》，艾德蒙．柏克的《法國大革命反思錄》（即《法國革命論》），邁斯特的《論法國》和傅勒的《思考法國大革命》等。歷史學家泰納和梯也爾也各有重要的論述。

最有名的當然是托克維爾的《舊制度與大革命》及《托克維爾回憶錄》，托克維爾對法國大革命有過很多著名的論斷，譬如：「法國革命的進程在法國革命爆發的那一天前就已經完成了四分之三……（這場革命）有著與過去的動亂迥然不同之處……革命摧毀了與自由背道而馳的制度、思想、習慣，也廢除了自由所賴以存在的其他東西。」上述一系列判斷，正可為《雙城記》作一注解。

任何歷史事件，都是主觀的投像，傅勒曾提出一個頗具啟發的視角，他認為，對於法國革命這個歷史大事件，只有精湛的史學技藝是不夠的。不管自覺與否，每一個研究者都會選擇保王黨、自由派或雅各賓主義者的立場，唯其如此，其歷史敘事才能獲得正當性的通行證。是的，我們也可以說，小說家狄更斯繼承延續了英國史學家的保守主義經驗論哲學的立場，在文學領域裡作出了自己的創造性解釋。

中國學者關於法國大革命所引發的問題，也有若干精闢的論述，在這裡也推薦給諸位讀者作為延伸閱讀：朱學勤先生的《道德理想國的覆滅》，王養沖先生等主編的《法國大革命史》；近年來，馮克利先生的專文《理想的陷阱》、《光榮革命和法國革命》、《法國大革命是人類的進步嗎？——阿克頓的「神學人本主義史觀」》，以及許章潤先生的《革命、文人與國家理性論綱》，這些論述，都是非常重要的梳理思想史的指引。

以伏爾泰和盧梭為代表的歐洲啟蒙運動，演變到法國大革命的狂飆突進，盧梭式烏托邦理想所內含的意欲徹底改造社會的企圖，造成了歐洲大陸的劇烈震盪，期間血流成河，付出了巨大的生命代價。我在修訂《雙城記》譯稿的同時，恰好看了二〇一七年新出的俄劇《托洛斯基》，一時感慨良多。

《雙城記》譯成後，我對廣義的歷史進程抱持了一種更為謹慎的持平判斷：從法國大革命，到一九一七年俄國革命，再到中國近現代的變遷，其間隱隱約約暗藏了同一條以暴力摧毀一切既定秩序的思考脈絡和行動模式。可以說，這是全球近現代史在長時段和大空間範圍內的彼此響應。任何單向的結論可能都無法涵蓋一個劇烈動盪時代的複雜面向。未來四、五年，我計畫在一部新的長篇裡探索這個主題，不是介入，也不旁觀，我希望基於人的欲望呈現的角度，對我們共同的歷史記憶，作一些個人的診斷與辨析。起初應承接下《雙城記》的譯事，這是一個內在的動機。

誠如狄更斯在《雙城記》中所說：「我們不去恰當地使用生命，生命就沒有價值，在這方面作些努力，它就是值得的。」文學創作的價值，恰在於掘發常常為人所忽視的精神與感情的內在隱祕，對於以犧牲無數生命為代價的美好烏托邦，作家理應保持必要的超前警惕，並且，為走出這個如米諾斯迷宮般的「德伐日困境」，也必會在具體的創作實踐中，來探索思考與行動的可能路徑。

馬鳴謙
二〇一九年六月
於從容齋

譯者簡介

馬鳴謙

作家，歷史及佛學研究者，一九七〇年出生於蘇州。

著有長篇小說《隱僧》、《無門訣》、《合歡樹下》、《降魔變》。

譯有奧登文集數種，其中《奧登詩選：一九二七—一九四七》入選多家媒體年度十大好書榜單。二〇一八年簽約作家榜，傾心翻譯《雙城記》。

雙城記 / 查爾斯．狄更斯著；馬鳴謙譯 . -- 初版 . -- 臺北市：時報文化 , 2020.03
480 面；14.8×21 公分 . --（愛經典；34）
ISBN 978-957-13-8118-3（精裝）

873.57 109002352

作家榜经典文库®

ISBN 978-957-13-8118-3
Printed in Taiwan

愛經典0034

雙城記

作者－查爾斯．狄更斯｜譯者－馬鳴謙｜編輯總監－蘇清霖｜編輯－邱淑鈴｜美術設計－FE 設計｜校對－邱淑鈴｜董事長－趙政岷｜出版者－時報文化出版企業股份有限公司 台北市和平西路三段二四〇號四樓 發行專線－（〇二）二三〇六－六八四二 讀者服務專線－〇八〇〇－二三一－七〇五、（〇二）二三〇四－七一〇三 讀者服務傳真－（〇二）二三〇四－六八五八 郵撥－一九三四四七二四時報文化出版公司 信箱－10899 台北華江橋郵局第 99 信箱 時報悅讀網－http://www.readingtimes.com.tw｜電子郵件信箱－new@readingtimes.com.tw｜法律顧問－理律法律事務所 陳長文律師、李念祖律師｜印刷－勁達印刷有限公司｜初版一刷－二〇二〇年三月二十日｜初版七刷－二〇二四年七月十五日｜定價－新台幣四八〇元｜（缺頁或破損的書，請寄回更換）

時報文化出版公司成立於一九七五年，並於一九九九年股票上櫃公開發行，於二〇〇八年脫離中時集團非屬旺中，以「尊重智慧與創意的文化事業」為信念。